BESTSELLER

Nora Roberts es una de las escritoras estadounidenses de mayor éxito en la actualidad. Cada novela que publica encabeza rápidamente los primeros puestos en las listas de best sellers de Estados Unidos y del Reino Unido; más de cuatrocientos millones de ejemplares impresos en el mundo avalan su maestría. Sus últimas obras publicadas en España son la trilogía de los O'Dwyer (formada por *Bruja Oscura*, *Hechizo en la niebla* y *Legado mágico*), *El coleccionista*, *La testigo*, *La casa de la playa*, el dúo de novelas *Polos opuestos* y *Atrapada*, la trilogía Hotel Boonsboro (*Siempre hay un mañana*, *El primer y último amor* y *La esperanza perfecta*), *Llamaradas*, *Emboscada* y la tetralogía Cuatro bodas (*Álbum de boda*, *Rosas sin espinas*, *Sabor a ti* y *Para siempre*). Actualmente, Nora Roberts reside en Maryland con su marido.

Para más información, visite la página web de la autora: www.noraroberts.com

Biblioteca
NORA ROBERTS

Nacida del fuego

Traducción de
Adriana Delgado Escrucería

DEBOLS!LLO

Título original: *Born in Fire*
Primera edición en Debolsillo: julio, 2016

© 1994, Nora Roberts
© 2016, Penguin Random House Grupo Editorial, S. A. U.
Travessera de Gràcia, 47-49. 08021 Barcelona
© 2006, Adriana Delgado Escrucería, por la traducción

Printed in Spain – Impreso en España

ISBN: 978-84-663-3568-3 (vol. 561/59)
Depósito legal: B-9.006-2016

Impreso en Novoprint
Sant Andreu de la Barca (Barcelona)

P 3 3 5 6 8 3

Penguin
Random House
Grupo Editorial

Queridos lectores:

Toda mi vida he querido ir a Irlanda. Mis ancestros eran oriundos de allí y de Escocia, así que siempre he deseado ver esas verdes colinas y sentarme en un pub lleno de humo a escuchar música tradicional. Cuando por fin viajé con mi familia, en cuanto puse un pie en el aeropuerto de Shannon supe que estaba en casa.

Situar esta historia en Irlanda fue una decisión natural. Tanto su gente como su tierra inspiran y hacen florecer las historias. Mi idea era escribir sobre este país y sobre la familia, puesto que ambos están interrelacionados en mi corazón. En cada libro de esta nueva trilogía presento a una de tres hermanas, diferentes en estilo, pero unidas por la sangre. Su vida las ha hecho tomar diferentes rumbos, pero es Irlanda la que inspira a las tres, igual que me inspira a mí.

Nacida del fuego *cuenta la historia de Margaret Mary Concannon, la hermana mayor, una artista que trabaja el vidrio. Es una mujer independiente, intensa y de temperamento explosivo, que encuentra sosiego en su familia, pero a la vez se siente desgarrada por ella, y cuyas ambiciones la llevarán a encontrarse a sí misma y a descubrir sus talentos. El arte de soplar el vidrio es difícil y preciso, y aunque Margaret puede producir lo delicado y lo frágil, es una mujer fuerte y obstinada, una mujer del condado de Clare, con toda la turbulencia de ese fascinante condado occidental. Su relación con Rogan Sweeney, el sofisticado dueño de una galería de Dublín, no será tranquila, pero espero que la disfrutéis.*

Y también espero que en este primer libro de mi trilogía Las hermanas Concannon *disfrutéis del viaje a Clare, una tierra de verdes colinas, acantilados salvajes y belleza sin igual.*

NORA ROBERTS

Para Amy Berkower,
por cuidar del negocio
durante una década

Nunca me casaré. No seré la mujer de ningún hombre.
Pretendo quedarme soltera el resto de mi vida.

BALADA IRLANDESA DEL SIGLO XIX

1

Estaría en el pub, por supuesto. ¿Dónde más se guarecería un hombre inteligente en una tarde gélida y ventosa? En casa, al calor de su propia chimenea, seguro que no.

No. Tom Concannon era un hombre inteligente, pensó Maggie, y no estaría en casa.

Su padre estaría en el pub, entre amigos y pasándoselo bien. Era un hombre al que le encantaba reírse, llorar y planear sueños irrealizables. Algunos lo tachaban de tonto, pero Maggie no. Ella nunca.

A medida que tomaba la última curva del camino que conducía al pueblo de Kilmihil en su baqueteada camioneta, Maggie observó que no había ni un alma en la calle. Nada sorprendente, pues ya había pasado la hora de la comida y no era un día como para darse un paseo, con el invierno entrando desde el Atlántico como un can de un Hades congelado. La costa oeste de Irlanda tiritaba bajo su influjo y soñaba con la primavera.

Vio el destartalado Fiat de su padre, entre otros coches que reconoció, frente al pub de Tim O'Malley, que estaba bastante concurrido. Aparcó tan cerca como pudo de la entrada, que se encontraba entre varias tiendas.

Mientras caminaba calle abajo el viento la golpeó por la espalda, haciéndola arrebujarse en su chaqueta y calarse bien la gorra de lana negra. Una ráfaga de color apareció en sus mejillas, como un rubor. Bajo el frío se percibía un aroma a humedad, como una amenaza. «Helará antes del anochecer», pensó la hija del granjero.

No podía recordar un enero más amargo o uno que hubiera azotado tanto el condado de Clare con su infernal soplo helado. El pequeño jardín situado delante del pub, que atravesó a toda prisa, había sufrido sus estragos. Lo que quedaba de él lo había arrancado el viento y yacía congelado sobre un barrizal.

Le dio pena, pero las noticias que llevaba eran tan estupendas que se preguntó por qué las flores no estallaban anunciando la primavera.

Dentro del pub hacía bastante calor. Sintió la calidez en cuanto abrió la puerta. Notó el olor de los tizones que se quemaban en la chimenea y crujían alegremente, y el del guiso que la esposa de O'Malley, Deirdre, había servido en la comida. También se percibía el olor a tabaco y cerveza y ese suave aroma que dejan en el ambiente las patatas fritas.

Primero vio a Murphy, que estaba sentado en una de las mesitas, con las piernas, enfundadas en botas, extendidas, y entonaba una melodía en un acordeón irlandés que acompañaba perfectamente la dulzura de su voz. Los otros clientes del pub escuchaban al tiempo que soñaban un poco sobre sus cervezas. La canción era triste, como las mejores de Irlanda, melancólica y hermosa como las lágrimas de un amante. Era una canción que llevaba su nombre y hablaba sobre envejecer.

Murphy la vio y le sonrió ligeramente. Un mechón de pelo negro le cayó desordenadamente sobre la ceja, lo que hizo que moviera la cabeza para apartárselo del ojo. Tim O'Malley estaba de pie detrás de la barra. Era un hombre parecido a un tonel cuyo delantal a duras penas lo abarcaba. Tenía la cara ancha y llena de pliegues, que hacían que los ojos desaparecieran cuando se reía.

Estaba secando vasos. Cuando vio a Maggie, continuó con su tarea. Sabía que ella procedería educadamente y esperaría a que la canción terminara antes de pedir algo.

Maggie vio a David Ryan, que estaba pegado a un cigarrillo norteamericano, de los que su hermano le enviaba cada mes desde Boston, y a la pulcra señora Logan, que tejía con lana rosa mientras llevaba el ritmo de la canción con un pie. También se encontraba allí el viejo Johnny Conroy, con una sonrisa desdentada en el rostro y agarrado de la mano de la mujer con la que se había casado hacía cincuenta años. Estaban sentados muy juntos, como una pareja de recién casados, absortos en la canción de Murphy.

La televisión que había sobre la barra estaba sin volumen, pero la imagen era brillante y ofrecía una telenovela británica. Gente vestida con elegancia y con el cabello reluciente discutía alrededor de una mesa enorme iluminada con elegantes candelabros de plata y cristal. La fastuosa historia que contaba parecía estar situada a más de un país de distancia del pequeño pub donde se encontraba la tele, con su resquebrajada barra y sus paredes ahumadas.

El desprecio que sintió Maggie por esos atildados personajes en su lujosa habitación fue inmediato y automático, como un espasmo muscular. También lo fue el sentimiento de envidia.

Si alguna vez llegaba a tener tanto dinero, pensó, aunque, por supuesto, la traía sin cuidado, con certeza sabría qué hacer con él.

Entonces él la vio. Estaba solo, sentado en una esquina. No estaba apartado del todo, sólo tanto como lo estaba la silla en la que descansaba. Tenía un brazo colgando sobre el respaldo, mientras con la mano del otro sostenía una taza, que ella sabía que contenía té cargado mezclado con un chorro de licor.

Era un hombre impredecible, lleno de arranques, paradas y curvas rápidas, pero ella lo conocía. De todos los hombres que había conocido, a ninguno había amado tanto como a Tom Concannon.

Ella no dijo nada; simplemente se dirigió hacia él, se sentó a su lado y puso la cabeza sobre su hombro.

Su amor por él creció en ella como un fuego que calentaba hasta los huesos pero sin quemar. El hombre sacó el brazo de detrás de la silla, la abrazó, atrayéndola hacia sí, y le dio un ligero beso en la sien.

Cuando terminó la canción, ella tomó la mano de él entre las suyas y la besó.

—Sabía que te encontraría aquí —le dijo.

—¿Cómo sabías que estaba pensando en ti, Maggie, mi amor?

—Debe de ser porque yo estaba pensando en ti —respondió mientras levantaba la cabeza para sonreírle.

Era un hombre pequeño pero de complexión fuerte. Como un toro enano, como solía referirse a sí mismo con una de sus carcajadas. Cuando se reía y las arrugas de sus ojos se acentuaban, Maggie lo encontraba aún más guapo. Su pelo había sido rojo y abundante en el pasado, pero con los años se había vuelto fino y los mechones grises aparecían entre el fuego como humo. Sin embargo, para Maggie era el hombre más atractivo del mundo.

Era su padre.

—Papá —dijo—, tengo noticias.

—Ya lo sé, lo veo en tu cara.

Con un guiño, Tom le quitó la gorra para que su cabello intensamente rojo le cayera sobre los hombros. Siempre le había gustado observarlo centellear. Todavía recordaba cuando la levantó en brazos por primera vez, colmada con el ímpetu de la vida, sacudiendo sus pequeños puños frenéticamente. Y su cabello resplandeciendo como una moneda nueva.

No se sintió decepcionado por no haber tenido un hijo. Recibir el don de una hija lo llenó de humildad.

—Tim, tráele un trago a mi niña.

—Tomaré un té, Tim. Hace un frío endiablado. —Y ahora que estaba allí quería tener el placer de postergar las noticias, saborear la dilación—. ¿Por eso estás aquí cantando y bebiendo, Murphy? ¿Quién está calentando a tus vacas?

—Ellas mismas —contestó—. Y si el tiempo sigue así, en primavera tendré más terneros de los que pueda cuidar, pues el ganado hace lo mismo que el resto del mundo en una larga noche de invierno.

—Sí, claro, sentarse con un buen libro junto a la chimenea, ¿no es cierto? —dijo Maggie, y todos en el local se rieron. No era un secreto, aunque lo abochornaba un poco, el bien conocido amor de Murphy por la lectura.

—He tratado de inculcarles el amor por la literatura, pero esas vacas prefieren ver la televisión —dijo tamborileando con los dedos sobre su vaso vacío—, y por eso he venido aquí, para buscar un poco de silencio. ¿Qué pasa con tu horno, que ruge como el trueno día y noche? ¿Por qué no estás en casa jugando con el vidrio?

—Papá —le dijo Maggie a su padre cuando Murphy se levantó para dirigirse a la barra, tomando nuevamente su mano entre las suyas—, necesitaba contártelo a ti primero. ¿Sabías que esta mañana he llevado unas piezas a la tienda McGuinness, en Ennis? ¿Lo sabías?

Él sacó su pipa y le dio un golpecito.

—Debiste decirme que ibas a ir; te habría acompañado.

—Quería ir sola.

—Mi pequeña ermitaña —dijo, y le apretó ligeramente la nariz.

—Papá, las han comprado. —Sus ojos, tan verdes como los de su padre, brillaron—. Me han comprado cuatro piezas y me han pagado ahí mismo.

—¡No me digas, Maggie, no puede ser! —Se levantó y la arrastró con él mientras gritaba—: ¡Damas y caballeros, escuchen esto: mi Margaret Mary ha vendido su vidrio en Ennis!

Todos aplaudieron espontáneamente y llovieron preguntas sobre Maggie.

—En McGuiness —dijo, tratando de contestarles a todos—, cuatro piezas, pero quieren más. Dos jarrones, un tazón y un… Supongo que puede decirse que es un pisapapeles. —No pudo sino reírse cuando Tim les ofreció a ella y a su padre un whisky—. ¡Está bien! —Levantó su vaso y brindó—: Por Tom Concannon, que creyó en mí.

—No, no, Maggie. —Su padre negó con la cabeza y los ojos se le llenaron de lágrimas—. Por ti, todo por ti. —Chocaron los vasos y bebió el licor de un solo trago—. ¡Haz que suene ese acordeón, Murphy, que quiero bailar con mi hija!

Murphy lo complació y empezó a tocar. Tom sacó a bailar a su hija mientras todos lo animaban y aplaudían. Deirdre salió de la cocina limpiándose las manos en el delantal; tenía la cara encendida de cocinar, y sacó a bailar a su esposo. Al compás del baile y la música folclórica, Maggie pasó de pareja en pareja hasta que le dolieron las piernas.

Y a medida que otras personas fueron llegando al pub, ya fuera atraídas por la música o por la posibilidad de tener compañía, las noticias fueron corriendo. Maggie sabía que al anochecer todo el mundo a veinte kilómetros a la redonda las habría oído.

Era el tipo de fama que esperaba. Su secreto era que deseaba más.

—Ya basta —dijo entonces mientras se hundía en la silla y bebía su té frío—. Tengo el corazón a punto de explotar.

—Igual que yo, de orgullo por ti. —La sonrisa de Tom seguía siendo amplia, pero sus ojos se empañaron un poco—. Debemos contárselo a tu madre y a tu hermana.

—Se lo contaré a Brianna esta noche —replicó, pero el ánimo de Maggie se ensombreció con la mención de su madre.

—Está bien. —Tom cogió la mano de su hija y la acarició suavemente con su mejilla—. Hoy es tu día, Maggie Mae, y nada te lo va a estropear.

—No, es nuestro día. No habría soplado mi primera burbuja de vidrio de no haber sido por ti.

—Entonces durante un momento lo compartiremos sólo los dos. —Se sintió sofocado, con un poco de mareo y calor. Durante un instante oyó un golpecito dentro de su cabeza. Necesitaba aire, pensó—. Tengo ganas de dar un paseo. Quiero oler el mar, Maggie. ¿Me acompañas?

—Por supuesto que sí —dijo ella al tiempo que se levantaba—, pero está helando y el viento es espantoso. ¿Estás seguro de que quieres ir al acantilado?

—Lo necesito. —Se puso el abrigo y se enrolló una bufanda alrededor del cuello. Sentía que los colores oscuros y ahumados del pub le daban vueltas en los ojos. Pensó que estaba un poco pasado de copas, pero ése era el día para estarlo. Antes de salir les dijo a los presentes—: Mañana por la noche daremos una fiesta. Con buena comida, bebida y música, para celebrar el éxito de mi hija. Espero a todos mis amigos en casa.

Maggie aguardó a estar fuera para decirle a su padre:

—¿Una fiesta? Papá, sabes que ella no querrá hacer una fiesta.

—Todavía sigo siendo el que manda en mi propia casa. —Su barbilla, tan parecida a la de su hija, se estremeció un poco—. Habrá fiesta, y yo lidiaré con tu madre. ¿Conduces tú?

—Está bien.

No había lugar a discusiones una vez que Tom Concannon había tomado una decisión; Maggie lo sabía y se sentía agradecida por ello. De no haber sido así, ella no habría podido ir a Venecia y trabajar como aprendiz en un taller de vidrieros. Tampoco habría podido construir su estudio gracias a lo que había aprendido, ni hacer realidad lo que soñaba. Sabía que su madre le había hecho pagar caro a Tom el dinero que había costado, pero él se había mantenido firme.

—Cuéntame en qué estás trabajando ahora.

—Es una especie de botella que quiero que sea muy alta y delgada. Que vaya ampliándose de abajo hacia arriba para que la boca se abra como un lirio. Y el color debe ser muy delicado, como un albaricoque por dentro.

Maggie podía verla tan claramente como veía la mano con la que la describía.

—Son muy bellas las imágenes que tienes en la cabeza —comentó su padre.

—Es fácil verlas así —dijo con una sonrisa—, lo difícil es hacerlas realidad.

—Tú las harás realidad. —Le dio un golpecito en la mano y guardó silencio.

Maggie tomó el tortuoso y angosto camino que conducía hacia el mar. Lejos, hacia el oeste, las nubes que flotaban en el cielo se veían fustigadas por el viento y oscurecidas por la tormenta. Los retazos claros eran absorbidos por la oscuridad, pero luchaban por brillar nuevamente entre el peltre.

De repente se imaginó una vasija, ancha y profunda, en la que se arremolinaban los colores, y empezó a fantasear con ella.

El camino dio un giro y luego siguió recto. A un lado y otro de la carretera se alineaban árboles quemados por el invierno que eran más altos que un hombre. En un margen del camino se encontraba un altar dedicado a la Virgen que señalaba la entrada a un pueblo. La Virgen tenía una expresión serena y los brazos abiertos en señal de bienvenida; a sus pies había unas ridículas flores de plástico.

Un suspiro de su padre hizo que Maggie se volviera a mirarlo. Lo vio un poco pálido y ojeroso.

—Pareces cansado, papá. ¿Estás seguro de que no quieres que te lleve a casa?

—No, no. —Sacó su pipa y la golpeó contra la palma de la mano con aire ausente—. Quiero ver el mar. Se está formando una tormenta, así que veremos un gran espectáculo desde los acantilados de Loop Head, Maggie Mae.

—Seguro que sí.

Al dejar atrás el pueblo el camino se hizo angustiosamente estrecho, tanto que pasaron con la camioneta como si estuvieran enhebrando algodón en una aguja. Un hombre muy abrigado para protegerse del frío caminaba con dificultad hacia ellos con un perro que lo seguía estoicamente. Ambos se pararon a la vera del camino para dejar pasar la camioneta, que a punto estuvo de pisarle los pies. El hombre saludó a Maggie y a Tom a su paso con una inclinación de cabeza.

—¿Sabes, papá? He estado pensando que si pudiera vender unas pocas piezas más, podría tener otro horno. Quiero trabajar con más colores. Si pudiera construir otro horno, podría hacer más mezclas. Los ladrillos refractarios no son caros. Pero necesito más de doscientos.

—Yo puedo ayudarte con algo.

—No, otra vez no. —Maggie habló con firmeza—. Te agradezo que quieras ayudarme, pero voy a hacer esto por mi cuenta.

Tom se sintió ofendido y frunció el ceño.

—¿Para qué sirve un padre si no es para dar a sus hijos lo que necesitan? Tú no quieres ropa elegante ni cosas bonitas, sino ladrillos refractarios; entonces, ladrillos tendrás.

—Sí que los voy a tener, pero me los voy a comprar yo misma —contestó—. Necesito hacer esto sola. No es dinero lo que quiero, sino fe.

—Ya me pagaste de sobra lo que me debías. —Abrió un poco la ventanilla para que el viento entrara mientras encendía la pipa—. Soy un hombre rico, Maggie. Tengo dos hijas maravillosas, una joya cada una. Y aunque un hombre no podría pedir más que eso, tengo una buena casa y amigos con quienes contar.

Maggie notó que su padre no había mencionado a su madre entre sus tesoros, y añadió:

—Y siempre el tesoro al final del arco iris.

—Siempre —contestó él, y se sumió en el silencio de nuevo.

Pasaron viejas cabañas de piedra sin techo, abandonadas al borde de extensos campos de color gris verdoso de una belleza increíble bajo la luz nebulosa. Vieron una iglesia que resistía la fuerza feroz del viento y sólo estaba protegida por dos árboles retorcidos y sin hojas.

Habría podido ser una imagen profundamente triste, pero Tom la encontró hermosa. No compartía el amor de Maggie por la soledad, pero cuando contemplaba algo como aquello, con el cielo y la tierra baldía encontrándose a lo lejos, prácticamente sin la presencia de ningún hombre, entonces la entendía.

A pesar de que tenía la ventanilla apenas abierta pudo oler el mar. Alguna vez había soñado con cruzarlo.

Hacía mucho tiempo había soñado muchas cosas.

Siempre había buscado el tesoro al final del arco iris. Y sabía que era culpa suya no haberlo encontrado. Era granjero de nacimiento, pero no por convicción. Lo había perdido todo salvo unas pocas hectáreas, suficientes sólo para las verduras y las flores que su hija Brianna cultivaba con tanta pericia. Suficientes sólo para recordarle que había fracasado.

Demasiados proyectos, pensó Tom al tiempo que otro suspiro le colmó el pecho. Su esposa, Maeve, tenía razón. Siempre había estado lleno de proyectos, pero nunca tuvo la sensatez o la suerte para llevarlos a la práctica.

Pasaron otra granja y un edificio en cuyo letrero se leía que era el último pub hasta Nueva York. Como siempre, el ánimo de Tom mejoró un poco ante la perspectiva.

—¿Qué tal si nos vamos a Nueva York a tomarnos una cerveza? —preguntó a Maggie, como de costumbre.

—Yo invito a la primera ronda.

Tom se rio. Una sensación de urgencia lo embargó cuando Maggie aparcó la camioneta al final del camino, que daba paso al pasto y las piedras y, finalmente, al mar que llevaba a América.

Se apearon para encontrarse inmersos en la furia del sonido del viento y el mar golpeando el acantilado. Agarrados del brazo, se tambalearon como si estuvieran ebrios, se rieron y empezaron a caminar.

—Es una locura venir aquí en un día así.

—Tienes razón, pero es una magnífica locura. ¡Siente el aire, Maggie! Siéntelo… El viento quiere llevarnos hasta Dublín. ¿Te acuerdas de cuando fuimos?

—Recuerdo al malabarista que tiraba al aire pelotas de colores. Me encantó que tú aprendieras a hacerlo.

Tom estalló en carcajadas.

—¡La cantidad de manzanas que destrocé!

—Comimos tarta y compota de manzana durante semanas.

—Y pensé que podría ganarme unas cuantas libras con mi nueva habilidad y me fui a la feria de Galway…

—Y gastaste cada centavo en regalos para Brianna y para mí.

Maggie notó que había vuelto el color al rostro de su padre y que le brillaban los ojos. Lo acompañó de buena gana a través del pasto desigual hasta el borde del acantilado, donde se escuchaba más fuerte el rugir del viento y se veían las poderosas olas del Atlántico golpeando la roca sin piedad. El agua se estrellaba y se retiraba y, al hacerlo, dejaba docenas de cascadas entre las hendiduras. Las gaviotas chillaban y volaban en círculos una y otra vez, haciéndole eco al estruendo de las olas.

La espuma llegaba bien arriba, era blanca como la nieve en la base, pero las gotas que esparcía en el aire helado eran cristalinas. Ningún barco surcaba las embravecidas aguas ese día. Sólo se veían las crestas blancas de las fieras olas.

Maggie se preguntó si su padre iba tan a menudo a ese lugar porque la unión del mar y la roca simbolizaba a sus ojos tanto el matrimonio como la guerra. La convivencia había sido siempre una batalla: la rabia y la amargura constantes de su esposa haciendo mella en su corazón, desgastándolo paulatinamente.

—¿Por qué sigues con ella, papá?

—¿Qué? —preguntó él, dejando de prestar atención al mar y el cielo.

—¿Por qué sigues con ella, papá? —repitió—. Brie y yo ya somos adultas. ¿Por qué te quedas donde no eres feliz?

—Es mi esposa —contestó Tom sencillamente.

—¿Por qué se supone que ésa debe ser la respuesta? —preguntó de nuevo—. ¿Por qué tiene que terminar todo ahí? Entre vosotros no hay amor, ni siquiera cariño. Ella te ha hecho la vida imposible desde que tengo memoria.

—Eres demasiado dura con tu madre. —Eso también lo pensaba sobre sí mismo. Por querer tanto a su hija había sido incapaz de negarse a aceptar el amor incondicional de Maggie hacia él. Un amor que, Tom lo sabía, no había dejado espacio para entender las desilusiones de la mujer que la había dado a luz—. Tanto tu madre como yo somos responsables de lo que pasa entre nosotros. Un matrimonio es una cosa delicada, Maggie. Es el equilibrio de dos corazones y dos esperanzas. Algunas veces, el peso es demasiado grande de un lado y el otro no lo puede levantar. Lo entenderás cuando te cases.

—Yo nunca me voy a casar —dijo Maggie con fiereza, como si estuviera haciendo un voto ante Dios—. Nunca le voy a dar a nadie el derecho de hacerme tan infeliz.

—No digas eso; no lo hagas. —Tom le apretó la mano con fuerza, preocupado—. No hay nada más valioso que el matrimonio y la familia; nada en el mundo.

—Si es así, ¿cómo puede ser semejante prisión?

—No debería serlo. —De nuevo se sintió débil y el frío le caló hasta los huesos—. Tu madre y yo no os hemos dado un buen ejemplo, y lo siento tanto…, no te imaginas cuánto. Pero hay algo que sé, Maggie, mi niña: cuando amas con toda tu alma, no sólo te arriesgas a ser infeliz, también puedes alcanzar el paraíso.

Maggie apretó la cara contra el abrigo de su padre, buscando consuelo en su olor. No pudo decirle que ella sabía, que lo había sabido durante años, que él no había alcanzado el paraíso. Y que él nunca había huido de esa prisión conyugal por ella.

—¿Alguna vez la amaste?

—Claro que sí. Y el amor fue tan cálido como uno de tus hornos. Tú eres hija de esa pasión, Maggie Mae, naciste del fuego, como una de tus piezas más refinadas y audaces. Sin embargo, ese fuego que una vez ardió se fue enfriando. Tal vez si no hubiera sido tan abrasador, tan fuerte, habríamos podido hacer que durara.

Algo en el tono de su voz hizo que Maggie levantara los ojos para mirarlo directamente a la cara, para descifrar su expresión.

—Hubo alguien más.

El recuerdo que se agolpó en la memoria de Tom era dulce y doloroso a la vez. Volvió a mirar hacia el mar, como si pudiera atravesarlo con la vista y encontrar a la mujer que había dejado marchar.

—Sí, una vez. Pero fue algo que no debía ser, no tenía derecho a ser. Déjame decirte una cosa, Maggie:

cuando el amor llega, cuando la flecha te atraviesa el corazón, no hay marcha atrás. E incluso sangrar es placentero. Así que no me digas que nunca vas a amar, niña mía, porque quiero que tengas lo que yo no he podido tener.

Maggie no respondió, pero pensó: «Tengo veintitrés años, papá, y Brie, uno menos que yo. Sé lo que opina la Iglesia, pero por nada del mundo puedo creer que en el Cielo hay un Dios que disfruta castigando a un hombre durante toda su vida porque cometió un error».

—... un error...

—Mi matrimonio no es un error, Margaret Mary —continuó Tom al tiempo que bajaba las cejas y sostenía la pipa entre los dientes—. Nunca digas que lo ha sido. Tú y Brie nacisteis de él. ¿Un error? No. Un milagro. Yo tenía más de cuarenta años cuando naciste, ni siquiera pensaba ya en formar una familia. Imagínate lo que habría sido mi vida sin vosotras dos. ¿Dónde estaría ahora? Con casi setenta años y solo... Solo. —Se llevó las manos a la cara y miró a Maggie con dureza—. Todos los días doy gracias a Dios cuando llego a casa y veo a tu madre. Agradezco que entre los dos hayamos construido algo que podemos dejar cuando ya no estemos aquí. De todas las cosas que he hecho, y de las que no, tú y Brianna sois mi principal y más importante motivo de regocijo. Y no vamos a hablar más de errores e infelicidad, ¿me has oído?

—Te quiero, papá.

La expresión de Tom se suavizó, y replicó:

—Lo sé. Demasiado, tal vez, pero no puedo lamentarlo. —De nuevo lo invadió una sensación de urgencia, como una brisa que lo instaba a apresurarse—. Necesito pedirte algo, Maggie.

—¿Qué necesitas?

Escrutó el rostro de su hija y lo acarició con los dedos como si de repente tuviera la necesidad de memorizar cada rasgo: la barbilla afilada y testaruda, la suave curva de sus mejillas, los ojos tan verdes e inquietos como el mar que retumbaba a su espalda.

—Eres una mujer fuerte, Maggie. Recia y fuerte, con un corazón noble tras ese acero. Dios sabe que eres inteligente. No entiendo las cosas que sabes o cómo las sabes. Tú eres mi estrella fulgurante de la misma manera que Brie es mi rosa apacible. Quiero que vosotras, las dos, alcancéis vuestros sueños. Lo quiero más que nada en el mundo. Y cuando sigáis el camino que os llevará hasta ellos, lo haréis tanto por vosotras como por mí.

El rugido del mar se hizo lejano en los oídos de Tom y la luz se oscureció en sus ojos. En un momento, la cara de Maggie se volvió borrosa y se desvaneció.

—¿Qué te pasa? —Angustiada, Maggie lo sostuvo. Se había puesto tan gris como el cielo y de pronto lo vio horriblemente viejo—. ¿Estás enfermo, papá? Ven, vamos a la camioneta.

—No. —Era de suma importancia, por razones que no comprendía, que se quedara allí, en la punta más lejana de su país, y terminara lo que había empezado—. Estoy bien. Sólo es un mareo pasajero, nada más.

—Estás helado. —Maggie sintió entre sus manos el enjuto cuerpo de su padre como poco más que una bolsa de huesos de hielo.

—Escúchame —dijo con voz aguda—. No permitas que nada te impida ir donde tengas que ir, que hagas lo que tengas que hacer. Deja tu huella en el mundo, y que sea profunda, para que perdure, pero no...

—¡Papá! —El pánico la invadió cuando él se tambaleó y cayó de rodillas—. Dios mío, papá, ¿qué tienes? ¿Es el corazón?

No, no era el corazón, pensó Tom con una sensación de dolor sordo. Escuchaba sus propios latidos fuerte y claramente, pero de repente sintió que algo dentro de él se rompía, explotaba y se derramaba.

—No te endurezcas, Maggie, prométemelo. Nunca pierdas lo que tienes dentro. Cuida de tu hermana. De tu madre. Prométemelo.

—Tienes que levantarte. —Trató de levantarlo, de espantar así el miedo. El oleaje sonaba como el inicio de una tormenta, una tormenta de pesadilla que los iba a arrastrar a ambos hacia el vacío, contra las rocas—. ¿Me has oído, papá? Tienes que levantarte ya.

—Prométemelo.

—Sí, te lo prometo. Lo juro ante Dios. Siempre velaré por ambas. —Los dientes empezaron a castañetearle y gruesas lágrimas rodaron por sus mejillas.

—Necesito un sacerdote —jadeó Tom.

—No. Lo que necesitas es escapar de este frío. —Maggie supo que era una mentira en cuanto lo dijo. Tom empezó a escurrirse entre sus brazos, sin que importara el esfuerzo que ella hiciera por sostenerlo. Se estaba abandonando—. No me dejes así. Así no.

Con desesperación, Maggie buscó con la mirada a alguien que la ayudara; año tras año la gente caminaba hasta allí, donde estaban ellos, para ver el espectáculo del mar. Pero en ese instante no había nada ni nadie. Entonces gritó, intentando conseguir ayuda.

—Papá, trata... trata de ponerte en pie para que pueda llevarte a un médico.

Tom descansó la cabeza sobre el hombro de Maggie y suspiró. Ya no le dolía nada, sólo se sentía embotado.

—Maggie —susurró, y luego pronunció otro nombre, el de alguien que ella no conocía, y eso fue todo.

—¡No! —exclamó ella, y tratando de protegerlo del viento que él ya no sentía, Maggie lo acunó entre sus brazos con fuerza y lo meció llorando.

Y el viento rugió hacia el mar y con él cayeron las primeras gotas de lluvia de hielo.

2

Se habló del velatorio de Thomas Concannon durante años. Hubo buena comida y buena música, como había planeado que sería la fiesta de celebración de su hija. La casa en la que había vivido sus últimos años estaba llena de gente.

Tom no había sido un hombre rico, dirían algunos, pero lo había sido en amigos. Todos acudieron, los que vivían en el pueblo y los que no. Llegaron desde las granjas vecinas, desde las tiendas y los alrededores. Llevaron comida, como suelen hacer los vecinos en esas ocasiones, y la cocina se fue llenando de panes, carne y tartas. Todos bebieron y cantaron a su salud.

El fuego ardía para evitar que el vendaval que hacía traquetear las ventanas se sintiera en la habitación, igual que el frío del duelo. Sin embargo, Maggie dudaba que pudiera entrar en calor alguna vez. Estaba sentada cerca del fuego mientras toda la gente llenaba la casa. En las llamas vio el acantilado y las aguas embravecidas del mar, y también se vio a sí misma abrazando a su padre moribundo.

—Maggie…

Se sobresaltó ante el sonido de la voz. Al volverse vio a Murphy en cuclillas frente a ella, ofreciéndole una taza humeante.

—¿Qué es?

—Whisky con un poco de té. —La miró con afecto y tristeza—. Tómatelo ya, para que te caliente. ¿No quieres comer algo? Te sentará bien.

—No puedo —contestó, pero le hizo caso y se bebió el contenido de la taza. Habría podido jurar que sintió cada gota bajándole por la garganta—. No debí llevarlo al acantilado, Murphy. Debí darme cuenta de que estaba enfermo.

—Eso es una tontería y lo sabes. Tom estaba perfectamente cuando salió del pub. Incluso estuvo bailando, ¿o no?

Maggie pensó que ojalá algún día pudiera encontrar consuelo en el hecho de haber bailado con su padre el día en que murió.

—Pero si no hubiéramos estado tan lejos, tan solos…

—El médico te lo dijo claramente, Maggie. No habría supuesto ninguna diferencia. El aneurisma lo mató, y fue misericordiosamente rápido.

—Y vaya si fue rápido.

Le tembló la mano, así que bebió de nuevo. Lo que siguió sí había sucedido muy lentamente. Fue espantoso tener que arrastrar el cuerpo de su padre lejos del mar, resollando, y luego tener que conducir con las manos sobre el volante helado.

—Nunca he visto a un hombre más orgulloso de su hija que él. —Murphy titubeó y bajó la mirada—. Tom era como un segundo padre para mí, Maggie.

—Lo sé. —Maggie extendió la mano y le quitó un mechón de pelo de la frente—. Y él también lo sabía.

Y ahora que perdía a un padre por segunda vez, pensó Murphy, de nuevo sentía el peso del dolor y la responsabilidad.

—Quiero estar totalmente seguro de que sabes que si necesitas algo, lo que sea, tú o tu familia, lo único que tienes que hacer es decírmelo.

—Me reconforta oírlo. Gracias por ser tan sincero.

Murphy levantó la mirada y sus ojos azul celta intenso se clavaron en los de ella.

—Sé que vender parte de sus tierras fue muy difícil. Y también lo fue que se las comprara yo.

—No. —Maggie puso a un lado la taza y tomó las manos de Murphy entre las suyas—. A mi padre no le importaban las tierras.

—Tu madre…

—Ella hubiera culpado a un santo por comprarlas —contestó Maggie enérgicamente—, aunque el dinero resultante puso comida en su mesa. Que las compraras tú lo hizo todo más fácil. Ni Brie ni yo te guardamos rencor por ello, Murphy. —Y se obligó a sonreírle, pues ambos lo necesitaban—. Tú has logrado lo que él no pudo, lo que él sencillamente no quería: has hecho que la tierra dé frutos. Así que no se hable más del tema.

Maggie echó un vistazo por toda la sala, como si acabara de entrar en una habitación llena de gente. Alguien estaba tocando la flauta y la hija de O'Malley, embarazada de su primer hijo, cantaba una suave y tierna canción. De repente escuchó un estallido de carcajadas al otro lado de la habitación, fresco y libre. Un bebé lloraba.

Aquí y allá había hombres que hablaban de Tom y del tiempo, de la yegua enferma de Jack Marley y de la gotera del techo de la cabaña de los Donovan. Las mujeres también hablaban de Tom y del tiempo, de sus hijos y de matrimonios y entierros.

Vio a una anciana, una prima lejana, con zapatos rotos y medias remendadas, que tejía mientras contaba una historia a un grupo de jóvenes de ojos desorbitados.

—¿Sabes? A mi padre le encantaba tener gente a su alrededor. —El dolor estaba allí, palpitando en su voz como una herida—. Habría llenado la casa de personas todos los días si hubiera podido. Siempre le sorprendió que yo prefiriera estar sola. —Suspiró y trató de hacer que su voz resultara normal—. ¿Alguna vez le oíste hablar de una mujer llamada Amanda?

—¿Amanda? —Murphy frunció el ceño mientras pensaba—. No. ¿Por qué me lo preguntas?

—Por nada. Seguramente lo entendí mal. —Decidió no darle importancia. Estaba segura de que la última palabra de su padre no podía ser el nombre de una mujer extraña—. Debería ir a ayudar a Brie en la cocina. Gracias por el té, Murphy, y por lo demás —dijo, le dio un beso en la mejilla y se levantó.

Por supuesto, llegar al otro lado de la habitación no fue fácil. Tuvo que detenerse una y otra vez para dejar que le dieran el pésame o escuchar alguna anécdota de su padre, o, como en el caso de Tim O'Malley, para consolarlo ella misma.

—Dios, cómo lo echo de menos —le dijo Tim al tiempo que se enjugaba los ojos—. Nunca he tenido un amigo al que apreciara tanto y nunca tendré otro como él. Siempre me tomaba el pelo diciendo que iba a abrir un pub, ya sabes, para hacerme un poco la competencia.

—Lo sé. —Maggie también sabía que no era una broma, sino otro sueño.

—Quería ser poeta —dijo alguien más mientras Maggie abrazaba a Tim y le daba palmaditas en la espalda—. Decía que el único problema era que le faltaban las palabras para serlo.

—Tenía alma de poeta —contestó Tim entre sollozos—, el corazón y el alma de un poeta, eso es seguro. Ningún hombre más noble que Tom Concannon ha pisado la faz de la Tierra.

Maggie finalmente habló un momento con el sacerdote para concretar los detalles del funeral, que se celebraría la mañana siguiente, y por fin pudo entrar en la cocina, que estaba tan llena de gente como el resto de la casa; allí varias mujeres trabajaban afanosamente, sirviendo comida o preparándola.

Los sonidos y los olores de la cocina estaban llenos de vida: la tetera silbaba, la sopa hervía y el jamón se asaba. Varios niños andaban estorbando por ahí, así que las mujeres, con esa gracia maternal con la cual parecen nacer, los esquivaban o los quitaban de su camino, según fuera la necesidad.

El cachorro que Tom le había regalado a Brianna en su último cumpleaños roncaba apaciblemente debajo de la mesa de la cocina, mientras su ama trabajaba competentemente en el horno con expresión reposada. Maggie notó las sutiles señales de dolor en sus ojos inexpresivos y en su boca suave y seria.

—Ven a comer —le dijo a Maggie una de las vecinas en cuanto la vio; inmediatamente empezó a servirle—. Tienes que comer sí o sí.

—Sólo he venido a ayudar.

—Ayudarás comiéndote todo lo que te voy a poner. Hay suficiente para alimentar a un ejército. ¿Sabes que una vez tu padre me vendió un gallo? Me dijo que era el mejor del condado y que mantendría felices a las gallinas durante muchos años. Tom tenía una manera de ser, de decir las cosas, que hacía que uno le creyera aunque supiera que decía tonterías. —Hablaba mientras servía una gran cantidad de comida en el plato, al tiempo que se tomó la molestia de quitar a un niño de su camino, pero sin perder el ritmo—. Sin embargo, resultó ser un malvado y terrible gallo que no cantó ni una nota en su miserable vida.

Maggie sonrió y dijo lo que se esperaba de ella, a pesar de que conocía bien la historia:

—¿Y qué hizo con el gallo que mi padre le vendió, señora Mayo?

—Le retorcí el pescuezo y preparé un guiso con él. Le di un gran plato a tu padre. Me dijo que era el mejor guiso que había probado en su vida. —Se rio y le pasó el plato a Maggie.

—¿Y lo era?

—La carne era fibrosa y dura como el cuero viejo, pero Tom se comió hasta la última migaja. Dios lo bendiga.

Maggie decidió comer, porque no había nada más que pudiera hacer salvo vivir y seguir adelante. Escuchó las historias que contaron de su padre y contó algunas otras. Cuando empezó a anochecer y la cocina se fue desocupando, se sentó y puso al cachorro sobre su regazo.

—Era una persona muy querida —dijo Maggie.

—Lo era —contestó Brianna, que seguía junto al horno, con un paño en la mano y una expresión de aturdimiento en los ojos.

No quedaba nadie más a quien darle de comer ni a quien atender, nada que mantuviera su mente y sus manos ocupadas, así que el dolor empezó a cercar su corazón como un enjambre de abejas. Para mantenerlo alejado un poco más, empezó a recoger los platos.

Era delgada y esbelta y tenía una tranquila manera de moverse. Si su familia hubiera tenido dinero y los medios para pagar su formación, probablemente habría sido bailarina. Tenía el cabello, de color dorado y grueso, recogido en una coleta sobre la nuca. Llevaba un sencillo vestido negro que estaba cubierto por un delantal blanco.

En contraste, Maggie tenía el pelo suelto, y le caía desordenadamente a ambos lados de la cara. Llevaba puesta una falda que había olvidado planchar y un suéter que necesitaba un par de remiendos.

—El tiempo no va a mejorar mañana. —Brianna había olvidado los platos que tenía en las manos y se había detenido ante la ventana a observar cómo bramaba el viento esa noche helada.

—No, no va a mejorar. Pero de todas formas la gente vendrá, igual que hoy.

—Después del entierro deberíamos invitar a la gente a que viniera a comer. Hay tanta comida que no sé qué vamos a hacer con ella... —La voz de Brianna se fue apagando.

—¿No ha salido de su habitación?

Brianna se quedó quieta un instante y después empezó a apilar los platos, y respondió:

—No se encuentra bien.

—Dios santo, no. Su marido ha muerto y todo aquel que lo conocía ha venido hoy. ¿Ni siquiera puede hacer algún aspaviento y fingir que le importa?

—Claro que le importa —contestó Brianna con voz tensa. No creía que pudiera soportar una discusión en ese momento, no cuando sentía que el corazón se le hinchaba como si fuera un tumor—. Vivió con él más de veinte años.

—Y no hizo mucho más con él. ¿Por qué la defiendes incluso ahora?

Brianna apretó con tanta fuerza el plato que tenía en la mano que le sorprendió que no se partiera en dos. Su voz sonó totalmente calmada y razonable cuando contestó a su hermana:

—No estoy defendiendo a nadie, sólo digo lo que es verdad. ¿No podemos vivir en paz? ¿No podemos tener paz en esta casa al menos hasta que lo enterremos?

—Nunca ha habido paz en esta casa —dijo entonces Maeve desde la puerta. No había rastro de lágrimas en su rostro, que era duro, frío y rencoroso—. Él se encargó de ello, de la misma manera que se está encargando de ello ahora. Incluso muerto me hace sufrir.

—No hables de él. —La furia que Maggie había acumulado todo el día se abrió paso como una pesada roca a través de un cristal. Se levantó enérgicamente de la silla, haciendo que el perro saliera corriendo a buscar dónde esconderse—. ¡No te atrevas a hablar mal de él!

—Diré lo que me venga en gana. —Las manos de Maeve se aferraron a su chal de lana, que ella hubiera preferido de seda, y se lo llevó hasta la garganta—. Mientras vivió no me dio nada más que dolor, y ahora que ha muerto me ha dado aún más.

—No veo lágrimas en tus ojos, madre.

—Y no las verás. Ni nací ni me voy a morir siendo hipócrita, pero mis palabras son la verdad. Thomas Concannon se irá al infierno por lo que me ha hecho hoy. —Sus ojos, amargos y azules, se posaron en Brianna—. Y hasta que Dios no lo perdone, no lo haré yo.

—¿Es que ahora sabes lo que piensa Dios? —le espetó Maggie—. ¿Acaso todos tus rezos y rosarios te han dado línea directa con el Señor?

—¡No blasfemes! ¡No toleraré blasfemias en esta casa! —explotó Maeve, con las mejillas encendidas por la ira.

—Yo también diré lo que me venga en gana —contestó Maggie imitando a su madre con una ligera sonrisa—. Como, por ejemplo, que Tom Concannon no necesita de tu apestoso perdón.

—¡Ya basta! —A pesar de que estaba temblando por dentro, Brianna puso firmemente una mano sobre el hombro de Maggie. Respiró profunda y lentamente para asegurarse de que su voz sonara tranquila—. Ya te lo he dicho, mamá, te daré la casa. No tienes nada de qué preocuparte.

—¿De qué va todo esto? —preguntó Maggie a su hermana—. ¿Qué pasa con la casa?

—¿No oíste lo que decía el testamento? —inquirió Brianna, pero Maggie negó con la cabeza.

—No presté atención, pensé que sólo era palabrería de abogados.

—Se la ha dejado a ella. —Todavía temblando, Maeve levantó el dedo índice y apuntó hacia Brianna, como si la acusara—. Le ha dejado la casa a ella. Todos estos años de sufrimiento y sacrificio, y él me quita hasta eso.

—Se calmará en cuanto tenga la certeza de que va a tener un techo bajo el que cobijarse y que no debe hacer nada para que sea así —dijo Maggie en cuanto su madre salió de la cocina.

Era cierto. Y Brianna pensó que podría mantener la paz. Llevaba toda la vida practicando.

—Voy a quedarme con la casa y ella seguirá aquí. Puedo hacerme cargo de ambas.

—Santa Brianna —murmuró Maggie sin malicia—. Entre las dos nos encargaremos de todo. —Decidió que el horno nuevo tendría que esperar. Y mientras McGuinness siguiera comprando sus piezas, habría suficiente dinero para mantener las dos casas.

—He estado pensando… Papá y yo lo hablamos hace poco… He estado pensando… —Brianna titubeó.

—Dilo ya de una vez, anda. —Maggie apartó sus propios pensamientos y prestó atención a su hermana.

—Ya sé que necesita algunos arreglos, y ya me queda poco dinero del que me dejó la abuela… Y también está la hipoteca…

—Yo voy a pagar la hipoteca.

—No, no estaría bien.

—Claro que estará bien. —Maggie se paró a coger la tetera—. Papá hipotecó la casa para mandarme a Venecia, ¿no es cierto? Y además tuvo que capear el temporal que desató mamá por hacerlo. Estuve estudiando tres años gracias a él. Y ahora necesito devolver el dinero.

—La casa es mía. —La voz de Brianna era firme—. Así que también lo es la hipoteca.

Su hermana la miraba con indulgencia, pero Maggie sabía que Brianna podía ser tan terca como una mula cuando quería.

—Podemos discutir hasta morirnos, así que mejor que paguemos la hipoteca entre las dos, ¿vale? Si no me dejas hacerlo por ti, Brie, al menos déjame hacerlo por él. Lo necesito.

—Ya encontraremos una manera —replicó Brianna tomando la taza de té que Maggie le había servido.

—Cuéntame qué has pensado.

—De acuerdo. —Se sentía un poco tonta, pero esperaba que sonara bien—. Quiero convertir la casa en un hotel.

—¡Un hotel! —Maggie se sorprendió tanto que apenas acertó a decir algo—. ¿Quieres tener huéspedes en casa husmeando por ahí? No tendrías ningún tipo de privacidad, Brianna, y te tocaría trabajar desde el amanecer hasta el anochecer.

—Me gusta tener gente alrededor —contestó Brianna tranquilamente—. No todo el mundo quiere ser un eremita como tú. Y creo que se me da bien hacer que la gente se sienta cómoda. Lo llevo en la sangre. —Sacó un poco la barbilla—. El abuelo tenía un hotel y la abuela lo llevó cuando él murió. Yo también podría hacerlo.

—No he dicho que no puedas, es sólo que no puedo entender por qué quieres hacerlo. Imagínate: extraños entrando y saliendo todo el día —repuso Maggie, estremeciéndose al pensarlo.

—Sólo espero que vengan. Las habitaciones del segundo piso necesitan renovarse, por supuesto. —Se le nubló la mirada mientras pensaba en los detalles—. Habría que pintarlas y empapelarlas de nuevo, poner un par de alfombras y arreglar la fontanería, desde luego. Necesitamos otro baño, y creo que se podría poner en el armario que está arriba al final del pasillo. También tendría que sacar un apartamento pequeño de aquí a la cocina, para mamá, para que nadie la moleste. Y agrandar un poco el jardín, y poner un rótulo discreto. No quiero nada a gran escala, sólo un sitio pequeño, de buen gusto y acogedor.

—Quieres hacer todo eso en serio, ¿no? —murmuró Maggie, fijándose en el brillo de los ojos de su hermana—. De verdad lo quieres.

—Sí, es en serio. De verdad que quiero hacerlo.

—Entonces hazlo. —Maggie la tomó de las manos—. Sencillamente hazlo, Brie. Renueva las habitaciones y arregla la fontanería; pon un rótulo bonito. Papá querría que lo hicieras.

—Creo que sí. Se rio cuando le conté mi idea, se carcajeó de esa forma tan alegre que tenía.

—Sí, tenía una preciosa manera de reírse.

—Me besó y me dijo que ya que el abuelo tenía un hotel, yo debía seguir con la tradición. Si empiezo con poco, podría abrir este verano. Por lo general los turistas vienen a los condados del oeste en esa época, y siempre buscan un lugar bonito y cómodo donde pasar la noche. Podría… —Brianna cerró los ojos—. Oh, ¿cómo podemos tener esta conversación?, mañana enterramos a nuestro padre…

—Eso sería lo que él habría querido escuchar —dijo Maggie, capaz ya de sonreír de nuevo—: Un gran proyecto como ése. ¡Papá te hubiera animado!

—Nosotros, los Concannon —replicó Brianna sacudiendo la cabeza—, somos fantásticos a la hora de imaginar proyectos.

—Brianna, ese día, en el acantilado, habló de ti. Te llamó su rosa, y quería que florecieras.

Y ella había sido su estrella, pensó Maggie. E iba a hacer todo lo que estuviera a su alcance para brillar.

3

Se encontraba sola, que era como más le gustaba estar. Desde la entrada de su cabaña veía la lluvia caer sobre los campos de Murphy Moldoon. Llovía reciamente sobre el pasto y las rocas, aunque un rayo de sol brillaba esperanzadoramente y con terquedad. Por el color del cielo se podían anticipar una docena de fenómenos meteorológicos diferentes, todos breves e inciertos.

Así es Irlanda.

Sin embargo, para Margaret Mary Concannon la lluvia era una cosa buena. Con frecuencia la prefería a la calidez del sol y al brillo del cielo azul despejado. La lluvia era como una cortina suave y gris que la separaba del mundo. O, más importante aún, que excluía el mundo más allá de su panorama de colinas, campos y grupos de vacas aquí y allá.

La granja de cercas de piedra y verdes pastizales que había más allá del jardín silvestre de intenso color ya no era propiedad de Maggie ni de su familia, pero ese pequeño terreno con su jardín le pertenecía sólo a ella, junto con su aire húmedo de primavera.

Era cierto que era hija de un granjero, pero ella no era del tipo granjero en absoluto. En los cinco años que habían transcurrido desde la muerte de su padre se había empeñado en construirse su propio espacio y en dejar la huella que él le había pedido. Probablemente todavía no era muy profunda, pero Maggie seguía vendiendo las piezas que hacía, ahora en Galway y Cork, así como en Ennis.

No necesitaba nada más de lo que tenía. Tal vez quería más, pero sabía que los deseos, sin importar cuán profundos e intensos fueran, no bastaban para pagar las cuentas. También sabía que cuando se hacen realidad algunas ambiciones, hay que pagar un alto precio. A veces se sentía frustrada y se impacientaba, y entonces tenía que recordarse que estaba donde necesitaba estar y haciendo lo que había escogido. Pero en mañanas como ésa, con el sol y la lluvia peleando, pensaba en su padre y en todos los sueños que no había podido ver convertirse en realidad. Tom había muerto sin riquezas, sin éxito y sin la granja que la familia Concannon había arado y cultivado a lo largo de muchas generaciones.

Maggie no lamentaba el hecho de que se hubiera tenido que vender la mayor parte de su herencia para pagar impuestos, deudas y las fantasías grandilocuentes de su padre. Tal vez tenía una ligera sensación de pesadumbre por las lomas y los campos que una vez había recorrido a caballo con toda la arrogancia y la inocencia de la juventud, pero todo eso formaba parte del pasado. Era un hecho que ella no quería trabajar la tierra, ni preocuparse por ella. No sentía la inclinación de su hermana Brianna por cultivar o sembrar. Disfrutaba de su jardín, es cierto, de su aroma y sus bellas flores, pero éstas crecían las cuidara ella o no.

Maggie tenía su propio espacio, y todo lo que había más allá estaba fuera de su reino y, por tanto y por lo general, fuera de su mente. Prefería no necesitar a nadie ni nada que no pudiera conseguir personalmente. Sabía que la dependencia y desear más de lo que se tiene eran el camino hacia la infelicidad y la insatisfacción. Tenía ante sus ojos el ejemplo de sus padres.

Salió a la intemperie y se paró bajo la pertinaz lluvia; notó en el aire su dulce humedad mezclada con los endrinos en flor que formaban un seto hacia el este, y hacia el oeste con las rosas que luchaban por florecer. Los vaqueros holgados y la camisa de franela revelaban a una mujer menuda pero bien proporcionada. Sobre el cabello desordenado, que le llegaba a la altura de los hombros, llevaba un sombrero flexible tan gris como el cielo. Sus ojos eran del verde temperamental y místico del mar.

La lluvia humedeció su rostro: la suave curva de las mejillas y la mandíbula, su boca amplia y melancólica. Llenó de rocío su piel blanca y su pelo rojo y unió las pecas doradas que tenía dispersas sobre el puente de la nariz. Dio un sorbo al té fuerte y dulce que se había servido en una taza diseñada por ella misma e hizo caso omiso del teléfono, que había empezado a sonar en la cocina. No prestar atención a su repiqueteo era tanto política como hábito, especialmente cuando tenía la cabeza centrada en el trabajo. En ese momento estaba imaginándose una escultura, y la veía en su mente tan claramente como una gota de lluvia. Era pura y delicada y el vidrio fluía hacia su interior.

El impulso de la visión la urgió a ponerse a trabajar. Caminó bajo la lluvia obviando el sonido del teléfono y al acercarse oyó el relajante ronroneo del horno.

Desde su oficina de Dublín, Rogan Sweeney esperaba impacientemente a que cogieran el teléfono, pero nada. Escuchó hasta el último tono en el auricular y soltó una palabrota. Era un hombre demasiado ocupado como para desperdiciar el tiempo en una artista grosera y temperamental que insistía en perder su oportunidad. Tenía negocios que atender, llamadas que hacer, documentos que leer y presupuestos que aprobar. Antes de que se acabara el día debía bajar a la galería a revisar el último pedido que había llegado. Después de todo, la cerámica de los indígenas norteamericanos era su niña bonita, y no en vano había pasado meses escogiendo las mejores piezas.

Pero, por supuesto, ése era un reto que ya había cumplido. Dicha exposición en particular ratificaría, una vez más, que las galerías Worldwide estaban entre las mejores del mundo en cuanto a calidad. Mientras tanto, la maldita y testaruda mujer de Clare ocupaba sus pensamientos. A pesar de que todavía no la conocía en persona, dedicaba demasiado tiempo a ella y a su genio.

La nueva exposición contaría con toda su atención, cuidado y pericia, eso por descontado, pero una artista nueva, en particular una que hubiera cautivado totalmente su imaginación, le entusiasmaba en un nivel diferente. La emoción del descubrimiento era para Rogan tan vital como el marketing y la venta de las piezas del artista.

Quería a Concannon en exclusiva para las galerías Worldwide. Y como con todos sus deseos, que Rogan consideraba bastante razonables, no descansaría hasta lograr su propósito.

Era un hombre que había sido educado para tener éxito. Formaba parte de la tercera generación de una familia de prósperos marchantes que eran muy hábiles a la hora de hacer buenos negocios. La galería, que su abuelo había fundado sesenta años antes, había florecido bajo su liderazgo porque Rogan Sweeney no aceptaba un no por respuesta. Alcanzaba sus metas trabajando mucho y gracias a su encanto personal y tenacidad, o por cualquier otro medio que estuviera a su alcance. Margaret Mary Concannon y su excepcional talento eran su objetivo más reciente y frustrante.

A sus ojos él era una persona razonable, y probablemente se hubiera sorprendido y hasta sentido insultado al descubrir que muchos de sus conocidos lo tachaban de irracional. Así como les exigía a sus empleados largas jornadas de duro trabajo, se las exigía a sí mismo. La iniciativa y la dedicación no eran en Rogan meras virtudes, sino necesidades inherentes a su naturaleza.

Podría contratar a un administrador que llevara las galerías y disfrutar de una plácida existencia gracias a las rentas. Viajar por placer y no por trabajo y disfrutar de su herencia sin tener que trabajar. Podría... pero el sentido de la responsabilidad y la ambición eran sus marcas de nacimiento.

Y Margaret Concannon, artista que trabajaba el vidrio, ermitaña y excéntrica, era su nueva obsesión.

Iba a hacer cambios en la galería, cambios que reflejarían su propia visión y exaltarían el encanto de su país. Concannon era el primer paso, y por nada del mundo iba a permitir que la terquedad de aquella mujer hiciera tambalear sus planes.

Ella no había entendido —porque no había querido escuchar, pensó Rogan con gravedad— que él pretendía convertirla en la primera estrella irlandesa de Worldwide. Cuando su abuelo y su padre habían dirigido las galerías, se habían especializado en arte internacional. Rogan no quería limitar el espectro, pero sí darle un giro a la propuesta y ofrecerle al mundo lo mejor de su tierra natal. E iba a poner en juego tanto su capital como su reputación para conseguirlo.

Si su primer artista era un éxito, como pretendía que fuera, la inversión que había hecho se cubriría, le daría la razón a su instinto, y su sueño, una galería nueva que sólo expusiera arte irlandés, se convertiría en realidad.

Para empezar, quería a Margaret Mary Concannon.

Molesto consigo mismo, se levantó de su escritorio de roble antiguo y se paró delante de la ventana. La ciudad se extendía ante él, las calles amplias, los verdes parques y el destello plateado del río con los puentes que lo cruzaban.

Abajo, el tráfico fluía a un ritmo continuo y los trabajadores y los turistas se movían por todas partes formando una multitud colorida que resaltaba bajo el sol. Parecían muy ajenos a él, andaban en grupos o en parejas. Fijó su atención en una pareja que se abrazaba, un encuentro casual de brazos y labios. Ambos cargaban en la espalda una mochila y tenían en la cara una expresión de felicidad. Rogan volvió la cara al sentir un ligero aguijonazo de envidia.

No estaba acostumbrado a sentirse intranquilo, como estaba en ese momento. Tenía trabajo pendiente sobre su escritorio, y apuntadas varias citas en la agenda que debía cumplir, pero no podía concentrarse en ninguna tarea. Desde que era un niño había actuado con un propósito, de la escuela al trabajo, de un éxito a otro. Como se esperaba de él. Como él esperaba de sí mismo.

Había perdido a sus padres siete años atrás. Su padre había sufrido un ataque cardíaco mientras conducía y chocó contra un poste de la luz. Aún podía recordar la sensación de pánico y la ligera incredulidad que lo habían invadido durante el vuelo entre Dublín y Londres, ciudad a la que habían viajado sus padres por cuestiones de trabajo, y el olor a desinfectante del hospital.

Su padre murió en el acto y su madre apenas sobrevivió una hora más. Así que ambos murieron antes de que Rogan llegara, mucho antes de que fuera capaz de aceptarlo. Pero hasta entonces ya le habían enseñado muchas cosas, sobre la familia y el orgullo de la herencia, el amor al arte y el amor a los negocios y cómo combinarlos.

A los veintiséis años se encontró con la realidad de ser el director de Worldwide y sus sucursales y, por tanto, responsable del personal, de tomar las decisiones y de elegir las piezas que se mostraban en las galerías. Había trabajado durante siete años no sólo para que el negocio creciera, sino para que fuera deslumbrante. Lo que había logrado era más que suficiente para él.

Rogan sabía que la sensación de desasosiego, el dilema que lo embargaba, tenía sus raíces en la tarde de invierno en la que había visto el trabajo de Margaret Concannon por primera vez.

Esa primera pieza, descubierta en un acto al que se había visto obligado a asistir con su abuela, lo había incitado a poseer... No, pensó, no se sentía cómodo con esa palabra. Controlar, se corrigió. Quería controlar el destino de la obra y la carrera de la artista. Desde esa tarde, sólo había podido comprar dos piezas de Maggie. Una era una columna espigada, casi etérea, tan delicada como un sueño diurno, colmada de colores brillantes y apenas más grande que su mano, desde la muñeca hasta la punta del dedo corazón.

La segunda, la que en privado podía admitir que lo había embrujado y seducido, era una violenta pesadilla nacida de una mente apasionada y convertida en una turbulenta maraña de vidrio. Parecía una pieza desequilibrada, pensó Rogan ahora que la examinaba sobre su escritorio. Debía ser fea, con su salvaje lucha de colores y formas, y con aquellos tentáculos retorciéndose y abriéndose camino fuera de la base. Y, sin embargo, era una pieza fascinante y con tantas connotaciones sexuales, que hacía que el espectador se sintiera incómodo. Y al galerista le hacía preguntarse qué tipo de mujer podía crear ambas esculturas con igual destreza e intensidad.

Puesto que había comprado esa última pieza hacía tan sólo un par de meses, todavía no había podido contactar con la artista y ofrecerle su mecenazgo.

La había llamado por teléfono dos veces, pero ella había sido tan tajante y tan breve que rayaba en la grosería. Concannon se mostró firme: no necesitaba un agente, y menos si se trataba de un negociante dublinés con demasiada educación y muy poco gusto.

Desde luego, eso le había dolido.

Le había dicho con su musical acento del condado occidental que estaba contenta trabajando a su propio ritmo y vendiendo sus piezas cuando y donde mejor le pareciera. No necesitaba sus contratos ni a nadie que le dijera qué debía vender. Era su obra, ¿no?, así que ¿por qué no se dedicaba él a sus libros de contabilidad, pues ella sabía que seguramente tenía muchos, y la dejaba en paz?

«Qué mujer más insolente», pensó Rogan, enfureciéndose de nuevo. Ahí estaba él ofreciéndole ayuda, una ayuda que incontables artistas rogarían por recibir, y ella lo despreciaba.

Debería dejarla en paz, se dijo. Dejar que siguiera trabajando en la sombra. Ni él ni Worldwide la necesitaban.

Pero, maldita sea, él la quería.

En un impulso, levantó el auricular del teléfono y llamó a su secretaria:

—Eileen, cancele todas mis citas de los próximos dos días. Me voy de viaje.

A Rogan le resultaba raro viajar por negocios a los condados del oeste. Recordaba haber pasado unas vacaciones familiares allí cuando era pequeño, pero sus padres por lo general preferían ir a París o a Milán, o hacer alguna escapada a la villa que tenían en la costa mediterránea francesa. Habían hecho viajes que combinaban los negocios con el placer: Nueva York, Londres, Bonn, Venecia, Boston… Pero una vez, cuando tenía nueve o diez años, viajaron por tierra hasta Shannon, para adentrarse en los hermosos paisajes salvajes del oeste. Recordaba retazos de aquellas vacaciones. La vertiginosa vista desde los acantilados de Mohr, el agua resplandeciente de los lagos, los apacibles pueblos y el verde infinito de las granjas.

Era muy hermoso, pero también inconveniente. Ya estaba lamentando haber seguido su impulso de conducir hasta allí, especialmente porque las instrucciones que le habían dado en el pueblo le obligaban a tomar un camino sin asfaltar. Su Aston Martin se portaba bien, a pesar de que el polvo se había ido convirtiendo en barro a medida que se recrudecía la incesante lluvia. Su estado de ánimo no superó tan bien los baches del camino como su coche.

Lo único que le impedía dar la vuelta era su testarudez. Aquella mujer debía entrar en razón, por Dios. Él se encargaría de eso. Si ella quería esconderse detrás de setos de majuelos y espinos, era su problema, pero su arte tenía que ser de él. Sería suyo.

Siguiendo las instrucciones que le habían dado en la oficina de correos, pasó el hotel llamado Blackthorn Cottage, con sus maravillosos jardines y postigos azules. Más allá se encontró con cabañas de piedra, establos para los animales, un granero y un cobertizo de techo empizarrado junto al cual un hombre trabajaba en un tractor.

El hombre lo saludó con la mano y luego prosiguió su trabajo al tiempo que Rogan tomaba una curva angosta. El granjero era la primera señal de vida con que se encontraba desde que había salido del pueblo, aparte del ganado disperso a lo largo del camino.

Cómo alguien podía vivir en esas tierras olvidadas de Dios estaba más allá de su comprensión. Él prefería con mucho las calles atestadas de gente de Dublín y todas sus modernas comodidades a los extensos campos y esa lluvia infinita que caía todos los días de la semana. Maldito paisaje.

Se había escondido bastante bien, pensó Rogan. A duras penas pudo entrever la puerta del jardín y la impecable cabaña blanca que había más allá, entre los arbustos de aldiernas y fucsias.

Rogan aminoró la velocidad a pesar de que ya avanzaba lentamente. En la entrada había una camioneta azul despintada y oxidada. Aparcó su resplandeciente Aston justo detrás y se apeó.

Franqueó la puerta del jardín y recorrió a pie el sendero que conducía a la casa, que estaba bordeado por grandes flores que se balanceaban bajo la lluvia. Golpeó tres veces en la puerta, que era de color magenta brillante, y luego tres veces más, pero la impaciencia lo hizo ir hasta una ventana a fisgonear dentro.

Un pequeño fuego ardía en la chimenea; cerca se encontraba una silla de anea. En un rincón se veía un sofá hundido cubierto con una tela de flores que combinaba rojos con azules y morados intensos. Habría podido pensar que se había equivocado de casa de no haber sido por las piezas diseminadas por todo el lugar. Había estatuas, botellas, vasijas y tazones sobre todas las superficies posibles.

Rogan limpió el vaho de la ventana y miró con atención el candelabro de varios brazos que descansaba sobre la repisa de la chimenea. Estaba hecho de vidrio tan claro, tan puro, que bien podría haber sido de agua congelada. Los brazos se curvaban naturalmente hacia arriba y la base parecía una catarata. Entonces sintió un vuelco, el pálpito interno que presagiaba una adquisición.

Sí, señor. La había encontrado.

Ahora sólo faltaba que ella abriera la maldita puerta.

Se dio por vencido en la puerta principal y caminó alrededor de la casa, por la hierba mojada, hacia la parte trasera. Allí había más flores creciendo silvestres como maleza. O, se corrigió, creciendo silvestres entre maleza. Obviamente, la señorita Concannon no pasaba mucho tiempo arreglando su jardín.

Había un cobertizo al lado de la puerta en el cual se encontraban apilados bloques de turba. Una bicicleta antiquísima con una rueda pinchada estaba recostada contra ellos junto con un par de botas de goma embarradas hasta los tobillos.

Empezó a llamar a la puerta nuevamente, pero entonces un estruendo lo hizo volverse hacia los establos. El rugido, constante y grave, era casi como el sonido de las olas del mar. Vio el humo saliendo de la chimenea y cómo se dispersaba en el cielo plomizo.

El lugar de donde provenía el sonido tenía varias ventanas y algunas estaban abiertas, a pesar de la humedad y el frío que hacía. Sin duda era su taller, pensó Rogan, y se encaminó hacia él, complacido de haberla encontrado y seguro de que podrían llegar a un acuerdo después de conversar.

Llamó y, a pesar de no haber recibido respuesta, abrió la puerta de par en par. Una oleada de calor lo golpeó en la cara y lo asaltó el olor acre del recinto. Entonces la vio: una mujer menuda sentada en una silla grande de madera con una caña de hierro en la mano.

Rogan pensó en hadas y encantamientos.

—¡Maldita sea! Cierra la puerta, que hay corriente.

Él obedeció automáticamente, un poco enfadado por la furia de la orden.

—Tienes las ventanas abiertas…

—Por la ventilación, idiota. —No dijo nada más, ni lo miró más que de reojo. Se llevó la caña a la boca de nuevo y empezó a soplar.

A pesar de todo, Rogan no pudo dejar de mirar la burbuja de vidrio, totalmente fascinado. «Es un procedimiento tan sencillo —pensó—, sólo aliento y vidrio fundido». Los dedos de la mujer trabajaban sobre la caña, dándole vueltas una y otra vez, desafiando la gravedad, usándola hasta que quedó satisfecha con la forma que tomó el vidrio.

Maggie no pensó nada sobre él mientras trabajaba. Le hizo un cuello a la burbuja y usando unas pinzas realizó una hendidura poco profunda justo al terminar la cabeza de la caña. Debía seguir los pasos, docenas de ellos, que faltaban para terminar la pieza, pero ya podía verla tan claramente como si la tuviera entre sus manos, fría y sólida.

En el horno, empujó la burbuja bajo la superficie del vidrio fundido calentado allí para hacer la segunda acumulación. De vuelta al banco, hizo rodar el vidrio sobre un bloque de madera para que se enfriara y se le formara la «piel». Todo el tiempo sus manos estuvieron moviendo la caña, firme y controladamente, al igual que en las etapas preliminares del trabajo, en las cuales era la boca la que controlaba la tarea.

Repitió el mismo procedimiento una y otra vez, con infinita paciencia y totalmente concentrada en su labor mientras Rogan observaba de pie desde la puerta. Usaba bloques más grandes a medida que la forma crecía. Y pasó el tiempo y ella no dijo ni una palabra. Rogan se quitó el abrigo y esperó.

Hacía calor en el recinto a causa del horno. Él sentía como si la ropa le hirviera sobre el cuerpo. Parecía que a ella no le afectaba; totalmente ajena a todo lo externo, trabajaba en su pieza, usaba una herramienta de vez en cuando mientras la otra mano continuaba haciendo girar la caña constantemente.

Era evidente que la silla en la que estaba sentada era de fabricación casera. Tenía un asiento profundo y brazos largos, con ganchos aquí y allá para colgar las herramientas. Cerca había varios baldes con arena, agua o cera caliente.

Tomó una herramienta que a Rogan le pareció un par de tenazas afiladas y la puso en el borde del vaso que estaba creando. Parecía que iba a atravesar el vidrio, pues era muy semejante al agua, pero ella le dio forma sin romperlo, alargándolo y estilizándolo.

Cuando se levantó de nuevo, él empezó a hablar, pero ella emitió un sonido, algo así como un gruñido, que lo hizo levantar una ceja y guardar silencio.

«Está bien», pensó Rogan. Podía ser paciente. Una hora, dos o el tiempo que fuera necesario. Si ella podía soportar ese calor infernal, por Cristo que él también.

Pero ella ni siquiera se percataba de su presencia de lo absorta que estaba. Sumergió la batea, otra acumulación de vidrio fundido, al lado del vaso que estaba creando. Cuando se suavizó la superficie del vidrio caliente, metió una lima puntiaguda cubierta de cera dentro del vidrio.

Suave, muy suavemente.

Las llamas brillaron debajo de su mano a medida que la cera se quemaba. Ahora tenía que trabajar deprisa para evitar que la herramienta se pegara al vidrio. La presión tenía que ser exacta para lograr el efecto que quería. La pared interna hizo contacto con la externa, uniéndose, creando la forma interna, el columpio del ángel.

Vidrio dentro de vidrio, transparente y fluido.

Maggie sonrió muy ligeramente.

Con mucho cuidado, sopló de nuevo la forma antes de aplanar el fondo con una pala. Adhirió el vaso a un puntel caliente y luego sumergió una lima en uno de los baldes con agua, dejando que goteara en la ranura del cuello del vaso. A continuación, con un golpe que sobresaltó a Rogan, pegó la lima contra la caña. Con el vaso adherido al puntel, lo metió con fuerza dentro del horno para calentar el borde y luego dio un golpe seco al puntel con la lima para romper el sello.

Ajustó el tiempo y la temperatura y caminó hacia un pequeño refrigerador. Tuvo que agacharse puesto que era bajo, lo que obligó a Rogan a ladear la cabeza para apreciar bien la vista. La tela de los vaqueros holgados que llevaba puestos estaba empezando a transparentarse en varios sitios interesantes. Maggie se enderezó, se volvió y le lanzó a Rogan una de las dos latas de gaseosa que había sacado de la nevera. Él la atrapó por puro reflejo, pues le pilló por sorpresa.

—Sigues aquí. —Abrió la lata y dio un trago largo—. Debes de estar asándote con ese traje. —Ahora que su trabajo no le ocupaba la mente, pudo examinarlo.

Era alto, delgado y moreno. Bebió de nuevo. Buen corte de pelo, un pelo tan negro como el ala de un cuervo, y ojos tan azules como un lago de Kerry. Era bastante guapo, reflexionó Maggie golpeando la lata con un dedo mientras se miraban el uno al otro. Tenía una boca bonita, generosa y bien delineada. Pero pensó que él no debía de usarla mucho para sonreír. No con esos ojos que, a pesar de ser tan azules y atractivos, tenían una expresión fría, calculadora y segura.

La cara tenía rasgos definidos y buenos huesos. «Buenos huesos, buena raza», solía decir su abuela. Y él, a menos que ella estuviera muy equivocada, tenía sangre azul bajo la piel.

El traje era de sastre, probablemente inglés. La corbata era discreta. De los puños de su camisa salían unos destellos dorados. Y permanecía quieto como un militar, uno de alto rango.

Maggie le sonrió, complacida por poder ser amigable ahora que su trabajo había salido bien.

—¿Te has perdido?

—No. —La sonrisa la transformaba en un duendecillo capaz de hacer magia y todo tipo de encantamientos. La prefería con el ceño fruncido, como cuando estaba trabajando—. He recorrido un largo camino para hablar contigo. Soy Rogan Sweeney.

Entonces la sonrisa de Maggie se desvaneció y se convirtió en un rictus de desprecio. Sweeney, pensó, el hombre que quería apoderarse de su trabajo…

—El dublinés. Definitivamente, eres un hombre obstinado. Espero que hayas tenido un viaje placentero, así no habrás perdido el tiempo.

—Ha sido un viaje espantoso.

—Qué lástima.

—Pero no considero que haya perdido el tiempo. —Y aunque habría preferido una taza de té fuerte, abrió la lata de gaseosa y bebió—. Tienes un taller muy interesante aquí.

Inspeccionó el recinto con la mirada, fijándose en el horno grande y en los más pequeños, los bancos, el amasijo de herramientas de madera y metal, las varas, las cañas y los estantes y armarios en los que Rogan supuso que debía de guardar los productos químicos.

—Me va suficientemente bien, como creo que te dije por teléfono.

—Esa pieza en la que estabas trabajando cuando llegué es preciosa. —Se paró junto a una mesa en la que reposaban desordenadamente libretas, lápices, carboncillos y tizas. Levantó un bosquejo de la escultura de vidrio que se estaba cociendo en el horno. Era delicada, fluida—. ¿Vendes los bocetos?

—Soy vidriera, señor Sweeney, no dibujante.

Rogan le lanzó una mirada y puso sobre la mesa el dibujo.

—Si lo firmaras, podría venderlo por cien libras. —Maggie bufó en señal de escepticismo y lanzó al cubo de la basura la lata vacía—. ¿Y cuánto pides por la pieza que acabas de terminar?

—¿Y por qué esa información habría de ser de tu incumbencia?

—Tal vez esté interesado en comprártela.

Maggie se sentó en el banco y empezó a balancear los pies, tratando de considerar la propuesta. Nadie podía

63

decirle cuánto costaba su trabajo, ni siquiera ella misma. Pero tenía que poner un precio, lo sabía bien. Artista o no, tenía que comer.

Su método para establecer los precios era bastante voluble y flexible. A diferencia de su método para hacer vidrio y mezclar colores, éste no tenía mucho que ver con la ciencia. Calculaba el tiempo que le había llevado hacer la pieza y tenía en cuenta sus sentimientos hacia ella y su opinión sobre el posible comprador. La opinión que tenía de Rogan Sweeney le iba a costar caro a él.

—Doscientas cincuenta libras —decidió Maggie. Cien iban por cuenta de los gemelos de oro.

—Te extenderé un cheque —replicó él, y diciendo eso sonrió. Maggie notó que agradecía que Rogan no usara con frecuencia esa arma. «Es mortal cómo se le curvan los labios y se le oscurecen los ojos cuando sonríe», pensó. Parecía desprender encanto sin ningún esfuerzo, naturalmente—. Y a pesar de que la voy a sumar a mi colección personal, digamos que por puro sentimentalismo, te aseguro que podría venderla por el doble de esta cantidad en mi galería.

—Me sorprende que sigas teniendo clientes si los exprimes de esa manera, señor Sweeney.

—Te subestimas, señorita Concannon. —Se dirigió hacia ella como si supiera repentinamente que había ganado ventaja. Esperó a que ella levantara la cabeza, para que sus ojos quedaran a la misma altura—. Por eso me necesitas.

—Sé exactamente lo que estoy haciendo.

—Hoy y aquí —repuso, y levantó un brazo para mostrar el taller— he sido afortunado testigo de eso que dices. Pero el mundo de los negocios es algo completamente distinto.

—No estoy interesada en los negocios.

—Precisamente —le dijo Rogan sonriendo, como si ella hubiera respondido a una pregunta particularmente difícil—. A mí, por el contrario, me fascinan.

Maggie estaba en desventaja, sentada en el banco mientras él se cernía sobre ella. Pero no le importaba.

—No quiero que nadie se inmiscuya en mi trabajo, señor Sweeney. Hago lo que yo quiero cuando yo quiero. Y me las arreglo bastante bien.

—Haces lo que quieres cuando quieres. —Tomó una pieza de madera que estaba en el banco, como si quisiera admirar las vetas—. Y lo haces muy bien. Pero qué desperdicio tan grande que alguien con tu talento simplemente se las arregle. Y en cuanto a… inmiscuirme en tu trabajo, no tengo ninguna intención de hacerlo. Aunque verte trabajar ha sido bastante interesante. —Pasó los ojos de la madera a ella con tal rapidez que la hizo dar un brinco—. Muy interesante.

Maggie se levantó. Mejor estar sobre sus propios pies. Le dio un empujón a Rogan para abrirse paso y se dirigió hacia el centro del taller.

—No quiero un agente.

—Ah, pero necesitas uno, Margaret Mary. Y lo necesitas con urgencia.

—Parece que sabes mucho sobre lo que necesito —murmuró, y comenzó a andar—, estafador dublinés de zapatos elegantes.

Él habría sacado dos veces más. La mente de Maggie repasó incesantemente las palabras que Rogan había pronunciado hacía un rato. Dos veces más de lo que ella había pedido. Tenía que velar por su madre y pagar los recibos, y, santo Dios, el precio de los productos químicos era exorbitante.

—Lo que necesito es paz y silencio. Y espacio. —Se volvió hacia él. Su mera presencia la avasallaba—. Espacio. No necesito que alguien como tú venga y me diga que quiere tres jarrones para la semana siguiente o veinte pisapapeles o seis cálices con el pie rosa. No soy una fábrica, Sweeney, soy una artista.

Con mucha calma, Rogan sacó del bolsillo una pluma de oro y una libreta y empezó a escribir.

—¿Qué estás haciendo?

—Estoy anotando que no aceptas encargos de jarrones, pisapapeles o cálices con el pie rosa.

La boca de Maggie se torció con una mueca antes de que pudiera evitarlo.

—No acepto encargos de nada en general.

Los ojos de él se clavaron en los de ella.

—Creo que eso se sobreentiende. Soy dueño de un par de fábricas, señorita Concannon, y entiendo perfectamente la diferencia que hay entre la producción en serie y el arte. Casualmente vivo de ambos.

—Muy bien por ti —dijo, y agitó los brazos antes de ponerse los puños en la cadera—. Te felicito. ¿Por qué me necesitas entonces?

—No te necesito —respondió él, guardando en el bolsillo la pluma y la libreta—, pero te quiero.

La barbilla le dio un respingo antes de responder:

—Pues yo no te quiero a ti.

—No, pero me necesitas. Y en ese aspecto es en donde nos complementamos. Te voy a convertir en una mujer rica, Margaret Mary. Y más importante aún: en una artista famosa. —Ante esa perspectiva, Rogan vio un destello en los ojos de Maggie. Ah, pensó, la ambición. Y entonces pudo girar la llave en la cerradura con facilidad—. ¿Creas tus obras tan sólo para esconderlas en tus repisas y armarios? ¿Para vender unas pocas piezas aquí y allá y sólo sobrevivir, o quieres que la gente aprecie tu trabajo, que lo admire e incluso lo aplauda? —El sonido de su voz cambió sutilmente, adquirió un tono sarcástico tan ligero que apuñalaba sin hacer sangrar—. O… ¿te da miedo que no sea así?

Los ojos de Maggie se fueron poniendo vidriosos a medida que el puñal se hundía profundamente.

—No tengo miedo. Mi trabajo se defiende por sí solo. Pasé tres años como aprendiz en un taller de vidrieros en Venecia y trabajé duramente. Allí aprendí la técnica, pero no el arte, porque ése lo llevo dentro. —Se golpeó el pecho con una mano—. El arte está en mí, yo soy la que le doy vida al vidrio con mi aliento. Y al que no le guste mi trabajo puede irse al infierno.

—Me parece justo. Te doy la posibilidad de que expongas en mi galería, así veremos cuántos se van de paseo al infierno.

Un reto, maldita sea. No estaba preparada para algo así.

—Para que un montón de esnobs del mundillo artístico puedan criticar mi obra mientras beben champán.

—Tienes miedo.

—¡Largo de aquí! —siseó entre dientes, y caminó hasta la puerta con decisión—. Vete para que pueda pensar. Me abrumas.

—Hablemos por la mañana —contestó Rogan al tiempo que cogía su abrigo—. Tal vez puedas recomendarme algún lugar donde pasar la noche. Que esté cerca.

—Blackthorn Cottage, al final del camino.

—Sí, lo he visto cuando venía hacia aquí —replicó, poniéndose el impermeable—. Tiene un jardín precioso, muy bien cuidado.

—Es limpio y acogedor. Las camas son mullidas y la comida es muy buena. Mi hermana es la dueña. Tiene un alma práctica y casera.

Rogan levantó una ceja debido al tono de la voz de ella, pero no dijo nada.

—Entonces confío en que voy a estar bastante cómodo hasta mañana.

—Lárgate ya de una vez —repuso Maggie abriendo la puerta de par en par hacia la lluvia—. Si quiero hablar contigo, llamaré al hotel por la mañana.

—Ha sido un placer conocerte, Margaret Mary. —A pesar de que ella no le había ofrecido su mano, él la tomó entre las suyas y la miró fijamente a los ojos—. Pero más aún ha sido verte trabajar —añadió, y en un impulso que los sorprendió a ambos, levantó la mano de Maggie, se la llevó a los labios y le dio un ligero beso, que demoró lo suficiente para saborear su piel—. Vendré de nuevo mañana.

—Espera a ser invitado —le contestó, y dio un portazo detrás de él.

4

En el hotel los bollos siempre estaban calientes; las flores, frescas, y la tetera, hirviendo. A pesar de que todavía era temporada baja, Brianna Concannon hizo que Rogan se sintiera cómodo gracias a su amabilidad y eficiencia, como había hecho con todos los huéspedes que había tenido desde el verano siguiente a la muerte de su padre.

Le sirvió el té en la salita primorosamente arreglada, donde el fuego crepitaba alegremente en la chimenea y un florero lleno de fresias perfumaba el ambiente.

—Serviré la cena a las siete si le parece bien, señor Sweeney —dijo, pensando ya en cómo hacer que el pollo que tenía intención de preparar alcanzara para una persona más.

—Por mí está bien, señorita Concannon —dijo él, y bebió el té, que le pareció perfecto, a años luz de la gaseosa helada y azucarada que Maggie le había ofrecido—. Tiene usted un hotel encantador.

—Gracias. —El hotel era, si no su único orgullo, tal vez sí su única alegría—. Si necesita algo, lo que sea, sólo tiene que avisarme.

—¿Puedo usar el teléfono?

—Por supuesto —respondió, y empezó a alejarse, para que tuviera privacidad, cuando él levantó una mano para llamarla.

—¿Esa vasija que está sobre la mesa la ha hecho su hermana?

Brianna se sorprendió ante la pregunta, pero sólo la delató la expresión de sus ojos.

—Así es, sí. ¿Conoce el trabajo de Maggie?

—Sí. Tengo dos piezas de ella y acabo de comprar otra mientras la hacía. —Bebió té nuevamente, examinando a Brianna. Era tan diferente de Maggie como las piezas que realizaba. Lo que significaba, supuso Rogan, que eran iguales en algún punto muy por debajo de la superficie—. Vengo de su taller.

—¿Ha estado en el taller de Maggie? ¿Dentro? —Sólo una auténtica conmoción podía haber llevado a Brianna a hacerle una pregunta a un huésped en tal tono de escepticismo.

—¿Tan peligroso es?

—Usted parece estar sano y salvo —contestó Brianna esbozando una ligera sonrisa que le iluminó el rostro.

—Suficientemente bien. Su hermana es una mujer de inmenso talento.

—Es cierto.

Rogan reconoció el mismo orgullo y la misma contrariedad subyacentes en el tono de Brianna que los que había percibido en Maggie cuando le habló de su hermana.

—¿Tiene más piezas suyas?

—Unas cuantas. Cuando le apetece, Maggie trae alguna. Si no necesita nada más por ahora, señor Sweeney, lo veré a la hora de la cena.

Solo, Rogan se dispuso a disfrutar de su delicioso té. Qué pareja más interesante, pensó, las hermanas Concannon. Brianna era más alta, delgada y, sin lugar a dudas, mucho más agradable que Maggie. Su cabello era entre dorado y rosa, en lugar de color fuego, y le caía en suaves rizos hasta los hombros. Tenía los ojos grandes, de color verde pálido, casi translúcido. Era tranquila, incluso un poco distante, como sus modales. Tenía los rasgos más finos; los brazos, más delicados, y olía a flores silvestres, en lugar de a humo y sudor. Desde cualquier punto de vista, era más el tipo de mujer que él encontraría atractiva.

Sin embargo, se sorprendió a sí mismo pensando en Maggie, con su cuerpo compacto, sus ojos temperamentales y su personalidad explosiva. Artistas, reflexionó, qué egos e inseguridades. Necesitan un guía, una mano firme. Dejó que su mirada vagara por la vasija y se perdiera en el torbellino de vidrio que iba desde la base hasta el borde. Verdaderamente, lo que más quería era guiar a Maggie Concannon.

—Entonces, ¿está aquí? —preguntó Maggie entrando en aquella cálida cocina que olía tan bien. Fuera seguía lloviendo.

—¿Quién es? —Brianna siguió pelando patatas. Había estado esperando que su hermana apareciera.

—Sweeney. —Se dirigió a la encimera, cogió una zanahoria pelada y le dio un mordisco—. Alto, trigueño, guapo y rico, muy rico. No pasa desapercibido.

—Si quieres tomar el té con él, está en la sala.

—No quiero hablar con él. —Maggie se sentó sobre la encimera y cruzó los tobillos—. Lo que quiero, Brie, es que me digas qué opinas de él.

—Es muy educado y amable.

Maggie entornó los ojos.

—Así también se describe a un monaguillo.

—Es un huésped en mi casa…

—Sí, uno que te está pagando.

—No tengo ninguna intención de hablar de él a sus espaldas —contestó Brianna sin hacer ninguna pausa.

—Santa Brianna. —Maggie siguió comiéndose la zanahoria haciendo muecas—. ¿Qué tal si te digo que Sweeney está aquí porque quiere ser mi agente, manejar mi carrera?

—¿Manejar? —Las manos de Brianna perdieron por un momento el ritmo, pero lo recuperaron al instante. Las pieles siguieron cayendo sobre el periódico que Brie había puesto en la encimera—. ¿Qué significa eso?

—Financieramente, para empezar. Exponer mi obra en sus galerías y convencer a los coleccionistas de que la compren por grandes sumas de dinero. —Jugueteó con lo que quedaba de la zanahoria antes de terminársela—. En lo único en lo que puede pensar ese hombre es en hacer dinero.

—Galerías —repitió Brianna—. ¿Es dueño de galerías?

—En Dublín y Cork. Y es socio de otras en Londres y Nueva York. También en París, creo, y probablemente en Roma. Todos en el mundo del arte saben quién es Rogan Sweeney.

—Y está interesado en tu trabajo. —A pesar de que el mundo del arte estaba tan lejos de la vida de Brianna como la luna, una sensación de orgullo la embargó al pensar que su hermana podría formar parte de él.

—Meter su nariz de aristócrata en él es lo que ha hecho —gruñó Maggie—. Me ha estado llamando, me ha enviado cartas, nada más que exigencias de derechos sobre todo lo que yo haga. Y hoy aparece en mi puerta diciéndome que lo necesito. Ja.

—Y, por supuesto, no es así.

—Yo no necesito a nadie.

—No, claro que no. —Brianna llevó las verduras al fregadero para lavarlas—. Tú no, Margaret Mary.

—Ay, detesto ese tono que usas a veces, frío y condescendiente. Pareces una madre. —Se bajó de la encimera y fue a husmear al frigorífico, sintiéndose culpable por lo que había dicho—. Nos las estamos arreglando bien, ¿no crees? —dijo al tiempo que sacaba una cerveza—. Pagamos los recibos, siempre hay comida sobre la mesa y tenemos un techo para todas. —Vio la tensión en la espalda de su hermana y dejó escapar un gruñido de impaciencia—. No podemos estar como estábamos antes, Brie.

—¿No crees que eso ya lo sé? —La voz cadenciosa de Brianna se volvió nerviosa—. ¿Crees que debería tener más? ¿Que no estoy contenta con lo que ya tenemos? —De repente, con una expresión de tremenda tristeza, miró por la ventana hacia los campos vecinos—. No soy yo, Maggie. No soy yo.

Maggie bebió la cerveza con gesto grave. Sabía que era Brianna quien sufría; ella, que siempre había estado en el medio. Ahora, pensó, tenía la posibilidad de cambiar las cosas. Lo único que debía hacer era vender parte de su alma.

—Ha estado quejándose de nuevo.

—No. —Brianna se llevó un mechón de pelo suelto al moño que tenía en la nuca y lo sujetó nuevamente—. La verdad es que no.

—Por la expresión de tu cara puedo afirmar que ha pasado uno de sus malos momentos y se ha estado desahogando contigo. —Antes de que Brianna pudiera contestar, Maggie levantó una mano y continuó—: Ella nunca va a ser feliz, Brianna. Tú no puedes hacerla feliz y Dios sabe que yo tampoco. Nunca le perdonará por haber sido lo que fue.

—¿Y qué fue? —preguntó Brianna en tono de exigencia dándose la vuelta para mirarla a la cara—. Sencillamente, ¿qué fue nuestro padre, Maggie?

—Humano. Imperfecto. —Bebió la cerveza y caminó hacia su hermana—. Maravilloso. ¿Recuerdas, Brie, cuando compró una mula y pensó que iba a hacer una fortuna si les cobraba a los turistas por sacarles una foto con un sombrero de pico y nuestro viejo perro sentado sobre su lomo?

—Claro que me acuerdo. —Brie iba a darle la espalda, pero Maggie la cogió de las manos—. ¿Y recuerdas que perdió más dinero por alimentar a esa estúpida mula que tenía un genio de mil demonios que por cualquiera de sus otros proyectos?

—Sí, pero fue muy divertido. Recuerdo que fuimos a los acantilados de Mohr y que hacía un día maravilloso, de los mejores del verano. Los turistas deambulaban por allí y había música. Y recuerdo a papá sujetando a la mula y al pobre *Joe*, aquel viejo perro, tan asustado de la mula como lo habría estado de un león hambriento. —La expresión de Brianna se suavizó, no pudo evitarlo—. Pobre *Joe*, sentado sobre el lomo de la mula, temblando de miedo. Y luego vino un alemán que quería hacerse una foto con *Joe* y la mula. Pero la mula le dio una coz —continuó Maggie sonriendo y levantando la cerveza como para brindar— y el alemán empezó a gritar en tres idiomas distintos mientras saltaba sobre un pie. Y *Joe*, muerto de miedo, saltó sobre un puesto de collares y la mula salió corriendo y fue espantando a los turistas. Qué imagen: un montón de gente corriendo y gritando. Y había un violinista, ¿te acuerdas?, que siguió tocando como si fuéramos a empezar a bailar en cualquier momento.

—Y un chico muy simpático de Killarney logró agarrar las riendas de la mula y traerla de vuelta. Y papá trató de vendérsela en ese mismo instante.

—Y casi lo logró. Es un recuerdo muy bonito, ¿no, Brie?

—Hizo que nos quedaran muchos recuerdos bonitos de los cuales reírnos. Pero no se puede vivir sólo de la risa.

—Pero no se puede vivir sin ella, como mamá. Él estaba vivo. Ahora parece que esta familia está más muerta que él.

—Ella está enferma —dijo Brianna de golpe.

—Como lo ha estado durante más de veinte años. Y como seguirá estándolo si te sigue teniendo para que la atiendas.

Eso era cierto, pero saber la verdad no cambiaba el corazón de Brianna.

—Es nuestra madre.

—Sí, es nuestra madre. —Maggie bebió cerveza nuevamente y la dejó a un lado. El sabor a levadura entró en disputa con la amargura de su lengua—. Acabo de vender otra pieza, así que te daré dinero para final de mes.

—Te estoy muy agradecida por ayudarnos. Igual que ella.

—Sí, claro, seguro que ella también está agradecida. —Maggie clavó sus ojos en los de su hermana; en su mirada hervían la ira y el dolor—. No lo hago por ella. Cuando tengamos suficiente dinero, vas a contratar a una enfermera que se encargue de ella y le conseguirás otro sitio donde vivir, su propio espacio.

—No es necesario…

—Claro que lo es —la interrumpió Maggie—. Ése fue el acuerdo, Brie. No voy a permitir que sigas recibiendo sus órdenes y que te siga molestando el resto de su vida. Una enfermera y una casa para ella en el pueblo.

—Si eso es lo que ella quiere.

—No. Eso es lo que va a tener. —Maggie inclinó la cabeza—. Anoche no te dejó dormir.

—Estaba intranquila. Se sentía abochornada. —Brianna se dio la vuelta y empezó a preparar el pollo—. Una de sus migrañas.

—Ah, sí.

Maggie recordaba bastante bien las migrañas de su madre y cuán oportunas podían ser. Si Maeve estaba perdiendo una pelea: migraña instantánea. Una salida familiar que ella no aprobaba: empezaban las palpitaciones.

—Sé cómo es, Maggie —dijo Brianna, a quien le empezó a doler su propia cabeza—. Pero eso no la hace menos madre mía.

Santa Brianna, pensó Maggie de nuevo, pero esta vez con afecto. Su hermana era un año menor que ella, tenía veintiocho, pero siempre era quien se hacía cargo de las responsabilidades.

—Y tú no puedes cambiar tu naturaleza, Brie. —Maggie abrazó a su hermana con fuerza—. Papá siempre decía que tú serías un ángel bueno y yo un ángel malo. Por fin tuvo razón en algo. —Cerró los ojos un momento—. Dile al señor Sweeney que venga al taller por la mañana. Quiero hablar con él.

—Entonces, ¿vas a aceptar su propuesta?

La pregunta hizo que Maggie ensayara una mueca de dolor.

—Sólo dile que vaya —repitió, y salió bajo la lluvia.

Si Maggie tenía una debilidad era su familia. Esa debilidad la mantenía despierta hasta tarde y hacía que se levantase temprano, sin importar cuán fría o húmeda fuera la mañana. Ante el mundo exterior prefería fingir que ella sólo tenía responsabilidades hacia sí misma y su arte, pero detrás de esa fachada se escondía un constante amor por su familia y las pesadas, y a veces amargas, obligaciones que éste implicaba.

Quería rechazar a Rogan Sweeney, primero, por principios. Para ella el arte y los negocios no podían ni debían mezclarse. Quería rechazarlo, en segundo lugar, porque su tipo, pudiente, seguro y de sangre azul, la irritaba.

En tercer lugar, y más importante, quería rechazarlo porque hacer lo contrario era aceptar que no era capaz de manejar sola sus asuntos. Esto último era lo que más le molestaba.

Sin embargo, no lo iba a rechazar; lo había decidido en algún momento de la larga e intranquila noche. Iba a permitir que Rogan Sweeney la hiciera rica.

No era que no pudiera mantenerse a sí misma, y bien. Lo había estado haciendo durante más de cinco años. Y el hotel de Brianna daba lo suficiente para sostener ambas casas entre las dos sin que fuera una carga demasiado pesada. Pero, definitivamente, no podían encargarse de una tercera.

La meta de Maggie, su santo grial, era que su madre viviera en una casa independiente. Y si Rogan podía ayudarla en su cometido, haría tratos con él. Haría tratos con el mismo diablo si fuera necesario.

Pero podía ser que el diablo lamentara haber hecho negocios con ella.

En su cocina, con la lluvia cayendo fuera suave y constantemente, Maggie preparaba té mientras planeaba cómo proceder. Tenía que manejar muy astutamente a Rogan Sweeney, pensaba. Con la cantidad justa de desdén y adulación femenina. El desdén no era problema, pero el otro ingrediente sería difícil de conseguir.

Se imaginó a su hermana cocinando, cuidando el jardín, arrellanada en un sillón con un libro frente a la chimenea… Sin la voz quejumbrosa y exigente de su madre perturbando esa paz. Entonces Brianna podría casarse y tener hijos. Maggie sabía que ése era un sueño que su hermana mantenía guardado en su corazón. Y allí se quedaría todo el tiempo que Brianna tuviera que hacerse cargo de su madre hipocondríaca.

Y aunque no entendía la necesidad de su hermana de atarse a un hombre y a seis hijos, haría lo que fuera necesario para ayudar a Brianna a convertir en realidad su sueño.

Era posible, sólo posible, que Rogan Sweeney pudiera interpretar el papel de «hada madrina».

Golpearon en la puerta enérgicamente y con impaciencia. Esa hada madrina, pensó Maggie mientras iba a abrir la puerta, no haría una entrada con polvos mágicos y luces de colores.

Al abrir la puerta, Maggie no pudo evitar sonreír un poco. Rogan estaba mojado, como el día anterior, y vestido igual de elegante. Se preguntó si habría dormido con el traje y la corbata puestos.

—Buenos días, señor Sweeney.

—Buenos días, señorita Concannon —dijo, entrando para protegerse de la lluvia y la neblina.

—¿Quieres darme el abrigo? Se secará en un momento si lo ponemos cerca de la chimenea.

—Gracias. —Se quitó el abrigo, se lo dio y la vio ponerlo sobre una silla cerca del fuego. Ese día estaba diferente, pensó. Agradable. El cambio lo hizo ponerse en guardia—. Dime, ¿pasa algo más en Clare además de llover?

—El clima es bastante bueno en primavera. Pero no te preocupes, señor Sweeney, ni siquiera siendo dublinés te derretirás en la lluvia del este. —Le dirigió una sonrisa encantadora, pero en sus ojos brillaba un destello de picardía—. Estoy preparando té, ¿te apetece una taza?

—Bueno, gracias. —Antes de que Maggie pudiera darse la vuelta para ir a la cocina, él la detuvo, agarrándola del brazo. Pero no tenía la atención fija en ella, sino en la escultura que reposaba sobre la mesa que había frente a ellos. Era una curva larga y sinuosa azul profundo, como de hielo. Del color de un lago ártico. Vidrio unido a vidrio en ondas por el borde y luego fluyendo hacia abajo, como hielo líquido—. Interesante pieza —comentó finalmente.

—¿De veras lo crees? —Maggie se controló para no soltarse de su mano. Rogan la tenía agarrada firmemente, como con un sentido tácito de posesión que la hacía sentirse ridículamente incómoda. Estaban tan cerca que podía olerlo, sentir su colonia con un ligero aroma a madera, que probablemente se había puesto después de afeitarse, mezclada con restos del olor del jabón con que se había bañado. Cuando él pasó un dedo a lo largo del vidrio curvo, Maggie trató de evitar estremecerse. Por un momento, un absurdo momento, sintió como si él hubiera pasado el dedo a lo largo de su garganta y hasta la clavícula.

—Femenina, obviamente —murmuró. A pesar de que tenía los ojos puestos en el vidrio, era totalmente consciente de ella. La tensión en su brazo, el temblor repentino que había tratado de ocultar, el perfume salvaje e intenso de su pelo—. Es poderosa. Una mujer a punto de rendirse sexualmente a un hombre.

Se puso nerviosa, porque él tenía razón.

—¿Cómo puedes encontrar poder en la rendición?

Entonces la miró. Sus ojos azul infinito la miraban fijamente y sentía su mano fuerte sobre el brazo.

—No hay nada más poderoso que una mujer justo en el momento antes de entregarse —dijo, y volvió a pasar el dedo por el vidrio—. Obviamente, eres consciente de ello.

—¿Y el hombre?

Él sonrió con la más tenue curva de sus labios. El apretón del brazo parecía ahora más una caricia. Una petición. Y sus ojos, divertidos, interesados, le escrutaban la cara.

—Eso, Margaret Mary, depende de la mujer.

Maggie no se movió, absorbió toda la intensidad sexual y la reconoció con una ligera inclinación de cabeza.

—Estamos de acuerdo en algo: el sexo y el poder generalmente dependen de la mujer.

—Eso no es en absoluto lo que he dicho ni lo que he querido decir. ¿Qué te impulsa a crear algo como esto?

—Es difícil explicarle el arte a un hombre de negocios.

Ella trató de dar un paso atrás, pero él la sujetó del brazo con más fuerza.

—Inténtalo.

—Lo que me viene, me viene —contestó, sintiendo que una sensación de disgusto le recorría el cuerpo—. No hay argumento, ni plan. Tiene que ver con emociones, con pasión. No tiene ninguna relación con el pragmatismo o el dinero. De lo contrario, estaría haciendo pequeños cisnes de vidrio para venderlos en las tiendas de regalos. Dios santo, qué horror.

La sonrisa de Rogan se amplió.

—Horripilante. Por fortuna, no estoy interesado en cisnes de vidrio. Pero sí quisiera ese té que me has ofrecido.

—Vamos a la cocina, entonces. —De nuevo trató de zafarse y de nuevo él apretó la mano alrededor de su brazo, deteniéndola. Los ojos de Maggie relampaguearon—. Estás bloqueándome el paso, Sweeney.

—No lo creo. Estoy a punto de abrírtelo —replicó, y la soltó y la siguió en silencio hasta la cocina.

Su cabaña estaba a años luz de la comodidad del hotel de Brie. No había olores deliciosos flotando en el ambiente, ni cojines mullidos ni muebles relucientes de madera. Era austera, práctica y desordenada. Razón por la cual, pensó Rogan, las piezas de vidrio que estaban repartidas aquí y allá tenían un efecto aún más impactante.

Se preguntó dónde dormiría ella y si su cama sería tan suave y acogedora como en la que él había dormido la noche anterior. Y se preguntó si la compartiría con ella. No, se corrigió, no «si», sino «cuándo».

Maggie puso la tetera sobre la mesa junto con dos tazas de cerámica.

—¿Estás disfrutando de tu estancia en Blackthorn Cottage? —preguntó mientras servía el té.

—Mucho. Tu hermana es encantadora. Y cocina como los ángeles.

Maggie se relajó y le puso tres cucharadas generosas de azúcar a su té.

—Brie es toda un ama de casa, en el mejor sentido del término. ¿Ha hecho bollos de grosellas esta mañana?

—Me he comido dos.

Maggie se rio y cruzó una pierna, poniendo sobre la rodilla el otro pie y dejando ver las botas que llevaba puestas.

—Nuestro padre solía decir que Brie tenía todo el oro, y yo, todo el bronce. Me temo que no encontrarás aquí panecillos recién horneados, Sweeney, pero puedo abrirte una caja de galletas, si quieres.

—No es necesario.

—Supongo que quieres ir directo al grano, es decir, a los negocios. —Tomando su taza entre las dos manos, Maggie se inclinó hacia delante—. ¿Qué pasaría si te dijera sencillamente que no estoy interesada en tu propuesta?

Rogan meditó la pregunta, sorbiendo el té negro y fuerte.

—Tendría que decirte que eres una mentirosa, Maggie. —Sonrió al ver el fuego que desprendían sus ojos—. Porque si no estuvieras interesada, no habrías accedido a verme esta mañana. Y seguro que yo no estaría tomando té en tu cocina. —Levantó una mano antes de que ella pudiera contestar—. Estamos de acuerdo en una cosa, sin embargo, y es en que no quieres estar interesada.

Un hombre inteligente, pensó Maggie, sólo un poco humillada. Los hombres inteligentes son peligrosos.

—No quiero que me manejen, me patrocinen o me guíen.

—Muy pocas veces queremos lo que necesitamos —dijo, mirándola por encima del borde de la taza, disfrutando incluso de cómo el pálido rubor de sus mejillas parecía suavizarle la piel y hacer más profundo el verde de sus ojos—. Déjame explicarme mejor. Tu arte es tu dominio y no tengo ninguna intención de interferir de ninguna manera en lo que hagas en tu taller. Puedes crear lo que te dicte tu inspiración, cómo y cuándo quieras.

—¿Y qué pasa si hago algo que no te gusta?

—He expuesto y vendido muchas piezas que no quisiera tener en mi casa. Así es el negocio, Maggie. Y mientras yo no interfiera en tu arte, tú no interferirás en mis negocios.

—¿No voy a tener ni voz ni voto sobre quién compra mis piezas?

—No —contestó llanamente—. Si tienes algún vínculo emocional con alguna pieza, debes superarlo o quedarte con ella. Una vez tu obra llegue a mis manos, es mía.

—Y cualquiera que tenga el dinero para pagarla puede tenerla —dijo Maggie apretando la mandíbula.

—Exactamente.

Maggie puso de un golpe la taza sobre la mesa y se paró bruscamente; luego empezó a caminar de un lado a otro. Usaba todo su cuerpo, un hábito que Rogan admiraba. Piernas, brazos, hombros, todos en movimientos coordinados furiosamente. Se terminó el té y se echó para atrás en la silla, dispuesto a disfrutar del espectáculo.

—Creo algo que proviene de mí, lo hago realidad, lo vuelvo sólido, tangible, ¿y cualquier idiota de Ferry o Dublín, o, Dios me libre, de Londres puede venir y comprarlo para dárselo a su esposa en su cumpleaños, sin tener ni la más mínima idea de lo que es, de lo que significa?

—¿Estableces relaciones personales con todas las personas que compran tus piezas?

—Al menos sé adónde van, quién las está comprando. —Por lo general, se dijo mentalmente.

—Tengo que recordarte que compré dos piezas tuyas antes de que nos conociéramos.

—Sí, y mira adónde me ha llevado eso.

Temperamento, se dijo él con un suspiro. A pesar de que llevaba tanto tiempo trabajando con artistas, seguía sin entenderlos.

—Maggie —empezó él con el tono más razonable que pudo—, la razón por la cual necesitas un agente es justamente para erradicar esas dificultades. No tendrás que preocuparte por las ventas, sólo por el proceso de creación. Y sí, si alguien de Ferry o Dublín o, Dios te libre, Londres entra en alguna de las galerías y se interesa en alguna de tus piezas, puede tenerla en tanto pueda pagar el precio. Sin currículum, sin referencias personales. Y para final de año serás una mujer rica.

—¿Eso es lo que crees que quiero? —Sintiéndose ofendida y furiosa, empezó a dar vueltas alrededor de él—. ¿Crees que cada vez que me pongo la caña en la boca estoy calculando cuánto dinero puedo sacar de lo que estoy haciendo?

—No, claro que no. Y ahí es exactamente donde yo entro en escena. Eres una artista excepcional, Maggie. Y a pesar de que corro el riesgo de inflarte el ego, que ya parece tener proporciones titánicas, admito ante ti que desde la primera vez que vi tu trabajo, me cautivó.

—Tal vez tengas un gusto decente —contestó con un gesto refunfuñón.

—Sí, eso me han dicho. Lo que quiero decir es que tu trabajo merece más de lo que le estás dando. Tú mereces más de lo que te estás dando a ti misma.

—Y tú me vas a ayudar a conseguirlo por la bondad de tu corazón —dijo Maggie inclinándose sobre la encimera de la cocina para verlo más de cerca.

—Mi corazón no tiene nada que ver. Voy a ayudarte porque tu trabajo afianzará el prestigio de mis galerías.

—Y el de tu chequera.

—Un día tendrás que explicarme cuál es la raíz del desprecio que sientes por el dinero. Mientras tanto, se te está enfriando el té.

Maggie suspiró profundamente. No estaba haciendo un buen trabajo en la parte de adularlo, se recordó a sí misma, y volvió a sentarse.

—Rogan —dijo, y se permitió sonreír—, estoy segura de que eres muy bueno en lo que haces. Tus galerías tienen fama de ser honestas y exponer sólo obras de calidad, lo que con seguridad es un reflejo de la persona que eres.

Maggie era lista, reflexionó Rogan, y se pasó la lengua sobre los dientes. Sí, muy lista.

—Me gusta pensar que así es.

—Sin lugar a dudas, cualquier artista se sentiría emocionado de que lo consideraras, pero yo estoy acostumbrada a hacer mis cosas, a manejar todos los aspectos de mi trabajo, desde hacer el vidrio hasta vender la pieza terminada o, por lo menos, dejarla en manos de alguien a quien yo conozca y en quien confíe para que la venda. Pero la cosa, Rogan, es que yo a ti no te conozco.

—¿Ni confías en mí?

—Sería una tonta si no confiara en las galerías Worldwide. —Levantó una mano y la dejó caer de nuevo—. Pero es difícil para mí imaginarme un negocio de ese tamaño. Soy una mujer sencilla.

Rogan se rio tan espontánea, tan vivazmente que Maggie se quedó desconcertada. Antes de que ella pudiera recuperarse, él se inclinó hacia delante y le cogió una mano.

—Oh, no, Margaret Mary, sencilla es exactamente lo que tú no eres. Eres aguda, obstinada, brillante y hermosa, y tienes mal genio. Pero sencilla, nunca.

—Claro que lo soy. —Retiró su mano de entre las de él de un tirón y trató de no sentirse encantada por las palabras que había pronunciado—. Y me conozco mejor de lo que tú me conoces o llegarás a conocerme jamás.

—Cada vez que terminas una escultura estás gritando que ésa eres tú. Por lo menos hoy. Eso es lo que hace que el arte sea verdadero.

Maggie no podía discutirle eso. No era una observación que esperase de un hombre con su formación. Comerciar con arte no significaba que uno lo entendiera, pero aparentemente él sí lo hacía.

—Soy una mujer sencilla —repitió, como retándolo a que la contradijera una vez más—. Y prefiero seguir siéndolo. Si te acepto como agente, habrá reglas, pero las mías.

Rogan la tenía, y lo sabía. Pero un negociador astuto nunca es engreído.

—¿Y cuáles serían?

—No participaré en campañas de publicidad a menos que me venga bien. Pero te prometo que ninguna me vendrá bien.

—Afianzará el misterio, ¿no?

Maggie estuvo cerca de reírse, pero se contuvo y continuó.

—No me disfrazaré ni me adornaré como un pastel para las inauguraciones de las exposiciones, si es que decido asistir.

Esta vez Rogan se mordió la lengua.

—Estoy seguro de que tus gustos en cuanto a la moda reflejan tu naturaleza artística.

Maggie no estuvo segura de si sus palabras habían sido un insulto, pero continuó.

—Y no seré simpática con quien no me apetezca serlo.

—Temperamento otra vez artístico —dijo, y brindó con su taza de té—. Hará que vendamos más.

Aunque se estaba divirtiendo, Maggie se echó para atrás en la silla y se cruzó de brazos antes de proseguir.

—Nunca, nunca repetiré una pieza ni crearé algo por encargo.

Rogan frunció el ceño y negó con la cabeza.

—Ese puede ser un inconveniente para las ventas. Había pensado en un unicornio con polvo de oro en el cuerno y las patas. De muy buen gusto.

Maggie empezó a reírse entre dientes, pero finalmente se dio por vencida y estalló en carcajadas.

—Está bien, Rogan. Tal vez suceda un milagro y podamos trabajar juntos. ¿Cómo lo hacemos?

—Tengo un modelo de contrato que podemos usar. Worldwide quiere derechos exclusivos sobre tu obra.

Maggie hizo una mueca de dolor al escuchar las palabras de Rogan. Sentía como si estuviera entregando una parte de sí misma. Tal vez la mejor parte.

—Derechos exclusivos sobre las piezas que yo decida vender.

—Por supuesto.

Maggie pasó de la mirada de él a la ventana, hacia los campos que se extendían fuera. Una vez, hacía mucho tiempo, los había sentido, como su arte, parte de ella. Ahora sólo eran una vista hermosa.

—¿Qué más?

Rogan dudó, pues Maggie parecía increíblemente triste.

—Nuestro trato no va a cambiar lo que haces ni lo que eres.

—Estás equivocado —murmuró. Hizo un esfuerzo por cambiar la expresión de su cara y lo miró de frente otra vez—. Prosigue. ¿Qué más?

—Quiero hacer una exposición dentro de dos meses, en la galería de Dublín. Obviamente necesito ver qué has terminado, para preparar los detalles del envío. También necesito que me mantengas informado de lo que termines en las próximas semanas. Les pondremos precio a las piezas y cualquier inventario que quede después de la exposición se mostrará en la galería de Dublín y en las otras.

—Te agradecería que no te refirieras a mi trabajo como inventario. O por lo menos no en mi presencia —dijo después de respirar profunda y calmadamente.

—Hecho. Por supuesto, te enviaremos un informe detallado de las piezas que se hayan vendido. Por otra parte, si quieres, puedes opinar sobre cuáles se deben fotografiar para incluirlas en el catálogo. O puedes dejar que nosotros decidamos.

—¿Y cómo y cuándo me pagarás? —preguntó, pues realmente quería saberlo.

—Puedo comprarte las piezas ya mismo; no tengo ninguna objeción al respecto puesto que confío en la calidad de tu trabajo.

Maggie recordó que el día anterior Rogan le había dicho que en la galería se podía pedir dos veces más por la escultura que le había comprado. Ella no era una mujer de negocios, pero tampoco era tonta.

—¿De qué otra manera trabajas?

—Por comisión. Exponemos la pieza y, cuando la vendemos, descontamos un porcentaje.

Más como una apuesta, pensó ella. Prefería las apuestas.

—¿Cuál es el porcentaje?

Esperando una reacción, Rogan le sostuvo la mirada y soltó:

—El treinta y cinco por ciento.

Maggie estuvo a punto de atragantarse.

—¡¿Treinta y cinco?! ¡¿Treinta y cinco por ciento?! ¡Eres un ladrón! ¡Un atracador! —Maggie se levantó de golpe—. Eres un buitre, Rogan Sweeney. ¡Vete al diablo con tu treinta y cinco por ciento!

—Yo soy quien corre todos los riesgos y asume todos los gastos —replicó, extendiendo los brazos—. Tú sólo tienes que crear.

—Sí, como si todo lo que tuviera que hacer es sentarme y esperar a que me llegue la inspiración, como gotas de lluvia. No sabes nada, nada de cómo es. —Empezó a caminar de un lado a otro de nuevo, moviendo los brazos enérgica y furiosamente—. Te recuerdo que no tendrías nada que vender sin mí. Y los compradores pagarían bien por mi trabajo, mi sangre y mi sudor. Te doy el quince por ciento.

—Treinta.

—La peste te tomaría por un ladrón de caballos, Rogan Sweeney. Veinte.

—Veinticinco. —Se levantó y se paró frente a ella—. Worldwide se merecerá ese cuarto de tu sangre y de tu sudor, Maggie, te lo prometo.

—Un cuarto —repitió entre dientes—. ¿Eso es lo que son para ti los negocios? ¿Rapiñar el arte?

—Y lograr que el artista tenga seguridad económica. Piénsalo, Maggie. La gente podrá ver tu arte en Nueva York, Roma y París. Y nadie que lo vea podrá olvidarlo.

—Sí que eres listo, Rogan, pasar del dinero a la fama. —Frunció el ceño y continuó—: Al diablo tú y tu comisión. Tendrás entonces tu veinticinco por ciento.

Eso era exactamente lo que Rogan quería y había planeado. La tomó de la mano y le dijo:

—Nos va a ir bien juntos, Maggie.

Ella tenía la esperanza de que les fuera lo suficientemente bien como para sacar a su madre del hotel y trasladarla al pueblo, lejos de Brie.

—Si no es así, Rogan, me las vas a pagar caro.

—Me arriesgaré —dijo, llevándose la mano de ella a la boca, porque le gustaba cómo sabía.

Sus labios permanecieron en la mano de Maggie lo suficiente como para que a ella se le acelerara el pulso.

—Si querías seducirme, tenías que haber sido más inteligente y empezar a hacerlo antes de que hubiéramos llegado a un acuerdo.

Las palabras de Maggie sorprendieron a Rogan e hicieron que se sintiera molesto.

—Prefiero mantener los asuntos personales al margen de los profesionales.

—Otra diferencia entre tú y yo —dijo ella. Le divertía notar que había sido capaz de perturbar su talante, aparentemente tan bien educado—. Mi vida personal y mi vida profesional están fusionándose continuamente. Y disfruto de ambas cuando se me antoja —añadió, y sonriendo retiró su mano de entre las de él—. Pero no es éste el caso... personalmente hablando. Si se da la ocasión, te lo haré saber si se me antoja y cuando se me antoje.

—¿Estás provocándome, Maggie?

Maggie hizo ademán de pensar, como si lo estuviera considerando seriamente.

—No, sólo te estoy explicando ciertas cosas. Ahora vamos al taller para que puedas escoger las piezas que quieres que te envíe a Dublín. —Se dio la vuelta y descolgó del perchero un impermeable—. Lo mejor es que te pongas tu abrigo, pues sería una pena mojar ese traje tan elegante que llevas puesto.

Rogan la miró fijamente un momento, preguntándose por qué debería sentirse insultado. Sin decir ni una palabra, se dirigió a la sala y cogió su abrigo.

Maggie aprovechó la oportunidad para salir bajo la lluvia y así refrescarse un poco para calmar los ánimos. Era ridículo, pensó, que sintiera tanta tensión sexual sólo por un beso en la mano. Rogan Sweeney era suave, demasiado tal vez. Era realmente una bendición que viviera al otro lado del país. Pero mayor fortuna era que no fuera su tipo.

Para nada.

5

El pasto alto que había junto a la abadía en ruinas hacía que el lugar fuera bastante agradable para que descansaran los muertos. Maggie había tenido que pelear para que la dejaran enterrar a su padre allí, en lugar de en el impecable y frío camposanto que había cerca de la iglesia del pueblo. Quería paz y un toque de realeza para su padre. Por primera vez, Brianna había discutido con ella hasta que su madre había guardado silencio y se había lavado las manos en aquel asunto.

Maggie visitaba la tumba de su padre dos veces al año: en el cumpleaños de él y en el suyo. Iba a darle las gracias por haberle concedido el don de la vida. Nunca iba en el aniversario de su muerte ni se permitía llorarlo en privado.

Tampoco lo lloraba cuando iba a su tumba. Se sentaba en el pasto junto a ella, con las rodillas dobladas y los brazos alrededor de las piernas. Ese día el sol luchaba por brillar entre las capas de nubes para dar su calor a las tumbas, y el viento se sentía fresco, olía a flores silvestres.

No le había llevado flores, nunca lo hacía. Brianna había sembrado un lecho de flores justo sobre él, para que cuando la primavera calentara la tierra, su tumba floreciera en una explosión de color y belleza.

Apenas se estaban formando capullos en la adelfa. Las pequeñas cabezas de la aguileña se balanceaban suavemente entre los delicados brotes de la espuela de caballero y de la betónica. Maggie vio una urraca volar sobre las lápidas y mecerse sobre los campos. Una que augura dolor, pensó, y buscó en los cielos una segunda que augurara alegría, pero fue en vano.

Las mariposas volaban cerca, moviendo sus alas delicada y silenciosamente. Maggie las estuvo observando largo rato y encontró solaz en su color y movimiento. No había un sitio cerca del mar para haber enterrado a su padre, pero ese lugar, pensó, le habría gustado. Se recostó contra la lápida y cerró los ojos.

«Quisiera que estuvieras aquí —pensó— para poder contarte lo que estoy haciendo. Aunque probablemente no prestaría atención a tus consejos. Pero sería bueno escucharlos. Si Rogan Sweeney es un hombre de palabra, lo cual parece casi seguro, voy a ser una mujer rica. ¿Te imaginas? Cómo disfrutarías. Tendrías suficiente dinero para abrir tu propio pub, como siempre quisiste. Ay, fuiste un granjero del montón, papá. Pero el mejor de los padres. El mejor de los mejores».

Estaba haciendo todo lo que podía para cumplir su promesa, pensó Maggie. Para cuidar de su madre y de su hermana y tratar de alcanzar sus sueños.

—Maggie...

Abrió los ojos y levantó la cabeza para encontrarse con Brianna. Impecable como siempre, pensó Maggie mientras escrutaba a su hermana. Con el pelo perfectamente arreglado y la ropa bien planchada.

—Pareces una maestra de escuela —le dijo Maggie a su hermana, y se rio ante la expresión de ella—. Una adorable.

—Y tú pareces una pordiosera —le respondió Brianna con un gesto de desaprobación por los vaqueros rotos y el suéter andrajoso que Maggie llevaba puestos—. Una adorable.

Brianna se arrodilló junto a su hermana y entrelazó las manos, no para rezar, sino para no ensuciarse.

Se sentaron en silencio un rato, escuchando el viento respirar sobre los pastizales y flotar sobre las piedras derruidas.

—Qué día tan bonito para una visita al cementerio —comentó Maggie. «Hoy habría cumplido setenta y un años», pensó—. Parece que las flores se están abriendo.

—Debería arrancar las malas hierbas —contestó Brianna, y empezó a hacerlo—. Esta mañana he encontrado sobre la mesa de la cocina el dinero que me has dejado, Maggie, pero es demasiado.

—Ha sido una buena venta. Ahorra un poco.

—Preferiría que lo disfrutaras tú.

—Y lo estoy haciendo al saber que estás un paso más cerca de sacar a mamá de tu casa.

—Ella no es una carga para mí —contestó Brianna con un suspiro, y al ver la expresión en la cara de su hermana agregó—: No tanto como crees, en cualquier caso. Molesta sólo cuando se encuentra mal.

—Lo cual sucede la mayor parte del tiempo, Brie. Te quiero.

—Sé que me quieres.

—El dinero es la mejor manera de expresártelo. Papá quería que te ayudara con mamá. Y Dios sabe que yo no podría vivir con ella como tú. Terminaría en un manicomio, o en la cárcel por asesinarla mientras estuviera durmiendo.

—¿El trato con Rogan Sweeney lo hiciste por ella?

—Claro que no. —Maggie se estremeció sólo de pensarlo—. A causa de ella, tal vez, que no es lo mismo. Una vez que mamá esté establecida en otra parte y tú recuperes tu vida, te podrás casar y me darás una horda de sobrinos y sobrinas.

—Tú podrías tener tus propios hijos…

—No quiero casarme. —Acomodándose, Maggie cerró los ojos de nuevo—. No, para nada. Prefiero ir y venir a mi antojo y no tener que rendir cuentas a nadie. Voy a malcriar a tus hijos y ellos vendrán a ver a la tía Maggie cuando seas demasiado estricta con ellos. —Abrió los ojos y fijó la mirada en su hermana—. Podrías casarte con Murphy.

Brianna se rio de buena gana y sus carcajadas provocaron eco entre el pastizal.

—Creo que le daría un ataque si te oyera.

—Siempre ha sido muy dulce contigo.

—Sí, claro, mucho… cuando yo tenía trece años. Es un hombre maravilloso y lo quiero tanto como querría a un hermano, pero no es el que quisiera por marido.

—¿Entonces lo tienes todo planeado?

—No tengo nada planeado —contestó Brianna muy seria—, y nos estamos desviando del tema. No quiero que hagas tratos con el señor Sweeney sólo porque te sientes obligada a ayudarme. Creo que es lo mejor que puedes hacer para dar a conocer tu trabajo, pero no quiero que seas infeliz porque creas que yo lo soy. Porque no lo soy.

—¿Este mes cuántas veces has tenido que servirle la comida en la cama?

—No llevo la cuenta…

—Pues deberías —la interrumpió Maggie—. En cualquier caso, ya está hecho. Firmamos los contratos hace una semana. Rogan Sweeney es ahora mi agente, y Worldwide, mi galería. Tengo una exposición en Dublín dentro de dos semanas.

—¡Dos semanas! Eso es muy pronto.

—Sweeney no parece ser un hombre que pierda el tiempo. Ven conmigo, Brianna. —Maggie tomó a su hermana de la mano—. Le haremos pagar un hotel elegante y cenaremos en restaurantes y compraremos tonterías.

Tiendas. Comida preparada por alguien más. No tener que hacer la cama. Brianna se ilusionó, pero sólo por un momento.

—Me encantaría ir contigo, Maggie, pero no puedo dejarla así como así.

—Claro que puedes, por Dios. Mamá puede hacerse compañía a sí misma durante unos cuantos días.

—No puedo. —Brianna dudó y se sentó cansinamente sobre las piernas—. La semana pasada se cayó.

—¿Se hizo daño? —Los dedos de Maggie apretaron con fuerza los de su hermana—. Maldita sea, Brie. ¿Por qué no me dijiste nada? ¿Cómo pasó?

—No te conté nada porque no fue grave. Mamá salió al jardín mientras yo estaba en el segundo piso arreglando las habitaciones. Al parecer perdió el equilibrio. Se hizo un moratón en la cadera y daño en un hombro.

—¿Llamaste al doctor Hogan?

—Por supuesto que sí. Dijo que no había nada de qué preocuparse. Sólo perdió el equilibrio. Y si hace más ejercicio, come mejor y todo lo demás, se pondrá más fuerte.

—¿Quién no sabe eso? —Maldita mujer, pensó Maggie. Y maldito el constante e incesante sentimiento de culpa que habitaba en su propio corazón—. Y apuesto a que se fue directamente a la cama y no se ha levantado desde entonces.

Los labios de Brianna se retorcieron en un amago de sonrisa.

—No he podido convencerla de que se levante. Dice que tiene un problema en el oído y que necesita ir a Cork a ver a un especialista.

—¡Ja! —Maggie sacudió la cabeza y la echó hacia atrás para ver el cielo—. Es tan típico de ella... Nunca he conocido a nadie que se queje tanto como Maeve Concannon. Y te tiene atada con una soga —dijo Maggie a su hermana clavándole un dedo.

—No lo voy a negar, y no tengo corazón para cortarla.

—Yo sí. —Maggie se paró y se sacudió las rodillas—. La respuesta es dinero, Brie. Es lo que siempre ha querido. Dios sabe que le hizo la vida imposible a papá porque no pudo ganarlo —dijo poniendo una mano sobre la lápida de su padre, como en un gesto protector.

—Es cierto, y se hizo la vida imposible a ella misma también. No he visto a dos personas tan poco compatibles.

Algunos matrimonios no son ni el paraíso ni el infierno, sino que se quedan atascados en el purgatorio.

—Y algunas veces las personas son tan tontas o tan virtuosas que no pueden irse sin más. —Le dio una palmada a la lápida y retiró la mano—. Prefiero a los tontos que a los mártires. Guarda el dinero, Brie. Pronto vendrá más. Me encargaré de que así sea en Dublín.

—¿Vendrás a verla antes de irte?

—Sí —contestó Maggie con parquedad.

—Creo que te va a gustar —dijo Rogan a su abuela sonriendo, mientras introducía el tenedor en su tarta llena de crema —. Es una mujer interesante.

—Interesante. —Christine Sweeney levantó una ceja blanca. Conocía bastante bien a su nieto y podía interpretar cualquier sutil cambio de tono o de expresión, pero en el tema de Maggie Concannon, Rogan estaba siendo bastante enigmático—. ¿Cómo de interesante?

Él mismo no estaba seguro de la respuesta y se entretuvo un momento en escurrir la bolsita de té antes de contestar a su abuela.

—Es una artista brillante, tiene una visión extraordinaria. Sin embargo, vive sola en una cabaña pequeña en Clare cuya decoración es todo menos estética. Es apasionada en su trabajo, pero reacia a mostrarlo. Puede ser tanto absolutamente encantadora como terriblemente grosera, y ambos casos parecen ser inherentes a su naturaleza.

—Una mujer contradictoria.

—Mucho —dijo, echándose para atrás.

En el primoroso saloncito, era un hombre completamente satisfecho con una taza de porcelana de Sèvres en la mano y la cabeza recostada sobre el cojín de brocado de un sillón estilo Reina Ana. El fuego de la chimenea calentaba agradablemente el espacio. Las flores eran frescas, y la tarta estaba recién horneada.

A Rogan le encantaban esas reuniones ocasionales para tomar el té con su abuela, al igual que a ella. La paz y el orden de su casa eran tranquilizadores, como ella misma, con su dignidad perpetua y su belleza ligeramente marchita.

Él sabía que su abuela tenía setenta y tres años, pero se enorgullecía de que pareciera diez años más joven. Su piel era tan pálida como el alabastro, y sí, tenía arrugas, pero los signos de la edad no hacían sino aumentar la serenidad de su rostro. Sus ojos eran azul brillante y tenía el pelo suave y blanco como una primera nevada.

Christine era de mente aguda, gusto incuestionable, corazón generoso y con frecuencia podía ser bastante mordaz. Rogan le decía que ella era su mujer ideal, cosa que la halagaba profundamente, pero también la preocupaba.

Rogan la había decepcionado sólo en una cosa: aún no había sido capaz de ser feliz en el terreno personal, de encontrar el mismo bienestar que había logrado en el plano profesional.

—¿Cómo van los preparativos para la exposición? —preguntó Christine a Rogan.

—Muy bien, pero sería mucho más fácil si nuestra gran artista atendiera el condenado teléfono —respondió, y se sacudió la irritación con un gesto—. Las piezas que han llegado ya a la galería son maravillosas. Deberías ir a visitarme un día para que pudieras verlas con tus propios ojos.

—Puede que lo haga —repuso, aunque estaba más interesada en la artista que en su arte—. ¿Me has dicho que es una mujer joven?

—¿Hmmmm?

—Maggie Concannon, ¿me has dicho que es joven?

—Ah, debe de tener poco más de veinticinco años, supongo. Sí, joven, por el alcance de su trabajo.

Dios, hablar con él era como sacar información con sacacorchos.

—¿Y dirías que es llamativa? Como... ¿cómo se llamaba? Ah, sí, Miranda Whitfield-Fry, la mujer que hacía esculturas en metal y siempre se ponía un montón de joyas y echarpes de colores. ¿Como ella?

—No se parece en nada a Miranda. —«Gracias a Dios», pensó. Recordó con un estremecimiento cómo lo había perseguido esa mujer, sin descanso, sin vergüenza—. Maggie es más del tipo de camiseta de algodón y botas. Tiene el pelo como si le hubiera pasado la corriente.

—Poco atractivo, entonces.

—Al contrario, muy atractivo, pero de una manera inusual.

—¿Es masculina?

—No —respondió, y recordó, con un poco de incomodidad, la intensa tensión sexual, el sensual olor de Maggie, haber notado en ella un corto e involuntario temblor cuando la agarró del brazo—, en absoluto.

—Te intriga —dijo Christine a su nieto, pensando que definitivamente sacaría tiempo para conocer a la mujer que le ponía a Rogan esa expresión en la cara.

—Mucho. De lo contrario no habría firmado un contrato con ella.

Rogan observó la expresión de su abuela y levantó una ceja igual que lo hacía ella.

—Son sólo negocios, abuela, sólo negocios.

—Claro —contestó Christine sonriendo para sí misma, y le sirvió un poco más de té—. Cuéntame qué más has hecho estos días.

Rogan llegó a la galería a las ocho de la mañana del día siguiente. La noche anterior había ido al teatro y a cenar con Patricia, una amiga con la que salía a veces. Como siempre, ella le pareció encantadora y deliciosa. Patricia era la viuda de un viejo amigo suyo y la sentía más como una prima lejana que como una cita. Hablaron sobre la obra de Eugene O'Neill durante la cena, que consistió en salmón y champán, y se despidieron con un beso platónico pasada la medianoche.

Y no había pegado ojo.

Pero no había sido la risa fácil de Patricia ni su sutil aroma lo que le había tenido dando vueltas en la cama, totalmente desvelado.

Maggie Concannon, pensó. Era natural que aquella mujer estuviera presente en su cabeza, dado que la mayor parte de su tiempo y esfuerzo estaba concentrado en ese momento en preparar su exposición. No era de extrañar que pensara en ella, y más teniendo en cuenta que había sido imposible hablar con ella.

Su aversión al teléfono lo había obligado a echar mano de los telegramas, que envió al oeste con intensa regularidad. Pero la única respuesta de Maggie había sido breve y concisa: «Deja de molestarme».

Increíble, pensó Rogan mientras abría las elegantes puertas de vidrio de la galería. Maggie lo había acusado de molestarla, como si fuera un chico malcriado y quejica. Él era un hombre de negocios, por Dios santo, uno que estaba a punto de dar a su carrera un giro drástico. Y ella ni siquiera se dignaba tomarse el tiempo de levantar el auricular del teléfono para mantener una conversación razonable.

Rogan estaba acostumbrado a lidiar con artistas. Sólo el cielo sabía que muchas veces había tenido que complacer sus excentricidades, aplacar sus inseguridades y manejar sus exigencias, a veces infantiles. Era parte de su trabajo, y se consideraba bueno en ello. Pero Maggie Concannon retaba tanto sus habilidades como su paciencia.

Cerró las puertas tras de sí y aspiró profundamente el tranquilo y perfumado aire de la galería. Su abuelo había construido el edificio, que era amplio y elegante, un verdadero legado al arte con su mampostería gótica y sus balaústres tallados.

El interior estaba formado por doce salas; algunas eran pequeñas y otras, grandes, y todas estaban conectadas por medio de amplios arcos. Las escaleras serpenteaban fluidamente hacia un segundo piso, en donde había un espacio del tamaño de un salón de baile rodeado de saloncitos íntimos decorados con sofás antiguos.

Allí era donde iba a hacer la exposición de Maggie. En el segundo piso, en el espacio grande, iba a situar una pequeña orquesta. Y mientras los invitados disfrutaban de la música, el champán y los canapés, podrían caminar entre las piezas, dispuestas estratégicamente. Las más grandes y audaces las pensaba iluminar, y las más pequeñas, exponerlas en vitrinas en los saloncitos más íntimos.

Caminó hacia su oficina a través del primer piso imaginando cómo sería, ajustando los detalles en su cabeza. Encontró al administrador de la galería, Joseph Donahoe, sirviéndose un café en la cocina.

—Llegas temprano —dijo Joseph con una sonrisa que dejaba al descubierto el destello de un diente de oro—. ¿Café?

—Sí, quería ver cómo van los preparativos en el segundo piso antes de meterme en la oficina.

—Pues llegas justo a tiempo —aseguró Joseph. A pesar de que ambos eran de la misma edad, Joseph estaba empezando a quedarse calvo por la coronilla. Compensaba la pérdida de pelo dejándoselo largo y sujetándoselo en una cola de caballo. Se había partido la nariz jugando al polo, por lo que la tenía ligeramente desviada hacia la izquierda. El resultado era un pirata vestido con un traje de Savile Row. Las mujeres se morían por él—. Tienes mal aspecto.

—No he pegado ojo en toda la noche —contestó Rogan, y dio un sorbo a su café—. ¿Han desembalado el envío que llegó ayer?

Joseph hizo una mueca y respondió:

—Me temía que fueras a preguntar… —Levantó su taza y murmuró—: No ha llegado.

—¿Cómo?

Joseph entornó los ojos. Llevaba trabajando para Rogan más de diez años, así que conocía bien ese tono.

—El paquete no llegó ayer, pero estoy seguro de que en cualquier momento de la mañana llegará. Por eso hoy he venido temprano.

—¿Qué está haciendo esa mujer? Las instrucciones que le dimos fueron bastante precisas y sencillas. Tenía que enviarnos la última pieza en el correo nocturno, para que estuviera aquí ayer temprano.

—Es una artista, Rogan. Probablemente tuvo un ataque de inspiración de última hora, se quedó trabajando más tiempo y no llegó a enviar la pieza anteayer. Pero no te preocupes, hay tiempo de sobra.

—No voy a permitir que se atrase. —Indignado, Rogan levantó el auricular del teléfono de la cocina y marcó el número de Maggie, que no tuvo que mirar en su agenda porque ya se lo sabía de memoria. Esperó mientras sonaba una y otra vez. Y otra—. Qué mujer más irresponsable.

Joseph sacó un cigarrillo mientras Rogan colgaba el auricular con furia.

—Tenemos más de treinta piezas —dijo mientras encendía el cigarrillo con un mechero esmaltado bastante vistoso—. Incluso sin esa última pieza es suficiente. Y el trabajo, Rogan, es deslumbrante, incluso para mí, que soy un viejo hastiado del arte.

—Pero ésa no es la cuestión en absoluto.

—Claro que lo es —dijo Joseph exhalando el humo y frunciendo los labios.

—Acordamos cuarenta piezas, no treinta y cinco, ni treinta y seis. Cuarenta. Y por Dios que son cuarenta las piezas que me va a dar esa mujer.

—¡Rogan! —gritó Joseph cuando salió a toda prisa de la cocina—. ¿Adónde vas?

—Al maldito condado de Clare.

—*Bon voyage* —contestó Joseph dándole otra calada al cigarrillo y brindando en el aire con su taza de café.

El vuelo fue corto y no le dio tiempo a que se le calmaran los nervios. El hecho de que el cielo estuviera gloriosamente azul y el aire fuera fresco no cambió en nada su estado de ánimo. Todavía seguía maldiciendo a Maggie cuando cerró la puerta del coche que había alquilado y empezó a alejarse del aeropuerto de Shannon. Y cuando llegó a la cabaña de Maggie, le hervía la sangre.

Menudo descaro que tenía esa mujer, pensó Rogan mientras caminaba hacia la puerta delantera. Alejarlo de su trabajo, de sus obligaciones… ¿Acaso pensaba que ella era la única artista a la que él representaba?

Golpeó la puerta hasta que le dolieron los dedos. Y haciendo caso omiso de las buenas maneras, la abrió de un empujón.

—¡Maggie! —gritó atravesando la sala y entrando en la cocina—. ¡Maldita sea! —Sin detenerse, se dirigió a la puerta trasera de la casa y salió hacia el taller.

Debía haber supuesto que estaría allí.

Maggie lo vio desde su banco de trabajo y una montaña de papel picado.

—Qué bien que estés aquí, me viene bien la ayuda.

—¿Por qué diablos no contestas al teléfono? ¿Para qué tienes el maldito aparato si no le prestas atención?

—Con frecuencia yo me hago la misma pregunta. ¿Me pasarías el martillo, por favor?

Rogan lo levantó y calculó cuánto pesaba, fantaseando por un momento con la imagen placentera de plantarle a Maggie el martillo en la cabeza.

—¿Dónde demonios está mi paquete?

—Aquí. —Se pasó una mano por la maraña de pelo antes de coger el martillo—. Ahora mismo lo estaba empaquetando.

—Se supone que debía llegar ayer a Dublín.

—Pues no está allí sencillamente porque todavía no se ha enviado. —Maggie empezó a clavar clavos con movimientos rápidos y expertos en la caja que tenía en el suelo—. Y si has venido a asegurarte de que enviaría la caja, debo decir que no tienes mucho que hacer.

Rogan levantó a Maggie del suelo y la sentó sobre el banco. La joven soltó el martillo, que cayó con estruendo sobre el cemento, a escasos centímetros de los pies de Rogan. Antes de que ella pudiera tomar aliento él la agarró por la barbilla.

—Tengo más que suficiente que hacer con mi tiempo —dijo llanamente—. Y hacer de niñera de una mujer irresponsable y perturbada interfiere en mi agenda. En mi galería hay personal cuyo trabajo está cuidadosa, incluso meticulosamente, programado. Lo único que tenías que hacer era seguir las instrucciones y enviar la maldita mercancía.

Maggie le apartó con furia la mano de la cara.

—Me importan un comino tu agenda y tu horario. Firmaste con una artista, Sweeney, no con una recepcionista.

—¿Y qué asunto artístico ha impedido que sigas unas sencillas instrucciones?

Maggie apretó los dientes, considerando si golpearlo o no; al final apuntó con un dedo y sólo dijo:

—Eso.

Rogan levantó la mirada y se quedó paralizado. Sólo la ceguera de la ira podía haber impedido que la viera y lo fulminara en cuanto había entrado en el taller. La escultura reposaba sobre una mesa en el fondo de la estancia. Medía unos noventa centímetros y era una explosión de colores sangrantes y formas retorcidas y sinuosas. Una maraña de miembros, con seguridad, pensó Rogan, desvergonzadamente sexual, con toda la belleza humana. Atravesó el taller y se dirigió hacia la escultura para examinarla desde diferentes ángulos.

Casi, casi podía ver caras, pero parecían fundirse en la imaginación, dejando sólo la sensación de plenitud absoluta. Era imposible definir dónde empezaba una figura y terminaba otra, pues estaban completa y perfectamente fusionadas.

Rogan pensó que era una exaltación del espíritu humano y la sexualidad de la bestia.

—¿Cómo se llama?

—*Entrega* —dijo ella con una sonrisa—. Al parecer me inspiraste, Rogan. —Llena de energía renovada, empujó el banco. Estaba exultante y algo mareada, se sentía en la gloria—. Me costó una eternidad lograr los colores correctos. No creerías todos los colores que mezclé y mezclé para luego descartarlos. Pero podía verla, perfecta, y tenía que ser exacta. —Se rio, recogió el martillo y se dispuso a clavar otro clavo—. No recuerdo cuándo fue la última vez que dormí, tal vez hace dos o tres días. —Volvió a reírse, pasándose las manos lentamente por el desordenado pelo que le caía sobre los hombros—. No estoy cansada, me siento increíblemente bien, llena de energía. Parece que no puedo parar.

—Es magnífica, Maggie.

—Es la mejor obra que he hecho. —Se giró para observarla de nuevo, dándose golpecitos en la palma de la mano con el martillo—. Probablemente la mejor que haga nunca.

—Voy a pedir que nos envíen una caja. —La miró por encima del hombro. La vio tan pálida como la cera, con el agotamiento que su exacerbado cerebro todavía tenía que transmitirle a su cuerpo—. Me encargaré del envío personalmente.

—Estaba haciendo la caja. No me llevará mucho tiempo.

—No eres una persona de fiar.

—Claro que sí. —Su ánimo estaba tan pletórico que no se ofendió—. Y será más rápido si yo hago la caja que si la encargas. Ya tengo las medidas.

—¿Cuánto te falta?

—Una hora.

—Bien. Voy a usar tu teléfono para pedir una furgoneta. Supongo que tu teléfono funciona, ¿no?

—El sarcasmo —contestó Maggie entre risas y acercándose a él— se personifica en ti. Al igual que esa corbata impecablemente apropiada.

Antes de que cualquiera de los dos tuviera la oportunidad de pensar, Maggie agarró la corbata y atrajo a Rogan hacia sí. Su boca cálida cerró la de él, inmovilizándolo. Rogan deslizó su mano entre el pelo de ella y apretó su cuerpo contra el suyo. El beso chisporroteó y ardió. Y tan rápidamente como lo había iniciado, Maggie lo terminó.

—Sólo ha sido un antojo —dijo, y sonrió. El corazón le daba brincos en el pecho, pero pensaría en ello más tarde—. Échale la culpa a la falta de sueño y al exceso de energía. Ahora...

Rogan la asió del brazo antes de que ella pudiera darse la vuelta. No se escaparía tan fácilmente, pensó. No iba a paralizarlo y un momento después dejarlo así como así.

—Yo también tengo un antojo —murmuró.

Le pasó la mano por detrás del cuello y la miró directamente a los ojos, notando su sorpresa. Maggie no opuso resistencia. Rogan creyó ver un atisbo de diversión en su cara antes de que la besara.

Pero la diversión se desvaneció rápidamente. El beso fue suave, dulce, suntuoso. Tan inesperado como pétalos de rosa en el resplandor de un horno, calmaba, aliviaba y excitaba, todo a la vez. Maggie creyó escuchar un ruido, algo entre un suspiro y un quejido. El hecho de que hubiera salido de su propia garganta ardiente la sorprendió. Sin embargo, no retrocedió, ni siquiera cuando escuchó el sonido de nuevo, tranquilo e impotente. No, no se opuso. La boca de Rogan era demasiado lista, demasiado convincente y suave. Maggie se abrió al beso y lo absorbió.

Parecía que se fundían, lentamente, el uno en el otro. La primera oleada de calor se había atenuado hasta convertirse en un ardor extenso. Rogan olvidó que había estado furioso o que lo habían retado; sólo sabía y sentía que estaba vivo.

El sabor de Maggie era denso, peligroso, y tenía la boca llena de ella. Su mente sólo podía pensar en tomar, en conquistar, en poseer. El hombre civilizado que tenía dentro, al que habían educado para seguir un estricto código ético, dio un paso atrás, horrorizado.

A Maggie la cabeza le daba vueltas, y tuvo que apoyarse con la mano en el banco de trabajo, puesto que las piernas le temblaban. Tomó aire profundamente y luego otra vez, para lograr aclarar la vista. Y lo vio con la mirada fija en ella, con una mezcla de impacto y deseo en los ojos.

—Bueno —logró decir separándose de Rogan—, esto es algo que definitivamente nos da que pensar.

Habría sido absurdo disculparse por sus pensamientos, se dijo Rogan a sí mismo. Era ridículo culparse por el hecho de que su imaginación había pintado vívidas imágenes eróticas de Maggie en el suelo y él desgarrándole los vaqueros y la camiseta. No lo había hecho. Tan sólo la había besado. Pero pensó que era posible, incluso preferible, culparla a ella.

—Tenemos una relación profesional —empezó a decir Rogan secamente—. Sería poco inteligente e incluso destructivo dejar que algo interfiriera en ella en este punto.

—¿Y dormir juntos complicaría las cosas? —preguntó Maggie ladeando la cabeza y volviéndose a colocar firmemente sobre ambos pies.

Maldita Maggie por hacerlo quedar como un imbécil. Y dos veces maldita por dejarlo tembloroso y terriblemente necesitado.

—Creo que en este punto debemos concentrarnos en el lanzamiento de tu obra.

—Hmmmm —dijo Maggie, que se dio la vuelta con la excusa de poner en su sitio el banco, aunque la realidad era que necesitaba un momento para serenarse.

No era una mujer promiscua en ningún sentido y no se iba a la cama con cualquier hombre que la atrajera, pero le gustaba pensar que era suficientemente independiente, liberal e inteligente como para escoger a sus amantes cuidadosamente.

Se dio cuenta en ese momento de que había escogido a Rogan Sweeney.

—¿Por qué me has besado? —preguntó.

—Me irritas.

La amplia y generosa boca de Maggie hizo una mueca.

—Pues, dado que al parecer te irrito con bastante frecuencia, pasaremos mucho tiempo con los labios pegados.

—Es cuestión de control. —Rogan sabía que estaba resultando estricto y remilgado, y la odió por ello.

—Me imagino que tú tienes toneladas de control, pero yo no —replicó Maggie, que sacudió la cabeza y cruzó los brazos sobre el pecho—. Si decido que te deseo, ¿qué vas a hacer al respecto? ¿Rechazarme?

—Dudo que lleguemos a eso. —La imagen le produjo punzadas de disgusto y desesperación—. Ambos tenemos que concentrarnos en el negocio que tenemos entre manos. Éste puede ser el momento decisivo de tu carrera.

—Sí. —«Sería inteligente recordar eso», pensó Maggie—. Así que nos usaremos profesionalmente el uno al otro.

—Nos potenciaremos el uno al otro profesionalmente —la corrigió. Dios, necesitaba aire—. Voy a ir a tu casa a pedir la furgoneta.

—Rogan —dijo Maggie, esperando hasta que él llegase a la puerta y se diese la vuelta hacia ella—, me gustaría irme contigo.

—¿A Dublín? ¿Hoy?

—Sí. Puedo estar lista para cuando llegue la furgoneta. Sólo necesito hacer una parada en el hotel de mi hermana.

Maggie cumplió su palabra y estuvo lista cuando llegó la furgoneta. Tan pronto ésta arrancó con la carga, ella metió su maleta en el maletero del coche alquilado de Rogan.

—Dame diez minutos —dijo Maggie a Rogan mientras él tomaba el camino hacia el hotel—. Estoy segura de que Brie tendrá preparado té o café.

—Está bien. —Rogan detuvo el coche en la entrada de Blackthorn y recorrió junto a Maggie el sendero que conducía al hotel.

Maggie no llamó a la puerta, sino que abrió, entró y se dirigió directamente hacia la cocina. Brianna estaba allí, con un delantal blanco atado a la cintura y las manos llenas de harina.

—Oh, señor Sweeney; Maggie, hola. Tendrán que excusar el desorden, pero tenemos huéspedes y estoy preparando una tarta para la cena.

—Me voy a Dublín.

—¿Tan pronto? —Brianna usó papel de cocina para sacudirse la harina de las manos—. Pensaba que la exposición se inauguraba la semana que viene.

—Así es, pero voy a ir antes. ¿Está en su habitación?

La sonrisa cortés de Brianna se desdibujó ligeramente en las comisuras de sus labios.

—Sí. Déjame avisarla de que estás aquí.

—Se lo diré yo misma. ¿Podrías ponerle a Rogan un café?

—Por supuesto —contestó Brie dirigiéndole una mirada preocupada a su hermana mientras ésta se encaminaba al apartamento contiguo—. Señor Sweeney, si quiere, póngase cómodo en la sala, ahora le llevo su café.

—No te preocupes —replicó Rogan, cuya curiosidad iba en aumento—. Me lo tomaré aquí, si no te estorbo —dijo con una sonrisa—. Y, por favor, llámame Rogan. Y trátame de tú.

—Lo tomas solo, si no recuerdo mal.

—Tienes buena memoria. —«Y estás hecha un manojo de nervios», hubiera añadido, al ver a Brianna sacar una taza y un plato.

—Trato de recordar los gustos de mis huéspedes. ¿Quieres una porción de tarta de chocolate? Queda un poco de la que hice ayer.

—El recuerdo de tus dotes culinarias hace imposible que rechace esa oferta. —Rogan se sentó a la mesa de madera—. ¿Lo haces todo tú misma?

—Sí, yo… —empezó, pero entonces escuchó las voces acaloradas procedentes del apartamento de su madre—; yo lo hago todo. ¿Estás seguro de que no te encontrarás más cómodo en la sala? Tengo la chimenea encendida.

El aumento en el volumen de las voces hizo que Brianna enrojeciera de vergüenza. Rogan a duras penas levantó su taza.

—¿A quién grita Maggie esta vez?

—A nuestra madre. No se llevan muy bien que digamos —contestó Brie tratando de sonreír.

—¿Maggie se lleva bien con alguien?

—Sólo cuando le apetece. Pero tiene un gran corazón, maravilloso y generoso. Aunque lo guarda celosamente. —Brianna suspiró. Si Rogan no se sentía avergonzado por los gritos, ella tampoco—. Te cortaré un trozo de tarta.

—Nunca cambiarás. —Maeve miró a su hija mayor entornando los ojos—. Igual que tu padre.

—Si crees que me insultas con tus palabras, estás equivocada.

Maeve olisqueó y acarició el borde de encaje del edredón de su cama. Los años y su propia insatisfacción le habían robado la belleza a su rostro. Lo tenía hinchado y pálido, y lleno de profundas arrugas alrededor de la boca. El pelo, que una vez había sido tan dorado como los rayos del sol, se había desteñido en distintos tonos de gris; lo llevaba recogido toscamente en un moño sobre la nuca.

Estaba hundida entre una montaña de almohadones y sostenía una Biblia en una mano y en la otra, una caja de bombones. La televisión murmuraba al otro lado de la habitación.

—Así que te vas a Dublín… Brianna me dijo que te ibas. A malgastar dinero en hoteles, me imagino.

—Es mi dinero.

—Ah, y no vas a dejar que me olvide de ello. —La amargura se dibujó en su rostro. Maeve se sentó. Toda su vida alguien más había manejado el dinero: sus padres, su marido y, ahora, más humillante aún, su propia hija—. Y pensar en todo el dinero que él desperdició en ti, comprándote vidrio, mandándote a ese país extranjero, ¿y para qué? Para que pudieras jugar a ser una artista y sentirte superior a todos nosotros.

—Papá no desperdició nada en mí. Me dio la oportunidad de aprender.

—Mientras yo me quedaba en la granja trabajando como una mula.

—Tú no has trabajado ni un solo día de tu vida. Fue Brianna quien trabajó mientras tú te quedabas acostada, quejándote de una cosa y de otra.

—¿Crees que disfruto siendo frágil?

—Por supuesto que sí —contestó Maggie con gusto—. Te regodeas.

—Es la cruz que llevo a cuestas. —Maeve levantó la Biblia y la presionó contra su pecho, como si fuera un escudo protector. Había pagado por su pecado, pensó. Había pagado cien veces más. Sin embargo, a pesar de que el perdón le había llegado, no ocurría lo mismo con el consuelo—. Eso y una hija desagradecida.

—¿Por qué habría de estar agradecida? ¿Por haberte quejado todos los días de tu vida? ¿Por haber demostrado claramente tu insatisfacción con mi padre y conmigo con cada palabra y cada mirada tuyas?

—¡Yo te parí! —gritó Maeve—. Casi muero por darte la vida. Y por haberte llevado en mi vientre tuve que casarme con un hombre que no me amaba y a quien yo no amaba. Lo sacrifiqué todo por ti.

—¿Sacrificios? ¿Qué sacrificios has hecho? —preguntó Maggie cansinamente.

Maeve se hundió en la furia amarga de su orgullo.

—Muchos más de los que crees. Y mi recompensa es haber tenido hijas que no sienten amor por mí.

—¿Crees que porque te quedaste embarazada y te casaste para darme un nombre debo olvidarme de todo lo que has hecho? ¿De todo lo que no has hecho? —«Como amarme, aunque sólo hubiera sido un poquito», pensó Maggie, y con fiereza alejó el dolor—. Fuiste tú la que tuvo relaciones sexuales, mamá, yo soy el resultado, no la causa.

—¿Cómo te atreves a hablarme de esa manera? —Maeve se puso colorada y hundió los dedos en el edredón—. Nunca me has tenido ningún respeto, ni has sido amable o compasiva conmigo.

—No. —Sus ojos centelleaban, su voz sonó aguda como un látigo—. Y es esa carencia la que he heredado de ti. Y hoy sólo he venido a decirte que más vale que no hagas trabajar demasiado a Brie mientras yo no estoy. Si me entero de que te estás aprovechando de ella, dejaré de darte dinero.

—¿Me quitarías el alimento de la boca?

—Puedes estar segura de ello —contestó Maggie después de inclinarse hacia delante y dar unos golpecitos en la caja de bombones.

—«Honrarás a tu padre y a tu madre» —dijo Maeve, y apretó la Biblia contra sí misma—. Estás incumpliendo un mandamiento, Margaret Mary, y por ello tu alma irá al infierno.

—Prefiero renunciar a mi lugar en el cielo que vivir como una hipócrita en la tierra.

—¡Margaret Mary! —gritó Maeve cuando Maggie se dio la vuelta y se dirigió hacia la puerta—. Nunca vas a tener nada. Eres como él. La maldición de Dios caerá sobre ti, Maggie, por haber sido concebida fuera del sacramento del matrimonio.

—No he visto en mi casa ningún sacramento del matrimonio, sólo la angustia que produce. Y si hubo algún pecado en mi concepción, con seguridad no fue mío.

Maggie salió del cuarto de su madre dando un portazo detrás de ella y luego se recostó un momento contra la puerta para calmarse.

Siempre ocurría lo mismo, pensó Maggie. Nunca podían estar en una misma habitación sin que terminaran insultándose. Sabía, desde que tenía doce años, por qué Maeve no la quería, por qué la condenaba. Su existencia era la razón por la cual la vida de su madre había pasado de ser un sueño a ser una dura realidad.

Un matrimonio sin amor, una hija de siete meses y una granja sin granjero. Eso fue lo que su madre le lanzó a la cara cuando llegó a la pubertad. Y eso era lo que ninguna de las dos podía perdonar a la otra.

Enderezando los hombros, Maggie caminó hacia la cocina. Cuando entró, no era consciente de que sus ojos aún despedían ira, de que estaban más brillantes de lo normal ni de que tenía la cara pálida. Se dirigió hacia su hermana y le dio un beso brusco en la mejilla.

—Te llamaré desde Dublín.

—Maggie. —Había demasiado y a la vez nada que decir. Brianna sólo apretó la mano de su hermana—. Quisiera poder estar allí contigo.

—Podrías si lo quisieras lo suficiente. Rogan, ¿estás listo?

—Sí —dijo él levantándose—. Adiós, Brianna, y gracias.

—Os acompañaré hasta… —Se interrumpió cuando oyó la voz de su madre llamándola.

—Ve a ver qué quiere —dijo Maggie, y salió deprisa de la casa. Iba a abrir la puerta del coche cuando Rogan le puso una mano sobre el hombro.

—¿Estás bien?

—No, pero no quiero hablar sobre ello —contestó, y abrió la puerta y se subió al coche.

Rogan rodeó el vehículo rápidamente y se sentó a su vez en el asiento del conductor.

—Maggie…

—No me digas nada. Nada en absoluto. No hay nada que puedas decir o hacer que cambie lo que siempre ha sido. Simplemente conduce y déjame en paz. Me harías un gran favor —añadió, y entonces empezó a llorar, apasionada, amargamente, mientras Rogan se debatía entre su necesidad de consolarla y cumplir la petición que ella le había hecho.

Al final, decidió conducir sin decir nada, pero agarrándola de la mano. Ya estaban cerca del aeropuerto cuando Maggie dejó de sollozar y se aflojaron sus dedos en la mano de él. Rogan le echó una mirada de reojo y se dio cuenta de que Maggie se había quedado dormida.

No se despertó cuando Rogan la llevó hasta su avión privado ni cuando la depositó con cuidado en un asiento. Tampoco se despertó durante el viaje, mientras él la miraba y se preguntaba qué secretos escondería aquella mujer.

6

Maggie se despertó en medio de la oscuridad. De lo único que estuvo segura en esos primeros momentos de aturdimiento fue de que no estaba en su propia cama. El olor de las sábanas, su textura, no eran los habituales. No era preciso haber dormido con frecuencia en ropa de cama fina para reconocer la diferencia o apreciar el tenue y relajante olor a verbena que desprendía la funda de la almohada en la que había hundido la cabeza.

Se le pasó por la mente una idea incómoda, por lo que estiró la mano sobre la cama para asegurarse de que era la única ocupante. Sintió el colchón bajo su palma, suave, un lago de sábanas finas y mantas cálidas. Un lago vacío, gracias a Dios, pensó Maggie, y se deslizó hasta el centro de la cama.

Su último recuerdo claro era haber llorado a mares en el coche de Rogan y la sensación de vacío que la había dejado a la deriva como una rama partida en medio de la corriente. Una buena purga, pensó, porque se sentía increíblemente bien, tranquila, descansada y limpia.

Era tentador quedarse disfrutando de la suave oscuridad sobre las suaves sábanas de delicada fragancia, pero decidió que era mejor averiguar dónde estaba y cómo había llegado hasta allí. Después de deslizarse hasta el borde de la cama buscó a tientas sobre la mesilla y con los dedos acarició suavemente la madera, arriba y hacia los lados, hasta que encontró una lámpara y su interruptor. La luz se derramó tenuemente sobre las sombras con un matiz dorado que iluminó sutilmente una habitación grande de techo artesonado, papel pintado de delicados capullos de rosa y una cama enorme con cuatro columnas. Era la verdadera reina de las camas, pensó Maggie con una sonrisa. Una pena que hubiera estado tan cansada como para apreciarla.

La chimenea que había al otro lado de la habitación estaba apagada, pero resplandecía como una moneda nueva y estaba dispuesta para que la encendieran. Sobre un majestuoso tocador descansaba un florero Waterford con rosas de tallo largo y, junto a él, un juego de cepillos de plata y primorosas botellitas de colores con suntuosos tapones. El espejo que había sobre el mueble le devolvió a Maggie su propia imagen de ojos adormilados con un fondo de sábanas revueltas.

«Estás un poco fuera de lugar, chica», se dijo, y sonrió, bajándose una manga de su camisola de algodón. Al parecer alguien había tenido la buena idea de cambiarle la ropa antes de meterla en la cama. Una empleada, tal vez, o el mismo Rogan. No importaba, pensó con sentido práctico, dado que la tarea estaba hecha y definitivamente ella había resultado beneficiada. Como resultado, su ropa permanecía colgada en un armario de palo de rosa tallado, y estaba tan fuera de lugar allí, decidió entre risas, como ella misma en el glorioso lago de sábanas sedosas y delicadas.

Si estaba en un hotel, sin duda era el más lujoso en el que se había hospedado jamás. Gateó sobre una alfombra Aubusson densamente tejida hacia la puerta más cercana. El baño era tan suntuoso como la habitación, los azulejos color rosa y marfil resplandecían y contaba con una bañera para relajarse y una ducha independiente construida con un bloque de vidrio ondulado. Con avidez, se desnudó y abrió el grifo.

Se sintió en el paraíso, con el agua caliente resbalándole por el cuello y los hombros, como los dedos fuertes de un masajista experto. El chorro de agua estaba a años luz del miserable hilillo que tenía ella en la ducha de su propia casa. El jabón olía a limón y brillaba sobre su piel como la seda.

Vio, con cierto grado de diversión, que alguien había dispuesto sus exiguos artículos de aseo sobre la gran encimera donde estaban empotrados los lavabos de color rosa en forma de concha. Su bata estaba colgada de una percha de bronce detrás de la puerta. Alguien estaba cuidándola, pensó, y no encontró en ese momento ningún motivo para quejarse.

Después de una ducha caliente de quince minutos, alcanzó una de las toallas mullidas que estaban en un calentador, que la envolvió desde el pecho hasta las pantorrillas.

Se peinó el pelo húmedo hacia atrás, retirándolo de la cara, se puso la crema que había en un recipiente de cristal y finalmente cambió la toalla por su andrajosa bata de franela.

Con los pies descalzos y mucha curiosidad, salió a investigar.

Su habitación estaba al final de un largo corredor. Luces bajas creaban sombras sobre el suelo resplandeciente y su majestuosa alfombra roja. No escuchó ni un solo ruido mientras caminaba hacia las escaleras, que se curvaban graciosamente en dos direcciones, hacia otro piso y hacia abajo. Escogió bajar y dejó que sus dedos jugaran sobre el pasamanos encerado.

Entonces le resultó obvio que no estaba hospedada en un lujoso hotel, sino en una casa privada. El hogar de Rogan, concluyó Maggie, con una mirada de envidia hacia las obras de arte que colgaban de las paredes. Observó, boquiabierta, que Rogan tenía un Van Gogh y un Matisse.

Encontró la sala principal, con sus enormes ventanales abiertos que dejaban entrar el aire relajante de la noche y llena de sillas y sofás dispuestos en grupos. Al otro lado del vestíbulo estaba lo que ella pensó que era la sala de música, pues estaba presidida por un gran piano de cola y un arpa dorada.

Aunque todo era hermoso y había suficientes obras de arte como para que Maggie estuviera en trance varios días, en ese momento tenía otra prioridad. Se preguntó cuánto más tendría que buscar para encontrar la cocina.

Una luz bajo una puerta atrajo su atención. Al mirar dentro, vio a Rogan sentado detrás de un escritorio, con pilas de papel perfectamente ordenadas frente a él. Era una habitación de dos niveles, con el escritorio en el primero y unas escaleras que conducían al segundo, donde había una pequeña sala. Las paredes estaban cubiertas de libros. Centenares de libros, calculó Maggie de un vistazo, en una habitación que olía a cuero y a cera de abejas.

Los muebles eran de madera oscura y estaban tapizados en burdeos, y le iban muy bien tanto al hombre que era su dueño como a la literatura que albergaban.

Maggie lo observó unos momentos, interesada en cómo Rogan leía un documento que sostenía en las manos y luego tomaba notas rápidas y decididas. Era la primera vez, de todas las que se habían visto, que no llevaba puesta corbata ni vestía traje. Los había usado, reflexionó Maggie, pero ahora tenía el botón del cuello de la camisa abierto y las mangas de su impecable camisa remangadas hasta los codos.

El pelo, que brillaba oscuro bajo la luz de la lámpara, estaba un poco desordenado, como si se hubiera pasado la mano impacientemente por él mientras trabajaba. Y mientras lo observaba, lo hizo de nuevo: se rascó la cabeza con los dedos y frunció ligeramente el ceño.

Lo que fuera que estuviera leyendo lo absorbía por completo. Trabajaba a un ritmo tranquilo, sin distraerse, lo cual era, de una extraña manera, fascinante. No era un hombre que dejara que su mente divagara, pensó Maggie. Cualquier cosa que decidiera hacer, con seguridad la haría con la mayor concentración y pericia. Y recordó cómo la había besado. Con pericia y concentración, sin duda.

Rogan leyó la última cláusula de la propuesta y frunció el ceño. Las palabras no estaban del todo bien; necesitaba una modificación... Hizo una pausa, reflexionó, tachó una oración y volvió a escribirla con otras palabras. La expansión de su fábrica en Limerick era de vital importancia para sus planes y necesitaba llevarse a cabo antes de fin de año.

Se crearían cientos de nuevos puestos de trabajo, y con la construcción de unos apartamentos para personas con salario medio que la sucursal de Worldwide estaba planeando, cientos de familias tendrían también un hogar.

Una rama del negocio alimentaría directamente a otra, pensó Rogan. Sería una pequeña contribución, pero importante, para que los irlandeses se quedaran en Irlanda, pues, tristemente, se estaban yendo en busca de un futuro mejor.

Su mente se centró en la siguiente cláusula, y casi la había leído completamente cuando algo empezó a distraerlo de la tarea que lo ocupaba en ese momento. Rogan levantó la cabeza del escritorio y miró hacia la puerta; entonces se dio cuenta de que no era algo lo que lo distraía, sino alguien.

Tenía que haberla sentido allí, con los pies descalzos y los ojos soñolientos, y con esa bata gris desteñida. Llevaba el pelo peinado hacia atrás, fuego intenso resplandeciente, en un estilo que debía ser severo, pero que por el contrario resultaba impactante.

Sin adornos ni maquillaje y recién duchada, la cara de Maggie parecía de marfil con un matiz de rosa subyacente. Las pestañas estaban un poco húmedas alrededor de sus luminosos y adormilados ojos.

La reacción de Rogan fue inmediata, brutal y humana. A pesar de que el calor explotó dentro de él, frenó el impulso, despiadadamente.

—Lamento interrumpirte —dijo ella, y le dirigió una sonrisa que torturó la ya de por sí activa libido de Rogan—. Estaba buscando la cocina; me muero de hambre.

—No me extraña. —Rogan tuvo que aclararse la garganta. La voz de Maggie sonó tan ronca, tan soñolientamente sensual como sus ojos—. ¿Cuándo fue la última vez que comiste?

—No estoy segura. —Se recostó perezosamente contra el marco de la puerta y bostezó—. Ayer, creo. Todavía estoy un poco aturdida.

—No, ayer dormiste todo el día, desde que dejamos el hotel de tu hermana, y también todo el día de hoy.

—Ah —replicó ella, encogiéndose de hombros—. ¿Qué hora es?

—Pasadas las ocho, del martes.

—Bien. —Maggie entró en la habitación y se arrellanó en un sillón de cuero frente al escritorio de Rogan, como si llevara años acompañándolo allí.

—¿Sueles dormir treinta y tantas horas seguidas?

—Sólo cuando he estado levantada muchas horas. —Estiró los brazos hacia arriba para desperezarse y desentumecerse—. A veces una pieza me arrincona, me coge por el cuello y no me deja hasta que no he terminado.

Resueltamente, Rogan pasó la mirada de la piel que la bata había dejado al descubierto a los papeles que tenía en el escritorio ante él. Estaba aterrado de reaccionar como un adolescente con las hormonas enloquecidas.

—Es peligroso, en tu tipo de trabajo.

—No, porque uno no está cansado, sino increíblemente alerta. Cuando has trabajado demasiado, pierdes el norte y tienes que parar y descansar. Esto es diferente. Y cuando he terminado, me acuesto y duermo todo lo que necesite. —Le sonrió de nuevo—. ¿Dónde está la cocina, Rogan? Estoy hambrienta.

En lugar de contestar, él levantó el auricular del teléfono y marcó unos números.

—La señorita Concannon ya se ha levantado —dijo— y quisiera cenar. Por favor, sírvanla en la biblioteca.

—Es magnífico —dijo Maggie cuando Rogan colgó—, pero hubiera podido hacerme unos huevos revueltos yo misma para que tu personal no se molestara.

—Les pago para que se molesten.

—Por supuesto. —Su voz sonó tan seca como polvo—. Qué engreído debes de ser para tener empleados a tiempo completo. —Agitó una mano antes de que él pudiera responder—. Mejor no empecemos, no con el estómago vacío. Dime, Rogan, ¿exactamente cómo llegué a esa enorme cama?

—Yo te puse allí.

—¿De verdad? —Si él estaba esperando que se sonrojara o tartamudeara, se decepcionaría—. Pues tengo que darte las gracias.

—Has dormido como un tronco. En algún momento tuve que ponerte un espejo a la altura de los labios para asegurarme de que seguías viva. —Sin duda Maggie estaba viva ahora, vibrante a la luz de la lámpara—. ¿Quieres un brandy?

—Sin haber comido, mejor no.

Rogan se levantó, fue hasta el aparador y se sirvió una copa de una botella de cristal.

—Estabas molesta cuando nos fuimos del hotel de tu hermana.

—Es una manera bastante elegante y diplomática de decirlo —contestó Maggie ladeando la cabeza. No se avergonzaba de haber llorado. Era sencillamente emoción, pasión; el llanto era tan real y tan humano como la risa o la lujuria. Pero recordó que Rogan la había tomado de la mano todo el tiempo y no le había dicho palabras inútiles para que amainara la tormenta—. Si hice que te sintieras incómodo, lo siento mucho.

Sí que había hecho que se sintiera incómodo, pero hizo caso omiso de ello.

—No quisiste hablar sobre lo que te pasaba.

—No quise y no quiero. —Respiró profundamente, pues su voz había sonado cortante y él no se merecía que lo tratara con rudeza después de lo amable que había sido con ella—. No tiene nada que ver contigo, Rogan, son sólo viejas miserias familiares. Y como estoy tontorrona, te diré que fue muy reconfortante que me cogieras de la mano. No pensé que fueras del tipo de hombre que da la mano en esas situaciones.

—Me parece —respondió él mirándola a los ojos— que no nos conocemos lo suficiente como para generalizar.

—Siempre me he considerado un juez rápido y exacto, pero puede que tengas razón. Así que dime —añadió, poniendo el codo en el brazo de la silla y apoyando la mandíbula sobre un puño, observándolo—, ¿quién eres, Rogan Sweeney?

Rogan se sintió aliviado cuando la necesidad de una respuesta se pospuso por la llegada de la cena. Una empleada impecablemente uniformada le acercó a Maggie una mesita con ruedas donde estaba la comida y se la puso delante del sillón donde estaba sentada casi sin hacer ningún ruido, sólo un ligero silbido y un tintinear de cubiertos. La empleada se inclinó ligeramente cuando

Maggie le dio las gracias y desapareció en cuanto Rogan le dijo que eso sería todo.

—Hummm, qué olor. —Maggie empezó por la sopa, que era un caldo espeso y rico con trocitos de verdura—. ¿Quieres un poco?

—No, ya he cenado. —Y en lugar de sentarse nuevamente detrás de su escritorio, Rogan lo hizo en el sillón que estaba junto al de ella. Resultaba extrañamente acogedor sentarse junto a Maggie y acompañarla mientras cenaba, la casa parecía realmente tranquila—. Ya que has vuelto al reino de los vivos, tal vez quieras ir a la galería por la mañana.

—Hmmm —dijo, asintiendo con la cabeza, pues tenía la boca llena—. ¿Cuándo?

—A las ocho. Tengo una serie de citas a lo largo del día, pero puedo llevarte y luego poner un coche a tu disposición.

—Un coche a mi disposición. —Se llevó una mano a la boca mientras se reía—. Oh, podría acostumbrarme bastante rápido a ese tipo de cosas. ¿Y qué haría con el coche a mi disposición?

—Lo que quisieras —respondió, pensando que sólo Dios sabía por qué le molestaba la reacción de ella—. O podrías recorrer Dublín a pie, si lo prefieres.

—Estamos un poco susceptibles esta noche, ¿no? —Terminó la sopa y pasó al pollo con miel—. Tu cocinero, ¿o cocinera?, es un tesoro. ¿Crees que podría pedirle esta receta para Brie?

—Cocinero —contestó Rogan—. Puedes intentarlo. Es francés, insolente y dado a las pataletas.

—Entonces lo tenemos todo en común, salvo la nacionalidad. Dime, ¿me tendré que ir a un hotel mañana?

Rogan había pensado mucho en eso. Sin duda sería más cómodo para él que ella se quedara en una suite del Westbury. Sí, mucho más cómodo, pensó, pero también mucho más aburrido.

—Eres bienvenida a quedarte en la habitación de invitados si así lo deseas.

—Me viene muy bien quedarme aquí, gracias. —Maggie lo observó al tiempo que pinchaba una patata. Se le veía relajado, casi como un rey complaciente en su castillo—. ¿Vives solo en esta casa?

—Sí. —Rogan levantó una ceja—. ¿Te preocupa?

—¿Preocuparme? Ah, ¿te refieres a que podrías llamar a mi puerta una noche lujuriosa? —Maggie se rio, lo que enfureció a Rogan—. Puedo decir que sí o que no, Rogan, igual que tú si fuera yo quien llamara a tu puerta. Únicamente lo he preguntado porque me parece demasiado espacio para una sola persona.

—Es la casa de mi familia —contestó secamente—. He vivido aquí toda mi vida.

—Y es un lugar espléndido —comentó, empujando la mesita y levantándose para dirigirse al aparador. Levantó el tapón de una de las botellas y olisqueó dentro. No pudo evitar dar un suspiro ante la maravillosa fragancia del whisky irlandés. Se sirvió un vaso y se sentó de nuevo en el sillón, con las piernas dobladas sobre el asiento—. *Sláinte* —dijo, y se bebió el licor de un trago. Le dejó una agradable sensación ardiente en el estómago.

—¿Quieres otro?

—Uno es suficiente. Uno calienta el corazón y dos calientan el cerebro, solía decir mi padre. Y quiero tener la cabeza fría. —Dejó el vaso vacío sobre la mesita y se acomodó. La bata se abrió ligeramente, dejando entrever la curva de una rodilla—. No has contestado a mi pregunta.

—¿Que era cuál?

—¿Quién eres?

—Soy un hombre de negocios, como me recuerdas con regularidad. —Se echó hacia atrás en el sillón, con el propósito de que ni su mente ni sus ojos vagaran por las piernas desnudas de Maggie—. Soy la tercera generación, nací y fui educado en Dublín y desde la cuna me inculcaron amor y respeto por el arte.

—Y ese amor y respeto fueron aumentando por la idea de ganar dinero.

—Precisamente. —Agitó el brandy y bebió un trago. Parecía exactamente lo que era: un hombre cómodo con su propia riqueza y contento con su vida—. Mientras ganar dinero trae consigo su propia sensación de satisfacción, existe otra satisfacción más espiritual que proviene de desarrollar y promocionar a un artista nuevo. Especialmente cuando uno cree en el artista apasionadamente.

Maggie se acarició el labio superior con la lengua. Rogan estaba totalmente seguro de sí mismo y del lugar que ocupaba en el mundo, confiaba en sí mismo por completo. Pero toda esa acartonada certeza estaba pidiendo que la sacudieran un poco.

—Así que estoy aquí para satisfacerte, Rogan…

La miró directamente a los ojos, que brillaban con una chispa de picardía, y asintió con la cabeza.

—No dudo de que me satisfarás, Maggie, al final, en todos los niveles.

—Al final… —Maggie no había pretendido llegar a ese terreno pantanoso, pero estar sentada allí, con él, en esa habitación sosegada, con su cuerpo tan relajado y su mente tan alerta, le parecía irresistible—. ¿Cuándo y dónde tú digas, entonces?

—Es tradición, creo, que el hombre escoja cuándo avanzar.

—¡Ja! —Enfadada, se acercó a él para clavarle un dedo en el pecho. Cualquier pensamiento que hubiera tenido de iniciar un romance se desvaneció como humo—. Mete tus tradiciones en un sombrero y cálatelo bien. Me tienen sin cuidado. Puede que estés interesado en saber que en los albores del siglo XXI las mujeres escogen por sí mismas. Pero lo cierto es que lo hacemos desde el principio de los tiempos, por lo menos las que somos lo suficientemente listas, y los hombres son incapaces de ponerse al día. —Se echó para atrás y se sentó de nuevo—. Te voy a tener, Rogan, cuándo y dónde yo quiera.

Le desconcertó que semejante afirmación lo excitara, pero también que le hiciera sentirse intranquilo.

—Tu padre tenía razón, Maggie, sobre tu desfachatez. Tienes de sobra.

—¿Y qué pasa? Conozco a los de tu clase. —Satisfecha, intensificó el tono—. Te gusta una mujer que se siente en silencio, fantasee un poco y complazca todos tus caprichos, para asegurarse de que vuelvas a mirar en su dirección al menos dos veces, teniendo la esperanza de que lo hagas, mientras su corazón romántico late desesperadamente dentro de su pecho. Esa mujer es totalmente apropiada en público, nunca sale una palabra amarga de sus labios de rosa. Y luego, por supuesto, cuando has decidido el momento y el lugar que te convienen, ella se transforma en una verdadera tigresa, dispuesta a convertir en realidad tus fantasías más lascivas hasta que la luz se enciende de nuevo y entonces se convierte en el tope de la puerta.

Rogan esperó a estar seguro de que Maggie había acabado y escondió una sonrisa en su copa.

—Eso lo resume increíblemente bien.

—Imbécil.

—Bruja —dijo placenteramente—. ¿Quieres postre?

A Maggie la risa empezó a hacerle cosquillas en la garganta, así que la dejó fluir libremente. ¿Quién iba a pensar que él iba a terminar gustándole de verdad?

—No, maldito seas. No voy a hacer venir a tu empleada otra vez, alejándola de su televisión o de su coqueteo con el mayordomo o con quienquiera que sea que pasa las noches.

—Mi mayordomo tiene setenta y seis años y está a salvo de coquetear con una empleada.

—Sí, claro, tú lo sabes todo. —Maggie se levantó y caminó hacia la pared forrada de libros. Se dio cuenta de que estaban colocados por orden alfabético y casi resopló. Debía haberlo supuesto—. ¿Cómo se llama?

—¿Quién?

—Tu empleada.

—¿Quieres saber el nombre de mi empleada?

—No. Quiero saber si tú sabes cómo se llama tu empleada. Es una prueba —contestó pasando un dedo sobre el lomo de una obra de James Joyce.

Rogan abrió la boca y la cerró de nuevo, agradecido de que Maggie le estuviera dando la espalda. ¿Qué diferencia había en que él supiera o no el nombre de una de sus empleadas? ¿Colleen? ¿Maureen? ¡Diablos! El personal doméstico era terreno de su mayordomo. ¿Bridgit? No, maldición, se llamaba…

—Nancy. —Estaba casi seguro—. Es relativamente nueva. Creo que lleva aquí cinco meses, más o menos. ¿Quieres que la llame nuevamente para una presentación formal?

—No. —Maggie pasó de Joyce a Keats, distraídamente—. Era sólo curiosidad, eso es todo. Dime, Rogan, ¿tienes en esta biblioteca algo más que clásicos? Ya sabes, una buena novela de misterio y asesinatos con la que pueda pasar el rato.

Su colección de primeras ediciones estaba considerada una de las mejores del país y allí estaba ella criticándola por no incluir obras menores. Con esfuerzo, Rogan calmó su indignación y su voz.

—Creo que tengo algunas obras de Agatha Christie.

—Los ingleses —dijo frunciendo el ceño— no suelen ser muy sanguinarios… A menos que estén saqueando castillos como esos malditos cromwellianos… ¿Qué es esto? —Se agachó a mirar—. Este Dante está en italiano.

—Sí, así es.

—¿Puedes leerlo o lo tienes sólo para alardear?

—Entiendo el italiano bastante bien.

Maggie siguió inspeccionando la biblioteca en busca de algo más contemporáneo.

—Yo no aprendí tan bien italiano como debí cuando estuve en Venecia. Más que nada jerga, muy poco de lo socialmente aceptable. —Lo miró por encima del hombro y sonrió—. Los artistas formamos un grupo curioso en cualquier país.

—Eso he observado. —Rogan se levantó y se dirigió a otro estante de la biblioteca—. Esto puede ser más del estilo de lo que estás buscando —dijo ofreciéndole un ejemplar de *El dragón rojo*, de Thomas Harris—. Creo que asesinan horriblemente a varias personas.

—Maravilloso —replicó, y se metió el libro bajo el brazo—. Y ahora me voy a la cama para dejar que vuelvas a tu trabajo. Muchas gracias por la cama y por la cena.

—Con mucho gusto. —Rogan se sentó nuevamente detrás de su escritorio, tomó un bolígrafo y jugueteó con él entre los dedos mientras la miraba—. Me gustaría salir a las ocho en punto. El comedor está al final del pasillo, a la izquierda. El desayuno se sirve a partir de las seis.

—Te garantizo que a mí no me van a servir el desayuno a esa hora, pero estaré lista a las ocho. —En un impulso, corrió hacia él, apoyó las manos en los brazos de la silla donde estaba sentado y acercó su cara a la suya—. ¿Sabes, Rogan? Somos precisamente lo que el otro ni necesita ni quiere… en el terreno personal.

—No podría estar más de acuerdo contigo. En el terreno personal. —La piel de Maggie, suave y blanca hasta donde llegaba la franela, a la altura del cuello, olía a pecado.

—Y por esa razón, creo yo, vamos a tener una relación fascinante. Casi no tenemos ningún punto de encuentro, nada en común, ¿no crees?

—Nada más que un punto de apoyo. —Bajó la mirada hacia la boca de Maggie, se detuvo allí y luego la subió nuevamente, para encontrarse con la de ella—. Uno bastante inestable, en cualquier caso.

—Me gustan los ascensos peligrosos. —Maggie acercó la cara aún más a la de él, un par de centímetros, y le mordió suavemente el labio inferior.

—Yo prefiero tener los pies sobre la tierra —contestó Rogan sintiendo una lanza de fuego que le bajaba por la espalda.

—Ya lo sé. —Maggie se levantó, dejando a Rogan con un cosquilleo en el labio y un ardor en el estómago—. Primero trataremos de hacerlo a tu manera. Buenas noches.

Maggie salió de la habitación sin mirar atrás. Rogan esperó hasta que estuvo seguro de que ella estaba bien lejos para soltar el bolígrafo y restregarse la cara con las manos.

Dios santo, aquella mujer estaba convirtiéndole en una cuerda llena de nudos, nudos resbaladizos de pura lujuria. No estaba de acuerdo en actuar movido sólo por el deseo, al menos no desde su adolescencia. Después de todo, era un hombre civilizado, uno de buen gusto y buena educación.

Rogan respetaba a las mujeres, las admiraba. Por supuesto que había tenido relaciones que habían terminado en la cama, pero siempre había intentado esperar hasta construir una relación antes de hacer el amor. Razonable, mutua y prudentemente. No era un animal que se dejara llevar sólo por el instinto.

Ni siquiera estaba seguro de que le gustara Maggie Concannon como persona. Entonces ¿qué clase de hombre sería si hiciera lo que estaba deseando hacer en ese momento? Si subiera las escaleras, abriera la puerta de la habitación de Maggie y la poseyera.

Sería un hombre satisfecho, pensó con humor ácido. Por lo menos hasta por la mañana, cuando tuviera que enfrentarse a ella y a sí mismo y seguir adelante con el negocio que tenían entre manos.

Probablemente era más difícil tomar el camino largo. Tal vez sufriría, y estaba bien seguro de que eso era lo que ella esperaba de él. Pero cuando llegara el momento propicio para llevarla a la cama, él iría por delante.

Eso, con seguridad, merecía la pena. Incluso, pensó, apartando los papeles, una triste noche de insomnio.

Maggie durmió como un bebé, a pesar de las imágenes que describía la novela que Rogan le había prestado. Había dejado de leer pasada la medianoche y había dormido sin tener ningún sueño hasta casi las siete.

Llena de energía y emoción, buscó el comedor, donde se sintió más que complacida al encontrar un buen desayuno irlandés estilo bufé.

—Buenos días, señorita. —La misma empleada que le había servido la cena la noche anterior salió de la cocina y se dirigió hacia ella—. ¿Qué quiere que le sirva?

—Gracias, pero no se preocupe. Me puedo servir yo misma. —Maggie cogió un plato de la mesa y se dirigió hacia los tentadores olores que provenían de las máquinas de bebidas calientes.

—¿Le sirvo café o té?

—Té estaría muy bien, gracias. —Maggie levantó la tapa de una de las fuentes de plata y se llenó los pulmones con el exquisito aroma del beicon—. Te llamas Nancy, ¿no?

—No, señorita, me llamo Noreen.

«No has superado la prueba, Sweeney», pensó Maggie.

—¿Podría decirle al chef, Noreen, que nunca he cenado mejor que anoche?

—Con mucho gusto, señorita.

Maggie pasó de fuente en fuente hasta llenar el plato. Con frecuencia se saltaba las comidas, pues así de indiferentes le eran los platos que preparaba ella misma. Pero cuando había tanta comida y de tal calidad, compensaba todo lo que no había comido antes.

—¿El señor Sweeney va a desayunar conmigo? —preguntó a Noreen mientras se sentaba a la mesa.

—Él ya ha desayunado, señorita. Desayuna todos los días a las seis y media en punto.

—Es una persona de costumbres, ¿no? —Maggie guiñó un ojo a la empleada y se dispuso a poner mermelada a su tostada.

—Sí que lo es —contestó Noreen sonrojándose un poco—. Me ha pedido que le recuerde que estará listo para salir a las ocho.

—Gracias, Noreen. Lo tendré en cuenta.

—Si necesita algo más sólo tiene que tocar la campanilla.

Tan silenciosa como un ratón, Noreen salió del comedor hacia la cocina. Maggie se dispuso a tomar su desayuno, que le pareció digno de una reina, mientras leía el ejemplar del *Irish Times* que estaba doblado cuidadosamente junto a su asiento.

Un estilo de vida bastante agradable, se dijo Maggie, con empleados a una campanilla de distancia. Pero ¿no enloquecía Rogan pensando que andaban todo el día por la casa? ¿Que nunca estaba solo?

La mera idea la hizo estremecerse. Ella, desde luego, se volvería loca sin la posibilidad de estar a solas consigo misma. Miró a su alrededor: el brillo de las paredes recubiertas con el más fino roble oscuro, las arañas gemelas de cristal reluciente, el reflejo de la plata de las fuentes, el centelleo de la vajilla de porcelana y los vasos Waterford. Sí, incluso en ese suntuoso escenario se le aflojaría un tornillo.

Se deleitó en una segunda taza de té, leyó el periódico de cabo a rabo y se comió hasta la última migaja de su plato. Oyó, procedentes de alguna parte de la casa, las campanadas de un reloj que daban la hora. Pensó en servirse una ración más de beicon, pero se llamó a sí misma glotona y decidió no hacerlo. Se tomó unos momentos más para admirar las obras de arte colgadas de las paredes. Encontró una acuarela que le pareció particularmente exquisita. Dio una nueva vuelta por la habitación lentamente, admirando todo lo que había allí, y luego salió deprisa al pasillo.

Rogan estaba de pie en el vestíbulo, impecable con un traje gris y una corbata azul. La miró y después echó un vistazo al reloj.

—Llegas tarde.

—¿De verdad?

—Son las ocho y ocho minutos.

Maggie levantó una ceja, pero vio que él estaba hablando en serio, así que le soltó entre dientes, con una risa burlona:

—Deberían azotarme.

Rogan la miró de arriba abajo, desde las botas y los pantalones negros ajustados hasta la camisa masculina que le llegaba a la mitad de los muslos y se recogía en la cadera con dos cinturones de cuero. Un par de piedras brillantes y translúcidas colgaban de los lóbulos de sus orejas y por primera vez desde que la conocía se había maquillado un poco. Sin embargo, no se había molestado en ponerse un reloj.

—Si no llevas reloj, ¿cómo vas a llegar a tiempo a tus citas?

—Ahí vas a tener razón. Tal vez por eso es por lo que siempre llego tarde.

Sin quitarle la mirada de encima, Rogan sacó su cuaderno de notas y su pluma de oro y empezó a escribir.

—¿Qué estás haciendo?

—Anotando que debemos comprarte un reloj, además de un contestador automático para tu teléfono y un calendario.

—Es muy generoso de tu parte, Rogan. —Esperó a que él abriera la puerta e hiciera el ademán de dejarla pasar—. ¿Por qué?

—El reloj para que llegues a tiempo, el contestador para que por lo menos pueda dejarte un maldito mensaje cuando decidas hacer caso omiso del teléfono, y un calendario para que sepas en qué día estás cuando te pida que hagas un envío.

Rogan había mordido la última palabra como si fuera un trozo de carne fibrosa, pensó Maggie.

—Puesto que esta mañana estás de tan buen humor, me arriesgaré a decirte que ninguna de esas cosas me va a cambiar ni una pizca. Soy irresponsable, Rogan. Sólo tienes que preguntarle a lo que queda de mi familia —comentó, ignorando el siseo de impaciencia de Rogan y dándose la vuelta para contemplar su casa.

El edificio miraba hacia una bellísima zona verde, que Maggie después descubriría que era el parque St. Stephen, y se alzaba orgulloso contra un cielo azul de ensueño. A pesar de que la piedra estaba envejecida, las líneas eran tan graciosas como el cuerpo de una mujer joven. Era una combinación de dignidad y elegancia que Maggie sabía que sólo los ricos podían pagar. Cada ventana, y eran muchas, brillaba como un diamante bajo la luz del sol. El césped, suave y verde, daba paso a un primoroso jardín delantero, impecable como el de una iglesia y mucho más formal.

—Esto es muy bonito, Rogan. Ya sabes, me lo perdí cuando entré.

—Soy consciente de ello, pero tendrás que esperar al *tour*, Margaret Mary, porque no me gusta llegar tarde —replicó, y la tomó del brazo y prácticamente la arrastró al coche que los estaba esperando.

—¿Te regañan si llegas tarde? —Maggie se rio cuando él no contestó, y se acomodó en el asiento para disfrutar del viaje—. ¿Siempre eres tan hosco por las mañanas, Rogan?

—No soy hosco —soltó. O no lo sería, pensó Rogan, si hubiera podido dormir más de dos horas la noche anterior. Y la culpa, malditas fueran todas las mujeres, recaía claramente sobre Maggie—. Hoy tengo muchas cosas que hacer.

—Ah, por supuesto. Imperios que construir, fortunas que amasar...

Eso fue todo. Rogan no supo por qué, pero el ligero tono de desdén que subyacía en las palabras de Maggie rompió su última reserva de control. Se detuvo bruscamente en un lado de la carretera, por lo que el conductor que iba detrás de él tocó el claxon con fiereza. Entonces agarró a Maggie por el cuello de la camisa, la atrajo hacia sí, levantándola a medias del asiento, y pegó su boca a la de ella.

Maggie no se esperaba una reacción así, pero eso no significaba que no pudiera disfrutarla. Podía enfrentarse a él en terreno llano, cuando él no era tan rígido, tan diestro. Puede que la cabeza le diera vueltas, pero seguía teniendo la sensación de poder. No se trataba de seducción alguna, era cuestión de necesidad cruda, como dos cables pelados que se frotan aun con el riesgo de provocar un incendio. Rogan le echó la cabeza hacia atrás y saqueó su boca. Sólo una vez, se prometió a sí mismo, sólo una vez para aliviar algo esa tensión que lo embargaba y se le enroscaba por dentro como una serpiente.

Pero besarla no alivió en nada aquella sensación. Por el contrario, la respuesta ansiosa y completa de ella, su brío, sólo logró que la serpiente se enroscara más fuerte aún, hasta impedirle respirar. Durante un momento sintió como si estuviera siendo succionado por un túnel recubierto de terciopelo en donde no había aire. Y le aterrorizó pensar que nunca más podría querer o necesitar luz.

Se detuvo bruscamente y agarró con fuerza el volante. Arrancó y volvió a la carretera como un borracho tratando de seguir una línea recta.

—Supongo que ésa ha sido una respuesta a algo —dijo Maggie, cuya voz sonó forzadamente tranquila.

No había sido tanto el beso lo que la había amilanado como la manera tan abrupta en que Rogan lo había finalizado.

—Era eso o estrangularte.

—Sin duda prefiero que me besen a que me estrangulen. Pero me gustaría más que no te enfureciera tanto el hecho de desearme.

Rogan estaba más tranquilo, se concentraba en la carretera, recuperando el tiempo que ella le había hecho perder esa mañana.

—Ya te lo he dicho. No es el momento apropiado.

—¿Y quién se encarga de decidir cuál es el momento apropiado?

—Prefiero conocer a la persona con quien me estoy acostando. Que nos tengamos respeto y afecto mutuos.

Maggie abrió los ojos como platos.

—Hay un largo trecho entre un beso en los labios y un revolcón entre las sábanas, Sweeney. Déjame decirte que no soy del tipo de mujer que se mete en la cama de un hombre en un abrir y cerrar de ojos.

—Nunca he dicho…

—Ah, sí, claro. Seguro que no. —Maggie se sintió más insultada por el hecho de que sabía que se habría metido en la cama de Rogan en un abrir y cerrar de ojos—. Por lo que veo, has decidido que soy bastante facilona. Pues bien, no tengo por qué explicarte mi pasado. Y en lo que respecta a mi afecto y respeto, primero tienes que ganártelos.

—Bien, entonces estamos de acuerdo.

—Estamos de acuerdo en que puedes irte directo al infierno. Y tu empleada se llama Noreen.

Las palabras de Maggie fueron distracción suficiente para que apartara los ojos de la carretera y la mirara a ella.

—¿Qué?

—Tu empleada, estúpido, aristócrata cargado de prejuicios, no se llama Nancy. Se llama Noreen. —Maggie cruzó los brazos sobre el pecho y miró resueltamente por la ventanilla.

Rogan sólo sacudió la cabeza.

—Muchas gracias por aclararme ese punto. Sólo Dios sabe la vergüenza que habría pasado si hubiera tenido que presentársela a los vecinos.

—Eres un esnob de sangre azul —murmuró Maggie.

—Y tú una víbora de lengua viperina.

Y ambos se sumergieron en un silencio encolerizado durante el resto del trayecto.

7

Era imposible no sentirse impresionado por la galería Worldwide de Dublín. Merecía la pena ir a verla aunque sólo fuera por la arquitectura. Habían aparecido cientos de fotografías del edificio en docenas de revistas especializadas y libros de arte como un reluciente ejemplo del estilo georgiano, uno de los legados arquitectónicos de Dublín.

A pesar de que Maggie había visto fotos de la galería, contemplar en persona su total grandeza en tres dimensiones la dejó sin aliento. Durante su estancia en Venecia había visitado muchas galerías, pero ninguna se podía comparar con el esplendor de la de Rogan.

Sin embargo, no comentó nada mientras Rogan quitaba el seguro de la puerta principal y después de abrir se apartaba para dejarla pasar.

Tuvo que resistir el impulso de arrodillarse ante la tranquilidad casi sacra que se respiraba dentro, el juego de luces, la fragancia del aire de la sala principal. La exposición de los indígenas norteamericanos había sido montada con mucho cuidado y era realmente bella; había vasijas de cerámica, graciosos cestos, máscaras rituales, sonajeros de chamán y collares de cuentas. En las paredes estaban colgados dibujos que eran a la vez primitivos y sofisticados. Un vestido de piel color crema, adornado con cuentas y piedras suaves y brillantes, atrajo particularmente la atención y la admiración de Maggie. Rogan había ordenado que lo colgaran como un tapiz, y Maggie se moría por tocarlo.

—Impresionante —fue todo lo que dijo.

—Me encanta que te guste.

—Nunca había visto el trabajo de los indígenas norteamericanos fuera de libros y revistas. —Maggie se inclinó sobre una vasija para agua.

—Precisamente ésa es la razón por la cual quería traer la exposición a Irlanda. Con demasiada frecuencia nos concentramos en la historia y la cultura europeas y nos olvidamos de que existen muchas otras cosas en el mundo.

—Es difícil de creer que las personas que crearon esto pudieran ser los salvajes que vemos en las películas antiguas de John Wayne. Pero —Maggie se enderezó sonriendo—, por ejemplo, mis antepasados eran también salvajes que se desnudaban y se pintaban el cuerpo de azul antes de soltar el grito de guerra y lanzarse a ella. Yo vengo de ahí. —Inclinó la cabeza para observar a Rogan, el perfecto e inmaculado hombre de negocios—. Ambos venimos de ahí.

—Aunque se podría decir que tales tendencias se van diluyendo más en unas personas que en otras a lo largo de los siglos. Yo, personalmente, no he sentido la necesidad de pintarme de azul en años. —Maggie se rio, pero Rogan ya estaba mirando su reloj de nuevo—. Vamos a instalar tu exposición en el segundo piso —dijo, empezando a subir las escaleras.

—¿Por alguna razón en particular?

—Por varias razones en particular. —La impaciencia lo envolvía como una oleada de calor. Se quedó en silencio hasta que Maggie lo alcanzó en las escaleras—. Prefiero que una exposición como la tuya tenga un aire de reunión social. La gente tiende a apreciar más el arte, al menos piensa que es más accesible, si está relajada y puede pasar un buen rato. —Se detuvo al final de las escaleras y levantó una ceja ante la expresión de Maggie—. ¿Tienes algún problema?

—Me gustaría que la gente se tomara en serio mi trabajo, no que piense que es un recuerdo que se regala al final de una fiesta.

—Te aseguro que todos tomarán en serio tu obra. —Especialmente debido a los altos precios que había decidido poner a las piezas, que era la estrategia que pretendía usar—. Y vender tu trabajo es, después de todo, mi negociado. —Se dio la vuelta, abrió las puertas correderas de la sala y se hizo a un lado para que Maggie pudiera entrar primero.

Maggie sencillamente no pudo hablar. La sala, enorme y maravillosa, estaba inundada de la luz que entraba a través del tragaluz que se encontraba en medio del techo. Se derramaba sobre el suelo oscuro y brillante, jugueteaba y devolvía reflejos sorprendentes, casi como si cayera sobre un espejo sobre las piezas que Rogan había decidido exponer allí.

Maggie nunca se había imaginado, ni siquiera en sus más locos y secretos sueños, que su obra pudiera exponerse con tal sensibilidad y grandiosidad.

Las piezas de vidrio estaban dispuestas alrededor de la sala en pedestales de mármol color blanco perla que las levantaban hasta la altura de los ojos. Rogan había decidido adornar el amplio espacio con doce piezas solamente. Una decisión acertada, pensó Maggie, pues hacía que cada una se percibiera como única. Y justo en medio de la sala, brillando como hielo con un corazón de fuego, emergía la maravillosa *Entrega* de Maggie.

La joven se acercó a examinarla y sintió una punzada en el corazón. Sabía que alguien la compraría; dentro de pocos días, alguien pagaría el precio que Rogan le había puesto y finalmente la arrancaría completamente de su vida. El precio que ella tenía que pagar por querer más, pensó, al parecer era perder lo que ya tenía. O, tal vez, perder lo que era.

Al ver que Maggie no decía nada, sólo caminaba entre las piezas haciendo eco con sus botas, Rogan se metió las manos en los bolsillos.

—Las piezas más pequeñas se van a exponer en las salitas donde la gente se puede sentar. Son espacios más íntimos. —Hizo una pausa, esperando alguna respuesta de Maggie, pero al no recibir ninguna, siseó entre dientes. Maldita mujer, pensó, ¿qué era lo que quería?—. Tendremos una pequeña orquesta el día de la inauguración, de cuerda. Y, por supuesto, champán y canapés.

—Por supuesto —apenas pudo contestar. Seguía dándole la espalda a Rogan, y se preguntaba por qué tenía ganas de llorar si se encontraba en una sala tan magnífica.

—Te voy a pedir que asistas a la inauguración aunque sea por poco tiempo. No tienes que hacer ni decir nada que comprometa tu integridad artística.

El corazón de Maggie estaba latiendo tan fuerte que no dejó que percibiera el tono de disgusto de Rogan.

—Todo está... —No podía pensar en la palabra apropiada; sencillamente, no se le ocurría—. Bien —dijo finalmente—. Todo está bien.

—¿Bien?

—Sí —contestó Maggie girándose hacia él sin ninguna expresión en los ojos; se sentía aterrorizada, por primera vez en los últimos años—. Tienes un buen sentido estético.

—Un buen sentido estético —repitió Rogan, sorprendido por la parquedad de Maggie—. Pues bien, Margaret Mary, me siento halagado. Sólo nos ha costado tres semanas de intenso trabajo y el esfuerzo combinado de más de doce personas altamente cualificadas para hacer que todo esté «bien».

Maggie se pasó una mano temblorosa por el pelo. ¿No se daba cuenta Rogan de que no podía hablar, de que se encontraba totalmente fuera de su ambiente y de que estaba tan asustada como una liebre frente a un galgo?

—¿Qué quieres que te diga? Yo hice mi trabajo y te di mi arte. A tu vez, tú has hecho tu trabajo usando el mío. Nos deberíamos felicitar mutuamente, Rogan. Ahora quisiera ver esas salitas más íntimas.

Rogan dio un paso adelante, para obstaculizarle el paso hacia la salida. La ira que fluía dentro de su cuerpo era tan intensa que le sorprendió que no derritiera el vidrio de Maggie y lo convirtiera en brillantes charcos de color.

—Eres una campesina desagradecida.

—¿Campesina? ¿Soy una campesina? —Las emociones daban vueltas a su alrededor, contradictorias y aterradoras—. Pues tienes razón, Sweeney. Y si te parece que soy desagradecida porque no caigo rendida a tus pies y beso tus zapatos, pues seguiré siendo desagradecida. No quiero esperar de ti más que lo que dicen tus malditos contratos con sus malditas cláusulas de exclusividad. Y tú no vas a obtener nada más de mí.

Maggie sentía que las lágrimas estaban a punto de irrumpir en sus ojos. Estaba segura de que si no salía de la sala pronto, sus pulmones se iban a colapsar debido a la tensión. En su desesperación por escapar, empujó a Rogan hacia un lado.

—Te diré lo que espero de ti —contestó agarrándola del hombro y girándola hacia él—, y lo que obtendré.

—Perdón por interrumpir —dijo en ese momento Joseph desde la puerta.

No podía haber estado más sorprendido, o más fascinado, al ver a su ecuánime y controlado jefe escupir fuego por los ojos hacia la pequeña mujer de ojos peligrosos cuyos puños ya se habían levantado en el aire como si fuera a defenderse de un ataque.

—En absoluto —dijo Rogan, y haciendo uso de toda su voluntad, soltó a Maggie y dio un paso atrás. En un parpadeo había pasado de la furia al sosiego—. La señorita Concannon y yo sólo estábamos discutiendo los términos de nuestro contrato. Maggie Concannon, Joseph Donahoe, el encargado de la galería.

—Es un placer conocerla. —Todo encanto, Joseph caminó hacia Maggie, la tomó de la manó y se la besó con coquetería y elegancia, a pesar de que estaba un poco temblorosa. Luego sonrió dejando que su diente de oro resplandeciera—. Un auténtico placer, señorita Concannon, conocer a la persona que hay detrás del genio.

—Y es un placer para mí, señor Donahoe, conocer a un hombre tan sensible al arte y al artista.

—Dejaré a Maggie en tus hábiles manos, Joseph, tengo varios compromisos.

—Es un honor para mí, Rogan —replicó Joseph, a quien le brillaron los ojos mientras seguía sosteniendo la mano de Maggie entre las suyas.

Rogan no pasó por alto el gesto, ni que Maggie no hubiera hecho ningún movimiento para romper el contacto con Joseph. De hecho, le estaba sonriendo coquetamente.

—Sólo tienes que decirle a Joseph cuándo necesitas el coche —dijo Rogan a Maggie con sequedad—. El chófer está a tu disposición.

—Gracias, Rogan —contestó sin mirarlo—, pero creo que Joseph me puede tener entretenida bastante tiempo.

—No se me ocurre una manera mejor de pasar el día —añadió Joseph rápidamente—. ¿Ya ha visto cómo han quedado las salitas de reunión, señorita Concannon?

—No, todavía no. Pero llámame Maggie, por favor.

—Muy bien —repuso, y con la mano de ella todavía en la suya, la guio hasta la puerta—. Creo que te va a gustar lo que hemos hecho aquí. Queremos estar seguros de que estás contenta con las decisiones que tomamos, ya que falta muy poco para la inauguración. Son absolutamente bienvenidas todas tus sugerencias.

—Vaya cambio. —Maggie hizo una pausa y se volvió a mirar hacia donde Rogan continuaba de pie—. No dejes que te distraigamos de tus asuntos, Rogan. Estoy segura de que requieren tu presencia urgentemente —dijo, y sacudiendo la cabeza, se dirigió a Joseph—: Conozco a un hombre, dedicado al comercio, que se llama Francis Donahoe; vive en Ennis. Tiene la misma expresión en los ojos que tú. ¿Sois familia?

—Tengo primos en Clare, tanto por parte de mi padre como de mi madre. Se apellidan Ryan.

—Conozco montones de Ryan. Oh...

Se detuvo y suspiró al entrar a través de un arco a una preciosa salita con chimenea y un sofá de dos plazas. Varias de sus piezas más pequeñas, entre ellas la que le había comprado Rogan cuando se conocieron en su taller, decoraban las mesas antiguas.

—Un lugar muy elegante, en mi opinión —comentó Joseph, entrando y encendiendo la luz. El vidrio saltó a la vida bajo el resplandor, parecía latir—. El salón principal es una estancia que quita el aliento, y esta salita es más delicada.

—Sí. —Maggie suspiró de nuevo—. ¿Te importaría que me sentara un momento, Joseph? La verdad es que me he quedado sin respiración. —Se sentó en el sofá y cerró los ojos—. Una vez, cuando era pequeña, mi padre compró una cabra macho pensando en poner un criadero. Una mañana estábamos la cabra y yo en el campo, no le estaba prestando atención, cuando de pronto se enfureció, me embistió y me hizo volar por los aires. Sentí justo lo mismo que ahora al entrar en la sala principal. Como si algo me hubiera arrollado y me hubiera hecho volar.

—Estás nerviosa, ¿no?

Maggie abrió los ojos y vio comprensión en los de Joseph.

—Estoy muerta de miedo. Pero por nada del mundo voy a dejar que Rogan lo sepa, antes muerta. ¡Es tan engreído!

—Está muy seguro de sí mismo nuestro Rogan. Y con mucha razón. Tiene un sentido bastante agudo para comprar la pieza correcta o patrocinar al artista adecuado. —Joseph era un hombre curioso, y además disfrutaba de los buenos chismes. Se puso cómodo junto a Maggie y estiró las piernas cruzándolas a la altura de los tobillos, en una posición que invitaba a la relajación y a la confidencia—. Me he dado cuenta de que estabais discutiendo cuando he entrado en la sala y os he interrumpido.

—Es que no parece que tengamos mucho en común —contestó Maggie sonriendo ligeramente—. Es muy agresivo nuestro Rogan.

—Es cierto, pero normalmente lo es de una manera tan sutil que uno no nota que está siendo agredido.

Maggie siseó entre dientes.

—Pues conmigo no ha sido nada sutil.

—Ya lo he observado. Interesante. ¿Sabes, Maggie? No creo ser indiscreto ni estar revelando ningún secreto corporativo si te digo que Rogan estaba decidido a traerte a Worlwide. Llevo trabajando para él más de diez años y no recuerdo haberlo visto tan concentrado en un solo artista.

—Y yo debería sentirme halagada —repuso con un suspiro, y luego cerró los ojos de nuevo—. Y me siento halagada, la mayor parte del tiempo, cuando no estoy enfurecida con él por ser tan mandón. Siempre pasa de ser un príncipe a ser un patán.

—Rogan está acostumbrado a hacer las cosas a su manera.

—Pues bien, a mí no me tendrá a su manera. —Abrió los ojos y se levantó—. ¿Me mostrarías el resto de la galería?

—Con mucho gusto. Y entonces tal vez me cuentes la historia de tu vida.

Maggie ladeó la cabeza y lo escrutó. Era un encantador de serpientes, pensó, con sus ojos ensoñadores y sus aires de pirata. Siempre le había gustado tener amigos traviesos.

—Está bien —dijo, y pasó el brazo por el de él mientras caminaban hacia la otra salita por el siguiente arco—. Había una vez un granjero que quería ser poeta…

En Dublín había demasiadas personas, para el gusto de Maggie. Difícilmente podía dar un paso sin tropezarse con alguien. Era una ciudad bonita, no podía negarlo, con su hermosa bahía y sus torres puntiagudas. No podía sino admirar su arquitectura, en ladrillo rojo y piedra gris, y el encanto de los coloridos escaparates.

El chófer que Rogan había puesto a su disposición, Brian Duggin, le dijo que los primeros dublineses tenían un sentido del orden y la belleza tan agudo como su sentido de la riqueza. Y por eso, pensó Maggie, la ciudad le iba tan bien a Rogan como él a la ciudad.

Se sentó cómodamente en el coche y admiró por la ventanilla los maravillosos jardines delanteros de las casas, las cúpulas cobrizas, las distintas tonalidades de verde y el agitado río Liffey, que partía la ciudad en dos.

Sentía que el pulso se le aceleraba al ritmo del espacio que la rodeaba, respondiendo a la multitud y al ajetreo. Pero el bullicio sólo la emocionaba brevemente antes de agotarla. La gran cantidad de gente que había en la calle O'Connell, donde todo el mundo parecía tener bastante prisa por llegar a otra parte, la hizo añorar las perezosas y tranquilas carreteras del oeste.

Sin embargo, la vista desde el puente O'Connell le pareció espectacular: los barcos atracados en los muelles y la majestuosa cúpula del Four Courts brillando al sol. El chófer estaba contento de cumplir sus peticiones de conducir por ahí o detenerse mientras ella caminaba por parques y plazas.

Se detuvieron en la calle Grafton, donde había muchas tiendas elegantes, y allí Maggie le compró un broche a Brianna, una media luna de plata con incrustaciones de granate. Maggie pensó, al meter el estuche en su bolso, que era perfecto para el gusto tradicional de su hermana. Luego vio unos pendientes de los que se enamoró: largas espirales de oro, plata y cobre con ópalos de fuego en las puntas. No tardó mucho en decidirse a comprarlos, aunque no debía gastar tanto en un antojo tan frívolo. Se recordó que no tenía garantizada la venta de ninguna otra pieza. Pero, por supuesto, los compró y mandó al diablo su presupuesto.

Para concluir su día, visitó museos, paseó a la orilla del río y tomó té en un café de los alrededores de la plaza FitzWilliam. Pasó la última hora viendo el atardecer desde el puente Half Penny y haciendo bosquejos en un bloc que compró en una tienda de artículos de bellas artes.

Eran más de las siete cuando regresó a casa de Rogan. Cuando le abrieron la puerta, éste salió de la sala principal y la detuvo antes de que pudiera subir las escaleras.

—Empezaba a preguntarme si habías hecho que Brian te llevara de vuelta a Clare.

—Lo he pensado una o dos veces —dijo, y se retiró de la cara el pelo que le caía desordenadamente—. Han pasado muchos años desde la última vez que vine a Dublín. —Se acordó del malabarista que había visto y, por supuesto, de su padre—. Me había olvidado de lo ruidosa que es la ciudad.

—Supongo que no has cenado.

—No, no he cenado —respondió, pues el bizcocho que había comido con el té no contaba.

—He pedido que sirvan la cena a las siete y media, pero puedo pedir que sea a las ocho, si quieres tomar un cóctel con nosotros.

—¿Nosotros?

—Mi abuela está aquí. Tiene muchas ganas de conocerte.

—Ah… —El buen humor de Maggie cayó en picado. Alguien más a quien conocer, a quien tener que hablar y con quien socializar—. No quisiera retrasaros.

—No es problema. Si quieres, cámbiate y te esperamos en la sala.

—¿Cambiarme para qué? —Resignada, se puso el bloc bajo el brazo—. Me temo que he dejado mis vestidos de gala en casa. Pero si te avergüenza mi aspecto, puedo cenar en mi habitación.

—No pongas en mi boca palabras que no he dicho, Maggie —repuso, y tomándola con firmeza del brazo la llevó hasta la sala—. Abuela —se dirigió a la mujer que estaba sentada majestuosamente en el sillón de brocado de respaldo alto—, te presento a Margaret Mary Concannon. Maggie, ella es Christine Sweeney.

—Qué gran placer conocerte. —Christine le ofreció a Maggie una mano distinguida adornada con un zafiro reluciente, que hacía juego con los de sus pendientes—. Me atribuyo toda la responsabilidad de tenerte aquí, querida, pues fui yo quien compró la primera pieza de tu trabajo que intrigó tanto a Rogan.

—Muchas gracias. ¿Entonces es usted coleccionista?

—Lo llevamos en la sangre. Pero siéntate, por favor. Rogan, tráele algo de beber a Maggie.

Rogan se dirigió hacia el aparador, donde brillaban las botellas de cristal.

—¿Qué te gustaría tomar, Maggie?

—Lo que estén tomando ustedes —contestó. Resignada a tener que ser amable durante las siguientes dos o tres horas, puso a un lado su bloc y su bolso.

—Debe de ser muy emocionante tener tu primera exposición importante —empezó Christine. La chica era impactante, pensó para sus adentros. Puro fuego y pasión, tan atractiva en camisa y pantalones ceñidos como muchas mujeres pretendían serlo con seda y diamantes.

—Para ser honesta, señora Sweeney, todavía me cuesta trabajo imaginármela. —Cogió el vaso que Rogan le ofrecía y deseó de corazón que la bebida fuera lo suficientemente fuerte como para darle fuerzas para una velada de conversación.

—Dime qué te parece la galería.

—Es maravillosa. Una verdadera catedral del arte.

—Oh… —Christine se echó hacia delante y le apretó a Maggie una mano cariñosamente—. A mi Michael le habría encantado oírte decir eso. Era exactamente lo que quería. ¿Sabes? Era un artista frustrado.

—No, no lo sabía —contestó Maggie echándole a Rogan una mirada de reojo.

—Quería ser pintor. Y tenía la visión, pero no el talento. Así que creó la atmósfera y los medios para reunir a aquellos que sí lo tienen. —El vestido de seda de Christine color humo crujió cuando se recostó en el respaldo nuevamente—. Era un hombre maravilloso. Rogan se parece mucho a él, tanto en el físico como en el temperamento.

—Eso debe de hacer que se sienta muy orgullosa.

—Mucho. Como estoy segura de que lo que has hecho con tu vida también hace que tu familia se sienta orgullosa.

—No sé si orgullosa es la palabra exacta. —Maggie bebió de su copa y descubrió que Rogan le había servido jerez; entonces se esforzó por no hacer una mueca. Por fortuna, el mayordomo entró en ese momento para anunciarles que la cena estaba servida—. Humm, qué bien. —Agradecida, Maggie dejó la copa sobre la mesa auxiliar—. Estoy muerta de hambre.

—Entonces vamos sin más demoras. —Rogan le ofreció el brazo a su abuela—. El chef está encantado de que estés disfrutando de su cocina.

—Es un cocinero fantástico, ésa es la verdad. No tendría el valor de decirle que yo soy una cocinera tan mediocre que me como cualquier cosa que me sirvan que yo no haya tenido que preparar.

—No lo mencionaremos —dijo Rogan, que le ofreció una silla a Christine y luego otra a Maggie.

—No, no lo haremos —coincidió Maggie—, puesto que pretendo intercambiar algunas de sus recetas por otras de Brie.

—Brie es la hermana de Maggie —explicó Rogan a Christine mientras les servían la sopa—. Tiene un hotel en Clare, y por experiencia propia puedo decir que cocina maravillosamente.

—Así que tu hermana es una artista de la cocina como tú lo eres del vidrio.

—Así es —confirmó Maggie, sintiéndose mucho más a gusto en compañía de Christine Sweeney de lo que esperaba—. Brie posee un toque mágico para la casa.

—Dices que en Clare… —Christine asintió cuando Rogan le ofreció vino—. Conozco bastante bien la zona, nací en Galway.

—¿En serio? —Sorpresa y placer se dibujaron en el rostro de Maggie. Era otro recordatorio de cuánto extrañaba su hogar—. ¿En qué parte?

—En Galway City. Mi padre trabajaba en transporte marítimo. Conocí a Michael porque tenía negocios con mi padre.

—Mi abuela, la madre de mi madre, también era de Galway. —Aunque bajo otras circunstancias habría preferido comer a hablar, en esa ocasión estaba disfrutando la combinación de buena comida con conversación agradable—. Vivió allí hasta que se casó. Debió de ser hace unos sesenta años. Su padre era comerciante.

—¿Cómo se llamaba tu abuela?

—Su nombre de soltera era Sharon Feeney.

—Sharon Feeney. —A Christine le brillaron los ojos, tan profunda y chispeantemente como sus zafiros—. ¿Era hija de Colin y Mary Feeney?

—Sí, ¿la conoció?

—Claro que sí. Éramos vecinas. Yo era un poco más joven que ella, pero pasábamos bastante tiempo juntas. —Christine miró a Maggie y después a Rogan, para incluirlo en la conversación—. Yo estaba locamente enamorada del tío abuelo de Maggie, Niall, y usaba desvergonzadamente a Sharon para estar cerca de él.

—Seguro que no necesitabas usar nada ni a nadie para llamar la atención de un hombre —dijo Rogan.

—Eres un cielo —replicó Christine entre risas, y le dio una palmadita en la mano a su nieto—. Haz caso omiso de ese halago, Maggie.

—Rogan no desperdicia mucho azúcar en mí.

—Porque se disuelve en vinagre —respondió él en el tono más amable que encontró.

Decidida a no prestarle atención, Maggie siguió hablando con Christine.

—No he visto a mi tío en años, pero he oído que de joven era un hombre muy guapo que tenía mucho éxito entre las mujeres.

—Sí, así es. —Christine se rio de nuevo, y el sonido resultó joven y alegre—. Pasé muchas noches soñando con Niall Feeney. Y la verdad es —continuó, mirando a Rogan con sus ojos brillantes, se percibía una chispa de picardía en ellos que Maggie admiró— que si Michael no hubiera aparecido y no me hubiera enamorado como lo hizo, habría luchado hasta la muerte por casarme con Niall. Interesante, ¿no? Vosotros dos habríais podido ser primos si las cosas hubieran sucedido de forma diferente.

Rogan levantó su copa de vino y le echó una mirada a Maggie. Espeluznante, fue todo lo que pudo pensar. Absolutamente aterrador.

Maggie se rio con disimulo y se tomó las últimas cucharadas de sopa.

—¿Sabía que Niall Feeney nunca se casó? Y hoy sigue soltero en Galway. Tal vez usted le partió el corazón, señora Sweeney.

—Me gustaría pensar que así fue. —La belleza tan evidente del rostro de Christine se avivó con un ligero rubor—. Pero la verdad es que Niall nunca se enteró de que yo existía.

—¿Era ciego? —Rogan se ganó una amplia sonrisa por parte de su abuela.

—Ciego no —respondió Maggie, que suspiró ante el delicioso olor del pescado que acababan de servirle—, pero tal vez un hombre más tonto que la mayoría.

—¿Y dices que nunca se casó? —terció Christine. Rogan se dio cuenta, con una mueca de desaprobación, de que la pregunta de Christine había sonado un tanto demasiado casual.

—Nunca. Mi hermana se escribe con él. —Un atisbo de maldad brilló en los ojos de Maggie—. Le voy a pedir que la mencione en su próxima carta. Veremos si su memoria es mejor que su criterio juvenil.

—Han pasado cincuenta y cinco años desde que cambié Galway por Dublín y por Michael, Virgen Santa —dijo Christine con una sonrisa un poco ensoñadora, pero sacudió la cabeza.

Pensar en los años que habían pasado le hicieron sentir nostalgia, la misma que provoca ver partir un barco del muelle. Todavía echaba de menos a su marido, a pesar de que había muerto hacía doce años. En un gesto automático, que a Maggie le pareció conmovedor, Christine puso su mano sobre la de Rogan.

—Sharon se casó con un hotelero, ¿no es cierto?

—Así es, aunque murió hace diez años.

—Lo siento mucho, pero por lo menos tuvo a su hija para consolarla.

—Sí, mi madre. Pero, la verdad, no sé si sería consuelo. —Los vestigios de amargura se confundieron en la boca de Maggie con el delicado sabor de la trucha, por lo que tuvo que pasarlos con vino.

—Después de que Sharon se casase nos escribimos un tiempo. Estaba muy orgullosa de su niña, Maeve, ¿no es cierto?

—Sí. —Maggie trató de imaginarse a su madre como una niña pequeña, pero no pudo.

—Sharon me dijo que era una niña encantadora, de impactante cabello rubio. Solía decir también que tenía el temperamento del demonio, pero la voz de un ángel.

Maggie engulló con prisa el bocado y miró a Christine con total sorpresa.

—¿La voz de un ángel? ¿Mi madre?

—Por supuesto, ¿por qué? Sharon me dijo que cantaba magníficamente y quería dedicarse a ello profesionalmente. Y creo que de hecho lo hizo, por lo menos durante un tiempo. —Christine hizo una pausa, pensando, mientras Maggie no podía sino mirarla—. Sí, sé que así fue.

Vino a Gort a cantar, pero no pude ir a verla. Creo que todavía tengo unos recortes de periódico que Sharon me envió; debió de ser hace treinta años. —Sonrió con curiosidad—. ¿Entonces ya no canta?

—No —respondió Maggie con un suspiro, totalmente desconcertada. Nunca había oído a su madre levantar la voz sino para quejarse o criticar. ¿Una cantante? ¿Una profesional con voz de ángel? Con seguridad estaban hablando de dos personas distintas.

—Bueno... —continuó Christine—. Supongo que fue feliz cuidando de su familia.

¿Feliz? Definitivamente, era una Maeve Feeney Concannon diferente a la que la había educado.

—Supongo —contestó Maggie lentamente—. Hizo su elección.

—Como todos. Sharon hizo su elección cuando se casó y se fue a vivir lejos de Galway. Tengo que decir que la eché mucho de menos, pero ella amaba a su Johnny y su hotel.

Con gran esfuerzo, Maggie apartó los pensamientos sobre su madre que la asaltaban. Se dedicaría a ellos más tarde, con cuidado.

—Recuerdo el hotel de los abuelos cuando yo era pequeña. Un verano, mi hermana y yo fuimos a trabajar allí, teníamos que ayudar a arreglar las habitaciones y hacer otras tareas. Pero no me gustó mucho.

—Una suerte para el mundo del arte.

Maggie reconoció el cumplido de Rogan.

—Tal vez, pero desde luego fue un alivio para mí.

—Nunca te he preguntado cómo te interesaste por el vidrio...

—Mi abuela paterna tenía una vasija de vidrio veneciano, con forma aflautada y de tonos verdes pálidos. Del color de los brotes de hoja. Pensaba que era la cosa más bella que había visto en mi vida. Un día, mi abuela me dijo que la vasija había sido hecha de aliento y fuego. —Maggie sonrió ante el recuerdo, se perdió en él un momento y sus ojos se pusieron tan nebulosos como la vasija que había descrito—. Para mí era como un cuento de hadas; usar aliento y fuego para crear algo que uno podía sostener entre las manos. Entonces un día me regaló un libro que tenía fotos de vidrierías, de cañas, de hornos, de vidrieros. Creo que desde ese momento supe que no quería hacer nada más, sino crear mis propias piezas de vidrio.

—Rogan era igual —murmuró Christine—. Estuvo tan seguro desde tan joven de cómo quería que fuera su vida… —Pasó la mirada de Maggie a su nieto—. Y ahora os habéis encontrado.

—Así parece. —Rogan asintió y tocó la campanilla para que sirvieran el siguiente plato.

8

Maggie no pudo mantenerse alejada de la galería. No parecía haber razón para hacerlo. Joseph y el resto del personal eran muy amables y hasta le pedían su opinión sobre cómo lo habían dispuesto todo.

Aunque le habría gustado mucho, la verdad es que era difícil mejorar el ojo de Rogan en cuanto al detalle y la ubicación de las piezas, así que Maggie dejó que el personal de la galería siguiera las instrucciones de su jefe y, sin entrometerse en nada, se sentó a dibujar basándose en la exposición de arte indígena norteamericano, que la tenía fascinada. Las cestas, los tocados, las cuentas, lo intrincado de las máscaras rituales, todo le inspiraba imágenes e ideas que le daban vueltas en la cabeza, saltando como gacelas, alto, sin límites; tenía que apresurarse para dejarlas grabadas en el papel antes de que se le escaparan.

Maggie prefería enterrarse en trabajo a todo lo demás. Cada vez que se detenía un momento a pensar, su mente volaba hacia lo que Christine le había contado de Maeve. Se preguntaba qué habría de desconocido bajo la superficie de la vida de sus padres. Su madre con una carrera, su padre con otro amor. Y los dos atrapados, por culpa de Maggie, en una prisión que les había negado la posibilidad de realizar sus deseos más profundos.

Necesitaba saber más, pero le asustaba pensar que cualquier cosa que descubriera reafirmaría el hecho de que realmente no conocía bien a las personas que le habían dado la vida. Que no las conocía en absoluto. De modo que trató de apartar esa necesidad y se dedicó a visitar la galería.

Cuando nadie ponía objeciones, usaba la oficina de Rogan como estudio temporal. Tenía buena iluminación y se encontraba en el fondo del edificio, por lo que por lo general nadie la interrumpía. No era una habitación espaciosa, pues Rogan se las había arreglado para aprovechar cada milímetro con el fin de exponer obras de arte. Y ella no podía discutir esa decisión.

Maggie cubría el resplandeciente escritorio de roble con una sábana de plástico y un montón de papel de periódico. Los dibujos en carboncillo y lápiz que había hecho eran sólo el principio. Ahora estaba trabajando en darle un toque de color a sus dibujos. Había comprado en una tienda cercana a la galería unos acrílicos, pero con frecuencia su impaciencia con respecto a las imperfecciones de los materiales la obligaba a usar otros que tuviera a mano, como restos de café, o ceniza, la cual mojaba y le servía para pintar; también trazaba líneas audaces con lápiz de labios o de ojos.

Para ella, los dibujos eran tan sólo el primer paso. Se consideraba una dibujante aceptable, pero nunca pensaba en sí misma como una maestra del pincel y la pintura. Dibujar era sólo una manera de mantener viva su visión desde que la concebía hasta que la ejecutaba.

El hecho de que Rogan hubiera hecho que colgaran algunos de sus dibujos para la exposición la avergonzaba más que complacerla. Sin embargo, se recordaba a sí misma, la gente compraría cualquier cosa si la convencían de que era de alta calidad y valor.

Maggie pensó que se había vuelto cínica mientras entornaba los ojos para estudiar sus dibujos. Y también una ávida contable que anotaba mentalmente las ganancias antes de que se recaudasen. Y, Dios la ayudara, se había dejado atrapar en el delicado sueño que Rogan había tejido, y se odiaría a sí misma, aún más que lo que lo odiaría a él, si regresaba a casa habiendo fracasado.

¿Acaso el fracaso corría por sus venas?, se preguntaba. ¿Sería como su padre y fracasaría en alcanzar la meta que era más importante para ella? Maggie estaba tan inmersa en su trabajo y en sus oscuros pensamientos que se sobresaltó y se disgustó cuando sintió que estaban abriendo la puerta de la oficina.

—¡Fuera! ¡Fuera! ¿Acaso tengo que poner un cerrojo a la maldita puerta?

—Eso es exactamente lo que yo estaba pensando. —Rogan cerró la puerta tras de sí—. ¿Qué diablos estás haciendo?

—Un experimento de física nuclear —contestó—. ¿Tú qué crees? —Sintiéndose frustrada por la interrupción, apartó con rabia los rizos que le caían sobre la cara y miró a Rogan enfurecida—. ¿Qué estás haciendo aquí?

—Creo que la galería, incluyendo esta oficina, es de mi propiedad.

—No hay manera de olvidarlo. —Maggie untó su pincel en una mezcla de pintura que había preparado sobre una vieja tabla—. No, teniendo en cuenta que las primeras palabras que salen de la boca de todo el mundo aquí son «el señor Sweeney tal cosa» o «el señor Sweeney tal otra».

Inspirada por ese intercambio de palabras, Maggie pintó sobre una hoja de papel gruesa que tenía sujeta a otra tabla.

Y mientras lo hacía, Rogan desvió la mirada de la cara de Maggie a sus manos y durante un momento se quedó sin habla por la estupefacción.

—¿En qué andas? —Totalmente desconcertado, se acercó a ella. Su adorado y valioso escritorio estaba cubierto de periódicos llenos de pintura, frascos con pinceles y lápices y, a menos que su nariz lo engañara, frascos de trementina—. ¡Estás loca! ¿Te das cuenta de que este escritorio es un Jorge II?

—Es una pieza resistente —respondió ella sin ningún respeto por el rey muerto—. Me estás tapando la luz —dijo distraídamente, y levantó una mano manchada de pintura hacia él, haciendo que Rogan se apartara por puro reflejo—. Y está bien protegida —añadió—, la he cubierto con plástico por debajo de los periódicos.

—Ah, entonces no pasa nada —afirmó con ironía, y la agarró del pelo bruscamente—. Si querías un maldito caballete —continuó cuando estuvieron cara a cara—, debiste decirme que te consiguiera uno.

—No necesito un caballete, sino un poco de privacidad. Y si logras desaparecer, como has hecho tan eficientemente durante los dos últimos días… —Maggie le dio un empujón con la mano y luego ambos bajaron la vista hacia la solapa del traje, que ahora lucía la mano de Maggie pintada en rojo.

—¡Ups! —dijo ella.

—Idiota… —Los ojos de Rogan se fueron cerrando hasta parecer dos hendiduras color cobalto cuando ella se rio.

—Lo siento, de verdad —replicó, pero la disculpa se diluyó en una carcajada—. Soy desordenada cuando trabajo y me olvido de mis manos. Claro que, por lo que he visto, tienes cientos de trajes, así que éste no te hará falta.

—Eso es lo que tú te crees. —Con rapidez, Rogan metió los dedos en la pintura y se la untó a Maggie en la cara. Su chillido de sorpresa fue más que satisfactorio—. El color se vuelve contra ti.

Maggie se pasó el dorso de la mano por la mejilla, esparciendo la pintura.

—Así que quieres jugar, ¿eh? —Riéndose, agarró un tubo de pintura amarillo canario.

—No te atrevas —dijo Rogan, debatiéndose entre la furia y la diversión—. O te haré comer la pintura con tubo y todo.

—Una Concannon nunca hace caso omiso de un reto. —Su sonrisa se amplió a medida que se preparaba para presionar el tubo, pero la venganza de ambas partes se vio interrumpida cuando se abrió la puerta de la oficina.

—Rogan, espero que no estés… —Una elegante mujer vestida con un traje de Chanel entró, abriendo los ojos azul pálido de par en par—. Discúlpame, no sabía que estabas ocupado —dijo visiblemente sorprendida y echándose hacia atrás el pelo, que era negro y sedoso.

—Llegas justo a tiempo. —Fresco como una brisa de primavera, Rogan arrancó un trozo de periódico y se limpió la pintura de los dedos—. Creo que estábamos a punto de hacer el ridículo.

Tal vez, pensó Maggie mientras dejaba el tubo de pintura a un lado con un absurdo sentimiento de decepción, pero habría sido divertido.

—Patricia Hennessy, te presento a Margaret Mary Concannon, la artista cuya obra vamos a exponer próximamente.

«¿Ésta? —pensó Patricia, pero sus rasgos distinguidos y delicados sólo evidenciaron amable interés—. ¿Esta mujer despeinada y con la cara llena de pintura es M. M. Concannon?».

—Es un placer conocerte.

—Lo mismo digo, señorita Hennessy.

—Es señora —dijo Patricia con la más encantadora de las sonrisas—, pero llámame Patricia, y de tú.

Como una rosa solitaria tras un escaparate, pensó Maggie, Patricia Hennessy era encantadora, delicada y perfecta. Y, además, reflexionó escrutando el elegante rostro ovalado de la mujer, infeliz.

—Sólo me costará un par de minutos arreglar esto para dejaros solos. Supongo que querrás hablar con Rogan en privado.

—Por favor, no te apures por mí. —La sonrisa de Patricia le curvó los labios, pero a duras penas tocó sus ojos—. Hace un momento estaba con Joseph en la sala del segundo piso admirando tu trabajo. Tienes un talento increíble.

—Gracias —dijo Maggie, cogiendo el pañuelo que Rogan llevaba en el bolsillo del pecho.

—No... —La orden murió en sus labios cuando vio a Maggie introducir el pañuelo de lino irlandés en la trementina. Con un sonido parecido a un gruñido, le quitó de las manos a Maggie el pañuelo y se limpió la pintura de los dedos con él—. Al parecer mi oficina se ha transformado temporalmente en un desván de artista.

—Pues sí, aunque nunca he trabajado en un desván —continuó, marcando aún más, y deliberadamente, su acento—. Se ha enfadado conmigo porque he ultrajado terreno sacrosanto. Si conoces a Rogan desde hace tiempo, ya sabrás que es bastante melindroso.

—No soy melindroso —contestó Rogan entre dientes.

—Oh, por supuesto que no —dijo Maggie entornando los ojos—. Eres un hombre salvaje, tan impredecible como los colores del amanecer.

—Por lo general no se considera un defecto ser organizado y tener cierto sentido del control. Pero una completa ausencia de ambos sí se considera defecto.

Se pusieron cara a cara de nuevo, dejando a Patricia fuera del cuadro bastante eficientemente, aunque sin intención, a pesar del reducido tamaño de la habitación. El ambiente era tenso, y Patricia pudo percibirlo. No podía olvidar la época en que Rogan la deseaba apasionadamente. Y no podía hacerlo porque estaba enamorada de él.

—Siento haber llegado en tal mal momento —dijo, y odió que su voz sonara rígida y demasiado formal.

—En absoluto. —El ceño fruncido de Rogan se transformó fácilmente en sonrisa cuando se volvió hacia Patricia—. Siempre es un placer verte.

—Sólo he pasado para ver si ya estabas libre. Los Carney me han invitado a tomar una copa y tenía la esperanza de que pudieras acompañarme.

—Lo siento, Patricia. —Rogan bajó la mirada y la fijó en su arruinado pañuelo, que luego dejó sobre las hojas de periódico—. Todavía tengo que encargarme de muchos detalles de la inauguración de mañana.

—Tonterías —espetó Maggie con una amplia sonrisa—. No quisiera interferir en tu vida social.

—No es culpa tuya… Es sólo que tengo otras obligaciones. Patricia, por favor, discúlpame con Marion y George.

—Por supuesto. —Patricia ofreció a Rogan su mejilla para que le diera un beso. El olor de la trementina chocó con su delicado perfume floral, y luego lo absorbió—. Ha sido un placer conocerte, señorita Concannon. Estoy ansiosa por asistir a la inauguración.

—Llámame Maggie —contestó ella con una calidez que provenía del entendimiento innato femenino—. Y muchas gracias. Esperamos que todo salga bien. Que tengas un buen día, Patricia. —Maggie se dio la vuelta y empezó a limpiar los pinceles canturreando para sí misma—. Es encantadora —comentó cuando Patricia se fue—. ¿Una vieja amiga?

—Así es.

—¿Una vieja amiga casada?

Rogan levantó una ceja ante la insinuación.

—Una vieja amiga viuda.

—Ah.

—Qué respuesta tan significativa —dijo Rogan, y por razones que no pudo dilucidar, se puso a la defensiva—. Conozco a Patricia desde hace más de quince años.

—Dios, eres un lento, Sweeney —afirmó, y apoyando la cadera contra el escritorio se dio golpecitos sobre los labios con un lápiz—. Una mujer hermosa, de evidente buen gusto, una mujer de tu misma clase, y en quince años no has hecho ningún avance.

—¿Avance? —El tono de Rogan se heló como escarcha sobre vidrio—. Una palabra bastante desafortunada, pero dejando aparte tu manera de hablar, por el momento, ¿cómo sabes que no me he insinuado?

—Esas cosas se notan. —Encogiéndose de hombros, Maggie se retiró del escritorio—. Las relaciones íntimas y las platónicas emiten señales totalmente diferentes. —La expresión de Maggie se suavizó. Al fin y al cabo, Rogan era sólo un hombre—. Apuesto a que crees que sois muy buenos amigos.

—Por supuesto que lo creo.

—Eres un idiota. —Maggie sintió una oleada de simpatía por Patricia—. Ella está enamorada de ti.

La idea y la manera tan natural y confidencial en que Maggie la había expuesto lo pillaron por sorpresa.

—Eso es absurdo.

—Lo único absurdo es que no te hayas dado cuenta. —Empezó a recoger sus cosas con brusquedad—. Siento simpatía por la señora Hennessy, o por lo menos en parte. Es difícil para mí ofrecerle toda mi simpatía cuando yo misma estoy interesada en ti, y no me gusta la idea de que saltes de su cama a la mía.

Rogan pensó que Maggie era la mujer más exasperante que había conocido.

—Esta conversación es ridícula, y tengo un montón de cosas que hacer.

A Maggie le resultaba enternecedor el modo en que la voz de Rogan podía volverse tan formal.

—Por mi culpa, así que no te voy a retrasar más. Voy a extender estos dibujos en la cocina para que se sequen, si te parece bien.

—No hay problema mientras no me estorben. —Ellos y su creadora, pensó Rogan. Pero cometió el error de mirar hacia abajo, con atención—. ¿Qué has estado haciendo?

—Un poco de desorden, como tú mismo has apuntado, pero ahora mismo lo limpio todo, no tardaré mucho tiempo.

Sin pronunciar palabra, Rogan levantó uno de los dibujos de Maggie por una de las puntas. Podía verse qué la había inspirado, cómo trataba de usar el arte de los indígenas norteamericanos y convertirlo en algo audaz y único, algo sólo de ella. Sin importar cuánto y con cuánta frecuencia lo sacaba de sus casillas, Maggie era capaz, una y otra vez, de sorprenderlo con su talento.

—Veo que no has estado perdiendo el tiempo.

—Es una de las pocas cosas que tenemos en común. ¿Querrías decirme qué opinas?

—Que entiendes el orgullo y la belleza bastante bien.

—Un buen cumplido, Rogan —dijo Maggie, sonriendo—, uno bastante bueno.

—Tu trabajo te pone al descubierto, Maggie, y hace que resultes aún más confusa. Eres sensible y arrogante, compasiva y despiadada. Sensual y esquiva.

—Si estás diciendo que soy temperamental, no te lo voy a discutir. —Sintió de nuevo la punzada, rápida y dolorosa. Se preguntó si algún día Rogan podría verla a ella igual que veía su obra. Y qué podrían crear entre los dos si él lo lograba... y cuándo sería—. No considero que sea un defecto.

—Sólo hace que sea difícil vivir contigo.

—Pero nadie tiene que vivir conmigo salvo yo misma. —Le desconcertó al levantar una mano y golpearlo en la mejilla—. Estoy pensando en acostarme contigo, Rogan, y ambos lo sabemos. Pero no soy tu apropiada señora Hennessy, que está buscando un marido que le marque el camino.

Rogan la agarró de la muñeca y se sintió complacido y sorprendido cuando notó que el pulso de Maggie se aceleraba.

—¿Qué es lo que buscas?

Maggie debería haber tenido la respuesta. Debería haberla tenido en la punta de la lengua, pero se le perdió en algún punto entre la pregunta y el vuelco, fuerte y rápido, que le dio el corazón.

—Te lo haré saber cuando lo descubra. —Se inclinó hacia delante y se puso de puntillas para tocar la boca de Rogan con la suya—. Pero por ahora así es suficiente —dijo, y le quitó de la mano el dibujo y recogió los otros.

—Margaret Mary —dijo al verla dirigirse hacia la puerta—, si yo fuera tú, me quitaría la pintura de la cara.

Maggie encogió la nariz, se miró la punta bizqueando los ojos y descubrió que tenía una mancha de pintura roja.

—Maldición —murmuró, y dio un portazo al salir.

La abrupta salida de Maggie podría haber tranquilizado el orgullo de Rogan, pero no se sentía sereno y además tenía un amargo resentimiento hacia ella por ser capaz de desestabilizarlo de esa manera con tan poco esfuerzo.

Sencillamente no había tiempo para las complicaciones que ella podría provocar en su vida personal. Si después había tiempo, la arrastraría a una habitación tranquila y desfogaría en ella toda su frustración, la lujuria, esa avidez enloquecedora, hasta que se liberara del todo de la sensación. Pero ahora tenía otras prioridades. Y la primera, por contrato legal y obligación moral, era la obra de aquella mujer.

Echó un vistazo a un dibujo que Maggie había dejado sobre el escritorio. Parecía que lo había hecho deprisa, y era descuidadamente brillante, con sus trazos rápidos y colores intensos que exigían la atención del observador. Igual que la artista misma, pensó Rogan. Sencillamente era imposible no fijarse en ella.

Le dio la espalda al dibujo a propósito y salió de la oficina, pero la imagen se le quedó en la cabeza, torturándolo, igual que el sabor de la boca de ella, que le torturaba los sentidos.

—Señor Sweeney, ¿qué tal?

Rogan se detuvo en la sala principal y ahogó un suspiro. Conocía bien al hombre que tenía delante. Era delgado y canoso y se aferraba a un viejo portafolios.

—Aiman… —Rogan saludó al hombre vestido vulgarmente con tanta cortesía como la que habría empleado con un cliente vestido de seda—. Hace bastante que no pasabas por aquí.

—He estado trabajando. —Un tic nervioso movió el párpado izquierdo de Aiman—. Tengo bastante trabajo nuevo, señor Sweeney.

Tal vez había estado trabajando, pensó Rogan, aunque más parecía que había estado bebiendo. Eso decían las mejillas sonrosadas, los ojos rojos y las manos temblorosas. Aiman apenas tenía treinta años, pero la bebida lo había envejecido y vuelto frágil y desesperado.

Se quedó en la entrada, en un lado, para no distraer a los visitantes de la galería. Miró a Rogan con ojos suplicantes mientras movía los dedos nerviosamente contra el portafolios.

—Tenía la esperanza de que tuviera tiempo de ver lo que le he traído, señor Sweeney.

—Mañana tenemos una inauguración, Aiman, una importante.

—Sí, ya lo sé. Lo he visto en el periódico. —Aiman estaba nervioso. Se humedeció los labios. La noche anterior se había gastado en el pub el último dinero que tenía, que había ganado vendiendo dibujos en la calle. Sabía que había sido una locura. Peor: sabía que había sido una estupidez, pero ahora necesitaba con urgencia cien libras para pagar el alquiler o lo echarían a la calle en menos de una semana—. Podría dejarle los dibujos, señor Sweeney, y venir el lunes. He... he hecho un buen trabajo. Quería que usted fuera el primero en verlo.

Rogan no le preguntó si necesitaba dinero. La respuesta era obvia y la pregunta sólo habría humillado a aquel pobre hombre. Había sido una joven promesa, recordó Rogan, antes de que los miedos y el whisky lo hubieran enterrado.

—Mi oficina está un poco desordenada en este momento, pero podemos sentarnos arriba para que me muestres lo que has hecho —dijo Rogan amablemente.

—Gracias, señor Sweeney, gracias. —Aiman sonrió y le brillaron los ojos inyectados en sangre, con una esperanza que era más patética que las lágrimas—. No le voy a robar mucho tiempo, se lo prometo.

—Estaba a punto de tomarme un té. —Rogan cogió a Aiman de un brazo discretamente y lo llevó escaleras arriba—. ¿Te gustaría acompañarme mientras vemos tu trabajo?

—Me encantaría, señor Sweeney.

Maggie se escondió para que Rogan no la viera observarlos mientras doblaban la curva de la escalera. Había estado segura, absolutamente segura, de que Rogan iba a echar a aquel zarrapastroso artista. O de que ordenaría que uno de sus subalternos hiciera el trabajo sucio por él. Pero, por el contrario, Rogan había invitado al hombre a tomar el té y lo había llevado arriba como si fuera un invitado al que se da la bienvenida. ¿Quién habría pensado que Rogan Sweeney mostraría tal amabilidad?

Maggie intuyó que Rogan le iba a comprar algunos dibujos a Aiman. Le daría lo suficiente para que el artista pudiera conservar su dignidad y cenar una o dos veces. Ese gesto fue más significativo para ella, más importante aún que una docena de las becas o donaciones que se imaginaba que Worldwide ofrecía cada año.

A Rogan le importaba la gente. Constatar eso le daba pena al tiempo que la complacía. Le importaba la mano humana que creaba el arte tanto como el arte mismo.

Maggie volvió a la oficina de Rogan y la limpió y la ordenó, mientras trataba de asimilar ese nuevo aspecto que había descubierto en él.

Veinticuatro horas después, Maggie estaba sentada en el borde de su cama en la habitación de huéspedes de la casa de Rogan. Tenía la cabeza entre las rodillas y se maldecía a sí misma por sentirse tan mal. Era humillante admitir, aunque fuera sólo ante sí misma, que sus nervios podían descontrolarse. Pero era absurdo negarlo si tenía el desagradable sabor del mareo en la garganta y el cuerpo le temblaba con escalofríos.

«No importa —se decía a sí misma una y otra vez—, no importa en absoluto lo que ellos piensen. Lo que yo piense es lo que cuenta. Ay, Dios, Dios, ¿por qué me dejé meter en esto?».

Levantó la cabeza tratando de respirar lenta y profundamente. Se sentía mareada, todo le daba vueltas y tuvo que apretar los dientes para lograr algo de estabilidad. El espejo que había al otro lado de la habitación le devolvió su propia imagen. Llevaba puesta sólo la ropa interior, que había escogido de encaje negro, lo que hacía que por contraste su piel se viera de un blanco impactante. Tenía la cara pálida y los ojos rojos. Dejó escapar un quejido antes de volver a poner la cabeza entre las rodillas.

Estaba desastrosa y era probable que montara un espectáculo. Era feliz en Clare, ¿no? Era allí adonde pertenecía, sola y libre. Sólo ella y el vidrio, con las tranquilas praderas y la neblina matutina. Y allí era donde estaría si no hubiera sido por Rogan Sweeney y sus palabras tentadoras para sacarla de su espacio.

Él era el diablo, pensó Maggie, olvidando convenientemente que había empezado a cambiar su opinión sobre él. Era un monstruo que se aprovechaba de los ingenuos artistas y los usaba para satisfacer su avaricia. Rogan la exprimiría hasta secarla y luego la tiraría a la basura como si fuera un tubo de pintura vacío. Lo asesinaría, si fuera capaz de levantarse.

Cuando oyó los golpecitos en la puerta cerró los ojos con fuerza. «Váyanse —gritó Maggie dentro de su cabeza—, váyanse y déjenme morir en paz». Golpearon de nuevo en la puerta y oyó una voz.

—Maggie, cielo, ¿ya estás lista?

La señora Sweeney. Maggie apretó los bordes de las manos contra sus ojos y casi gritó:

—No, todavía no. —Luchó para que su voz sonara decidida y brusca, pero sonó como un lamento—. No voy a ir.

Con un crujido de seda, Christine entró en la habitación.

—Oh, cariño… —Instintivamente maternal, Christine se sentó junto a Maggie y le pasó un brazo sobre los hombros—. No pasa nada, cielo, son sólo nervios.

—Estoy bien. —Pero Maggie dejó de lado su orgullo y recostó la cabeza sobre el hombro de Christine—. Sencillamente no voy a ir.

—Pues claro que vas a ir. —Enérgicamente, Christine le levantó la cabeza y la miró a la cara. Sabía exactamente qué debía hacer y lo hizo sin piedad—. No querrás que piensen que estás asustada, ¿no?

—No estoy asustada. —Maggie levantó la barbilla, pero las náuseas bullían en su estómago—. Es sólo que no estoy interesada. —Christine le sonrió, le revolvió el pelo y esperó—. No puedo afrontarlo, señora Sweeney —soltó Maggie—. Sencillamente no puedo. Me voy a humillar a mí misma y odio eso más que nada. Antes prefiero que me cuelguen.

—Te entiendo perfectamente, pero no te vas a humillar —replicó, tomando las manos heladas de Maggie entre las suyas—. Es cierto que tú te expones tanto como tu obra. Ésa es la locura del mundo del arte. Se preguntan sobre ti, hablan sobre ti y especulan sobre ti. Pero déjalos.

—No es tanto eso, aunque es una parte, desde luego. No estoy acostumbrada a que me escruten de esa manera, y no estoy segura de que me guste, pero es mi trabajo… —Apretó los labios—. Es la mejor parte de mí, señora Sweeney. Si no la encuentran atractiva… Si no les parece suficientemente buena…

—Rogan piensa que sí lo es.

—Él sabe demasiado —murmuró Maggie.

—Es cierto. Él sabe demasiado. —Christine ladeó la cabeza. Aquella chica necesitaba que actuara como una madre, y las madres no siempre son amables—. ¿Quieres que baje y le diga a Rogan que estás demasiado asustada, que te sientes demasiado insegura para asistir a la inauguración?

—¡No! —Sabiéndose impotente, Maggie se cubrió la cara con las manos—. Me tiene atrapada. Esa astuta serpiente, el maldito avaro… Discúlpeme —añadió, y tranquilizándose se quitó las manos de la cara.

Christine se aseguró de tragarse la risa.

—No pasa nada —dijo sobriamente—. Ahora espérame aquí mientras voy a decirle a Rogan que se vaya sin nosotras. Va a gastar el suelo del vestíbulo de tanto caminar de un lado para otro.

—Nunca había conocido a nadie tan obsesionado con el tiempo.

—Es un rasgo de los Sweeney. Michael me volvía loca por lo mismo, Dios lo bendiga. —Le dio una palmadita en la mano a Maggie—. Vuelvo enseguida para ayudarte a vestirte.

—Señora Sweeney —dijo Maggie agarrándose de las mangas de Christine con desesperación—, ¿no podría decirle simplemente que me he muerto? Podrían montar un gran espectáculo. Por regla general, se puede ganar más dinero con la obra de un artista muerto que con la de uno vivo.

—Creo que ya te sientes mejor —dijo Christine soltando los dedos agarrotados de Maggie de su vestido—. Ahora ve y lávate la cara.

—Pero...

—Estoy aquí para ayudarte en tu gran noche —dijo Christine con firmeza—. Creo que Sharon lo querría así. Y te he dicho que vayas a lavarte la cara, Margaret Mary.

—Sí, señora. Señora Sweeney... —Sin tener ningún otro lugar adonde ir, Maggie se aferró a Christine—. Por favor, no le diga... Me refiero a que le estaría muy agradecida si no le menciona a Rogan que...

—En una de las noches más importantes de su vida una mujer tiene derecho a tardar en arreglarse...

—Supongo... —Maggie esbozó una ligera sonrisa—. Hace que parezca una frívola, pero eso es mejor que la alternativa.

—Yo me encargo de Rogan.

—Una cosa más. —Había estado posponiendo eso, admitió Maggie. Y podía afrontarlo ahora que se sentía peor de lo que podía imaginarse—. ¿Sería posible que buscara esos recortes de periódico de los que me habló? Los de mi madre.

—Creo que sí. Se me tenía que haber ocurrido a mí primero. Quieres leerlos, ¿no?

—Sí quisiera, sí. Y le estaría muy agradecida.

—Me encargaré de que los recibas. Ahora lávate la cara. Voy a hablar con Rogan —añadió, y dirigió a Maggie una amplia sonrisa antes de cerrar la puerta.

Cuando Christine encontró a Rogan, éste deambulaba furiosamente de un lado a otro por el vestíbulo.

—¿Dónde diablos está? —preguntó a su abuela en cuanto la vio—. Lleva arreglándose como dos horas.

—Pues claro, cariño —dijo Christine gesticulando con grandilocuencia—. La impresión que deje esta noche es vital, ¿no?

—Es importante, por supuesto. —Si dejaba una mala impresión, los sueños de Rogan se irían al traste junto con los de Maggie. La necesitaba allí, en ese momento y dispuesta a deslumbrar—. Pero ¿por qué necesita tanto tiempo? Sólo tiene que vestirse y arreglarse el pelo.

—Cariño, llevas soltero demasiado tiempo si realmente crees semejantes tonterías. —Con afecto, Christine se acercó a arreglar su ya perfecta pajarita—. Qué guapo estás vestido de esmoquin.

—Abuela, te estás andando con rodeos.

—No, en absoluto. —Le sacudió las solapas, que estaban impecables—. Sólo he venido a decirte que te vayas sin nosotras. Saldremos cuando Maggie esté lista.

—Ya debería estar lista.

—Pues no lo está. Además, el efecto será más eficaz si llega lo suficientemente tarde como para hacer una gran entrada. Tú aprecias lo teatral de estas ocasiones, Rogan.

Era cierto.

—Está bien. —Rogan miró su reloj y maldijo entre dientes. Si no se marchaba ya, con seguridad llegaría tarde. Era su responsabilidad estar allí, se recordó a sí mismo, para estar pendiente de cualquier detalle de última hora, sin importar cuánto deseaba esperar para llegar con Maggie a la galería—. La dejo en tus más que capaces manos, abuela. Haré que el coche venga a por vosotras tan pronto me deje a mí. Por favor, ocúpate de que llegue a tiempo a la galería, ¿de acuerdo?

—Puedes contar conmigo, cariño.

—Siempre lo hago. —La besó en la mejilla y se dispuso a marcharse—. A propósito, señora Sweeney, no le he dicho lo preciosa que está usted esta noche.

—No, no me lo has dicho. Estaba un poco decepcionada.

—Serás, como de costumbre, la mujer más bella de la fiesta.

—Bien dicho. Ahora márchate y deja a Maggie en mis manos.

—Es un placer. —Echó una mirada escaleras arriba antes de dirigirse a la puerta. No era una mirada agradable—. Te deseo buena suerte con ella.

Después de que Rogan cerrase la puerta, Christine dejó escapar un suspiro. Pensó que necesitaría toda la suerte que pudiera conseguir.

9

No se había dejado al azar ningún detalle. La iluminación era perfecta y realzaba cada curva y remolino de las piezas de vidrio. La música, un vals en ese momento, fluía tan suavemente como lágrimas de felicidad a lo largo de la habitación. Efervescentes copas de champán llenaban las bandejas de plata que llevaban elegantemente los camareros de librea. El sonido del cristal repiqueteando y las voces murmurando eran un gracioso contrapunto al sonido de los violines.

Todo era, en una palabra, perfecto; no faltaba ni un detalle. Excepto, pensó Rogan sombríamente, la artista.

—Es maravilloso, Rogan. —Patricia estaba de pie junto a él, elegantísima con un vestido blanco ajustado adornado con cuentas de vidrio—. Has tenido un éxito arrollador.

—Eso parece —respondió sonriendo. Sus ojos se fijaron en los de ella largo rato, intensamente, tanto que la hizo sentir incómoda.

—¿Qué pasa? ¿Tengo una mancha en la nariz?

—No —contestó Rogan, dando un sorbo de su copa rápidamente y maldiciendo a Maggie por meterle pensamientos ridículos en la cabeza y hacer que desconfiara de una de sus más antiguas amigas. ¿Enamorada de él? Absurdo—. Lo siento. Supongo que he empezado a divagar. Me pregunto dónde estará Maggie.

—Estoy segura de que llegará en cualquier momento. —Patricia colocó una mano sobre el brazo de Rogan—. Y, mientras tanto, todo el mundo está deslumbrado por nuestros esfuerzos combinados.

—Es una suerte. Ella siempre llega tarde —contestó con un suspiro—. Tiene el mismo sentido del tiempo que un niño.

—Rogan, cielo, veo que mi Patricia te ha encontrado.

—Buenas noches, señora Connelly. —Rogan tomó la delicada mano de la madre de Patricia entre las suyas—. Ninguna inauguración puede ser un éxito sin su presencia.

—Adulador… —Complacida, acarició su estola de visón.

Anne Connelly se aferraba con fuerza tanto a su belleza como a su vanidad. Le parecía que era un deber de la mujer cuidar su apariencia, igual que construir un hogar y tener hijos. Anne nunca, nunca desatendía sus deberes, y como resultado tenía la piel y la figura de una niña. Libraba una constante batalla contra el paso del tiempo y, tras cincuenta años, había salido victoriosa.

—¿Y su marido? —continuó Rogan—. ¿Ha venido Dennis con usted?

—Por supuesto, aunque seguro que ya debe de estar en alguna parte fumando uno de sus cigarros y hablando de finanzas. —Anne sonrió cuando Rogan llamó a un camarero y le ofreció a ella una copa de champán—. Ni siquiera el cariño que te tiene hace que sea menos apático en cuanto al arte. Esta pieza es fascinante —dijo señalando la escultura que estaba más cerca de ellos, una explosión de color que emergía hacia arriba desde una base retorcida—. Bella y perturbadora al mismo tiempo. Patricia me contó que conoció brevemente a la artista ayer. Yo también me muero por conocerla.

—Debe de estar al llegar. —Rogan disimuló su propia impaciencia—. Estoy seguro de que la señorita Concannon le parecerá contradictoria e interesante, igual que su trabajo.

—Y con seguridad igual de fascinante. No te hemos visto lo suficiente estos días, Rogan. Le he rogado a Patricia que te lleve a casa. —Lanzó a su hija una mirada velada que expresaba más que mil palabras. «Muévete, chica —decía—. No dejes que se te escape».

—Me temo que he estado tan obsesionado con la preparación de esta inauguración que he descuidado a mis amigos.

—Estás perdonado, pero sólo si vienes a cenar a casa una noche de la semana próxima.

—Me encantaría. —En ese momento Rogan vio que Joseph lo buscaba—. Discúlpeme, vuelvo enseguida.

—¿Tienes que ser tan descarada, mamá? —murmuró Patricia hacia su copa un segundo después de que Rogan se hubiera perdido entre la multitud.

—Alguien tiene que serlo, por Dios, niña. Rogan te trata como a una hermana. —Anne sonrió a alguien conocido al otro lado de la sala y siguió hablando en tono bajo—. Un hombre no se casa con una mujer que ve como a una hermana, y ya es hora de que te vuelvas a casar. No puedes pedir mejor partido que Rogan. Sigue postergando el asunto y alguien más va a venir y te lo va a quitar ante tus propias narices. Ahora sonríe, ¿vale? ¿Siempre tienes que estar de duelo?

Como cumpliendo con un deber, Patricia curvó los labios en una sonrisa.

—¿Has podido hablar con ellas? —preguntó Rogan a Joseph en cuanto lo tuvo cerca.

—Sí, desde el teléfono del coche. —Joseph echó un vistazo por la habitación, vio a Patricia y sostuvo un momento la mirada en ella; después siguió observando a los invitados—. Llegarán en cualquier instante.

—Más de una hora tarde. Típico.

—Lo que sea, pero te complacerá saber que hemos vendido diez piezas hasta ahora y por lo menos diez personas quieren comprar *Entrega*.

—Esa pieza no está en venta. —Rogan examinó la extravagante escultura que se encontraba en el centro de la habitación—. Primero la enviaremos de gira a las galerías de Roma, París y Nueva York; así que no está en venta, al igual que las otras piezas que escogimos.

—Es decisión tuya —dijo Joseph tranquilamente—, pero déjame decirte que el general Fitzsimmons ha ofrecido veinticinco mil libras por ella.

—¿En serio? Asegúrate de que la gente se entere de esa oferta, por favor.

—Cuenta con ello. Mientras tanto, he estado entreteniendo a algunos críticos de arte. Creo que deberías… —Joseph se interrumpió cuando vio que a Rogan se le oscurecían los ojos al mirar intensamente algo por encima de su hombro. Joseph se dio la vuelta, vio el objeto de admiración de su jefe y dejó escapar un silbido—.

Puede que haya llegado tarde, pero sin duda está sensacional.

Joseph se volvió hacia Patricia y pudo deducir por la expresión de su rostro que ella también se había fijado en la reacción de Rogan. Sintió compasión por ella. Sabía por experiencia personal lo doloroso que es amar a alguien que te ve sólo como un amigo.

—¿Quieres que la presente a los invitados? —preguntó Joseph a Rogan.

—¿Qué? No, no. Lo haré yo mismo.

Rogan nunca había pensado que Maggie pudiera estar así: elegante, deslumbrante y sensual como un pecado. Había escogido un vestido negro, liso y sin adornos que adquiría la forma del cuerpo que lo lucía. Iba del cuello a los tobillos, pero no era para nada mojigato, y menos teniendo en cuenta que los botones brillantes que lo cerraban por delante estaban atrevidamente desabrochados por arriba, hasta donde empezaban los senos, y por abajo, hasta el muslo, dejándolo al descubierto. Llevaba el pelo recogido, como una corona de fuego que dejaba caer algunos rizos desordenados alrededor de la cara.

A medida que Rogan se fue acercando a ella se dio cuenta de que ya estaba escudriñando la habitación, evaluándola y absorbiendo todo lo que había en ella. Se la veía segura, desafiante y completamente al mando…

Y así estaba ella… ahora. El ataque de nervios le había servido para avergonzarla tanto que lo había derrotado a fuerza de pura voluntad. Así que ahí se encontraba. Y estaba decidida a triunfar.

—Llegas muy tarde. —La queja de Rogan era una última frase de defensa murmurada con disimulo mientras la tomaba de la mano y la levantaba para besársela. Sus ojos se encontraron—. Pero estás increíblemente hermosa.

—¿Entonces te parece bien el vestido?

—Bien no es la palabra que yo habría escogido, pero sí, me parece bien.

Maggie le sonrió.

—Te preocupaba que fuera a aparecer en botas y vaqueros rotos, ¿no?

—No con mi abuela montando guardia.

—Tu abuela es la mujer más maravillosa del mundo, Rogan. Tienes suerte de tenerla.

Más que las palabras de Maggie, fue la intensidad emocional con la cual las pronunció lo que hizo que Rogan la mirara con atención y curiosidad.

—Lo sé.

—No puedes saberlo, no de verdad, pues no conoces otra cosa —dijo, y respiró profundamente—. Bueno. —Ya había ojos sobre ella, docenas de ojos llenos de curiosidad—. Vamos a meternos en la boca del lobo. No tienes de qué preocuparte —dijo ella antes de que Rogan pudiera hablar—. Me voy a portar bien. Mi futuro depende de ello.

—Éste es sólo el principio, Margaret Mary.

Y mientras él la llevaba dentro de la sala con sus remolinos de luz y color, Maggie tuvo miedo de que Rogan estuviera en lo cierto.

Maggie se comportó adecuadamente. Al parecer la noche iba bien, mientras estrechaba manos, aceptaba cumplidos y contestaba preguntas. La primera hora pareció transcurrir como un sueño, con la chispa del champán, el brillo de las copas y el resplandor de las joyas. Dejarse llevar por la velada fue fácil, pues Maggie sentía como si la hubieran sacado de la realidad, como si la hubieran desconectado de alguna manera, como si los invitados fueran el público y ella la actriz de una obra fastuosa preparada de antemano.

—Ah, esto, esto... —Un hombre calvo de bigote poblado y acento británico disertaba sobre una pieza. Se trataba de una serie de lanzas azules resplandecientes atrapadas dentro de un globo de cristal fino y transparente—. *Atrapados*, lo ha llamado usted. Su creatividad, su sexualidad, luchando por liberarse. La eterna lucha del hombre, después de todo. Es triunfante, incluso siendo melancólica.

—Son los seis condados —contestó Maggie llanamente.

El hombre calvo parpadeó.

—¿Disculpe?

—Los seis condados de Irlanda —repitió Maggie con un brillo malévolo en los ojos—. *Atrapados*.

—Ya veo.

De pie junto a este proyecto de crítico estaba Joseph, que ahogó una carcajada.

—Me parece que aquí el uso del color es muy impactante, lord Whitfield. Su translucidez crea una tensión irresoluta entre su delicadeza y su audacia.

—Exactamente. —Lord Whitfield asintió con la cabeza y se aclaró la garganta—. Extraordinaria. Permiso.

Maggie lo vio marcharse con una amplia sonrisa.

—Creo que a fin de cuentas no va a comprar la pieza para llevarla a su guarida, ¿no, Joseph?

—Eres una mujer malvada, Maggie Concannon.

—Soy una mujer irlandesa, Joseph. —Le guiñó un ojo—. Arriba los rebeldes.

Joseph se rio encantado. Le pasó un brazo alrededor de la cintura y la guio por la sala.

—Ah, señora Connelly. —Joseph dio un apretón sutil a Maggie para ponerla sobre aviso—. Está usted maravillosa, como siempre.

—Joseph, siempre de palabra lisonjera… —Anne Connelly desvió su atención de Joseph, a quien consideraba un mero factótum, a Maggie—. Éste es el impulso creativo. Estoy encantada de conocerte, querida. Yo soy Anne, la esposa de Dennis Connelly. Creo que conociste a mi hija Patricia ayer.

—Sí, así es —replicó Maggie, a quien el apretón de mano de Anne le pareció tan delicado y suave como un pincel de marta.

—Debe de estar con Rogan en alguna parte. Forman una pareja encantadora, ¿no te parece?

—Mucho. —Maggie levantó una ceja. Sabía reconocer una advertencia cuando la escuchaba—. ¿Vive usted en Dublín, señora Connelly?

—Por supuesto que sí. A unas casas de distancia de la mansión Sweeney. Mi familia ha formado parte de la sociedad de Dublín durante generaciones. ¿Y tú eres de los condados del oeste?

—Sí, de Clare.

—Un paisaje hermoso. Todos esos pueblecitos encantadores y pintorescos con sus casitas de techo de paja.

Tú vienes de una familia de granjeros, me han dicho. —Anne levantó una ceja, evidentemente divertida.

—Fueron granjeros, ya no.

—Todo esto debe de ser muy emocionante para ti, en especial por tu origen rural. Estoy segura de que debes de haber disfrutado de tu estancia en Dublín. ¿Vas a regresar a casa pronto?

—Muy pronto, creo.

—Estoy segura de que echas de menos el campo. Dublín puede ser muy confuso para una persona que no está acostumbrada a la vida urbana. Es casi como estar en un país extranjero.

—Por lo menos entiendo el idioma —contestó Maggie amablemente—. Espero que disfrute de la velada, señora Connelly. Ahora, si me disculpa, tengo que irme.

Y si Rogan creía que le iba a vender a esa mujer algo creado por Maggie Concannon, pensó Maggie al alejarse de Anne, lo ahorcaría. Al diablo los derechos de exclusividad. Haría polvo hasta la última pieza antes que ver alguna en manos de Anne Connelly. Cómo se atrevía a hablarle como si ella fuera una lechera ignorante con paja en el pelo.

Trató de tranquilizar sus ánimos mientras salía de la sala y se dirigía a una de las salitas, pero todas estaban llenas de gente que se reía, hablaba y discutía su obra. La cabeza empezó a darle vueltas mientras bajaba las escaleras. Mejor iría a la cocina y se tomaría una cerveza, decidió, y así podría tener unos minutos de paz.

Caminó hacia la cocina, pero allí se encontró con un hombre corpulento que estaba fumándose un cigarro y bebiendo una cerveza.

—Me has pillado —dijo él con una sonrisa.

—Pues ya somos dos. Yo también he venido a tomarme una cerveza tranquilamente.

—Déjame, te alcanzo una. —Muy galantemente, el hombre se levantó de la silla y sacó una cerveza de la nevera para ella—. ¿Quieres que apague el cigarro?

La súplica en la voz del hombre la hizo reírse.

—No, para nada. Mi padre fumaba la peor pipa del mundo. Apestaba hasta el cielo. Me encantaba.

—Bien por ti —contestó pasándole un vaso—. Odio estas cosas. —Levantó el pulgar hacia el techo—. Mi esposa me arrastra.

—Yo también las odio.

—Hay bastantes piezas —dijo el hombre mientras ella bebía la cerveza—. Me gustan los colores y las formas. No es que yo sepa nada de arte. Mi esposa es la experta. Pero me gusta cómo queda, y yo diría que eso es suficiente.

—Yo también.

—Todo el mundo trata de explicar el arte en estas ocasiones. Lo que el artista estaba pensando y cosas así. Simbolismo. —Enrolló la lengua en esa palabra como si fuera un plato exótico y no estuviera listo para probarlo—. No entiendo ni pizca de lo que hablan.

Maggie decidió que aquel hombre era maravilloso y que le encantaba.

—Ellos tampoco.

—¡Eso es! —Levantó su vaso y dio un trago largo a la cerveza—. Ellos tampoco tienen ni idea de lo que están hablando. Sólo están fanfarroneando. Pero si le dijera eso a Anne, mi esposa, me miraría con reprobación.

El hombre entornó los ojos, bajó las cejas y frunció el ceño, imitando la mirada de su esposa. Maggie estalló en risas.

—En cualquier caso, ¿a quién le importa lo que piensen ellos? —Maggie puso un codo en la mesa y apoyó la mandíbula en el puño—. No es como si la vida de alguien dependiera de su opinión. —«Excepto la mía», pensó, y alejó la idea—. ¿No cree que ocasiones como ésta son sólo un pretexto para que la gente pueda vestirse elegantemente y actuar como si fuera importante?

—Desde luego. —Estaban tan de acuerdo que el hombre chocó su vaso contra el de ella para brindar—. En cuanto a mí, ¿sabes lo que quisiera estar haciendo esta noche?

—¿Qué?

—Quisiera estar sentado en mi sillón con los pies sobre un cojín viendo la tele con un buen whisky irlandés. —Suspiró con tristeza—. Pero no puedo decepcionar a Anne, o a Rogan.

—Entonces, ¿conoce a Rogan?

—Como si fuera mi hijo. Se ha convertido en un gran hombre. La primera vez que lo vi no tenía todavía veinte años. Su padre y yo teníamos negocios juntos, y el chico estaba impaciente por trabajar con nosotros. —Hizo un gesto vago para abarcar la galería—. Y resultó tan listo como el que más.

—¿Y en qué trabaja usted?

—Soy banquero.

—Disculpadme…

Una voz femenina los interrumpió. Levantaron la vista y se encontraron con Patricia de pie junto al marco de la puerta, con los brazos cruzados ordenadamente.

—Ah, aquí estás, cariño.

Mientras Maggie miraba a Patricia con ojos incrédulos, el hombre se levantó de la silla y le dio un abrazo tan fuerte como para derribar a una mula. La reacción de Patricia, en lugar de rechazo o frío disgusto, fue una espontánea risa musical.

—Papi, me vas a partir en dos.

¿Papi? Maggie no entendió nada. ¿Papi? ¿Ese hombre era el padre de Patricia Hennessy y el marido de Anne Connelly? ¿Ese hombre tan encantador estaba casado con aquella... mujer tan fría y tiesa? Maggie pensó que eso demostraba que «hasta que la muerte os separe» era la frase más estúpida que los seres humanos se veían forzados a pronunciar.

—Mira, te presento a mi niña. —Con orgullo evidente, Dennis rodeó a Patricia—. Es una belleza, ¿no? Mi Patricia...

—Sí, por supuesto. —Maggie se levantó sonriendo—. Es un placer verte de nuevo.

—Lo mismo digo. Felicitaciones por el tremendo éxito de tu exposición.

—¿Tu exposición? —preguntó Dennis, pálido.

—No nos hemos presentado —dijo Maggie, y riéndose dio un paso hacia Dennis y le ofreció la mano—. Soy Maggie Concannon, señor Connelly.

—Oh... —Dennis no pudo decir nada por un momento, pues trataba de recordar si había dicho algo insultante—. Un placer —logró articular mientras su cerebro le daba largas a la memoria.

—El placer ha sido mío. Gracias por los mejores diez minutos que he tenido desde que he llegado a la galería.

Dennis sonrió. Esa mujer parecía completamente humana, para ser artista.

—De verdad que me gustan los colores y las formas —dijo Dennis con la esperanza de arreglarlo un poco.

—Es el mejor cumplido que me han hecho esta noche.

—Papá, mamá te está buscando.

Patricia le limpió unas briznas de ceniza de la solapa. El gesto, que Maggie había usado con su padre tantas veces, se le clavó en el corazón.

—Será mejor que deje que me encuentre. —Se volvió a mirar a Maggie, y cuando ella le sonrió, él hizo lo mismo—. Ojalá nos veamos de nuevo, señorita Concannon.

—Eso espero.

—¿No vienes con nosotros, Maggie?

—No, todavía no —contestó, sin ningún interés en socializar con la madre de Patricia.

El brillo se desvaneció tan pronto como los pasos de Dennis y Patricia dejaron de escucharse sobre el suelo encerado. Maggie se sentó, a solas, en la cocina inundada de luz. Había allí mucha tranquilidad, tanta que casi podía engañarse al decirse que ella era la única persona en el edificio.

Quería creer que estaba sola. Pero sobre todo quería creer que la tristeza que había sentido de repente se debía a que echaba de menos la soledad de sus campos verdes y sus colinas sosegadas, las eternas horas de silencio interrumpidas sólo por el rugido de su horno y su imaginación, que la guiaba.

Pero no era sólo eso. Esa noche, una de las más importantes de su vida, no tenía a nadie. Ninguna de las elegantes personas que estaban arriba charlando la conocía, se preocupaba por ella o la entendía. No había nadie arriba esperando a Maggie Concannon.

Pero se tenía a sí misma, pensó, levantándose, y eso era lo único que cualquiera necesitaba. Su trabajo había sido bien recibido; no era difícil darse cuenta, pese a todos aquellos pomposos y pretenciosos comentarios. A la gente de Rogan le gustaba lo que ella había hecho, y ése era el primer paso.

Estaba en camino, pensó al salir de la cocina, de alcanzar sus sueños. Estaba acercándose a la meta de la fama y la fortuna, un logro que había sido esquivo para los Concannon de las dos últimas generaciones. Y ella lo iba a lograr por sí misma.

La música y la luz destellaban escaleras abajo como polvo mágico de hada sobre el arco iris. Se quedó al pie de la escalera con una mano aferrada al pasamanos y un pie en el primer escalón. Entonces se dio media vuelta y corrió afuera, hacia la oscuridad de la noche.

* * *

Cuando el reloj dio la una, Rogan se quitó la elegante pajarita negra y maldijo entre dientes. Aquella mujer, pensó mientras caminaba de un lado a otro de su sala a oscuras, merecía nada más y nada menos que la muerte. Se había desvanecido como el humo en mitad de la concurrida fiesta, que, además, había sido organizada en su beneficio. Lo había obligado, recordó Rogan con resentimiento, a inventar excusas tontas.

Debía haber sabido que no podía confiar en que una mujer de su temperamento se comportaría razonablemente.

Claro, que debió haber sabido que no podía darle un papel tan preponderante a Maggie en sus propias ambiciones, sus esperanzas para el futuro de sus negocios.

¿Cómo diablos podía él tener la esperanza de erigir una galería para el arte irlandés cuando la primera artista irlandesa que él mismo había escogido y expuesto había desaparecido en medio de su propia inauguración como una niña irresponsable?

Era medianoche y todavía no había oído ni una palabra por parte de ella. El brillante éxito de la exposición, su propia satisfacción por un trabajo bien hecho, se había nublado como el precioso cielo del condado del oeste de Maggie. No había nada que él pudiera hacer salvo esperar.

Y preocuparse.

Maggie no conocía Dublín. Por más hermosa y encantadora que fuera la ciudad, tenía zonas que eran peligrosas para una mujer sola. Y siempre estaba la posibilidad de un accidente… El mero pensamiento le provocó dolor de cabeza, un dolor punzante y perturbador en la base del cráneo.

Se dirigía ya hacia el teléfono para llamar a los hospitales locales cuando escuchó el timbre de la puerta. Se dio media vuelta y caminó rápidamente hasta el vestíbulo.

Maggie estaba sana y salva, y bajo la deslumbrante luz de la araña de la entrada Rogan pudo comprobar que no le había pasado nada. Imágenes de asesinato volvieron a su dolorida cabeza.

—¿Dónde diablos has estado?

Maggie había deseado que Rogan estuviera en algún club de clase alta brindando con sus amigos. Pero puesto que se encontraba en casa, le ofreció una sonrisa y un encogimiento de hombros.

—Por ahí. Dublín es una ciudad encantadora por la noche.

Mientras la escuchaba, en un impulso Rogan cerró las manos, como si se preparara para una pelea.

—¿Estás diciendo que has estado haciendo turismo hasta la una de la madrugada?

—¿Es tan tarde? He perdido la noción del tiempo. Bueno, pues entonces te deseo buenas noches.

—No, no te vas a ir todavía —dijo, avanzando hacia ella—. Lo que vas a hacer es darme una explicación de tu comportamiento.

—No tengo por qué darle explicaciones a nadie de lo que hago o dejo de hacer, pero si eres más específico, puede que haga una excepción contigo.

—Había cerca de doscientas personas reunidas en la galería exclusivamente para ti. Has sido increíblemente descortés.

—De eso nada… —Más cansada de lo que quería admitir, pasó junto a Rogan y entró en la sala, se quitó los incomodísimos tacones y se sentó, poniendo los pies sobre un taburete con borlas—. La verdad es que he sido tan increíblemente cortés que casi se me caen los dientes. Dios quiera que no tenga que sonreírle a nadie más en un mes. Me apetecería uno de tus brandys, Rogan. Fuera está helando.

Entonces Rogan se dio cuenta de que Maggie no llevaba abrigo sobre el fino vestido.

—¿Dónde demonios está tu abrigo?

—No tengo abrigo. Tendrás que apuntarlo en tu libreta: conseguirle a Maggie un abrigo apropiado para la noche —dijo, cogiendo la copa que Rogan le ofrecía.

—Maldita sea, Maggie, tienes las manos congeladas. ¿Es que has perdido la razón?

—Enseguida entrarán en calor —repuso, y se sorprendió al verlo dirigirse hacia la chimenea y agacharse ante ella para encenderla—. ¿Qué, no vas a llamar a tu mayordomo para que lo haga?

—Cállate. Lo único que no voy a aguantarte esta noche es el sarcasmo. Ya he tenido todo el que esperaba recibir.

Las llamas cobraron vida y abrasaron con avaricia la leña seca. En la penumbra del fuego, Maggie vio que Rogan tenía una expresión tensa debido a la ira. La mejor manera de enfrentarse al mal genio, siempre había pensado Maggie, era igualarlo.

—No he hecho nada para que te pongas así. —Bebió de su copa y habría suspirado de complacencia por la calidez del licor si no hubieran estado ella y Rogan mirándose fijamente—. He ido a tu inauguración, ¿no? Con un vestido apropiado y con una sonrisa apropiada congelada en la cara.

—Era tu inauguración —espetó él—. Eres una mocosa desagradecida, egoísta y desconsiderada.

A pesar de que estaba cansada físicamente, no iba a dejar que Rogan se saliera con la suya hablándole de esa manera. Se puso de pie firmemente y se encaró con él.

—No te voy a contradecir. Soy exactamente lo que dices, y me lo han dicho toda mi vida. Por fortuna para ti y para mí, sólo tienes que preocuparte por mi trabajo.

—¿Tienes alguna idea del tiempo, esfuerzo y dinero que ha costado organizar la inauguración?

—Ése es tu terreno —dijo con una voz que sonaba tan tensa como su espalda—, como siempre me recuerdas. Y he estado allí, me he quedado más de dos horas y he estrechado la mano de muchos extraños.

—Debes aprender que un mecenas nunca es un extraño y que la descortesía nunca es atractiva.

El tono controlado y tranquilo de Rogan atravesó la armadura protectora de Maggie como una espada.

—Nunca te dije que me fuese a quedar toda la noche. Necesitaba estar sola, eso es todo.

—¿Y caminar por la calle sola de noche? Soy responsable de ti mientras estés aquí, Maggie. Por Dios santo, por poco llamo a la policía.

—Tú no eres responsable de mí. Yo soy responsable de mí. —Maggie pudo ver entonces que no sólo el disgusto oscurecía los ojos de Rogan, sino también la preocupación—. Me disculpo si he hecho que te preocupes. Simplemente he ido a dar un paseo.

—¿Te has ido a caminar y te has marchado de tu primera inauguración sin decir nada a nadie?

—Sí. —La copa se le resbaló de las manos antes de que pudiera darse cuenta, se estrelló contra la piedra y estalló en mil pedazos, como balas—. ¡Tenía que salir de allí! No podía respirar, no podía soportarlo ni un minuto más. Todas esas personas mirándome, mirando mi trabajo, y la música, las luces; todo tan bello, tan perfecto. No sabía que me iba a asustar tanto. Pensé que lo había superado la primera vez que me mostraste la sala principal, con mis piezas expuestas como si hubieran salido de un sueño.

—Estabas asustada…

—¡Sí, sí, maldito seas! ¿Estás contento de oírlo? Estaba aterrorizada cuando abriste la puerta y vi lo que habías hecho. No podía hablar. Tú me hiciste esto —dijo Maggie, furiosa—. Tú abriste esta caja de Pandora y dejaste salir todas mis esperanzas, todos mis miedos, todas mis necesidades. No puedes saber lo que es tener necesidades, terribles necesidades, pues ni siquiera piensas que podrías tenerlas.

Rogan la miró fijamente: era marfil y fuego en un fino vestido negro.

—Sí que puedo —contestó quedamente—. Sí que puedo. Debiste habérmelo dicho, Maggie —replicó suavemente mientras se acercaba a ella.

Maggie lo rechazó con ambas manos para mantenerlo alejado.

—No, por favor. No podría soportar que fueras amable justo ahora. Especialmente cuando sé que no me lo merezco. Ha estado mal que me haya ido así. Ha sido desagradecido y egoísta. —Sintiéndose impotente, dejó caer los brazos—. Pero no había nadie conmigo allí arriba. Nadie. Y me partió el corazón.

De repente Maggie resultaba muy delicada, y Rogan hizo lo que le había pedido y no la tocó. Temía que si lo hacía, aunque fuera suavemente, podría romperse entre sus manos.

—Si me hubieras dicho lo importante que era para ti tener a tu familia aquí, Maggie, habría hecho lo necesario para traerla.

—Tú no puedes manejar a Brianna. Y Dios sabe que no puedes traer de vuelta a mi padre. —Se le quebró la voz, lo que la avergonzó. Con un sonido ahogado, presionó una mano contra su boca—. Estoy exhausta, eso es todo —dijo, luchando amargamente por controlar su voz—. Y demasiado nerviosa por tantas emociones. Te debo una disculpa por haberme ido así y un agradecimiento por todo el trabajo que has hecho por mí.

Rogan prefería su furia o sus lloros a esa cortesía tan artificial, pero no le dejó otra alternativa que responderle amablemente.

—Lo importante es que la inauguración ha sido todo un éxito.

—Sí. —Sus ojos brillaron a la luz de las llamas—. Eso es lo importante. Y si me disculpas, me voy a la cama.

—Por supuesto. Maggie, una última cosa…

—¿Sí?

Se volvió hacia él. Rogan estaba frente al fuego y detrás de él se veían chispas doradas.

—Esta noche yo he estado allí por ti. Tal vez la próxima vez lo recuerdes y sea suficiente para ti.

Maggie no contestó. Rogan sólo pudo oír el crujido de la tela de su vestido a medida que corría por el corredor y escaleras arriba. Luego escuchó el sonido de su puerta al cerrarse.

Rogan se quedó mirando el fuego y vio que un tronco se partía porque una llama lo había atravesado. Salió una bocanada de humo, azuzada por el viento. Rogan continuó observando; una lluvia de chispas cayó sobre la rejilla, se esparció sobre la piedra y parpadeó.

Maggie era, se dio cuenta Rogan al contemplar el fuego, tan caprichosa, temperamental y brillante como esas llamas. Igual de peligrosa y de elemental.

Y él estaba perdidamente enamorado de ella.

10

—¿Qué quieres decir con que se ha ido? —Rogan se levantó como un resorte de su escritorio y le dedicó a Joseph una mirada enfurecida—. Por supuesto que no se ha marchado.

—Te estoy diciendo que se ha ido. Ha venido a la galería a despedirse hace como una hora. —Y metiéndose una mano en un bolsillo sacó un sobre—. Me ha pedido que te dé esto.

Rogan lo cogió y lo dejó sobre su escritorio.

—¿Me estás diciendo que ha vuelto a Clare la mañana siguiente de la inauguración?

—Sí. Y tenía mucha prisa. No tuve tiempo de enseñarle las reseñas de los diarios. —Joseph levantó una mano y empezó a juguetear con el pequeño aro de oro que llevaba en la oreja—. Había reservado una plaza en el vuelo de la mañana a Shannon. Me dijo que sólo tenía un momento para despedirse, así que me deseó suerte, me dio el sobre para ti, me besó en la mejilla y salió corriendo. —Joseph sonrió—. Fue un poco como ser azotado por un pequeño huracán. —Se encogió de hombros—. Lo siento, Rogan. Si hubiera sabido que querías que se quedara, habría tratado de detenerla.

Creo que hubiera fracasado en el intento, pero por lo menos lo habría intentado.

—No importa —dijo Rogan, que volvió a sentarse en su silla, lentamente—. ¿Qué aspecto tenía?

—Impaciente, con prisa, distraída. Como casi siempre. Lo único que me dijo fue que quería volver a su casa y a su trabajo. No estaba seguro de que tú lo supieras, por eso preferí venir y decírtelo en persona. Tengo una reunión con el general Fitzsimmons, así que voy de camino a su casa.

—Muchas gracias. Estaré en la galería hacia las cuatro. Saluda al general de mi parte.

—Bien —contestó Joseph con una sonrisa—. A propósito, ha subido su oferta en cinco mil libras por *Entrega*.

—No está en venta.

Después de que Joseph cerrase la puerta al salir, Rogan cogió el sobre y dejó de lado todo el trabajo que tenía pendiente. El papel color crema que había en la habitación de huéspedes estaba lleno de la bonita y apresurada caligrafía de Maggie.

Querido Rogan:
Me imagino que estarás disgustado porque me he ido repentinamente, pero no he podido evitarlo. Necesito estar en casa y empezar a trabajar de nuevo, y no me voy a disculpar por ello. Estoy segura de que intentarás comunicarte conmigo, pero te advierto de antemano que pretendo ignorarte, por lo menos durante un tiempo. Por favor, despídete de tu abuela de mi parte. Y no me importaría que pensases en mí de vez en cuando.

Maggie

Ah, una cosa más. Te interesará saber que me llevo a casa seis recetas de Julian; así se llama tu chef, por si no lo sabes. Piensa que soy encantadora.

Rogan leyó la carta una vez más antes de ponerla a un lado. Era lo mejor, decidió. Ambos serían más felices y más productivos si los separaba toda Irlanda. Por lo menos él lo sería. Era difícil trabajar teniendo cerca a la mujer de la que estaba enamorado, especialmente cuando ella lo hacía sentirse frustrado en todos los niveles.

Con un poco de suerte, aunque fuera sólo un poco, tal vez aquellos sentimientos que habían crecido dentro de él se sosegarían y se desvanecerían como consecuencia del tiempo y la distancia.

Así que cogió la carta, la dobló nuevamente, la metió en el sobre y la guardó. Estaba contento de que Maggie se hubiera ido y de haber llevado a término exitosamente la primera etapa de sus planes para su carrera. Y contento, también, de que Maggie le hubiera dado tiempo para aclarar sus propios sentimientos, que eran bastante confusos.

Al diablo, pensó. Ya la echaba de menos.

El cielo era del color de un huevo de petirrojo y tan claro como una cascada de montaña. Maggie se sentó en uno de los escalones a la entrada de su casa con los codos sobre las rodillas y sólo respiró. Más allá de la puerta de su jardín y de las fucsias florecidas veía el verde exuberante de los valles y de las colinas. Y más lejos, puesto que el día estaba tan claro, tan brillante, también veía las montañas oscuras.

Se fijó en una urraca que revoloteaba dentro de su campo de visión, apareciendo y desapareciendo detrás del seto. Luego voló en línea recta, alejándose como una flecha, hasta que incluso su sombra se perdió entre el verde.

Una de las vacas de Murphy mugió y otra le contestó. Al fondo se escuchaba un eco que bien podría ser el tractor de su amigo y, más intensamente, un rumor parecido al del mar que provenía de sus hornos, que Maggie había encendido tan pronto como había llegado.

Las flores de su jardín brillaban bajo la luz del sol; las begonias rojas estaban entrelazadas con los tulipanes y los delicados retoños de la espuela de caballero. Podía percibir el aroma a romero y tomillo mezclado con el fuerte perfume de las rosas silvestres que se balanceaban como bailarinas en la suave y dulce brisa. Un móvil que Maggie había hecho con fragmentos de vidrio sonaba musicalmente sobre su cabeza.

Dublín, con sus calles atestadas de gente, parecía estar muy lejos.

En la curva de la carretera que se veía al fondo del valle Maggie divisó una camioneta roja, pequeña y brillante como un juguete, que avanzaba sin pausa. Dobló otra curva, subió la loma y se detuvo frente a una cabaña. En casa para la hora del té, pensó, y suspiró de pura felicidad.

Primero escuchó al perro, su ladrido inconfundible, y luego el crujir de los arbustos que le indicaron que estaba persiguiendo un pájaro. La voz de su hermana flotó en el aire, divertida, indulgente.

—Deja tranquilo al pobre animal, *Con;* perro malo.

El perro ladró de nuevo y momentos después saltó la puerta del jardín. Corrió a saludar a Maggie, feliz, en cuanto la vio.

—Ven aquí —le ordenó Brianna—. ¿Quieres que Maggie llegue a casa y encuentre la puerta hecha un desastre y…? —Se detuvo al ver a su hermana—. No sabía que estabas aquí —dijo, y sonrió y abrió la puerta del jardín para entrar.

—Acabo de llegar —replicó, y pasó los siguientes cuatro minutos dejándose saludar por *Concobar*, que le saltó encima y la lamió hasta que Brianna le ordenó que se sentara. Y se sentó, pero con las patas delanteras sobre los pies de Maggie, como para asegurarse de que se quedara allí.

—Tengo algo de tiempo, así que pensé en pasar a arreglarte el jardín.

—Yo lo veo bien.

—Siempre dices lo mismo. También te he traído un pan que he horneado esta mañana. Iba a guardártelo en la nevera. —Sintiéndose un poco rara, Brianna le pasó la cesta a Maggie. Se dio cuenta de que algo pasaba. Algo detrás de la mirada fría y calmada de su hermana—. ¿Qué tal Dublín?

—Lleno de gente. —Maggie dejó la cesta a su lado sobre el escalón. El aroma era tan tentador que no pudo resistirse, levantó el paño que cubría la cesta y partió un trozo del pan—. Ruidoso. —Dio un pellizquito y se lo lanzó a *Concobar*, que lo atrapó en el aire y se lo tragó sin masticar—. Qué goloso eres, ¿no? —Le lanzó otro trozo y se puso de pie—. Tengo algo para ti, Brie.

Maggie entró en la casa y dejó a Brianna fuera, de pie en la entrada. Cuando salió de nuevo, le entregó una cajita y un sobre marrón.

—No tenías que traerme nada —empezó Brianna, pero se detuvo. Era culpa lo que sentía, se dio cuenta. Y culpable debía sentirse. Aceptándola, abrió la caja—. Oh, Maggie, es precioso. Lo más bonito que he tenido nunca. —Sacó el broche y lo observó a la luz del sol, que lo hacía destellar—. No debiste gastarte tu dinero.

—Es mío, así que puedo gastármelo en lo que quiera —contestó—. Y espero que te lo pongas sobre algo que no sea el delantal.

—No siempre me pongo delantal —dijo Brie llanamente. Volvió a dejar el broche en la caja y se la guardó en el bolsillo—. Gracias, Maggie. Quisiera...

—No has visto qué hay en el sobre. —Sabía lo que quería su hermana, pero no le importaba oírlo. El arrepentimiento por no haber ido a Dublín para la inauguración poco importaba ya.

Brianna escrutó la cara de su hermana y no encontró ninguna señal de indulgencia.

—Está bien. —Abrió el sobre y sacó unas hojas—. Dios mío, oh, Dios. —A pesar de lo brillante y hermoso del broche, no se podía comparar con eso. Ambas lo sabían—. Cuántas recetas... Suflés y postres y, ah, mira este pollo, debe de ser delicioso.

—Lo es. —Maggie sacudió la cabeza ante la reacción de su hermana, casi suspiró—. Lo probé en Dublín. Y esta sopa, las hierbas son el truco, me dijeron.

—¿Dónde las has conseguido? —Brianna se mordió el labio inferior y estudió las hojas escritas a mano como si fueran tesoros de la Antigüedad.

—Me las dio el chef de Rogan. Es francés.

—Recetas de un chef francés… —dijo Brianna con tono reverencial.

—Le prometí que le enviarías el mismo número de recetas tuyas a cambio.

—¿Mis recetas? —Brianna pestañeó como si estuviera saliendo de un sueño—. ¿Por qué? No creo que quiera mis recetas.

—Claro que quiere tus recetas. Puse por las nubes tu estofado irlandés y tu tarta de bayas. Y le di mi solemne palabra de que le enviarías las recetas.

—Bueno, pues se las voy a mandar, pero no me puedo imaginar… Gracias, Maggie. Es un regalo maravilloso. —Brianna dio un paso adelante y abrazó a su hermana, pero la soltó rápidamente, debido a la frialdad de su respuesta—. ¿No vas a contarme cómo fue todo? He estado tratando de imaginármelo, pero no he podido.

—La inauguración estuvo bastante bien. Fue mucha gente. Al parecer Rogan sabe cómo despertar interés. Había una orquesta y camareros vestidos de blanco que servían constantemente champán en copas altas y ofrecían elegantes canapés en bandejas de plata.

—Debió de ser maravilloso. Estoy tan orgullosa de ti…

Los ojos de Maggie se enfriaron.

—¿Lo estás?

—Sabes que sí.

—Sé que te necesitaba allí. Maldita sea, Brie. Necesitaba que estuvieras conmigo.

Con aulló por el grito y pasó la mirada de Maggie a su ama.

—Habría estado allí si hubiera podido.

—Nada te retenía salvo ella. Sólo te pedí una noche de tu vida. Una. No tuve a nadie esa noche. Ni mi familia, ni mis amigos, nadie que me quiera. Y todo porque la escogiste a ella, como siempre. Siempre le das prioridad a ella sobre mí, sobre papá, incluso sobre ti misma.

—No era una cuestión de preferencia.

—Siempre es cuestión de preferencia —contestó Maggie fríamente—. Has permitido que ella ahogue tu corazón, Brianna, de la misma manera que ahogó el de papá.

—Eso es cruel, Maggie.

—Sí, lo es. Ella sería la primera en decirte lo cruel que soy. Cruel, marcada por el pecado y maldecida por el diablo. Bien, pues me alegra ser mala. Sin pensarlo escogería el infierno antes que arrodillarme sobre cenizas y sufrir en silencio deseando el cielo como haces tú. —Maggie dio un paso atrás y puso la mano sobre el picaporte de la puerta—. Bueno, pues disfruté de mi noche sin ti, sin nadie, y estuvo bastante bien. Creo que vendieron varias piezas, así que te daré dinero en unas semanas.

—Siento haberte herido, Maggie. —El orgullo de Brianna le endureció la voz—. No me importa el dinero.

—Pero a mí sí —replicó Maggie cerrando la puerta.

* * *

Nadie la molestó durante tres días. El teléfono no sonó y nadie fue a llamar a su puerta. Incluso si le hubieran llegado citaciones, las habría ignorado. Pasó casi todas sus horas de vigilia en el taller, refinando, perfeccionando, dándoles forma en vidrio a las imágenes que tenía en la cabeza y en su bloc de dibujo.

A pesar de que Rogan había dicho que sus dibujos tenían mucho valor, Maggie los colgó con pinzas de ropa e imanes, lo que hizo que un rincón del taller se pareciera a un cuarto oscuro en donde se estaban secando fotos.

Se había quemado dos veces por la prisa. Una de las quemaduras había sido bastante grave y había tenido que dejar de trabajar para hacerse una cura. Ahora estaba sentada en su silla, convirtiendo cuidadosa y meticulosamente un dibujo de un peto apache en vidrio según su propia visión.

Era un trabajo en el que se sudaba mucho y que exigía una tremenda exactitud. Lograr los colores y las formas que quería significaba hacer cientos de viajes al visor del horno. Pero allí, por lo menos, podía ser paciente.

Llamas blancas y ardientes se asomaron a la puerta abierta del horno y escupieron calor. El exhausto ventilador ronroneaba como un motor para mantener el humo alrededor del vidrio, y fuera de los pulmones de Maggie, y lograr así darle un matiz iridiscente.

Durante dos días Maggie trabajó con productos químicos, mezclando y experimentando como un científico loco hasta que pudo perfeccionar los colores que quería. Cobre para el turquesa profundo, hierro para el denso amarillo dorado, manganeso para el morado azulado real. El rojo, el verdadero color rubí que quería, le había dado muchos problemas, como a cualquier artista del vidrio. Estaba trabajando en él en ese momento, poniendo la sección en medio de dos capas de vidrio transparente.

Había usado cobre otra vez, con agentes reductores en la fundición para asegurar un color puro. A pesar de que era tóxico, y peligroso, incluso bajo condiciones controladas, Maggie había decidido trabajar con cianuro de sodio.

Sopló y giró la primera acumulación de la nueva sección; luego, con mucho cuidado, la arrastró con el hierro. Usó unas pinzas largas para darle al vidrio fundido, que parecía caramelo caliente, una sutil forma de pluma. Las gotas de sudor le caían en el pañuelo de algodón que tenía puesto alrededor de la cabeza a la altura de las cejas. Al terminar con la primera acumulación siguió con la segunda, repitiendo el procedimiento.

Una y otra vez fue a asomarse al visor del horno para recalentar, no sólo para que el vidrio se mantuviera caliente, sino para evitar cualquier presión térmica que pudiera romper algún vaso y el corazón de la artista.

Para evitar quemarse las manos, Maggie echó agua sobre la caña. Sólo la punta tenía que estar caliente. Quería que el peto fuera lo suficientemente delgado para que la luz pudiera filtrarse y reflejarse a través de él. Eso requería viajes adicionales para calentar y trabajo paciente y cuidadoso con herramientas especiales para aplanar y lograr la ligera curva que Maggie veía en su cabeza.

Horas después de haber soplado la primera acumulación, Maggie puso el vaso en el horno e insertó el puntel.

Sólo cuando hubo ajustado la temperatura y el tiempo sintió los calambres en la mano y los nudos en la espalda y el cuello. Y el vacío en el estómago.

Nada de abrir una lata esa noche, decidió. Iba a celebrar su trabajo con una verdadera cena y una cerveza en el pub.

* * *

Maggie no se preguntó por qué después de añorar la soledad ahora tenía ganas de buscar compañía. Había estado en casa durante tres días sin hablar con nadie, salvo con Brianna, pero sólo brevemente y con furia.

En ese momento le pesaba no haber tratado con mayor ahínco de ponerse en el lugar de su hermana. Brianna siempre estaba en medio, la desafortunada segunda hija de un matrimonio fallido. En lugar de saltar al cuello de su hermana, debía haber puesto en perspectiva el exceso de disponibilidad de Brie con su madre. Y debía haberle contado lo que le había dicho Christine Sweeney. Habría sido interesante juzgar la reacción de Brianna al descubrir las noticias sobre el pasado de su madre.

Pero eso tendría que esperar. Ahora quería una hora de compañía sin exigencias con gente que conocía y tomar comida caliente y una cerveza fría. Así se quitaría de la cabeza durante un rato el trabajo que la había absorbido los últimos días y el hecho de que no sabía nada de Rogan todavía.

Era una noche espléndida, así que decidió sacar la bicicleta y recorrer pedaleando los cinco kilómetros que la separaban del pueblo; de esa manera también podría desentumecerse.

Empezaban los largos días del verano. El sol estaba brillante y agradablemente tibio, lo que hacía que los granjeros pasaran más tiempo en sus campos, incluso mucho después de haber cenado. El angosto y tortuoso camino estaba flanqueado por setos, no dejaba espacio para hacerse a un lado y le daba a Maggie la sensación de deslizarse por un largo y fragante túnel. Adelantó a un coche, saludó al conductor con la mano y sintió la brisa que le ondeaba los vaqueros.

Pedaleaba con fuerza, más por el placer de hacerlo que porque tuviera prisa. Salió del túnel de setos hacia la suntuosa belleza del valle. La luz del sol se reflejaba sobre el techo de metal de un granero, lo que la deslumbró. El camino se volvió más suave, aunque no más amplio. Maggie disminuyó la velocidad, sencillamente para disfrutar de la brisa y la tardía luz del sol.

Percibió el olor de la madreselva, de la paja, del césped recién cortado. Su ánimo, irritable e intranquilo desde su llegada, empezó a sosegarse.

Pasó casas que tenían la ropa colgada en cuerdas para que se secara al sol, y vio niños jugando en los jardines; vio castillos en ruinas, aún majestuosos con sus piedras grises y sus leyendas de habitantes fantasmagóricos; eran el testamento de una forma de vida que todavía perduraba.

Tomó una curva y vio un destello, que era el río fluyendo a través de altos pastizales, y se alejó de él y siguió el camino hacia el pueblo.

Las casas eran ahora más amplias y se erigían más cerca unas de otras. Algunas de las más nuevas la hicieron suspirar de desaprobación. Eran de ladrillo, no tenían ninguna gracia para su ojo de artista y por lo general eran de colores monótonos. Sólo los jardines, vívidos y exuberantes, las salvaban de ser feas.

La última curva, bastante larga, la llevó hacia el pueblo. Pasó la carnicería, la farmacia, la pequeña tienda de O'Ryan y el diminuto e impecable hotel que alguna vez había pertenecido a su abuelo.

Maggie se detuvo un momento para examinar el edificio. Trató de imaginarse a su madre aún niña viviendo allí. Una niña encantadora, según lo que había dicho Christine Sweeney, con la voz de un ángel.

Si eso era cierto, ¿por qué había habido tan poca música en su casa? ¿Y por qué, se preguntaba Maggie, nunca se había mencionado el talento de Maeve?

Preguntaría, decidió Maggie. Y no había mejor sitio para hacerlo que O'Malley's. Al dejar la bicicleta en el borde de la acera, Maggie vio a una familia de turistas caminando y grabando un vídeo, encantados de dejar inmortalizado en una cinta ese pintoresco pueblo irlandés.

La mujer llevaba en la mano una pequeña cámara y se reía mientras enfocaba a su marido y a sus dos hijos. Sin quererlo, Maggie entró en su encuadre, así que la mujer levantó la mano y la agitó.

—Buenas noches, señorita.

—Buenas noches.

Para su sorpresa, ni siquiera se rio disimuladamente cuando la mujer le susurró a su marido:

—Qué acento más maravilloso. Pregúntale dónde podemos comer, John. Me encantaría grabarla.

—Señorita, perdón…

El turismo no le iría mal al pueblo, pensó Maggie, así que decidió seguirles el juego.

—¿Les puedo ayudar en algo?

—Si no le importa… Queremos cenar, pero no conocemos ningún sitio en el pueblo. ¿Nos podría recomendar alguno?

—Claro que puedo —dijo, y como parecían tan encantados con ella, acentuó su manera de hablar al estilo de los condados del oeste—. Si quieren algo elegante, podrían conducir durante unos quince minutos por este camino y encontrarán Dromoland Castle, que ofrece cenas dignas de reyes. Su bolsillo va a sufrir, pero sus papilas gustativas estarán en el cielo.

—No vamos vestidos como para una cena elegante —dijo la mujer—. De hecho, lo que queremos es algo sencillo, aquí, en el pueblo.

—Si les apetece comer en un pub —repuso Maggie, guiñándoles un ojo a los dos niños, que la miraban como si se hubiera bajado de un platillo volante de luces intermitentes—, les gustará O'Malley's, estoy segura. Sus patatas fritas son las más sabrosas.

—Hemos llegado esta mañana; venimos de Estados Unidos —explicó la mujer a Maggie—, y me temo que no conocemos todavía las costumbres locales. ¿Se permite la entrada a los niños en los pubs?

—Esto es Irlanda; por supuesto que los niños son bienvenidos en todas partes, absolutamente en todas partes. Mire, ahí está O'Malley's. —Maggie señaló el edificio de una planta de ladrillo y molduras oscuras—. Yo voy allí justamente. Estarán contentos de contar con ustedes para la cena.

—Gracias —replicó el hombre con una sonrisa, mientras los niños se quedaron mirando el sitio y la mujer se retiró la cámara de la cara—. Le daremos una oportunidad.

—Disfruten de la cena y del resto de su viaje. —Maggie dio media vuelta, caminó calle abajo y entró en el pub. La luz era tenue, estaba lleno de humo y olía a cebolla frita y cerveza.

—¿Cómo estás, Tim? —preguntó Maggie al sentarse en la barra.

—Mira quién ha llegado. —Tim le sonrió mientras servía una cerveza Guinness—. ¿Cómo estás, Maggie?

—Bien, pero hambrienta como un oso. —Saludó a una pareja que estaba sentada detrás de ella en una mesa minúscula y a un par de hombres que tomaban cerveza en la barra—. Tim, quiero un sándwich de carne con muchas patatas fritas, y ponme una Harp mientras espero.

Tim se giró y gritó lo que Maggie había pedido hacia la cocina.

—Y bien, ¿cómo te ha ido en Dublín? —preguntó mientras le servía la cerveza.

—Déjame contarte… —comenzó, y poniendo los codos sobre la barra, empezó a describir su viaje a los parroquianos. Mientras hablaba, entró la familia norteamericana y se sentó a una mesa.

—¿Champán y paté de oca? —Tim sacudió la cabeza—. ¿No es increíble? Y todas esas personas que fueron a ver tu vidrio… Tu padre estaría orgulloso de ti, Maggie. Tan orgulloso como un pavo real.

—Eso espero. —Inhaló profundamente el olor del sándwich que Tim le puso delante—. Pero la verdad es que prefiero tu sándwich de carne a una libra de paté de oca.

—Ésta es nuestra chica —respondió Tim riéndose de buena gana.

—Y resulta que la abuela del hombre que me está representando era amiga de mi abuela, la abuela O'Reilly.

—¿En serio? —Con un suspiro, Tim se rascó la panza—. Qué pequeño es el mundo.

—Sí que lo es. —Maggie trató de que su voz sonara normal—. Ella es de Galway y conoció a la abuela cuando eran pequeñas. Se escribieron durante unos años después de que la abuela se mudase aquí, para mantenerse al día de las noticias y en contacto.

—Eso está bien. No hay nada como un viejo amigo.

—La abuela le escribía sobre el hotel y otras cosas, sobre la familia. Le mencionó que mi madre solía cantar.

—Ah, eso fue hace mucho tiempo… —Tratando de recordar, Tim empezó a sacarle brillo a un vaso—. Antes de que tú nacieras. Ahora que lo pienso, ella cantó aquí mismo, en este pub; fue una de sus últimas actuaciones antes de que decidiera dejar de hacerlo.

—¿Aquí? ¿La contrataste para que cantara aquí?

—Sí, así es. Maeve tenía una voz muy dulce. Viajó por todo el país. Prácticamente no la vimos durante casi… humm, más de diez años, tal vez. Luego vino a quedarse un tiempo. Me parece que la señora O'Reilly estaba enferma. Así que le pedí que cantase aquí una o dos noches, aunque el nuestro no fuera un lugar muy apropiado, en comparación con los sitios donde solía cantar, en Dublín, Cork y Donnegal.

—¿Hizo actuaciones profesionales? ¿Durante diez años?

—Humm, no sé si al principio lo hizo mucho. Maeve estaba ansiosa por marcharse. No le gustaba hacer camas en un hotel de un pueblo como el nuestro, y nos lo dejaba claro cada vez que podía —dijo, y parpadeó tratando de quitarle acidez a sus palabras—. Pero le iba bien en la época en que volvió y cantó aquí. Luego ella y Tom... Desde el momento en que Tom entró en el pub y la escuchó cantar, ninguno de los dos tuvo ojos sino para el otro.

—¿Y después de que se casaron —preguntó Maggie con cuidado— ella no volvió a cantar?

—No. No hablaba de eso. La verdad es que ha pasado tanto tiempo que casi lo había olvidado, hasta que lo has mencionado.

Maggie no creía que su madre hubiera olvidado o pudiera olvidar. ¿Cómo se sentiría ella si algún giro de su vida la obligara a dejar su dedicación al arte?, se preguntó. Furiosa, triste, resentida. Bajó la mirada y la fijó en sus manos, pensó cómo sería si no pudiera usarlas de nuevo. ¿En qué se convertiría ella si de pronto, estando a punto de dejar su huella, se lo quitaran todo?

A pesar de que renunciar a su carrera no justificaba todos los amargos años que había tenido que vivir con su madre, por lo menos sí era una razón.

Maggie necesitaba tiempo para reflexionar sobre ello, para hablarlo con Brianna. Empezó a juguetear con su cerveza y trató de unir las piezas de la mujer que había sido su madre con la personalidad de la mujer en la que se había convertido. ¿Cuánto de ambas había heredado ella?, se preguntó Maggie.

—Tienes que comerte ese sándwich —dijo Tim mientras servía otra cerveza—, no analizarlo.

—Ya voy, ya voy. —Y para demostrarlo, le dio un gran mordisco. El pub era cálido y reconfortante. Al día siguiente tendría tiempo suficiente, decidió, para desempolvar viejos sueños—. ¿Me sirves otra cerveza, Tim?

—Por supuesto —contestó, y levantó la mano para saludar a alguien que había entrado—. Vaya, parece que es la noche de los extraños. ¿Dónde has estado, Murphy?

—Echándote de menos —dijo éste, y al ver a Maggie, Murphy sonrió y se sentó junto a ella en la barra—. Espero poder sentarme junto a la famosa del pueblo.

—Supongo que puedo permitírtelo —contestó Maggie—, por lo menos esta vez. Bueno, Murphy, ¿cuándo vas a cortejar a mi hermana?

Ésa era una broma antigua, pero todavía hacía reír a los clientes del pub. Murphy tomó un sorbo de la cerveza de Maggie y suspiró.

—Cielo, ya sabes que en mi corazón sólo hay lugar para ti.

—Sé que eres un sinvergüenza —dijo quitándole su cerveza.

Era un hombre increíblemente guapo, fuerte, bien formado y curtido como un roble por el sol y el viento. Su cabello oscuro se le rizaba sobre el cuello y sobre las orejas y tenía los ojos tan azules como la botella de cobalto que guardaba Maggie en su taller.

No era tan elegante como Rogan, pensó Maggie. Murphy era rudo como un gitano, pero tenía un corazón tan grande y dulce como el valle que tanto amaba. Maggie no tenía un hermano, aunque Murphy casi lo era.

—Me casaré contigo mañana —proclamó Murphy, y todos los presentes, salvo los norteamericanos, que miraban sin entender nada, se desternillaron de risa— si me aceptas.

—Pues puedes descansar tranquilo, porque no acepto a tipos como tú. Pero te daré un beso y haré que lo lamentes. —Maggie fue fiel a su palabra y lo besó larga y teatralmente hasta que se separaron sonriéndose el uno al otro—. Entonces ¿me has echado de menos? —preguntó Maggie.

—Ni una pizca. Sírveme una Guinness, Tim, y lo mismo que nuestra famosa está comiendo —dijo, robándole una patata del plato—. He oído que habías vuelto.

—Ya —respondió, y se le enfrió un poco la voz—. ¿Has visto a Brie?

—No. He oído que habías vuelto —repitió con énfasis—. Tu horno.

—Ah.

—Mi hermana me envió algunos recortes de periódico de Cork.

—Mmmm. ¿Cómo está Mary Ellen?

—Está bien, y también Drew y los chicos. —Murphy metió la mano en un bolsillo, frunció el ceño, y palpó otro—. Ah, aquí está. —Sacó dos recortes de periódico doblados—. «Una mujer de Clare triunfa en Dublín» —leyó en voz alta—. «Margaret Mary Concannon impresionó al mundo del arte en una exposición en la galería Worldwide de Dublín el pasado domingo.»

—Déjame ver eso. —Maggie arrancó el recorte de la mano de Murphy—. «La señorita Concannon, una artista que trabaja el vidrio, generó elogios y cumplidos entre los asistentes a la inauguración de su exposición, por sus dibujos y sus audaces y complejas esculturas. La artista misma es diminuta...» ¿Diminuta? ¡Bah! —desaprobó Maggie.

—Devuélvemelo —le exigió Murphy, que le quitó el recorte y continuó leyendo en voz alta—. «Una diminuta joven de excepcional talento y belleza.» Ja, ésa eres tú —añadió Murphy, burlándose de Maggie—. «La pelirroja de ojos verdes, tez de marfil y considerable encanto le pareció tan fascinante a este amante del arte como su trabajo. Worldwide, una de las galerías más prestigiosas del mundo, se considera afortunada de poder exponer la obra de Concannon. "Creo que la señorita Concannon apenas está empezando a explotar su creatividad", declaró Rogan Sweeney, presidente de Worldwide. Y continuó: "Es un privilegio para nosotros atraer la atención del mundo sobre la obra de una artista con tanto talento".»

—¿Dijo eso? —Maggie trató de nuevo de arrebatarle el recorte a Murphy, pero él lo sostuvo fuera de su alcance.

—Sí, eso dijo. Está aquí, en letras de molde. Ahora déjame terminar, que la gente quiere oír. —Era cierto que el pub se había quedado en silencio. Todos los ojos estaban clavados en Murphy, pendientes del final de la reseña—. «Worldwide se llevará de gira varias piezas de Concannon durante el próximo año y se quedará con otras, seleccionadas personalmente por la artista y el señor Sweeney, que formarán parte de su colección permanente, la cual puede visitarse en la galería de Dublín.» —Satisfecho, Murphy puso el recorte sobre la barra; Tim se inclinó para verlo—. Y hay fotos de Maggie —añadió, desdoblando el segundo recorte— con su tez de marfil y algunas de sus sofisticadas piezas. ¿No tienes nada que decir, Maggie?

Ella dejó escapar un largo suspiro y se pasó las manos por el pelo.

—Supongo que «un trago para todos mis amigos».

—Estás muy callada, Maggie Mae.

Maggie sonrió al escuchar el sobrenombre con el que su padre solía llamarla. Estaba más que cómoda dentro de la camioneta de Murphy, con su bicicleta en la parte trasera y el motor ronroneando como un gato satisfecho, al igual que todas las máquinas de Murphy.

—Estaba pensando que estoy un poco borracha, Murphy. —Se estiró y suspiró—. Y que me encanta la sensación.

—Pues te lo mereces. —Maggie estaba más que un poco borracha, razón por la cual Murphy había montado la bicicleta en la camioneta antes de que ella pudiera empezar a discutir—. Todos estamos muy orgullosos de ti, y en lo que a mí respecta, de ahora en adelante miraré con más respeto esa botella que me hiciste un día.

—Es un florero, ya te lo he dicho, no una botella. Tienes que poner en él flores silvestres o ramas bonitas.

Murphy no podía entender por qué alguien querría meter flores en una casa, teniéndolas todas fuera.

—¿Entonces te vas a ir a Dublín?

—No sé, no durante un tiempo, por lo menos. Allí no puedo trabajar, y trabajar es lo que quiero hacer ahora. —Frunció el ceño ante una hiniesta caída que la luna empezaba a iluminar—. ¿Sabes? Rogan nunca actuó como si fuera un privilegio.

—¿Cómo es eso?

—Siempre era yo la que tenía que sentirme agradecida porque él había decidido echarle un segundo vistazo a mi trabajo. El grandioso y poderoso Sweeney dándole al pobre artista luchador la oportunidad de conseguir fama y fortuna. ¿Acaso pedí fama y fortuna, Murphy? Eso es lo que quiero saber. ¿Lo pedí?

Murphy conocía bien ese tono beligerante, a la defensiva, así que contestó con cautela:

—No sabría decirte, Maggie. Pero ¿no quieres ser rica y famosa?

—Claro que quiero. ¿Acaso crees que soy imbécil? No, claro que no. Pero nunca le pedí ni una sola cosa, excepto al principio, cuando le dije que me dejara en paz. ¿Y lo hizo? ¡Ja! —Cruzó los brazos sobre el pecho—. Pues claro que no. Me tentó, Murphy, y ni el mismísimo diablo podría haber sido más astuto y convincente. Y ahora estoy atrapada, y no hay marcha atrás.

Murphy frunció los labios y aparcó suavemente ante la puerta de Maggie.

—Y bien, ¿querrías dar marcha atrás?

—No. Pero eso es lo peor de todo. Quiero exactamente lo que él dice que puedo tener, y lo quiero tanto que me duele el corazón. Pero no quiero que cambien las cosas, eso es lo malo del asunto. Quiero que me dejen en paz para trabajar, pensar y simplemente estar. Pero no sé si puedo tenerlo todo.

—Tú puedes tener lo que quieras, Maggie. Eres demasiado cabezota como para conformarte con menos.

Maggie se rio y le dio un beso brusco.

—Te quiero, Murphy. ¿Por qué no vienes conmigo al campo para que bailemos a la luz de la luna?

Él sonrió y le acarició el pelo.

—¿Por qué no te bajo la bicicleta y te meto en la cama?

—Eso puedo hacerlo yo misma. —Iba a bajar la bicicleta, pero Murphy fue más rápido y se la puso en la carretera—. Gracias por traerme a casa, señor Muldoon.

—Ha sido un placer, señorita Concannon. Ahora vete a la cama.

Maggie pedaleó a través de la puerta de su jardín y oyó que Murphy empezaba a cantar. Escuchó su bonita y fuerte voz de tenor alejarse y desvanecerse en la noche:

—Sola en la orilla que bañan las olas. Completamente sola en un salón concurrido. El salón está animado y las olas son grandiosas, pero mi corazón no está allí realmente.

Maggie sonrió ligeramente y terminó la canción en la cabeza: «Vuela lejos, de día y de noche, hacia los tiempos y las alegrías que se han ido».

Sabía que la canción era *Slievenamon*, «Mujer de la montaña». Desde luego ella no estaba de pie sobre una montaña, aunque entendía bien el espíritu de la tonada. La sala de exposiciones de Dublín había estado animada, y, sin embargo, su corazón no se encontraba allí, y ella había estado sola. Completamente sola.

Llevó la bicicleta hasta la parte trasera de la casa, pero en lugar de entrar, se alejó. Era cierto que estaba un poco mareada y no se sentía muy estable sobre sus pies, pero no quería desperdiciar una noche así en la cama. Sola en la cama.

Y ebria o sobria, de día o de noche, era capaz de encontrar el camino en la tierra que una vez había sido suya. Oyó el ulular de un búho y el crujido de algo que estaba cazando o escondiéndose en los altos pastizales más hacia el este. Sobre su cabeza, la luna, casi llena, resplandecía como un faro en un mar de estrellas. La noche susurraba a su alrededor, en secreto. Un arroyo hacia el oeste murmuraba en respuesta.

Eso era parte de lo que quería. Lo que necesitaba tanto como respirar era el placer de la soledad. Tener los verdes campos fluyendo a su alrededor, brillando a la luz de la luna y las estrellas, con una difusa luz a lo lejos, que era la lámpara de la cocina de Murphy.

Recordó haber caminado hasta allí con su padre cuando era pequeña, con su mano de niña apretada cálidamente contra la de él. No le había hablado de sembrar ni cosechar, sino de sueños. Su padre siempre había hablado de sueños. Pero en realidad nunca había encontrado los suyos.

Pero más triste aún, pensó, era que estaba empezando a ver que su madre había encontrado los suyos, sólo para perderlos después.

¿Cómo sería, se preguntó, tener lo que uno quiere al alcance de la mano y luego ver cómo se escurre entre los dedos? Para siempre. ¿Y no era a eso precisamente a lo que ella le tenía tanto miedo?

Se acostó boca arriba sobre el césped; la cabeza le daba vueltas de tanto alcohol y demasiados sueños. Las estrellas giraban en un baile de ángeles, y la luna, brillante como una moneda de plata, la miraba desde lo alto. El aire se endulzó por el canto de un ruiseñor. Y la noche era toda suya, sólo de ella.

Sonrió, cerró los ojos y se durmió.

11

Fue una vaca lo que la despertó. Sus grandes y acuosos ojos examinaron el bulto durmiente acurrucado entre el pasto. Como las vacas no piensan mucho, salvo en comer y que las ordeñen, ésta en particular sólo olisqueó a Maggie en la cara un par de veces, mugió y luego se dedicó a pastar a su lado.

—Dios, ten piedad de mí. ¿Qué es ese ruido?

Con la cabeza retumbándole como un enorme tambor de orquesta, Maggie se volvió hacia un lado y se tropezó con una de las patas delanteras de la vaca; entonces abrió los ojos, que tenía legañosos y enrojecidos.

—¡Dios santo!

El grito de Maggie reverberó dentro de su cabeza como un gong, y tuvo que llevarse las manos a las orejas, porque sintió como si le fueran a explotar. La vaca, estupefacta como ella misma, mugió y entornó los ojos.

—¿Qué estás haciendo aquí? —Sosteniéndose firmemente la cabeza, logró arrodillarse—. ¿Qué estoy haciendo yo aquí? —Como había quedado a la altura de la cabeza de la vaca, se miraron a los ojos la una a la otra con incredulidad—. He debido de quedarme dormida, ay. —Como defensa contra la terrible resaca, se llevó las manos de las orejas a los ojos—. Ay, la penitencia por tomarme un trago de más. Tan sólo me voy a sentar un momento aquí, si no te importa, mientras reúno fuerzas para levantarme.

Después de entornar los ojos nuevamente, la vaca siguió pastando.

La mañana estaba clara y tibia, llena de sonidos. Dentro de la cabeza dolorida de Maggie retumbaban el zumbido de un tractor, el ladrido de los perros y el canto de los pájaros. La boca le sabía como si hubiera comido carbón y tenía la ropa empapada por el rocío de la mañana.

—Pues está muy bien pasar la noche a la intemperie como un vagabundo borracho.

Finalmente pudo levantarse, se tambaleó una vez y se quejó. La vaca movió la cola, como demostrando compasión. Maggie se desperezó con cuidado y cuando dejaron de crujirle los huesos, estiró el resto del cuerpo para librarse del entumecimiento y echó una mirada alrededor por el campo.

Más vacas que no tenían ningún interés en su visitante humana, sólo pastaban. En el terreno contiguo se veía el círculo de piedras tan antiguas como el aire que los locales llamaban Druid's Mark. Se acordó entonces de haberle deseado buenas noches a Murphy y haberse dirigido al campo, bajo la luna, con la canción de su amigo rondándole en la cabeza. Y los sueños que había tenido al dormir bajo la luz plateada la asaltaron de nuevo, tan vívidamente, tan impactantes, que olvidó que le dolía la cabeza y que tenía agarrotadas las articulaciones.

La luna, resplandeciente de luz, palpitaba como un corazón, inundando el cielo y la tierra con una fría luz blanca. Luego se había incendiado, estaba caliente como una antorcha hasta que llovió colores, sangró azules, rojos y dorados tan hermosos que, incluso estando dormida, la hicieron llorar.

Entonces Maggie se había puesto de pie y se había estirado hacia arriba y más arriba y más, hasta que había podido tocar la luna. La sintió suave, sólida y fría cuando la acunó entre sus manos. Y se había visto a sí misma en la esfera de plata, y en lo profundo, en algún lugar muy, muy profundo, entre los colores que nadaban en la luna, estaba su corazón.

La visión le daba vueltas en la cabeza; era mucho más que un efecto de la resaca. Impulsada por ella, corrió por el campo, hacia el taller, dejando a las vacas con su pastar y la mañana con el canto de los pájaros.

En menos de una hora Maggie estaba ya en el taller, desesperada por convertir en realidad su visión. No necesitaba dibujarla, pues tenía la imagen grabada en la cabeza. No había comido nada, pero no necesitaba hacerlo. Con la emoción del descubrimiento centelleando sobre ella como una capa, hizo la primera acumulación. Luego la suavizó en el mármol para enfriarla y centrarla. Después empezó a soplarla.

Cuando estuvo caliente y maleable de nuevo, Maggie pasó la burbuja sobre colorantes en polvo. Luego la puso al fuego otra vez hasta que el color se derritió entre la piel del vaso.

Repitió el proceso una y otra vez, añadiendo vidrio, fuego, aliento, color. Dándole vueltas a la vara tanto contra como con la gravedad, suavizó la esfera brillante con unas palas para que no perdiera la forma.

Una vez que hubo transferido el vaso de la caña al puntel, lo puso a alta temperatura. Luego sostuvo un palo húmedo muy cerca de la boca de la pieza, para que la presión del vapor agrandara la forma.

Toda su energía se concentró en ello. Sabía que el agua del palo se evaporaría. La presión podía romper las paredes del vaso. En ese momento, pensó, necesitaría a un ayudante, otro par de manos que le pasara las herramientas o que le hiciera otra acumulación de vidrio, pero nunca había contratado a nadie. Empezó a refunfuñar puesto que se vio obligada a hacer los viajes ella misma, de vuelta al horno, de vuelta a los colorantes, de vuelta a la silla.

El sol se alzó más alto en el cielo, derramando sus rayos por las ventanas del taller y coronando a Maggie con una aureola de luz. Así fue como la encontró Rogan cuando abrió la puerta. Estaba sentada en la silla con una bola de color fundido bajo las manos y la luz del sol rodeándola. Maggie lo vio de reojo.

—Quítate ese maldito abrigo y la corbata y ven aquí, necesito tus manos.

—¿Qué?

—Necesito tus manos, maldita sea. Haz exactamente lo que te digo y no me hables.

Rogan no estaba seguro de poder. Por lo general no lo pillaban por sorpresa, pero en ese momento, con la oleada de calor y el resplandor del sol, Maggie parecía una fiera diosa creando nuevos mundos. Soltó a un lado su maletín y se quitó el abrigo.

—Sujeta esto firmemente —dijo Maggie en cuanto se levantó de la silla— y dale vueltas al puntel igual que yo. ¿Ves? Lenta y constantemente, sin hacer pausas o temblar o tendré que matarte. Necesito una gota de vidrio.

Rogan estaba tan estupefacto de que ella confiara en él tratándose de su trabajo que se sentó en la silla sin decir ni una palabra. Sintió la caña tibia entre sus manos; era más pesada de lo que se había imaginado. Maggie mantuvo la suya sobre la de Rogan hasta que sintió que él había cogido el ritmo.

—No te detengas —advirtió—. Créeme cuando te digo que tu vida depende de ello.

Rogan no dudó que así fuera. Maggie fue hasta el horno, acumuló una gota y volvió.

—¿Has visto cómo he hecho eso? No hay mucho misterio en esa parte. Quiero que lo hagas tú la próxima vez. —Cuando la pared se hubo suavizado, Maggie cogió una herramienta y empujó dentro del vidrio—. Ahora hazlo tú. —Maggie agarró la caña de Rogan y continuó trabajando con ella—. Puedo cortar si acumulas demasiado.

El calor del horno dejó sin aliento a Rogan. Hundió la caña, siguiendo las instrucciones de Maggie, y le dio vueltas bajo la fundición. Vio el vidrio acumularse y pegarse, como lágrimas calientes.

—Pásame el vidrio por detrás del banco y a la derecha. —Anticipándose, le arrebató el mango y tomó el control del puntel a pesar de que Rogan lo tenía dirigido hacia ella.

Maggie repitió el proceso, sacando chispas de la cera, uniendo vidrio con vidrio, color con color. Cuando se sintió satisfecha con el diseño interior, volvió a soplar dentro del vaso, convirtiéndolo en una esfera nuevamente, dándole forma con aire.

Lo que vio Rogan fue un círculo perfecto del tamaño de un balón de fútbol. En el interior del orbe de vidrio transparente había una explosión de colores y formas, sangraba y palpitaba con ellos. Si hubiera sido un hombre soñador, habría dicho que parecía que el vidrio tenía vida y respiraba como él mismo. Los colores giraban increíblemente vívidos en el centro para después fluir hacia las tonalidades más delicadas al seguir hacia las paredes.

«Sueños —pensó Rogan—. Es un círculo de sueños».

—Dame la lima —dijo Maggie de pronto.

—¿La qué?

—La lima. ¡Venga! —exclamó, y se dirigió al banco, que estaba recubierto de material ignífugo.

Apuntaló el puntel a una vara de madera y extendió la mano como si fuera un cirujano pidiendo un escalpelo. Rogan le pasó la lima.

Entonces Rogan pudo escuchar la respiración constante de ella, respirar, pausa, respirar, al tiempo que pegaba la lima al vidrio. Golpeó el puntel. Y la bola rodó cómodamente sobre el banco.

—Guantes —ordenó—. Los pesados que están junto a mi silla. ¡Deprisa!

Se puso los guantes con los ojos clavados a la bola. Ay, cómo quería sostenerla, acunarla en sus manos desnudas como había hecho en su sueño. Pero, en cambio, escogió un tenedor de metal cubierto de asbesto y llevó la esfera hacia el horno. Dispuso el temporizador y se quedó un minuto allí de pie, mirando hacia el vacío.

—Es la luna —dijo suavemente—. Controla las mareas del mar, las nuestras. Cazamos según ella, sembramos según ella y dormimos según ella. Y, si tenemos suerte, podemos sostenerla entre las manos y soñar según ella.

—¿Cómo vas a llamarla?

—No va a tener nombre. Cada cual verá en ella lo que más quiera. —Y como si saliera de un sueño, se llevó las manos a la cabeza—. Estoy exhausta —afirmó, y caminó cansinamente hacia su silla, se sentó y dejó caer la cabeza hacia atrás.

Estaba pálida como la leche y había perdido el brillo de energía que la cubría cuando estaba trabajando.

—¿Has trabajado toda la noche otra vez?

—No. Anoche dormí —respondió Maggie sonriendo para sí—, en los campos de Murphy, bajo la luz de la luna.

—¿Has dormido a la intemperie?

—Estaba borracha. —Bostezó, se rio y abrió los ojos—. Bueno, sólo un poco. Fue una noche espléndida.

—¿Y quién es Murphy? —preguntó Rogan acercándose a ella.

—Un hombre que conozco y que se habría sorprendido si me hubiera encontrado dormida en sus tierras. ¿Me pasas algo de beber? —Maggie se rio cuando Rogan levantó una ceja—. Un refresco, por favor. Mira, allí está la nevera. Y saca otro para ti, si quieres... Eres un buen ayudante, Sweeney.

—Me alegro —respondió al tomar las palabras de Maggie como un cumplido. Mientras ella tamborileaba con los dedos en la lata que Rogan le había pasado, él examinó la habitación. Se notaba que no había estado desocupada, puesto que tenía varias piezas nuevas diseminadas por ahí; eran su interpretación de la exposición de arte indígena norteamericano. Se acercó a un plato poco profundo de bordes gruesos que estaba decorado con colores intensos—. Bonita pieza.

—Mmmm. Es un experimento que ha resultado bien. Combiné vidrio opaco con transparente. —Bostezó otra vez, ampliamente—. Luego ahumé el plato con metal.

—¿Ahumar con metal...? No importa —dijo cuando vio que ella le iba a dar una complicada explicación del proceso—. Probablemente no voy a entender de qué me estás hablando. La química nunca ha sido mi fuerte. Sencillamente disfrutaré del resultado final.

—Se supone que debes decir que es fascinante, como yo.

Rogan se volvió para mirarla e hizo una mueca con los labios.

—Has estado leyendo tus reseñas, ¿no? Que Dios nos ayude ahora. ¿Por qué no vas a descansar un rato? Hablaremos más tarde. Te invito a cenar.

—No has venido hasta aquí sólo para llevarme a cenar.

—Lo disfrutaría de todas maneras.

Había algo diferente en él, pensó Maggie. Un sutil cambio bajo esos ojos encantadores. Fuera lo que fuera, Rogan lo tenía bien controlado. Pero un par de horas con ella arreglaría eso, concluyó, y le sonrió.

—Vamos a casa. Podemos tomar el té y comer algo. Entonces me podrás contar por qué has venido.

—Para verte, antes que nada.

Algo en su tono le dijo que tenía que aguzar sus adormilados sentidos.

—Pues ya me has visto.

—Sí, así es. —Cogió su maletín y abrió la puerta—. Me vendría bien ese té.

—Bueno, puedes prepararlo tú mismo. —Maggie echó un vistazo hacia dentro sobre su hombro al salir—. Si es que sabes.

—Creo que podré hacerlo. Tu jardín está precioso.

—Brie lo arregló mientras estuve fuera. ¿Qué es esto? —preguntó al tropezar con una caja de cartón que estaba en la puerta trasera.

—Algunas cosas que he traído. Tus zapatos, por ejemplo; te los dejaste en la sala.

Rogan le pasó su maletín a Maggie y metió la caja en la cocina. Después de dejarla sobre la mesa, miró a su alrededor.

—¿Dónde está el té?

—En la alacena que hay sobre el horno.

Mientras él se puso a preparar el té, Maggie abrió la caja. Momentos después estaba sentada desternillada de la risa.

—Nunca te olvidas de nada, Rogan. Si nunca contesto al teléfono, ¿por qué habría de prestar atención a un estúpido contestador?

—Porque te mataré si no lo haces.

—Ah, claro. —Se levantó y sacó de la caja un calendario de pared—. Impresionistas franceses —murmuró examinando las ilustraciones que adornaban cada mes—. Bueno, por lo menos es bonito.

—Úsalo —dijo, y puso la tetera al fuego—, y usa el contestador, y esto… —añadió, y sacó de la caja un estuche largo de terciopelo. Sin ninguna ceremonia, lo abrió y extrajo un pequeño reloj de oro con la esfera ambarina rodeada de diamantes.

—Dios santo, yo no puedo usar este reloj. Es un reloj de mujer. Puede que me olvide de que lo llevo puesto y me bañe con él.

—Es resistente al agua.

—Se me va a romper.

—Entonces te compraré otro. —La tomó del brazo y empezó a desabotonarle la manga de la camisa—. ¿Qué diablos es esto? —Se alarmó cuando vio la quemadura—. ¿Qué te ha pasado?

—Es sólo una quemadura. —Todavía estaba examinando el reloj, así que no vio la furia en los ojos de Rogan—. No tuve mucho cuidado.

—Maldita sea, Maggie, no tienes derecho a ser descuidada. Ningún derecho. ¿Acaso tengo que empezar a preocuparme de que te vayas a prender fuego?

—No seas ridículo. ¿Es que crees que lo hice a propósito? —Hubiera retirado la mano, pero él la tenía agarrada firmemente—. Rogan, por Dios, una persona que trabaja con vidrio se quema de vez en cuando, no es grave.

—Claro que no —contestó serio, y trató de apaciguar la rabia que sentía por el descuido de Maggie; entonces le puso el reloj en la muñeca—. No quiero volver a oír que no has tenido cuidado —añadió, soltándole la mano y metiéndose la suya en el bolsillo—. No es grave, entonces.

—No. —Maggie lo miró cansinamente cuando fue a retirar la tetera del fuego—. ¿Preparo unos sándwiches?

—Como quieras.

—No me has dicho cuánto tiempo te vas a quedar.

—Regreso esta noche. Sólo quería hablar contigo en persona en lugar de por teléfono. —Terminó de preparar el té y se sintió de nuevo al mando. Llevó la tetera a la mesa—. Te he traído los recortes que le pediste a mi abuela.

—Ah, los recortes… —Maggie miró hacia el maletín de Rogan—. Qué amable por parte de tu abuela haberse acordado. Los leeré después. —Cuando estuviera sola, pensó.

—Bueno, y hay otra cosa que quería darte en persona.

—Algo más… —Cortó unas rebanadas del pan de Brianna—. Día de regalos.

—Esto no es exactamente un regalo —replicó Rogan. Abrió el maletín y sacó un sobre—. Tal vez quieras abrirlo ahora.

—Está bien. —Se sacudió las manos y rasgó el sobre. Tuvo que agarrarse al respaldo de la silla para no desmayarse al leer la cantidad reflejada en el cheque—. Santa María, madre de Dios.

—Vendimos todas las piezas a las que les habíamos puesto precio. —Más que satisfecho por su reacción, la vio desplomarse en la silla—. Diría que la inauguración fue bastante exitosa.

—Todas las piezas… —repitió Maggie—. Por tanto dinero… —Pensó en la luna, en sueños, en cambios. Sintiéndose débil, puso la cabeza sobre la mesa—. No puedo respirar. Se me han cerrado los pulmones. —Y era verdad que apenas podía hablar—. Me he quedado sin aliento…

—Claro que puedes. —Rogan se levantó, se colocó detrás de ella y le dio un masaje en los hombros—. Dentro y fuera, date un minuto para calmarte.

—Son casi doscientas mil libras.

—Bastante cerca. Con el interés que generemos a partir de la gira de tu obra, y sólo vendiendo algunas piezas, podremos incrementar el precio. —El sonido ahogado que emitió Maggie lo hizo reír—. Dentro, fuera, Maggie. Sólo aspira y luego espira… Haré las gestiones necesarias para mandar las piezas nuevas que has terminado. La gira será en otoño, ya que has acabado tantas piezas. Tal vez quieras tomarte un tiempo libre y divertirte. Irte de vacaciones.

—Vacaciones —repitió ella incorporándose—. No puedo pensar en eso ahora. De hecho, no puedo pensar en nada.

—Tienes tiempo. —Le acarició la cabeza y luego pasó a su lado para servir el té—. Entonces, ¿cenas conmigo esta noche para celebrarlo?

—Sí —murmuró—. No sé qué decir, Rogan. Nunca creí que fuera posible… Simplemente no creía… —Se llevó las manos a la boca. Durante un momento, Rogan temió que fuera a empezar a llorar, pero fue risa lo que salió de su boca, jubilosa y salvaje, que explotó en carcajadas—. ¡Soy rica! ¡Soy una mujer rica, Rogan Sweeney! —Saltó hacia él, lo besó y dio vueltas alrededor de la cocina—. Oh, ya sé que esto es una nimiedad para ti, pero para mí, Rogan, para mí es la libertad. Se rompieron las cadenas, quiera ella o no.

—¿De qué estás hablando?

Maggie sacudió la cabeza, pensando en Brianna.

—De sueños, Rogan, sueños maravillosos. Ay, tengo que ir a contárselo, ahora mismo. —Le arrebató el cheque de la mano y se lo guardó instintivamente en el bolsillo trasero de los pantalones—. Por favor, quédate. Tómate el té, prepara algo de comer, usa el teléfono que tanto adoras, lo que quieras, pero quédate.

—¿Adónde vas?

—No tardaré —contestó, y sintió como si tuviera alas en los pies cuando volvió a donde él estaba para besarlo, pero con la prisa no atinó en los labios, así que le plantó el beso en la barbilla—. No te vayas —repitió, salió corriendo y atravesó el campo.

Maggie resollaba como un tren de vapor cuando se subió a la cerca de piedra que limitaba el terreno de Brianna. Pero ya estaba sin aliento antes de empezar a correr. Por poco pisó los pensamientos de su hermana, un pecado que hubiera tenido que pagar caro, y casi se resbaló cuando pasó por el camino de piedra que conducía a la casa atravesando un parterre.

Tomó aire para gritar, pero se ahorró el esfuerzo al ver a Brianna más allá, en el jardín, tendiendo la ropa de cama en las cuerdas. Con pinzas en la boca y sábanas mojadas en la mano, Brianna vio a Maggie entre margaritas y rosas, con la mano en el corazón. Sin decir nada, Brianna extendió con pericia la sábana y empezó a ponerle las pinzas para sostenerla en la cuerda.

Maggie se dio cuenta de que todavía el rostro de su hermana reflejaba dolor. Y rabia. Todo ello enfriado con la mezcla especial de Brianna de orgullo y control. El perro empezó a ladrar feliz y salió a correr para saludar a Maggie, pero se detuvo ante la queda orden de Brianna. Miró apesadumbradamente a Maggie y regresó a los pies de su ama, que sacó otra sábana de la cesta que tenía en el suelo y la extendió y la colgó.

—Hola, Maggie.

El viento sopló frío desde su lado, pensó Maggie, y se metió las manos en los bolsillos traseros del pantalón.

—Hola, Brianna. ¿Tienes huéspedes?

—Sí. Estamos al completo en este momento. Hay una pareja de norteamericanos, una familia inglesa y un joven belga.

—Casi las Naciones Unidas —dijo, y respiró profundamente—. Tienes una tarta en el horno.

—Tengo varias enfriándose en el marco de la ventana. —Puesto que no le gustaban las confrontaciones de ningún tipo, Brianna mantuvo los ojos fijos en su tarea mientras hablaba—. He pensando sobre lo que me dijiste, Maggie, y quiero decirte que lo siento. Debí haber estado allí por ti. Debí haber encontrado la manera de ir.

—¿Y por qué no lo hiciste?

Brianna respiró profundamente, su única señal de perturbación.

—Nunca pones las cosas fáciles, ¿no?

—No.

—Tengo obligaciones… No sólo con ella —dijo Brianna antes de que Maggie pudiera hablar—, sino con este hotel. Tú no eres la única que tiene ambiciones o sueños.

Las palabras ardientes que le quemaban la lengua a Maggie se enfriaron y se desvanecieron. Se volvió para examinar la casa. La pintura estaba fresca y blanca; las ventanas, abiertas para que entrara la tarde soleada, resplandecían. Cortinas de encaje bailaban al viento, tan románticas como el velo de una novia. Las flores poblaban el jardín y se derramaban de macetas y vasijas.

—Has hecho muy buen trabajo aquí, Brianna. Tendrías la total aprobación de la abuela.

—Pero no la tuya.

—Te equivocas. —Tratando de disculparse, Maggie puso una mano sobre el brazo de su hermana—. No digo que entienda cómo lo haces o por qué quieres hacerlo, pero no es de mi incumbencia. Si este lugar es tu sueño, Brie, lo has hecho resplandecer. Siento haberte gritado.

—Bah, estoy acostumbrada a eso. —A pesar del tono de resignación, estaba claro que se había relajado—. Si esperas a que termine con esto, pondré a hacer el té y lo tomaremos con un bizcocho.

El estómago vacío de Maggie respondió al ofrecimiento con ansiedad, pero ella negó con la cabeza.

—No tengo tiempo. He dejado a Rogan en casa.

—¿Lo has dejado allí? Tenías que haberlo traído contigo. Uno no puede dejar así como así a un huésped solo en una casa.

—Él no es un huésped, es... Bueno, no sé cómo lo llamaríamos, pero no importa. Quiero enseñarte algo.

Aunque su concepto de las buenas maneras se sintió ofendido, Brianna cogió la última funda y la colgó.

—Está bien, enséñame lo que sea. Y luego vuelve a casa con Rogan. Si no tienes qué darle de comer, tráelo aquí. El hombre viene desde Dublín y tú...

—Deja ya de preocuparte por Sweeney —la cortó Maggie impacientemente, y sacó el cheque del bolsillo— y mira esto.

Con una mano sobre la cuerda, Brianna observó el papel. Abrió la boca de par en par y se le cayó la pinza. La funda flotó al viento.

—¿Qué es esto?

—Es un cheque, ¿estás ciega? Un hermoso y sustancioso cheque. Lo ha vendido todo, Brie. Todo lo que puso a la venta.

Brianna no podía sino ver todos los ceros.

—¿Por tanto dinero? ¿Cómo puede ser?

—Soy un genio. —Maggie agarró a Brianna de los hombros y empezó a bailar con ella—. ¿No has leído mis reseñas? Tengo una profunda creatividad que todavía debe aflorar. —Riéndose, arrastró a su hermana a una especie de danza tribal—. Ah, y hay algo con respecto a mi alma y mi sexualidad. No me lo he aprendido de memoria.

—Maggie, espera, la cabeza me da vueltas.

—Déjala. Somos ricas, ¿no lo ves? —Se tiraron al suelo juntas, Maggie riéndose y *Con* saltando frenéticamente alrededor de ellas—. Ahora puedo comprar ese torno de vidrio que quiero y tú puedes comprar esa cocina nueva que has estado tratando de hacerme creer que no necesitas. Y nos iremos de vacaciones. A cualquier parte del mundo, cualquiera que queramos. Me voy a comprar una cama nueva. —Se puso de rodillas otra vez para jugar con *Con*—. Y tú puedes construir una nueva ala en el hotel, si quieres.

—No puedo asimilar la noticia, no puedo.

—Compraremos una casa, del tipo que ella quiera. Y contrataremos a alguien para que la atienda —dijo al tiempo que seguía jugando con el perro.

Brianna cerró los ojos y luchó contra la primera llamarada de culpa.

—Puede que ella no quiera…

—Se hará como ella quiera. Escúchame. —Maggie tomó una de las manos de Brianna y la apretó—. Ella se va a ir, Brie. Y nos encargaremos de que la cuiden bien. Tendrá todo lo que quiera. Mañana iremos a hablar con Pat O'Shea, de Ennis, el que vende casas. Le compraremos una buena casa, tan grande como podamos, y lo más rápido posible. Le prometí a papá que iba a cuidar de vosotras y eso es lo que voy a hacer.

—¿No tenéis ninguna consideración? —gritó entonces Maeve, que apareció en el camino de piedra del jardín con un chal alrededor de los hombros a pesar del calor del sol. El vestido que llevaba puesto había sido almidonado y planchado por Brianna, Maggie estaba segura de ello—. Vosotras aquí fuera chillando y riéndoos mientras yo intento descansar. —Se ajustó el chal y apuntó con un dedo a su hija menor—. Levántate del suelo. ¿Qué te pasa? Comportándote como un muchacho adolescente sin acordarte de que tienes huéspedes en la casa…

Brianna se levantó con rigidez y se sacudió los pantalones.

—Hace un día muy bonito. Tal vez quieras sentarte al sol un rato.

—Sí, quizá. Y llama a ese perro espantoso.

—Siéntate, *Con*. —Con un gesto protector, Brianna puso una mano en la cabeza del perro—. ¿Quieres que te traiga un té?

—Sí. Y prepáralo bien esta vez —dijo Maeve acercándose a la mesa con sillas que Brianna había puesto en el jardín—. Ese muchacho, el belga, ha armado un escándalo por las escaleras dos veces hoy. Vas a tener que decirle que deje de hacer tanto ruido. Eso es lo que pasa cuando los padres dejan que sus hijos vagabundeen por todo el país.

—Te traeré el té enseguida. Maggie, ¿te vas a quedar?

—No a tomar el té, pero quiero hablar con mamá un minuto —respondió, y lanzó a su hermana una mirada fulminante para evitar cualquier discusión—. ¿Puedes estar lista a las diez para ir a Ennis, Brie?

—Yo… Sí, a las diez estaré lista.

—¿Qué es esto? —preguntó Maeve a Maggie cuando Brianna se iba hacia la cocina—. ¿Qué estáis planeando?

—Tu futuro. —Maggie se sentó en una silla junto a su madre y estiró las piernas. Le habría gustado que esa conversación se hubiera desarrollado de forma diferente. Después de lo que había empezado a saber sobre su madre, tenía la esperanza de que ambas pudieran encontrar un terreno neutral más allá de los viejos rencores. Pero los viejos resentimientos habían empezado ya a emerger en ella. Acordándose de la noche anterior, su luna y los pensamientos sobre sueños perdidos, trató de hablar tranquilamente—. Te queremos comprar una casa.

Maeve soltó un ruido de disgusto y se aferró a su chal.

—Tonterías. Ya estoy bien aquí, con Brianna, que me cuida.

—Estoy segura de que así es, pero eso se va a terminar. Por supuesto, contrataré a una asistenta. No debes preocuparte por tener que aprender a hacer las cosas por ti misma, pero vas a dejar de usar a Brie.

—Brianna entiende las responsabilidades de una hija hacia su madre.

—Más que eso —estuvo de acuerdo Maggie—. Brie ha hecho todo lo que ha estado en su mano para tenerte contenta, mamá. Pero no ha sido suficiente, y he empezado a entenderlo.

—Tú no entiendes nada.

—Puede que así sea, pero quisiera entender —respiró profundamente. Aunque no podía acercarse a su madre ni física ni emocionalmente, suavizó la voz—. De verdad que me gustaría hacerlo. Lamento mucho que hayas tenido que renunciar a cosas. Me enteré de que cantabas...

—No te atrevas a hablar de eso. —La voz de Maeve sonó helada. Su ya de por sí blanca piel se puso más pálida por el impacto del dolor que no había podido olvidar o perdonar—. Nunca jamás te atrevas a hablar de esa época.

—Sólo quería decirte que lo siento.

—No quiero tu compasión. —Con la boca tensa, miró a un lado. No podía soportar que le restregaran su pasado por la cara, que sintieran pena de ella porque había pecado y había perdido lo que más valoraba en la vida—. Nunca me vuelvas a hablar de eso.

—Está bien. —Maggie se inclinó hacia delante hasta que la mirada de Maeve se posó en ella—. Sólo voy a decirte esto: me culpas por lo que perdiste, y tal vez hacerlo te consuele. No puedo desear no haber nacido, pero voy a ayudarte en lo que pueda. Tendrás una buena casa y una mujer competente y respetable que satisfaga tus necesidades, alguien, espero, que pueda ser tanto tu amiga como tu compañía. Esto lo hago por papá y por Brie. Y por ti.

—Tú jamás has hecho nada por mí salvo causarme disgustos.

Así que no cedería, comprendió Maggie. No encontrarían un terreno neutral para entenderse.

—Así me lo has dicho una y otra vez. Encontraremos una casa cerca, para que Brie pueda ir a visitarte, porque sentirá que debe hacerlo. También te compraré muebles, los que tú quieras. Recibirás un dinero mensual, para comida, ropa… lo que necesites. Pero juro ante Dios que saldrás de esta casa y te irás a una tuya antes de un mes.

—Sueños de nada —dijo con un tono tajante y desdeñoso, y Maggie sintió un atisbo de miedo subyacente—. Estás llena de sueños vacíos y proyectos absurdos, como tu padre.

—Ni vacíos ni absurdos —repitió Maggie, que de nuevo sacó el cheque del bolsillo y se lo mostró. Por primera vez tuvo la satisfacción de ver cómo su madre abría los ojos de par en par—. Sí, es real y es mío. Me lo he ganado. Me lo he ganado gracias a que papá tuvo fe en mí y me dejó aprender, me dio la oportunidad de intentarlo.

Los ojos de Maeve se desviaron rápidamente del cheque a la cara de Maggie, calculando.

—Lo que él te dio era mío también.

—El dinero para el viaje a Venecia, para estudiar y pagar el alquiler, eso es cierto. Lo otro no tiene nada que ver contigo. Y tendrás tu parte de eso. —Guardó el cheque de nuevo—. Luego ya no te deberé nada.

—Me debes la vida —soltó Maeve.

—La mía significa muy poco para ti. Puede que yo sepa la razón, pero no cambia en nada cómo me siento por dentro. Escúchame, te irás sin quejarte y sin hacerle la vida imposible a Brianna estos últimos días.

—No, no me voy a ir. —Maeve sacó del bolsillo un pañuelo con bordes de encaje—. Una madre necesita el consuelo de su hija.

—Tú no sientes más amor por Brianna que el que sientes por mí, ambas lo sabemos, mamá. Puede que ella crea que no es así, pero por lo menos seamos honestas. Tú has estado jugando con los sentimientos de Brie, ésa es la verdad. Y Dios sabe que ella se merecería todo el amor que puedas albergar en ese frío corazón tuyo. —Respiró profundamente y sacó el as que había estado guardando en la manga durante cinco años—. ¿Quieres que le cuente a Brie por qué Rory McAvery se fue a Estados Unidos y le rompió el corazón?

La mano de Maeve tembló ligeramente.

—No sé de qué estás hablando.

—Pues claro que lo sabes, mamá. Lo alejaste cuando te diste cuenta de que iba en serio con Brie. Y le dijiste que tu conciencia te dictaba que no podías dejar que entregara su corazón a tu hija cuando sabías que ella le había dado su cuerpo a otro. Lo convenciste de que Brie había estado acostándose con Murphy, y Rory era sólo un niño, después de todo.

—Eso es mentira. —A Maeve le temblaba la mandíbula y se adivinaba el miedo en sus ojos—. Eres una chica mala y mentirosa, Margaret Mary.

—Tú eres la mentirosa, y mucho peor que eso. ¿Qué clase de mujer le roba la felicidad a su propia hija sólo porque ella no tiene ninguna? Murphy me lo contó —dijo Maggie lacónicamente— después de que llegaran a las manos. Rory no le creyó cuando Murphy lo negó todo. ¿Por qué habría de creerle? La propia madre de Brianna se lo había dicho con lágrimas en los ojos.

—Brianna era demasiado joven para casarse —dijo Maeve rápidamente—. No quería que cometiera el mismo error que yo y arruinara su vida. El chico no era el adecuado para ella, te lo aseguro. Nunca habría llegado a nada.

—Brie lo amaba.

—El amor no trae comida a la mesa. —Maeve apretaba las manos, retorciendo el pañuelo—. ¿Por qué no se lo has contado?

—Porque pensé que sólo podría herirla más. Le pedí a Murphy que no dijera nada, porque habría sido peor, sabiendo lo orgullosa que es Brie. Se habría enfurecido al saber que Rory te había creído y habría pensado que no la amaba lo suficiente como para darse cuenta de que era mentira. Pero se lo diré ahora. Y si tengo que hacerlo, arrastraré al pobre Murphy hasta aquí para que confirme la historia. Entonces no tendrás a nadie. —Maggie nunca se había imaginado que el sabor de la venganza sería tan amargo. Se le esparció frío y desagradable por la lengua a medida que continuó—. No diré nada si me obedeces. Te prometo que te daré lo que necesites el resto de tu vida y que haré lo posible para que te sientas satisfecha. No puedo devolverte lo que tuviste antes de concebirme, pero puedo darte algo que podría hacerte lo más feliz que has sido desde entonces: tu propio hogar. Sólo tienes que acceder a cumplir lo que te digo para que tengas lo que siempre has deseado: dinero, una buena casa y una empleada para que te atienda.

Maeve apretó los labios. Ay, cuánto hería su orgullo tener que negociar con su hija.

—¿Cómo sé que vas a cumplir con tu palabra?

—Voy a cumplir porque te lo estoy diciendo, porque lo juro por el alma de mi padre. —Maggie se levantó—. Eso debería bastarte. Dile a Brianna que pasaré a por ella mañana a las diez —añadió, y dando por finalizada la conversación, Maggie dio media vuelta y se alejó.

12

Se tomó su tiempo para regresar a su casa. De nuevo decidió caminar por los campos en lugar de ir por la carretera. Por el camino recogió flores silvestres que crecían entre el pasto. Las vacas bien alimentadas de Murphy, con las ubres pesadas, listas para ser ordeñadas, no prestaron atención cuando Maggie se subió a las cercas de piedra que separaban los pastizales de la tierra sembrada y ésta del terreno dedicado al heno.

Entonces vio a Murphy, que estaba en su tractor con Brian O'Shay y Dougal Finnian, preparados para recoger el heno que ondeaba al viento. En irlandés lo llamaban *comhair*, pero Maggie sabía que allí, en el oeste, la palabra significaba mucho más que su sentido literal de «ayuda». Significaba «comunidad». Ningún hombre estaba solo allí, no cuando se trataba de recoger el heno o el carbón o de sembrar en primavera.

Si aquel día estaban O'Shay y Finnian trabajando en la tierra de Murphy, entonces al día siguiente o al otro Murphy estaría trabajando en la de ellos. Nadie tendría que pedirlo. Ya fuera un tractor o sencillamente un par de manos y una espalda fuertes, servirían, y se haría el trabajo. Puede que las posesiones de un hombre estuvieran separadas de la de otro por muros de piedra, pero el amor por la tierra los unía a todos.

Maggie levantó una mano para responder al saludo de los tres granjeros, recogió más flores y continuó su camino. Una grajilla voló en picado quejándose fieramente. Un momento después Maggie entendió por qué, al ver correr alegremente a *Con* a través del portón de la cerca con la lengua fuera.

—¿Estás ayudando otra vez a Murphy? —Maggie se agachó para acariciarle el pelaje—. ¡Qué buen granjero eres! Vuelve allí, entonces.

Con una serie de ladridos, *Con* corrió de vuelta al tractor. Maggie se quedó un momento allí, de pie, mirando a su alrededor, el color dorado del heno, el verde de los pastizales con sus vacas perezosas y las sombras que hacía el sol sobre el círculo de piedras antiguas que durante generaciones los Concannon habían respetado, igual que Murphy ahora. Vio el intenso color oscuro de la tierra donde había patatas sembradas, y sobre todo el paisaje, un cielo tan azul como la lavanda.

De pronto le dieron ganas de reírse y se encontró a sí misma corriendo de regreso a su casa. Tal vez era el puro placer del día combinado con la emoción de su primer gran éxito lo que hizo que la sangre le corriera a toda prisa por las venas. Podía ser también el canto de los pájaros, que trinaban como si les fuera a explotar el corazón, o la fragancia de las flores silvestres que ella misma había cortado. Pero cuando se detuvo ante la puerta de su propia casa y miró hacia la cocina, se quedó sin aliento por otras razones además de la carrera a través de los campos.

Rogan estaba sentado a la mesa de la cocina, elegante con su traje inglés y sus zapatos hechos a mano. Tenía el maletín abierto sobre la mesa y la pluma de oro en la mano. Verlo trabajar allí la hizo sonreír, entre el desorden y sobre una mesa de madera que él probablemente habría usado como leña en su chimenea.

El sol se colaba por las ventanas y la puerta abierta y resplandecía sobre la pluma a medida que Rogan escribía. Luego sus dedos pulsaron las teclas de la calculadora, dudó, repitió la operación. Desde donde estaba, Maggie podía verlo de perfil, la ligera arruga de concentración entre las cejas negras y fuertes, la postura firme de su boca. Se llevó la taza de té a los labios y bebió mientras evaluaba las cifras. Volvió a ponerla sobre el plato y siguió escribiendo y leyendo.

Era un hombre elegante y guapo, pensó Maggie, de un modo único y masculino, y tan maravillosamente competente y preciso como la calculadora que usaba. No era un hombre para correr a través de campos soleados o recostarse a soñar bajo la luna. Pero Rogan era más de lo que ella se había imaginado al principio, mucho más, entendió Maggie en ese momento.

La dominó el impulso de soltarle el nudo de la corbata, que se notaba que había sido hecho con sumo cuidado, de desabotonarle el cuello de la camisa y encontrar al hombre que había debajo.

Muy pocas veces Maggie rehusaba seguir sus impulsos.

Entró sigilosamente en la cocina, y tan pronto su sombra cayó sobre los papeles de Rogan, Maggie se sentó a horcajadas sobre sus piernas y le dio un profundo beso en la boca.

Sorpresa, placer y lujuria lo invadieron como una flecha de tres puntas, todas afiladas y dispuestas a dar en el blanco. Soltó la pluma y sus manos se hundieron en el pelo de Maggie antes de que pudiera respirar otra vez. Entre la bruma sintió un tirón en la corbata.

—¿Qué…? —dijo, y su voz sonó como si croara. La necesidad de comportarse con dignidad lo obligó a aclararse la garganta y a separarse de Maggie un instante.

—¿Sabes? —empezó Maggie, enfatizando sus palabras con ligeros besos que distribuía por la cara de Rogan. Olía a dinero, a jabón delicado y a almidón en la camisa—. Siempre he pensado que la corbata es una cosa tonta, una especie de castigo para el hombre sencillamente por ser hombre. ¿No te ahoga?

No, sólo que tenía el corazón en la garganta.

—No —respondió, y trató de mantener las manos de Maggie lejos de él, pero el daño ya estaba hecho. Con rapidez y pericia, ella le quitó la corbata y le desabotonó el cuello de la camisa—. ¿Qué estás tramando, Maggie?

—Eso debería ser obvio incluso para un dublinés. —Se rio y los ojos se le vieron de un verde travieso—. Te he traído flores —dijo, y las puso entre ellos. Rogan miró hacia abajo y vio los pétalos magullados.

—Muy bonitas, pero al parecer necesitan agua.

Maggie sacudió la cabeza hacia atrás y se rio otra vez.

—Contigo siempre es primero lo primero, ¿no? Sin embargo, Rogan, desde donde estoy sentada noto que hay algo más en tu cabeza aparte de poner flores en un jarrón.

Rogan no podía negar su reacción obvia y bastante humana.

—Habrías endurecido a un hombre muerto —murmuró, y puso las manos sobre las caderas de Maggie, para mantenerla a raya, pero ella se movió sobre él, torturándolo.

—Pues ése es un cumplido muy bonito. Pero tú no estás muerto, ¿verdad? —Lo besó de nuevo usando los dientes, para demostrar lo que acababa de decir—. ¿Estás pensando que tienes trabajo que terminar y no puedes perder el tiempo?

—No. —Todavía tenía las manos sobre las caderas de Maggie, pero ahora sus dedos estaban hundiéndose en su carne, acariciándola. Ella olía a flores silvestres y a humo. Lo único que podía ver era su cara, la piel blanca con un rubor de rosa y las pecas doradas, la profundidad de sus ojos verdes. Hizo un esfuerzo heroico para hacerse oír—. Pero estoy pensando que esto es un error. —Un gemido salió de su garganta cuando ella empezó a besarle la oreja—. Que hay un lugar y un tiempo adecuados.

—Y que tú debes escogerlos —murmuró Maggie mientras le desabotonaba el resto de la camisa con dedos ágiles.

—Sí… No. —Dios santo, ¿cómo se suponía que un hombre podía pensar en una situación así?—. Que los dos deberíamos escoger, después de establecer algunas prioridades.

—Yo sólo tengo una prioridad en este momento. —Le acarició el pecho con las manos, presionando los pétalos de las flores contra su piel—. Voy a tenerte, Rogan, ahora. —Volvió a reírse de buena gana antes de fundirse con él en otro beso—. Adelante, recházame.

Rogan tenía toda la intención de no tocarla. Ése fue su último pensamiento coherente antes de que sus manos se colmaran de sus senos. El gemido de Maggie le llenó la boca como si fuera vino, sedoso y embriagador.

Entonces le quitó la blusa y empujó la mesa.

—Al diablo —murmuró contra la boca de ella, y la levantó.

Maggie se aferró al cuerpo de Rogan de piernas y brazos como una cuerda de seda, la blusa le colgaba de una muñeca, donde un botón la sostenía. Debajo sólo llevaba una sencilla camiseta de algodón, que a Rogan le pareció tan erótica como si hubiera sido de encaje.

Maggie era pequeña y liviana, pero con la sangre agolpándosele en la cabeza, pensó que habría sido capaz de levantar una montaña. La boca de ella no dio tregua, pasó de la de él a su mandíbula y de allí a sus orejas y a las mejillas, mientras quejidos sensuales salían de su garganta.

Rogan empezó a salir de la cocina, pero se tropezó con una arruga de la alfombra, lo que hizo que la golpeara en la espalda contra el marco de la puerta. Maggie sólo podía reírse, sin aliento, apretando las piernas aún más alrededor de la cintura de Rogan.

Sus labios se fundieron de nuevo en un profundo, brusco y desesperado beso. Contra el marco de la puerta y con ella abrazada a él, Rogan liberó su boca de la de ella y empezó a besarle los senos, a succionar a través del algodón.

El placer que Rogan le daba a Maggie, oscuro y condenatorio, fue como una lanza dentro de su sistema nervioso. Eso era más de lo que ella esperaba, comprendió, al sentir la sangre correr por sus venas y zumbar como un motor encendido. Mucho más de lo que había esperado. Y mucho más de lo que estaba preparada para recibir. Pero no había vuelta atrás.

Rogan se separó del marco de la puerta.

—Date prisa —fue todo lo que ella pudo decir mientras él se dirigía a las escaleras—. Date prisa.

Las palabras de ella latieron como su propio pulso. «Date prisa, date prisa». Contra su corazón desbocado, el de ella latía con igual intensidad, en furiosa respuesta. Con Maggie aferrada a su cuerpo, Rogan no pudo sino saltar de escalón en escalón, dejando un camino de flores rotas tras él.

Por intuición, giró a la izquierda, donde encontró la habitación; el sol se derramaba tibio sobre la estancia y la brisa perfumada hacía flotar las cortinas de las ventanas abiertas. Rogan cayó sobre Maggie en la cama deshecha. La locura lo dominó y la rigió a ella también. No necesitaron ni pensaron, ninguno de los dos, en caricias suaves o palabras tiernas o manos lentas. Se rasgaron el uno al otro, inconscientes como bestias, arrancando ropas, tirando, quitándose zapatos de un puntapié, mientras se alimentaban ávidamente el uno al otro de besos violentos.

El cuerpo de Maggie era como un motor acelerado listo para competir en una carrera. Se sacudía, giraba y se encabritaba mientras su aliento ardiente salía en bocanadas abrasadoras. Las costuras se desgarraron, las necesidades explotaron.

Las manos de Rogan eran suaves. En otras circunstancias, sus manos habrían resplandecido sobre la piel de

Maggie como agua. Pero ahora apretaban, magullaban y saqueaban, dándole a ella un indescriptible placer que recorría su sistema nervioso ya de por sí sobrecargado, como un trueno en una noche oscura. Rogan se llenó las manos de sus senos otra vez, y en ese momento, sin límites, se metió los pezones en la boca.

Maggie gritó, pero no de dolor por los apasionados rasguños de los dientes y la lengua de Rogan, sino de placer; el éxtasis la embargó cuando el primer orgasmo llegó, intenso y áspero, como una explosión.

Maggie no esperaba que pudiera llegar tan deprisa y fuerte, ni tampoco había experimentado nunca la posterior impotencia que siguió tan rápido después de la tormenta. Antes de que pudiera hacer algo más que preguntarse, nuevas necesidades se enroscaron dentro de ella como un látigo.

Habló en gaélico, palabras apenas recordadas que no sabía que todavía guardaba en su corazón. Nunca creyó que la avidez pudiera tragársela y dejarla temblando. Pero se sacudía bajo las manos de Rogan, bajo la exigencia salvaje de su boca. Durante otro interludio deslumbrante, Maggie fue totalmente vulnerable, se le derritieron los huesos y la cabeza le dio vueltas, completamente aturdida en la entrega por la fuerza de su propio clímax.

Rogan no sintió el cambio. Sólo supo que ella vibraba debajo de él como un arco en tensión. Estaba húmeda y tibia y era insoportablemente excitante. El cuerpo de Maggie era suave, liso, flexible, con surcos y curvas dispuestos a dejarse explorar. Rogan sólo sintió el deseo desesperado de conquistar, de poseer, y se llenó tanto del sabor de la piel de ella que empezó a sentir la esencia de

Maggie correr por sus venas a toda prisa como su propia sangre. Tomó en su mano la de ella y no se detuvo hasta que Maggie gritó una vez más, y su nombre fue como un sollozo al viento.

Con la habitación dando vueltas alrededor de ella como un carrusel, sacó su mano de la de él y enredó sus dedos en el pelo de Rogan. La necesidad la invadió de nuevo, vorazmente, y entonces levantó la cadera con fuerza.

—¡Ahora! —La orden se abrió paso por la garganta de Maggie—. Rogan, por Dios santo...

Pero él ya se había sumergido en ella, profundo y fuerte. Maggie se arqueó hacia arriba y hacia abajo, en extasiada bienvenida, mientras un placer fresco corrió a través de ella como un destello lanzado y fundido. Su cuerpo se encajó en el de él, acoplándose, golpe a golpe, desesperado. Rogan no sintió las uñas de ella clavarse en su espalda.

Con la visión borrosa y difusa, Rogan la miró, vio dibujarse en su cara cada sensación. «No será suficiente», pensó aturdido. Incluso a medida que el dolor atravesaba el brillante escudo de pasión, Maggie pudo abrir los ojos y decir su nombre otra vez. Entonces él se ahogó en ese mar de verde y enterró la cara en el fuego del pelo de Maggie, rindiéndose. Con un destello final de avidez gloriosa, Rogan se vació dentro de ella.

En cualquier tipo de guerra siempre hay bajas. Nadie, pensó Maggie, conocía mejor que los irlandeses la gloria, el dolor y el precio de la batalla. Y si, como temía en ese momento, su cuerpo quedaba paralizado de por vida como resultado de la magnífica batalla que acababa de tener lugar, ella no tendría en cuenta el coste.

El sol todavía brillaba en el cielo. Y ahora que su corazón no retumbaba dentro de su cabeza, Maggie pudo escuchar el canto de los pájaros, el rugido de su horno y el zumbido de una abeja que volaba cerca de la ventana.

Yacía atravesada en la cama, con la cabeza colgando del colchón. Le dolían los brazos, tal vez porque todavía los tenía alrededor de Rogan, que estaba extendido sobre ella, tan quieto como la muerte. Contuvo la respiración un momento, y entonces escuchó la intensa carrera del corazón de él. Pensó que era una suerte que no se hubieran matado el uno al otro. Contenta de sentir el peso del hombre sobre ella y con una sensación adormilada en el cerebro, se dedicó a mirar cómo el sol bailaba en el techo.

La mente de Rogan se fue aclarando lentamente; una neblina roja se fue fundiendo poco a poco para luego desvanecerse completamente hasta que lo dejó tomar conciencia otra vez de la sosegada luz y el pequeño y cálido cuerpo que yacía debajo del suyo. Cerró los ojos de nuevo y se quedó quieto.

¿Cuáles eran las palabras que debía decir?, se preguntó. Si le decía que había descubierto, para su sorpresa y confusión, que estaba enamorado de ella, ¿por qué habría de creerle? Pronunciar esas palabras ahora, cuando ambos estaban saturados y obnubilados por el sexo, difícilmente complacería a una mujer como Maggie o la haría ver la verdad desnuda que encerraban.

¿Qué palabras podía emplear un hombre después de haber tomado a una mujer y haberla poseído como un

animal? Oh, no tenía duda de que ella lo había disfrutado, pero eso difícilmente cambiaba el hecho de que había perdido totalmente el control, tanto de su mente como de su cuerpo, como de cualquier cosa que fuera la
que separaba la civilización de la barbarie. Por primera
vez en su vida, había tomado a una mujer sin delicadeza,
sin cuidado y, pensó con un repentino sobresalto, sin
calcular las consecuencias.

Rogan empezó a moverse, pero Maggie protestó en
un susurro y apretó aún más el abrazo.

—No te vayas.

—No me voy a ir. —Rogan se dio cuenta de que
ella tenía la cabeza colgando fuera de la cama; entonces,
sosteniéndosela con una mano, giró para invertir su posición, movimiento que casi los mandó al otro extremo
de la cama—. ¿Cómo puedes dormir en una cama tan
pequeña? A duras penas es suficientemente grande para
un gato.

—El tamaño es perfecto para mí. Pero estoy pensando en comprarme otra ahora que tengo dinero. Una
grande y buena, como la de tu casa.

Pensó en una cama Chippendale de cuatro columnas en ese espacio tan reducido y sonrió. Entonces sus
pensamientos volvieron a él y borraron la sonrisa.

—Maggie —dijo Rogan. Ella tenía la cara radiante
y los ojos entornados, y sonreía ligeramente.

—Rogan —dijo ella en el mismo tono serio de él, y
luego se rio—. No me vas a salir ahora con que lamentas
haber mancillado mi honor o alguna tontería así, ¿no? Si
el honor de alguien ha sido mancillado, ha sido el tuyo,
después de todo, y no lo lamento ni una pizca.

—Maggie —dijo Rogan nuevamente, y le quitó un mechón de pelo de la mejilla—. Menuda mujer eres. Es difícil lamentar haberte mancillado, o que me hubieras mancillado, cuando yo... —Se le partió la voz. Entonces le levantó la mano y empezó a besarle los dedos, cuando vio las oscuras marcas en su brazo—. Te he hecho daño.

—Humm, ahora que lo mencionas, empiezo a notarlo —dijo, levantando el hombro—. Debí de darme con el marco de la puerta con más fuerza de la que sentí en ese momento. Bueno, ¿qué me ibas a decir?

Rogan la apartó a un lado y se sentó.

—Lo lamento tanto... —dijo con una voz extraña—. Es imperdonable. Una disculpa difícilmente es suficiente para mi comportamiento.

Maggie inclinó la cabeza y lo miró detenidamente. La educación, pensó. ¿De qué otra manera se explicaba que un hombre desnudo sentado en una cama deshecha pudiera resultar tan digno?

—¿*Tu* comportamiento? —repitió ella—. Yo diría que fue más *nuestro* comportamiento, Rogan, y que estuvo muy bien por ambas partes. —Riéndose de él, se arrodilló a su lado y le echó los brazos alrededor del cuello—. ¿Crees que unos moratones me marchitarán como si fuera una rosa, Rogan? Pues no es así, te lo prometo. Especialmente cuando me los merezco.

—La cuestión es...

—La cuestión es que nos hemos dado un revolcón los dos. Deja ya de actuar como si yo fuera un frágil capullo que no puede admitir que ha disfrutado de una buena sesión de sexo apasionado. Porque lo he disfrutado mucho, al igual que tú, mi bien educado muchacho.

Rogan pasó un dedo sobre un tenue moratón que había aparecido en la muñeca de Maggie.

—Habría preferido no marcarte.

—Bueno, no es una marca permanente.

No, no lo era. Pero había algo más en su descuido que podría serlo.

—Maggie, no lo pensé antes, y te aseguro que no había planeado esto cuando salí de Dublín esta mañana. Es un poco tarde para pensar en ser responsable —dijo, y sintiéndose frustrado se pasó una mano por el pelo—, pero ¿puedo haberte dejado embarazada?

Maggie parpadeó, se sentó sobre las pantorrillas y respiró profundamente. Hija del fuego. Recordó cuando su padre le dijo que ella era hija del fuego. Era a eso a lo que se refería.

—No —dijo rotundamente, sintiendo un torbellino de emociones demasiado intrincado e inestable como para explorarlo en ese momento—. No estoy en los días fértiles. Y recuerda que yo soy responsable de mí misma, Rogan.

—Debí haberlo previsto. —Rogan se acercó a ella y le acarició la mejilla con los nudillos—. Me deslumbraste cuando te sentaste sobre mis piernas, Maggie, con tus flores silvestres. Me deslumbras ahora.

Maggie sonrió otra vez y se le iluminaron los ojos.

—Venía de casa de mi hermana por el campo. El sol resplandecía y Murphy estaba recogiendo el heno en sus tierras. Había tantas flores a mis pies… En estos últimos cinco años, después de la muerte de mi padre, no había logrado sentirme así de feliz. Luego te vi en la cocina, trabajando. Puede ser que yo también me deslumbrase contigo. —Se levantó sobre las rodillas otra vez y recostó la cabeza sobre el hombro de él—. ¿Tienes que irte esta noche, Rogan?

Cada minuto y cada tedioso detalle de su agenda corrió por su cerebro como un río. El olor de Maggie, mezclado con el suyo, los envolvió como una bruma.

—Puedo arreglarlo para quedarme hasta mañana.

—Y preferiría no salir a cenar —dijo Maggie enderezándose y sonriendo.

—Cancelaré la reserva, entonces —contestó Rogan mirando a su alrededor—. ¿No tienes un teléfono aquí arriba?

—¿Para qué? ¿Para que me llames por la mañana y me despiertes?

—No sé ni por qué he preguntado —dijo, y se levantó y se puso los pantalones, que estaban arrugados en el suelo—. Iré abajo a hacer algunas llamadas. —Se volvió a mirarla; Maggie estaba arrodillada en el centro de la angosta cama—. Llamadas muy breves.

—Podrían esperar, ¿no? —gritó Maggie detrás de él.

—No quiero que nadie me interrumpa hasta mañana por la mañana —repuso Rogan, que bajó las escaleras a toda prisa y recogió, con romanticismo, una flor ajada del suelo.

Arriba, Maggie esperó cinco minutos, luego seis, antes de levantarse de la cama. Se estiró, tratando de liberarse un poco de los dolores. Pensó en ponerse la bata, que estaba tirada descuidadamente sobre una silla, pero decidió bajar cuanto antes.

Rogan permanecía todavía al teléfono, con el auricular entre la oreja y el hombro mientras tomaba notas en su libreta. La luz, más tenue ahora, se arremolinaba a sus pies.

—Cambie esa cita para las once. No, las once —repitió—. Estaré de regreso en la oficina a las diez. Sí, y, por favor, póngase en contacto con Joseph, Eileen, y dígale que le enviaré otra entrega desde Clare. El trabajo de Concannon, sí… Yo… —Rogan escuchó un ruido a su espalda y se dio la vuelta. Maggie estaba de pie detrás de él como una diosa de alabastro coronada por el fuego, una diosa de curvas lustrosas y ojos inquisitivos. La voz de la secretaria de Rogan sonó al otro lado del teléfono como el zumbido molesto de un moscardón—. ¿Qué? ¿El qué? —Sus ojos, su expresión, primero denotaron aturdimiento, después pasión. Miraron a Maggie de arriba abajo y después arriba otra vez, y se detuvieron en su rostro—. Me encargaré de eso cuando vuelva. —Le temblaron los músculos del estómago cuando Maggie se le acercó y le bajó la cremallera de los pantalones—. No. No me puede volver a llamar hoy, yo… —balbuceó con voz ahogada. Luego siseó entre dientes cuando Maggie lo acarició con sus largos dedos de artista—. Santo Dios, mañana —exclamó con un último vestigio de control—. Nos vemos mañana. Hasta luego —añadió, y colgó de golpe el auricular, que se tambaleó sobre la base del teléfono y cayó ruidosamente contra la mesa.

—He interrumpido tu llamada… —empezó a decir, pero luego se rio cuando él la atrajo hacia sí.

Estaba sucediendo otra vez. Rogan casi podía salirse de su propio cuerpo y ver al animal que llevaba dentro tomar el control. Con un tirón de pelo desesperado le echó la cabeza hacia atrás y la besó salvajemente en el cuello y en la boca. La necesidad de poseerla era feroz, como si le hubieran inyectado una droga fatal en las venas que le aceleraba el corazón y le nublaba el pensamiento.

Podría hacerle daño de nuevo. Pero ni siquiera sabiéndolo pudo detenerse. Con un sonido en parte embravecido, en parte triunfal, la empujó sobre la mesa de la cocina. Sintió una oscura y retorcida satisfacción al verla con los ojos abiertos de par en par por la sorpresa.

—Rogan, tus papeles.

Rogan tiró de ella por la cadera hasta el borde de la mesa y la levantó con las manos. Fijó la mirada en ella, los ojos brillantes anticipando la batalla, y entonces la penetró. Maggie levantó una mano que tropezó con el plato y la taza y los lanzó por los aires. La porcelana estalló en mil pedazos mientras el traqueteo de la mesa envió al suelo el maletín con gran estruendo.

Parecía que las estrellas estallaban frente a los ojos de Maggie mientras ella se dejaba llevar por el delirio. Sintió la madera áspera debajo de su espalda mientras el sudor la empapaba. Y cuando Rogan le levantó las piernas más alto y se introdujo más profundamente dentro de ella, hubiera podido jurar que le había tocado el corazón. Luego no sintió nada salvo el viento que la llevaba alto, más alto, por encima de aquel pico dentado. Tomó aire como una mujer que se está ahogando y después lo exhaló en un quejido largo y lánguido.

Luego, algún momento después, cuando se dio cuenta de que podía hablar de nuevo, se encontró acunada entre los brazos de Rogan.

—Entonces ¿has terminado de hacer tus llamadas?

Él se rio y cargó con ella escaleras arriba.

Era temprano cuando Rogan se fue. Una lluvia mezclada con los rayos del sol hizo aparecer un arco iris en el cielo matutino. Maggie, adormilada, se ofreció a prepararle un té, pero luego se quedó dormida de nuevo, así que él bajó solo a la cocina.

En la alacena había únicamente un frasco de café instantáneo endurecido, por lo que a Rogan le tocó conformarse con el café viejo y un huevo que había en la nevera.

Estaba recogiendo sus papeles y tratando de ordenarlos cuando Maggie entró tambaleándose. Tenía los ojos entornados y legañosos y a duras penas le gruñó mientras buscaba la tetera.

Vaya con las despedidas de amantes, pensó Rogan.

—He usado la que al parecer era tu última toalla limpia. —Maggie gruñó de nuevo y puso té en la tetera—. Y se ha terminado el agua caliente en mitad de la ducha. —Esa vez Maggie sólo bostezó—. Se te han acabado los huevos. —Entonces Maggie murmuró algo parecido a «las gallinas de Murphy». Rogan recogió sus papeles arrugados y los metió en el maletín—. Te he dejado los recortes que querías sobre la encimera. Por la tarde vendrá una furgoneta para recoger las piezas. Tienes que empaquetarlas antes de la una. —Cuando no recibió respuesta, cerró el maletín—. Tengo que irme. —Molesto, caminó hacia ella, la agarró por la barbilla firmemente y la besó—. Yo también te echaré de menos.

Rogan ya estaba fuera cuando Maggie por fin pudo hacer acopio de fuerzas y salir corriendo detrás de él.

—Rogan, por Dios santo, espera un momento. Apenas he podido abrir los ojos.

Rogan se dio la vuelta justo en el momento adecuado para que ella se le abalanzara. Por poco perdió el control, se hubiera caído, con ella encima, sobre el parterre de flores. Un instante después la tenía abrazada y se estaban besando sin aliento bajo la suave y luminosa lluvia.

—Te voy a echar de menos, maldita sea —dijo Maggie, que presionó la cara contra el hombro de Rogan, respirando profundamente.

—Ven conmigo. Anda, mete un par de cosas en una bolsa y ven conmigo.

—No puedo. —Se apartó de él, sorprendida de cuánto lamentaba tener que decir que no—. Tengo algunas cosas que hacer y, y… la verdad es que no puedo trabajar en Dublín.

—No —dijo él después de un largo silencio—. Supongo que no puedes.

—¿Podrás venir otra vez? ¿Tomarte un par de días?

—Ahora no es posible. En un par de semanas tal vez pueda.

—Bueno, eso no es tanto tiempo —comentó, pero le parecía una eternidad—. Ambos podemos hacer lo que tengamos pendiente y entonces…

—Y entonces —repitió Rogan, inclinándose para besarla— pensarás en mí, Margaret Mary.

—Claro que sí.

Maggie lo vio partir; con su maletín en la mano caminó hacia el coche, arrancó y se dirigió hacia la carretera. Ella se quedó allí fuera durante mucho tiempo después de dejar de oír el ruido del motor, de que dejara de llover y de que el sol comenzara a brillar en lo alto del cielo.

13

Maggie caminó a través de la sala vacía, miró largo rato hacia fuera por la ventana delantera y caminó de nuevo hacia el otro extremo. Era la quinta casa que veían en una semana, la única que no estaba habitada por vendedores esperanzados y la última que pretendía ver.

Estaba en las afueras de Ennis, un poco más lejos de lo que Brianna habría querido, pero no lo suficientemente lejos para el gusto de Maggie. Era nueva, lo que era un punto a favor, y tenía las habitaciones y todo en un mismo piso. Dos habitaciones, repasó Maggie una vez más, un baño, una cocina espaciosa para poner un comedor y una sala con mucha luz y una chimenea de ladrillo.

—Ésta es —dijo Maggie echando una última mirada a su alrededor y poniéndose los puños en las caderas.

—Maggie, sin duda es el tamaño apropiado para ella —dijo Brianna mordiéndose el labio inferior y observando la sala vacía—, pero ¿no deberíamos buscar algo que esté más cerca de nosotras?

—¿Por qué? Si ella detesta ese lugar...

—Pero...

—Además, esta casa está más cerca de otros sitios, como el supermercado, la farmacia y algunos restaurantes, si algún día quiere comer fuera de casa.

—Ella nunca sale.

—Es hora de que lo haga. Y como no te tendrá a un chasquido de dedos de distancia, deberá hacerlo, ¿no te parece?

Con la espalda rígida, Brianna caminó hacia la ventana.

—Pero la verdad es que ella no querrá mudarse aquí.

—Ya verás como no se va a negar. —No con la espada que Maggie sostenía sobre su cabeza—. Si te deshicieras por un momento de ese sentimiento de culpa que te encanta echarte encima, te darías cuenta de que esto es lo mejor para todos. Ella estará más contenta de tener su propia casa, o tan contenta como una mujer de su naturaleza pueda estar. Tú puedes darle todo lo que ella quiera de la casa, si eso calma tu conciencia, o yo le daré dinero para que compre cosas nuevas, que apuesto a que eso es lo que prefiere.

—Maggie, esta casa no tiene ningún encanto.

—Igual que nuestra madre. —Antes de que Brianna pudiera responder, Maggie cruzó el salón hacia ella y le pasó el brazo sobre los hombros—. Le harás un jardín a la entrada y pintaremos las paredes, o le pondremos papel pintado, lo que sea más bonito.

—Podría quedar bonito.

—Nadie está más preparado que tú para poner bonita esta casa. Gastarás todo el dinero que sea necesario para que las dos os sintáis satisfechas con el resultado.

—No es justo, Maggie, que tú tengas que costear todos los gastos.

—Es más justo de lo que piensas. —Había llegado la hora de que Maggie hablara con Brianna sobre su madre—. ¿Sabías que mamá solía cantar profesionalmente?

—¿Mamá? —La idea parecía tan traída por los pelos que Brianna se rio a carcajadas—. ¿De dónde has sacado eso?

—Es cierto. Me enteré por casualidad y lo he verificado para estar segura. —Metió la mano en su bolso y sacó unos recortes amarillentos—. Puedes verlo tú misma. Reseñaron varias veces algunas de sus actuaciones.

Sin poder hablar, Brianna miró los recortes y las fotos descoloridas.

—Cantó en Dublín —murmuró—. Tenía una vida. «Una voz tan clara y dulce como las campanas de una iglesia en la mañana de Pascua» —leyó en voz alta—. Pero ¿cómo es posible? Nunca ha hablado sobre esto. Y papá tampoco.

—He pensado mucho al respecto en los últimos días. —Dándole la espalda, Maggie caminó hacia la ventana otra vez—. Perdió algo que quería y recibió a cambio algo que no quería. Todo el tiempo se ha castigado a sí misma y a los demás.

Sorprendida, Brianna levantó la cabeza.

—Pero nunca cantó en casa, ni una nota. Nunca.

—Creo que fue porque no podía soportarlo, ni consideró la posibilidad de rechazar la penitencia por su pecado. Probablemente fue por ambas cosas. —Maggie sintió que el desánimo la embargaba, pero luchó por evitarlo—. Estoy tratando de excusarla, Brie, de imaginarme lo que debió de sentir cuando supo que estaba embarazada de mí y que su única opción, considerando la persona que es, era el matrimonio.

—Está mal que ella te culpe, Maggie. Siempre ha estado mal, y no es menos cierto hoy.

—Puede ser. Pero me ayuda a entender por qué nunca me ha querido. Y nunca me querrá.

—¿Has…? —Cuidadosamente, Brianna dobló los recortes y los metió en su bolso—. ¿Has hablado con ella de esto?

—Lo intenté, pero no quiere. Pudo haber sido diferente. —Maggie se dio la vuelta odiando la sensación de culpa que no podía quitarse de encima—. Pudo haber sido. A pesar de que no pudiera tener su carrera, podríamos haber disfrutado de la música en casa de todas maneras. ¿Tenía que cerrarse a todo sólo porque no podía tenerlo todo?

—No sé la respuesta, Maggie. Algunas personas no se conforman con menos.

—No se puede cambiar lo que fue —dijo Maggie con firmeza—, pero le daremos a mamá esto. Todos nosotros le daremos esto.

«Qué rápido se gasta el dinero», pensó Maggie unos días después. Parecía que cuanto más tuviera uno, más necesitaba. Pero las escrituras de la casa ya estaban a nombre de Maeve y los detalles, los cientos de detalles que implicaba abrir una casa nueva, estaban siendo atendidos, uno por uno.

Sin embargo, era una lástima que al parecer los detalles de su vida se hubieran quedado en el limbo. Casi no había hablado con Rogan, pensó enfurruñada, sentada a la mesa de su cocina. Es cierto que él le había mandado mensajes por medio de Eileen y Joseph, pero casi no se había tomado la molestia de llamarla directamente. O de volver, como le había dicho que haría.

«Pues vale», pensó. En cualquier caso, estaba muy ocupada. Tenía montones de dibujos que estaban rogando que los convirtieran en vidrio. Si esa mañana iba un poco retrasada, era sólo porque no había decidido todavía qué proyecto iba a empezar primero. Definitivamente no era porque estuviera esperando a que sonara el maldito teléfono.

Se levantó y fue a abrir la puerta al ver a Brianna a través de la ventana con su fiel compañero peludo siguiéndole los pasos.

—Qué bien. Tenía la esperanza de encontrarte aquí antes de que empezaras a trabajar —dijo Brianna entrando en la cocina con una cesta bajo el brazo.

—Pues se ha cumplido. ¿Va todo bien?

—Muy bien. —Rápida y eficiente, Brianna destapó la cesta en la que llevaba panecillos calientes—. Haber encontrado a Lottie Sullivan ha sido como un regalo de Dios. —Sonrió pensando en la enfermera retirada que habían contratado para que fuera la asistenta de Maeve—. Es sencillamente maravillosa, como si ya formara parte de la familia. Ayer yo estaba trabajando en el parterre de flores de la entrada y mamá empezó a decir que era mala época para sembrar y que el color de la fachada de la casa era horrible y, ay, simplemente estaba criticándolo todo. Y Lottie se la quedó mirando y empezó a reírse y a contradecirla en todo lo que decía. Te juro que ambas se lo pasaron en grande.

—Me habría gustado verlas. —Maggie partió un panecillo, y su aroma, junto con la imagen que Brianna le acababa de describir, a punto estuvieron de apartarla de su trabajo esa mañana—. Has encontrado un tesoro, Brie. Lottie la mantendrá a raya.

—Es más que eso. Al parecer, Lottie disfruta con el trabajo. Cada vez que mamá dice algo horrible, Lottie se ríe, guiña un ojo y hace su trabajo. Nunca pensé que diría esto, Maggie, pero creo que este acuerdo va a funcionar.

—Pues claro que va a funcionar. —Maggie partió un trozo de panecillo y se lo dio a *Con*, que esperaba pacientemente—. ¿Le preguntaste a *Murphy* si nos puede ayudar a trasladar la cama y las otras cosas que ella quiere?

—No he tenido que hacerlo. La noticia de que le has comprado una casa en Ennis se ha corrido por ahí, y estas dos semanas he tenido muchas visitas casuales, entre ellas la de *Murphy*, que se ofreció a ayudar y a llevar las cosas en su camioneta.

—Entonces podremos hacer la mudanza antes de que termine la semana próxima. He comprado una botella de champán para que nos emborrachemos cuando hayamos terminado.

Brianna hizo una mueca con los labios, pero su voz sonó sobria.

—No es una celebración.

—Entonces apareceré por allí casualmente —contestó Maggie con una ligera sonrisa—, con la botella debajo del brazo.

Aunque Brianna sonrió, su corazón no estaba del todo de acuerdo.

—Maggie, traté de hablar con ella sobre lo de la música —dijo, y lamentó ver que se esfumaba el brillo en los ojos de su hermana—. Sentí que debía hacerlo.

—Ya. —A Maggie se le quitaron las ganas de terminarse el panecillo, así que se lo dio a *Con*—. ¿Tuviste más suerte que yo?

—No. No quiso hablar conmigo, sólo se enfureció. —No valía la pena recordar uno a uno los golpes verbales que le había dado, pensó Brianna. Hacerlo sólo serviría para sembrar aún más infelicidad—. Se fue a su habitación y se llevó los recortes con ella.

—Bueno, algo es algo. Tal vez la consuelen. —Cuando sonó el teléfono, Maggie saltó de la silla tan rápido para contestar que Brianna se sorprendió—. ¿Diga? Sí, sí, Eileen, ¿de veras? —La decepción en la cara de Maggie fue evidente—. Sí, recibí las fotos que me mandó para el catálogo. Están más que bien. Tal vez deba decirle yo misma al señor Sweeney... Ah, una reunión. No, está bien. Dígale que apruebo las fotos. No hay de qué. Adiós.

—¿Estabas esperando una llamada? —inquirió Brianna con suspicacia.

—No, ¿por qué lo dices?

—Por cómo has saltado a coger el teléfono, como si fueras a salvar a un niño de ser arrollado por un coche a toda velocidad.

¿En serio había hecho eso?, se preguntó Maggie. Era humillante.

—No me gusta que el maldito aparato suene y suene, eso es todo. Bueno, tengo que ponerme a trabajar —añadió, y con esa despedida salió de la cocina.

No le importaba ni un maldito comino que él no hubiera llamado, se dijo Maggie. Sí, habían pasado tres semanas desde que Rogan se había ido a Dublín, y sí, sólo había hablado con él un par de veces durante ese tiempo, pero realmente no le importaba mucho. Estaba muy ocupada como para ponerse a charlar por teléfono o como para entretenerlo si iba a visitarla.

Como él mismo bien había dicho que haría, pensó, dando un portazo después de entrar en el taller. No necesitaba la compañía de Rogan Sweeney ni la de nadie más. Se tenía a sí misma.

Maggie cogió la caña y se dispuso a trabajar.

El comedor de los Connelly le habría recordado a Maggie el que había visto en la televisión el día que su padre murió. Todo resplandecía, brillaba y destellaba. Un vino de la mejor cosecha lanzaba destellos dorados dentro de las copas de cristal, con reflejos tornasolados. Las velas, estilizadas y blancas, añadían elegancia a la luz que se derramaba de la araña de cinco niveles y se esparcía por la habitación.

Las personas sentadas alrededor de la mesa cubierta con un mantel de encaje eran tan pulcras como la sala. Anne, vestida de seda azul zafiro y con los diamantes de su abuela al cuello, era la imagen de la perfecta y sofisticada anfitriona. Dennis, satisfecho por la buena cena y la buena compañía, sonreía ampliamente a su hija. Patricia estaba especialmente encantadora, y resultaba tan delicada como el rosa pastel de su vestido y las perlas color crema de su collar.

Enfrente de ella, Rogan bebía su copa de vino y luchaba por evitar que sus pensamientos volaran hacia el oeste, donde estaba Maggie.

—Es una delicia disfrutar de una tranquila velada familiar —dijo Anne, llevándose a la boca un poco de la diminuta porción de faisán que se había servido. La báscula le había advertido que había ganado un kilo en el último mes, y eso nunca pasaba—. Espero que no te haya molestado que no invitáramos a más gente, Rogan.

—Por supuesto que no. Es un placer, uno raro para mí estos días, pasar una noche tranquila con unos cuantos amigos.

—Exactamente eso es lo que le he estado diciendo a Dennis —continuó Anne—. ¿Por qué casi no te hemos visto en tanto tiempo? Trabajas demasiado, Rogan.

—Un hombre nunca puede trabajar demasiado cuando ama lo que hace —apuntó Dennis.

—Ah, tú y tu trabajo de hombre… —contestó Anne riéndose ligeramente y dándole un puntapié por debajo de la mesa—. Demasiado trabajo pone tenso a un hombre, creo yo. Especialmente si no tiene una esposa que lo tranquilice.

Sabiendo exactamente hacia dónde iba la conversación, Patricia se esforzó por cambiar de tema.

—Tuviste un gran éxito con la exposición de la señorita Concannon, Rogan. Y también he escuchado que la de arte indígena norteamericano ha sido muy bien acogida.

—Sí, ambas exposiciones han estado muy bien. La de arte indígena se va a poder ver en la galería de Cork a partir de esta semana, y en breve la de Maggie, la señorita

Concannon, viajará a la de París. Ha terminado unas piezas sorprendentes en este último mes.

—He visto algunas de ellas. Creo que Joseph quiere el globo; el que tiene dentro una explosión de colores y formas. Es una pieza fascinante, sin duda. —Patricia cruzó las manos sobre su regazo mientras le servían el postre—. Me pregunto cómo lo hizo.

—Yo estaba en el taller por casualidad cuando lo hizo. —Rogan recordó el calor, los colores sangrantes y el chisporroteo—. Y aun así no puedo explicártelo.

La mirada de Rogan puso en alerta máxima a Anne.

—Saber demasiado del proceso artístico echa a perder el goce de disfrutar, ¿no crees? Estoy segura de que, después de todo, debe de ser pura rutina para la señorita Concannon. Patricia, no nos has contado nada de tu proyecto. ¿Cómo va la guardería?

—Va bien, gracias.

—Imaginaos a nuestra Patricia abriendo una guardería —dijo Anne sonriendo con indulgencia.

Rogan se dio cuenta con una punzada de culpa de que no había preguntado a Patricia por su proyecto durante semanas.

—¿Ya has encontrado el lugar adecuado?

—Sí, ya. Es una casa en la calle de la plaza Mountjoy. Necesita algunas remodelaciones, por supuesto, pero ya he contratado a un arquitecto. Los jardines son más que suficientes, son amplios y hay suficiente espacio para organizar las áreas de juego. Espero poder tener todo listo para recibir a los niños la próxima primavera.

Y podía imaginárselo. Bebés y niños pequeños cuyas madres necesitaban un sitio de confianza donde dejar a sus hijos mientras iban a trabajar. Niños más mayores que necesitaran un sitio donde quedarse después de salir de la escuela. Compensaría en algo el dolor que tenía por dentro, pensó, y le llenaría en parte el vacío que sentía. Ella y Robert no habían tenido hijos. Habían estado seguros de que habría tiempo más adelante. Tan seguros...

—Estoy convencida de que Rogan te puede ayudar con la negociación, Patricia —continuó Anne—. Después de todo, tú no tienes experiencia.

—Ella es mi hija, ¿no? —la interrumpió Dennis con un guiño—. Así que lo hará muy bien.

—Estoy segura de que así será —replicó, y de nuevo Anne le dio un puntapié a su marido por debajo de la mesa.

Anne esperó a estar a solas con su hija en la sala mientras los hombres tomaban una copa de oporto en la salita contigua, una costumbre que Anne se negaba a considerar anticuada. Despidió a la empleada que les había servido el café y se enfrentó a su hija.

—¿Qué estás esperando, Patricia? Estás dejando que ese hombre se te escurra entre los dedos.

—Por favor, mamá, no empieces de nuevo con eso —dijo Patricia, sintiendo un dolor de cabeza incipiente.

—Supongo que quieres ser viuda siempre, ¿no? —Con mirada severa, le puso leche a su café—. Te digo que ya ha pasado suficiente tiempo.

—Llevas diciéndomelo desde que se cumplió un año de la muerte de Robbie.

—Y es verdad. —Anne suspiró. Odiaba ver sufrir a su hija, y ella misma había llorado bastante, no sólo por la pérdida de un yerno al que quería, sino por el dolor que no había sido capaz de borrar de los ojos de su hija—. Cielo, por más que deseemos que no sea así, la realidad es que Robert se ha ido y no volverá.

—Ya lo sé. Lo he aceptado y estoy tratando de seguir adelante.

—¿Abriendo una guardería para cuidar a los niños de otras personas?

—Sí, en parte. Pero también lo estoy haciendo por mí, mamá, porque necesito trabajar, necesito sentir la satisfacción que aporta el trabajo.

—No voy a discutir más ese tema contigo —dijo Anne, y en un gesto de paz levantó una mano—. Y si eso es lo que verdaderamente deseas, entonces también yo lo quiero.

—Gracias por tu apoyo, mamá. —La expresión de Patricia se suavizó al inclinarse hacia su madre para besarla en la mejilla—. Sé que lo único que quieres es lo mejor para mí.

—Así es. Y por esa misma razón quiero a Rogan para ti. No, no me lo niegues. No puedes decirme que tú no lo quieres para ti.

—Le tengo afecto —dijo Patricia cuidadosamente—. Mucho. Siempre se lo he tenido.

—Y él te tiene afecto a ti, pero estás siendo demasiado paciente. No puedes seguir esperando a que él dé el siguiente paso, porque mientras tanto puede distraerse por el camino. Una mujer ciega podría ver que está interesado mucho más que en el trabajo de la Concannon. Y ella no parece ser del tipo de mujer que se sienta a esperar —añadió Anne agitando el dedo índice—. No, claro que no. Ella debe de ser la clase de mujer que al encontrarse con un hombre de la posición y fortuna de Rogan, trata de atraparlo en menos que canta un gallo.

—Dudo mucho que Rogan sea de los que se dejan atrapar así —contestó Patricia a su madre secamente—. Él está muy seguro de sí mismo y de lo que quiere.

—En la mayoría de los aspectos —estuvo de acuerdo Anne—, pero los hombres necesitan que los guíen, Patricia, que los seduzcan. Tú no has intentado seducir a Rogan Sweeney. Tienes que lograr que te vea como una mujer, no como la viuda de su amigo. Porque tú lo deseas, ¿no es así?

—Yo creo que…

—Claro que lo deseas. Entonces es hora de que él te desee también.

Patricia estuvo muy callada en el viaje de regreso a casa. Esa casa que había compartido con Robert, la casa que no había podido dejar. Ya no entraba con la esperanza de encontrarlo allí esperándola ni sufría esos repentinos ataques de dolor que la asaltaban en los momentos más inoportunos cuando recordaba su vida juntos. Tan sólo era una casa que guardaba muy buenos recuerdos.

Pero ¿quería seguir viviendo allí el resto de su vida? ¿Quería pasarse los días haciéndose cargo de los hijos de otras mujeres y no tener ninguno propio que le iluminara la vida?

Si su madre tenía razón y Rogan era lo que ella quería, entonces jugar un poco a seducirlo no tenía nada de malo.

—¿No quieres entrar un rato? —preguntó cuando Rogan la estaba acompañando hasta la puerta principal—. Todavía es temprano y no tengo sueño.

Rogan pensó en su propia casa vacía y las horas que faltaban para que empezara de nuevo la jornada laboral.

—Si me prometes que me ofrecerás un brandy.

—Te lo serviré en la terraza —contestó ella abriendo la puerta.

La casa reflejaba la elegancia discreta y el innegable buen gusto de la dueña. Y a pesar de que Rogan siempre se había sentido como en su propia casa allí, pensó en el desorden de la cabaña de Maggie y en su cama deshecha.

Incluso la copa de brandy le recordó a Maggie. Pensó en cómo había estrellado una en la chimenea en un arrebato de pasión. Y en el paquete que había llegado unos días después con una que ella misma había hecho para reemplazar la que había roto.

—Hace una noche espléndida —dijo Patricia para atraer la atención de Rogan, que estaba distraído.

—¿Qué? Ah, sí, claro —repuso, y le dio vueltas al brandy, pero no bebió.

Una media luna rodeada de bruma iluminaba el firmamento. Soplaba una brisa tibia y perfumada y sólo rompía el silencio el sonido ahogado del tráfico, que se oía más allá de los setos.

—Cuéntame más cosas de la guardería —se interesó Rogan—. ¿Qué estudio de arquitectos has escogido? —Patricia le dijo el nombre y él lo aprobó—. Son muy buenos. Nosotros los hemos contratado un par de veces.

—Ya lo sé. Joseph fue quien me los recomendó. No te imaginas todo lo que me ha ayudado, aunque me siento culpable de distraerlo de su trabajo.

—No te preocupes. Joseph es capaz de hacer seis cosas a la vez.

—Al parecer nunca le molesta que me pase por la galería. —Para probar a Rogan, y a sí misma, Patricia se acercó más a él—. Te he echado de menos.

—Las cosas han estado agitadas —dijo, colocándole un mechón de pelo detrás de la oreja, un gesto antiguo, un viejo hábito del que Rogan no era consciente—. Tenemos que sacar tiempo para vernos. No hemos ido al teatro en semanas, ¿no?

—No —respondió, y lo cogió de la mano—, pero me alegra que tengamos tiempo ahora que estamos solos.

En ese momento una señal de alarma sonó dentro de la cabeza de Rogan, pero la desoyó porque la consideró ridícula, y entonces sonrió.

—Ya tendremos más tiempo. ¿Te parece que me pase por la casa que has comprado y te dé mi opinión?

—Ya sabes que valoro mucho tu opinión. —El corazón le latía rápido en el pecho—. Te valoro a ti.

Antes de poder cambiar de opinión, se inclinó hacia Rogan y presionó su boca contra la de él. Si había una expresión de alarma en los ojos de él, ella se negó a verla.

Esa vez no fue un dulce beso platónico. Patricia enredó los dedos entre el pelo de Rogan y se entregó al beso. Quería desesperadamente sentir algo otra vez, pero los brazos de Rogan no la abrazaron, sus labios no se encendieron. Se quedó paralizado como una estatua. No fue placer ni deseo lo que tembló entre ellos. Fue el aire helado de la conmoción.

Patricia retrocedió y vio la sorpresa en la cara de Rogan, y, aún peor, mucho peor, la expresión de lástima en sus ojos. Entonces, sintiendo que le dolía el corazón, le dio la espalda.

—Patricia… —empezó Rogan dejando su copa de brandy sin tocar sobre la mesa.

—No… No digas nada —respondió Patricia apretando los ojos con fuerza.

—Claro que voy a hablar, tengo que hacerlo. —Dudando si tocarla o no, finalmente puso las manos sobre los hombros de ella con suavidad—. Patricia, tú sabes todo lo que te… —¿Qué palabra sería la apropiada?, pensó frenéticamente Rogan— … aprecio —dijo por fin, y se odió a sí mismo.

—Déjalo así —repuso Patricia, apretando las manos hasta que le dolieron—, ya me siento suficientemente humillada.

—Nunca pensé… —Se maldijo a sí mismo nuevamente y, como se sentía fatal, maldijo a Maggie por haber estado en lo cierto—. Patty —continuó, impotente—, lo siento.

—Estoy segura de que así es. —Su voz sonó fría, a pesar de que Rogan la había llamado con su viejo diminutivo—. Yo también lo siento, por ponerte en una situación tan incómoda.

—Es culpa mía. Debí haberlo entendido.

—¿Por qué? —Fría, se alejó de él y se dio la vuelta. A la luz de la luna, la cara se le veía tan frágil como el cristal, y los ojos, vacíos—. Siempre estoy disponible para ti, ¿no? Aparezco en la galería, voy contigo al teatro cualquier noche que tengas libre… Pobre Patricia, tan desorganizada, soñando con sus pequeños proyectos para mantenerse ocupada. La joven viuda que se contenta con una palmadita en la cabeza y una sonrisa indulgente.

—Eso no es cierto. No es lo que siento.

—No sé qué sientes. —Subió la intensidad de su voz, asustándolos a los dos—. Tampoco sé cómo me siento yo. Sólo sé que quiero que te vayas antes de que digamos cosas que nos puedan avergonzar más de lo que ya estamos.

—No te puedo dejar así. Ven, vamos dentro, por favor. Sentémonos y hablemos.

No, pensó Patricia, quería llorar y completar su tormento.

—Lo digo en serio, Rogan —repuso lacónicamente—. Quiero que te vayas. No hay nada que nos podamos decir ahora salvo buenas noches. Ya conoces la salida —añadió, y pasó junto a él y se metió en la casa.

Malditas fueran todas las mujeres, pensó Rogan al entrar en la galería la tarde del día siguiente. Malditas por su extraordinaria capacidad para hacer sentir culpables, necesitados e idiotas a los hombres.

Había perdido a una amiga, una a la que quería mucho. La había perdido, pensó, porque no había sido capaz de ver cuáles eran sus sentimientos, los cuales, recordó con creciente resentimiento, habían sido evidentes para Maggie.

Subió las escaleras furioso consigo mismo. ¿Por qué no era capaz de manejar a dos de las mujeres que más significaban para él? Le había partido el corazón a Patricia, y Maggie, maldita sea, tenía el poder de partirle el suyo. ¿Acaso nadie se enamoraba de personas que estuvieran dispuestas a devolver ese amor?

Pues bien, él no era tan tonto como para poner sus sentimientos a los pies de Maggie para que ella los pisoteara. No ahora. No ahora que sin darse cuenta había pisoteado los de Patricia. Él podía arreglárselas muy bien solo, gracias.

Entró en la primera salita de reuniones y frunció el ceño. Habían puesto allí otras piezas de Maggie como mero aperitivo de la obra que estaría de gira durante los próximos doce meses. El globo que Maggie había creado ante sus ojos resplandeció, y era cierto que parecía que contenía todos los sueños de los que Maggie había hablado, sueños que parecían burlarse de él cuando Rogan miraba en el abismo de sus profundidades.

Maggie no había cogido el teléfono cuando la había llamado la noche anterior. Tal vez la había necesitado en el momento en que se había sentido miserablemente culpable por lo que había pasado con Patricia. Necesitaba oír su voz, que lo sosegara. Pero en cambio había escuchado su propia voz, concisa y precisa, en el contestador. Maggie se había negado a grabar el mensaje ella misma.

Así que en lugar de mantener una tranquila y tardía, tal vez íntima, conversación nocturna, Rogan le había dejado un lacónico mensaje que sabía sin duda que la iba a disgustar tanto como lo había disgustado a él. Dios, cómo la deseaba.

—Ah, justo el hombre al que quería ver. —Tan alegre como un petirrojo, Joseph entró a la habitación—. Acabo de vender *Carlota*. —La sonrisa de satisfacción de Joseph se desvaneció y se convirtió en curiosidad cuando Rogan se volvió y pudo verle la cara—. ¿Un mal día?

—Los he tenido mejores. ¿*Carlota*, dices? ¿A quién?

—A una turista norteamericana que entró en la galería esta mañana. Se quedó absolutamente fascinada con ella cuando la vio. Se la vamos a mandar a su casa, a un lugar llamado Tucson.

Joseph se sentó en el sofá y encendió un cigarrillo a modo de celebración.

—La mujer me dijo que adora los desnudos primitivos, y nuestra *Carlota*, sin lugar a dudas, es primitiva. A mí también me gustan los desnudos, pero *Carlota* no es mi tipo. Demasiado grande de caderas y demasiado color en las mejillas. Creo que al artista le faltó sutileza, digamos.

—Es un óleo excelente —contestó Rogan con tono ausente.

—Dentro de su clase. Puesto que yo prefiero las obras un poco menos obvias, no voy a lamentar enviar *Carlota* a Tucson. —Sacó del bolsillo un pequeño cenicero portátil y puso el cigarrillo sobre él—. Ah, y esa serie de acuarelas del escocés llegó hace una hora. Es un trabajo bellísimo, Rogan. Creo que has descubierto a otra estrella.

—Pura suerte. Si no hubiera estado revisando lo de la fábrica de Inverness, nunca habría visto los dibujos.

—Un artista callejero… —Joseph sacudió la cabeza—. Bueno, no por mucho tiempo, puedo garantizarlo.

Las acuarelas tienen una cualidad mística maravillosa, un tanto frágil y austera. —El diente de oro resplandeció cuando sonrió—. Y viene un desnudo que compensa la pérdida de *Carlota*, uno mucho más de mi gusto, debo decir. Es elegante y delicada, y tiene los ojos un poquito tristes. Me he enamorado perdidamente.

En ese momento se interrumpió al ver a Patricia en la entrada y se ruborizó ligeramente. Desesperanzado, le tembló el corazón. «Está fuera de tu alcance —se recordó Joseph—, muy fuera de tu alcance, chico». Se puso de pie y le dirigió su sonrisa más deslumbrante.

—Hola, Patricia. Es un placer verte.

Rogan se dio la vuelta. Decidió que debían azotarlo por ser el causante de las ojeras de Patricia.

—Hola, Joseph. Espero no interrumpiros.

—En absoluto. La belleza siempre es bienvenida aquí —replicó, y la tomó de la mano, se la besó y se dijo que era un idiota—. ¿Quieres tomar un té?

—No, no te preocupes.

—No es problema, de verdad. Ya casi vamos a cerrar...

—Ya sé. Esperaba... —Patricia se infundió fuerzas—. Joseph, ¿te importaría dejarnos solos un momento? Tengo que hablar con Rogan en privado.

—Por supuesto que no. —«Tonto, imbécil, idiota»—. Estaré abajo. Y pondré la tetera a calentar por si cambias de opinión.

—Gracias —dijo, y aguardó a que Joseph saliera y cerró la puerta—. Espero que no te importe que haya venido tan cerca de la hora de cierre.

—No, claro que no. —De nuevo, se dio cuenta, Rogan no estaba preparado para controlarse—. Me alegra que hayas venido.

—No, claro que no te alegra. —Patricia sonrió ligeramente al hablar, para suavizar la punzada—. Estás ahí de pie, pensando frenéticamente qué debes decir o cómo comportarte. Te conozco desde hace demasiado tiempo, Rogan. ¿Nos sentamos?

—Por supuesto.

Rogan trató de ofrecerle una mano para ayudarla a sentarse, pero la dejó caer a su costado. Patricia levantó una ceja ante el movimiento. Entonces se sentó y cruzó las manos sobre el regazo.

—He venido a disculparme.

Ahora, la angustia de Rogan era total.

—No, por favor. No hay necesidad...

—Claro que hay necesidad, y vas a tener la cortesía de escucharme.

—Patty —empezó, sentándose junto a ella y sintiendo que el estómago le daba un vuelco—, te hice llorar.

Era demasiado obvio ahora que se hallaban más cerca. Aunque estaba maquillada cuidadosamente, se adivinaban las señales.

—Sí, así es. Y cuando terminé de llorar empecé a pensar por mí misma —dijo con un suspiro—. Tengo muy poca práctica en pensar por mí misma, Rogan. Mis padres me han cuidado tanto y tenían tantas expectativas... Siempre he temido no ser capaz de cumplirlas.

—Eso es absurdo...

—Te he pedido que me escuches —dijo en un tono que lo sorprendió—, y lo harás. Siempre has formado parte de mi vida, desde los... ¿catorce, quince años? Y Robbie... yo estaba tan enamorada de él que no había necesidad de pensar, no había espacio para hacerlo. Todo era él, y arreglar la casa juntos, convertirla en un hogar. Cuando lo perdí, pensé que yo también me moriría. Dios sabe que quería morirme.

No había nada más que Rogan pudiera hacer salvo cogerla de la mano.

—Yo también lo quería.

—Sé que así es. Y fuiste tú quien me ayudó a salir adelante. Tú me ayudaste durante el duelo y después de él. Podía hablar de Robbie contigo, y llorar y reír. Has sido el mejor de los amigos para mí, así que era natural que te amara. Parecía sensato esperar a que dejaras de verme como una amiga y empezaras a verme como una mujer. Entonces ¿no hubiera sido natural que te enamoraras de mí y me pidieras que me casara contigo?

Los dedos de Rogan se movieron intranquilamente debajo de los de ella.

—Si hubiera prestado más atención...

—Habrías seguido sin ver nada que yo no quisiera que vieras —concluyó—. Pero anoche, por razones que no voy a discutir, decidí dar el siguiente paso. Cuando te besé, esperaba sentir una explosión de estrellas y la luz de la luna. Me lancé a besarte esperando que fuera todo lo que deseaba sentir de nuevo, las mariposas en el estómago, el vuelco del corazón. Quería tanto sentir otra vez... Pero no fue así...

—Patricia, no es que yo... —Se interrumpió, entornó los ojos—. ¿Cómo dices?

Patricia se rio, confundiendo a Rogan aún más.

—Cuando terminé mi bien merecida cuota de llanto, repasé todo el episodio. No sólo fuiste tú al que tomaron por sorpresa, Rogan. Me di cuenta de que no sentí nada en absoluto cuando te besé.

—Nada en absoluto —repitió Rogan después de un momento.

—Nada más que vergüenza por habernos puesto en esa situación tan espantosa. Me di cuenta de que aunque te quiero profundamente, no estoy enamorada de ti. Sólo besé a mi mejor amigo.

—Ya veo. —Era ridículo sentir como si su hombría hubiera sido puesta en duda. Pero él era, después de todo, un hombre—. Qué suerte, ¿no?

Patricia lo conocía bien. Riéndose, se llevó la mano de Rogan a su mejilla.

—Ahora te he insultado.

—No, no me has insultado. Me alegra que hayamos aclarado las cosas. —La tranquila expresión de Patricia lo hizo maldecir para sus adentros—. Bueno, pues sí, qué demonios, sí me has insultado. O al menos has herido mi orgullo masculino —añadió, devolviéndole la sonrisa—. ¿Amigos, entonces?

—Siempre —respondió Patricia, y suspiró profundamente—. No puedo decirte lo aliviada que me siento por haber resuelto esto. ¿Sabes? Creo que le voy a aceptar ese té a Joseph. ¿Nos acompañas?

—Lo siento, ahora no puedo. Acaba de llegar una entrega de Inverness y quiero echarle un vistazo.

Patricia se puso de pie.

—Creo que tengo que coincidir con mi madre en que estás trabajando demasiado, Rogan. Se te está empezando a notar. Necesitas tomarte unos días y relajarte.

—En uno o dos meses.

Sacudiendo la cabeza, Patricia se inclinó para darle un beso.

—Siempre dices lo mismo. Quisiera pensar que esta vez lo dices en serio. —Ladeó la cabeza y le sonrió—. Creo que la villa que tienes en el sur de Francia puede ser un excelente lugar no sólo para relajarse, sino para potenciar la creatividad artística. Seguro que los colores y las texturas de allí serán del interés de una artista.

Rogan abrió la boca de par en par, en gesto de absoluta sorpresa.

—Sí que me conoces bien —murmuró.

—Así es. Piénsalo —dijo, y salió, lo dejó meditando en sus palabras y bajó a la cocina.

Vio que Joseph estaba en la sala principal con unos clientes, de modo que empezó a preparar el té ella misma.

Joseph entró en la cocina justo cuando Patricia estaba sirviendo la primera taza.

—Lo siento —dijo a Patricia—. Al parecer no tenían prisa, ni he podido seducirlos para que dejaran su dinero aquí. Pensaba que terminaría el día con la venta de la escultura de bronce, ésa que parece un arbusto sagrado, pero se me han escapado.

—Ven, tómate un té para consolarte.

—Claro, gracias. ¿Has...? —Se interrumpió cuando Patricia se dio la vuelta y pudo verle la cara a plena luz—. ¿Qué te pasa? ¿Ha ocurrido algo malo?

—¿Por qué? No, nada... —Llevó las tazas a la mesa, pero casi se le cayeron cuando Joseph la cogió del brazo.

—Has estado llorando —dijo con voz tensa—, y tienes ojeras.

Con un suspiro de impaciencia, puso las tazas sobre la mesa.

—¿Por qué son tan caros los cosméticos si no cumplen con su maldito cometido? Una mujer no puede llorar tranquilamente si no puede confiar en su maquillaje. —Se iba a sentar, pero Joseph la sujetó firmemente por los hombros. Sorprendida, levantó la cara para mirarlo directamente. Lo que vio en sus ojos la hizo estremecerse—. No es nada, de verdad. Sólo una tontería, pero ya estoy bien.

Joseph no podía pensar. Ya la había tenido en sus brazos antes, por supuesto. Habían bailado. Pero en ese momento no había música. Sólo estaba ella. Lentamente, levantó una mano y acarició suavemente con un dedo la sombra que había bajo los ojos de Patricia.

—Lo echas de menos… a Robbie.

—Sí, siempre. —Pero el rostro de su marido, tan amado, se hizo borroso. Sólo podía ver a Joseph—. No he llorado por Robbie. No exactamente. La verdad es que no sé con certeza por qué he estado llorando.

Patricia era tan encantadora, pensó Joseph. Tenía la mirada tan tranquila… pero confundida. Y su piel, nunca se había atrevido a tocarla así antes, era como la seda.

—No deberías llorar, Patty —se oyó decir a sí mismo. Luego, la besó, su boca se dirigió hacia la de ella como una flecha, sus manos se hundieron en el pelo de Patricia, que era suave y sedoso.

Se perdió en ella, se sumergió en su olor, en el ardor que había en la manera en que ella abrió la boca, sorprendida, para dejarlo entrar y que la saboreara completamente. El cuerpo de Patricia le transmitió una delicada sensación de fragilidad que hizo surgir en él necesidades insoportables y conflictivas. De tomar, de proteger, de consolar, de poseer.

Joseph se apartó de ella cuando Patricia suspiró, en parte por la sorpresa, en parte por la duda, con la cara paralizada por la estupefacción.

—Por... por favor, discúlpame —balbuceó Joseph, quien luego, cuando ella no dijo nada y sólo se quedó mirándolo, se puso rígido por el arrepentimiento. Un torbellino de emociones se desató dentro de su cuerpo al dar un paso atrás—. Mi comportamiento es imperdonable —dijo, y se giró y salió de la cocina antes de que la cabeza de Patricia dejara de dar vueltas y pudiera decir algo.

Patricia dio un paso detrás de él, con su nombre en los labios, pero se detuvo. Presionó una mano contra su corazón desbocado y se desplomó en una silla, porque las piernas le temblaban y temió que no la sostuvieran.

¿Joseph? Llevó la mano del pecho a la cara y se tocó las mejillas sonrojadas. Joseph, pensó de nuevo, sorprendida. Era ridículo. No eran más que amigos casuales que compartían el afecto hacia Rogan y el arte. Joseph era... lo más cercano a un bohemio que ella conocía, pensó. Sí, era encantador, como confirmarían todas las mujeres que entraban a la galería.

Y sólo había sido un beso. Sólo un beso, se dijo, tomando la taza de té de la mesa. Pero le temblaban las manos, y por eso se le derramó el té.

Un beso, comprendió con un sobresalto, que la había hecho sentir las mariposas en el estómago, la explosión de estrellas y todas las sensaciones maravillosas y aterradoras que ella añoraba.

Joseph, pensó de nuevo, y salió deprisa de la cocina para ir a buscarlo.

Lo vio a lo lejos en la sala y se encaminó hacia él, pasando junto a Rogan prácticamente sin dirigirle la palabra.

—¡Joseph!

Joseph se quedó rígido y maldijo entre dientes. «Aquí viene», pensó amargamente, y le plantaría un buen tortazo y, encima, como no se había ido con suficiente prisa, en público. Resignado a aceptar su castigo, se dio la vuelta y se echó el pelo hacia atrás. Patricia patinó y se detuvo a escasos centímetros de él, evitando sólo por poco no arrollarlo.

—Yo… —olvidó por completo lo que esperaba poder decir.

—Tienes todo el derecho a estar furiosa —dijo Joseph—. Difícilmente importa que no fuera mi intención… Yo sólo quería… ¡Maldita sea! ¿Qué esperabas? Estabas ahí tan triste y tan bella… Tan perdida… Me olvidé de mí mismo. Y me disculpo por ello.

Se había sentido perdida, comprendió Patricia, y se preguntó si él podría entender lo que era saber dónde estaba uno y creer que sabía hacia dónde se dirigía, pero estar perdido al mismo tiempo. Pensó que tal vez sí podría.

—¿Cenarías conmigo?

Joseph parpadeó, dio un paso atrás, se quedó mirándola.

—¿Qué?

—Que si cenarías conmigo —repitió, sintiéndose mareada, intranquila—. Esta noche. Ya.

—¿Quieres cenar conmigo? —Habló despacio, acentuando las sílabas—. ¿Conmigo? ¿Esta noche?

Joseph estaba tan receloso y desconcertado que Patricia se rio.

—Sí. No. De hecho no es lo que quiero.

—Está bien, entonces. —Joseph negó con la cabeza, tenso, y se dirigió hacia la calle.

—No quiero cenar —añadió Patricia subiendo la voz, lo que hizo que la gente se volviera a mirarla. ¿Un poco temeraria?, pensó. No, completamente temeraria—. Lo que quiero es que me beses de nuevo.

Eso hizo que Joseph se detuviera del todo. Se giró haciendo caso omiso de un hombre con camisa de flores que le guiñó un ojo y le infundió ánimo. Como un ciego que siente por dónde debe caminar, se acercó a ella.

—No estoy seguro de haber entendido lo que has dicho.

—Entonces te lo repetiré claramente. —Se tragó una estúpida burbuja de orgullo y dijo—: Quiero que me lleves a tu casa, Joseph, y que me beses de nuevo. Y a menos que me haya equivocado sobre lo que sentimos los dos, quiero que me hagas el amor. —Dio un último paso hacia él—. ¿Has entendido lo que te he dicho y estás de acuerdo?

—¿Estar de acuerdo? —Tomó el rostro de ella entre sus manos y la miró fijamente a los ojos—. Has perdido la razón, Patty… gracias a Dios. —Se rio y la abrazó con fuerza—. Más que de acuerdo, querida, mucho más.

14

Maggie cruzó los brazos sobre la mesa de la cocina y descansó la cabeza en ellos. El día había sido un infierno total.

Su madre se había quejado sin parar, implacablemente. De todo sin excepción: desde la lluvia que no paraba hasta las cortinas que Brianna había colgado en el gran ventanal de la fachada principal de la casa nueva. Pero ver a Maeve organizada en su propia casa hacía que el horror del día hubiera valido la pena. Maggie había cumplido su palabra y Brianna era libre.

Sin embargo, Maggie no había esperado sentir la oleada de culpa que la ahogó cuando Maeve empezó a llorar con la espalda encorvada, la cara enterrada en las manos y las lágrimas resbalando por los dedos. No. No había esperado sentir culpa o sentirse tremendamente apenada por la mujer que había terminado de maldecirla sólo segundos antes de deshacerse en llanto.

Al final había sido Lottie, con su imperturbable y constante alegría, la que se había hecho cargo de la situación. Había acompañado a Maggie y a Brianna fuera de la casa y les había dicho que no había nada de qué preocuparse, absolutamente nada, puesto que las lágrimas eran tan naturales como la lluvia. Y qué casa tan encantadora era ésa, había seguido diciéndoles al tiempo que las empujaba hacia fuera, como una casita de muñecas, e igualmente primorosa y arreglada. Tanto Maeve como ella estarían tan cómodas como gatos. Y no paró hasta que las hubo acomodado en la camioneta de Maggie.

Así que ya estaba hecho. Y era lo correcto. Pero no abrirían ninguna botella de champán esa noche. Maggie se había tomado un whisky y se había arrellanado sobre la mesa, plena de emociones, extenuada, mientras la lluvia tamborileaba sobre el techo y el atardecer iba oscureciendo el día.

El teléfono no la despertó. Sonó insistentemente mientras ella dormía sobre la mesa de la cocina, pero finalmente la voz de Rogan se abrió paso entre el cansancio y la hizo pegar un bote en la silla y espabilarse.

—Espero saber de ti a más tardar por la mañana, pues no tengo ni el tiempo ni la paciencia para ir a buscarte.

—¿Qué?

Adormilada, parpadeó como un búho y miró a su alrededor en la habitación a oscuras. Caramba, hubiera jurado que Rogan estaba allí dándole la lata.

Disgustada porque habían interrumpido su siesta, y porque la interrupción le había recordado que tenía hambre y que no había nada de comer en la casa, se levantó de la mesa.

Iría al hotel de Brie, decidió. Y saquearía su cocina. Tal vez podrían alegrarse mutuamente. Estaba descolgando su impermeable de la percha cuando vio la luz intermitente en el contestador.

—Qué engorro —murmuró, pero presionó el botón para rebobinar la cinta y escucharla.

—Maggie —dijo de nuevo la voz de Rogan, que llenó la habitación. La hizo sonreír pensar que sí había sido él quien la había despertado—, ¿por qué diablos nunca puedes contestar el maldito teléfono? Es mediodía. Quiero que me llames en cuanto entres en casa del taller. Es en serio. Hay un tema que quiero discutir contigo. Así que… Te echo de menos. Maldita sea, Maggie, te echo de menos.

El mensaje hizo clic al final, pero antes de que Maggie pudiera jactarse, empezó otro.

—¿Crees que no tengo nada mejor que hacer que pasarme el tiempo hablando con esta maldita máquina?

—No lo creo —contestó Maggie—, pero fuiste tú el que la puso aquí.

—Son las cuatro y media y tengo que ir a la galería. Tal vez no he sido suficientemente claro. Necesito hablar contigo hoy. Voy a estar en la galería hasta las seis, después me puedes localizar en casa. Me importa un bledo lo absorta que estés en tu trabajo. Maldita seas por estar tan lejos.

—Este hombre se pasa más tiempo maldiciéndome que haciendo cualquier otra cosa —murmuró—. Y tú estás tan lejos de mí como yo de ti, Sweeney.

Y como si la respondiera, su voz empezó de nuevo.

—Eres una mocosa irresponsable, idiota e insensible. ¿Se supone que ahora debo preocuparme de que hayas explotado en mil pedazos con tus productos químicos o de que te hayas prendido fuego? Gracias a tu hermana, que sí contesta el teléfono, sé que sí estás en casa. Son casi las ocho y tengo una cena de negocios. Ahora, escúchame bien, Margaret Mary. Ven a Dublín y trae tu pasaporte. No voy a desperdiciar mi tiempo explicándote por qué, sólo haz lo que te digo. Si no consigues vuelo, avísame para mandarte el jet de la compañía. Espero saber de ti a más tardar por la mañana, pues no tengo ni el tiempo ni la paciencia para ir a buscarte.

—¿Venir a buscarme? Como si pudieras.

Se quedó de pie un momento, frunciéndole el ceño al contestador. Así que se suponía que debía ir a Dublín, ¿no?, sólo porque él lo exigía. Nunca un «por favor», o un «podrías», sólo «haz lo que te digo». El infierno se congelaría antes de que ella le diera esa satisfacción.

Olvidando que tenía hambre, subió a toda carrera a su dormitorio. Irse a Dublín, refunfuñó. Qué desfachatez la de ese hombre, darle órdenes a ella. Sacó la maleta del armario y la lanzó sobre la cama.

¿Acaso Rogan creía que ella tenía tantas ganas de verlo, que dejaría todo tirado y correría a sus pies? Se iba a dar cuenta de que no era así. Sí, señor, decidió mientras embutía la ropa en la maleta. Iba a decirle en persona, cara a cara, lo diferentes que eran las cosas.

Y dudaba que Rogan le diera las gracias por ello.

—Eileen, necesito que me envíen por fax desde Limerick esos presupuestos definitivos antes de que termine el día. —Detrás de su escritorio, Rogan tachó una entrada de su lista y se masajeó la nuca para rebajar la tensión que sentía allí—. Y quiero ver el informe de cómo van las obras en cuanto llegue.

—Dijeron que lo mandarían a mediodía. —Eileen, una trigueña impecable que manejaba la oficina con tanta pericia como manejaba un marido y tres hijos, hizo una anotación en su agenda—. Tiene una reunión a las dos de la tarde con el señor Greenwald para discutir los cambios en el catálogo de Londres.

—Sí, ya lo tengo presente. Greenwald querrá martinis.

—Vodka —respondió Eileen—. Dos aceitunas. ¿Quiere que pida una tabla de quesos para evitar que se emborrache?

—Por favor. —Rogan tamborileó con los dedos sobre el escritorio—. ¿No ha habido llamada de Clare?

—Ninguna esta mañana —dijo, y le lanzó una mirada curiosa a su jefe—. Le avisaré en cuanto la señorita Concannon llame.

Rogan gruñó, el equivalente vocal a encogerse de hombros.

—Por favor, hágame esa llamada a Roma que he pedido.

—De inmediato. Ah, y tengo el borrador de la carta que vamos a enviar a Inverness en mi escritorio, si quiere aprobarla.

—Bien. Y mandemos un mensaje a Boston. ¿Qué hora es allí? —Rogan empezó a hacer las cuentas mirando el reloj cuando un manchurrón rojizo en la puerta lo distrajo—. Maggie…

—Sí, Maggie —repitió ella dejando caer la maleta de un golpe y llevándose los puños a las caderas—. Tengo que cruzar unas palabras contigo, señor Sweeney. —Dominó su ira el tiempo suficiente para saludar con la cabeza a la mujer que se levantó de la silla que había ante el escritorio de Rogan—. Usted debe de ser Eileen…

—Sí. Es un placer conocerla finalmente, señorita Concannon.

—Muy amable de su parte. Debo decir que tiene usted un aspecto estupendo teniendo en cuenta que trabaja bajo las órdenes de un tirano —dijo, y subió la voz al pronunciar la última palabra.

Eileen hizo una mueca con los labios. Se aclaró la garganta y cerró su agenda.

—Muchas gracias. ¿Necesita algo más, señor Sweeney?

—No. Y no me pase llamadas, por favor.

—Sí, señor.

Eileen salió y cerró la puerta discretamente detrás de ella.

—Así que recibiste mi mensaje... —dijo Rogan a Maggie recostándose en su silla hacia atrás y jugueteando con su pluma.

—Lo recibí.

Maggie atravesó la oficina. No, pensó Rogan, se pavoneó por la oficina, todavía con los puños sobre la cadera y con los ojos echando chispas.

A Rogan no lo avergonzó aceptar que la boca se le hizo agua en cuanto la vio.

—¿Quién te crees que eres? —Golpeó con las palmas de las manos el escritorio haciendo temblar los bolígrafos—. Firmé un contrato contigo por mi trabajo, Rogan Sweeney, y sí, me acosté contigo, para mi eterno arrepentimiento, pero eso no te da derecho a darme órdenes o maldecirme cada cinco minutos.

—No he hablado contigo en días —le recordó—, así que ¿cómo habría podido maldecirte?

—Pues en ese espantoso contestador tuyo, que, a propósito, he tirado a la basura esta mañana. —Con mucha calma, Rogan escribió algo en su libreta—. No empieces con eso.

—Sólo estoy apuntando que necesitas reemplazar tu contestador. Veo que no has tenido problemas para conseguir vuelo.

—¿Que no he tenido problemas? Tú no has sido sino una fuente de problemas para mí desde que entraste en mi taller por primera vez. Nada más. Crees que puedes cogerlo todo, no sólo mi trabajo, lo que ya es suficientemente malo, sino a mí también. Estoy aquí para decirte que no puedes. No voy a aceptar… ¿Adónde diablos vas? No he terminado.

—No he pensado que ya hubieras terminado, te lo aseguro —replicó, y continuó caminando hacia la puerta, le echó el cerrojo y se dio la vuelta.

—Quítale el cerrojo a la puerta.

—No.

El hecho de que estuviera sonriendo mientras se acercaba a ella no la ayudó a calmar los nervios.

—Ni se te ocurra ponerme las manos encima.

—Estoy a punto de hacerlo. De hecho, estoy a punto de hacer algo que no he hecho en los doce años que llevo trabajando en esta oficina.

El corazón de Maggie se desbocó y lo sintió en la garganta.

—No vas a hacer nada.

Así que, pensó Rogan, por fin había logrado sorprenderla. La vio mirar hacia la puerta y entonces la tomó entre sus brazos.

—Puedes seguir riñéndome una vez que haya terminado contigo.

—¿Terminado conmigo? —Maggie trató de zafarse, pero la boca de Rogan alcanzó la suya—. Suéltame, eres un bruto de manos torpes.

—Pero si te gustan mis manos... —replicó, y las usó para quitarle el suéter que llevaba puesto—. Tú misma me lo dijiste.

—Es mentira. No quiero esto, Rogan. —Pero su negativa terminó en un gemido al sentir los labios calientes de él sobre su cuello. Y cuando recuperó el aliento continuó—: Voy a gritar hasta levantar el techo.

—Adelante —repuso, y la mordió sin ninguna delicadeza—. Me gusta cuando gritas.

—Maldito... —murmuró, y se deslizó muy dispuesta con él hacia el suelo.

Fue rápido y apasionado. Un coito frenético que terminó casi tan pronto como empezó. Pero la velocidad no disminuyó su poder. Yacieron abrazados sobre el suelo un momento, con las extremidades vibrando. Rogan volvió la cabeza para darle un beso en la mandíbula.

—Qué amable de tu parte haber venido.

Maggie hizo acopio de todas sus fuerzas para propinarle un puñetazo en el hombro.

—Quítate de encima, bruto —exigió.

Ella lo habría empujado, pero Rogan ya estaba cambiando de posición y la arrastró en el proceso hasta sentarla a horcajadas sobre sus piernas.

—¿Mejor?

—¿Mejor que qué? —Maggie sonrió, pero luego recordó que estaba furiosa con él. Empujándolo, se sentó sobre la alfombra y empezó a estirarse la ropa—. Sí que tienes coraje, Rogan Sweeney.

—¿Porque te he arrastrado hasta el suelo?

—No —contestó, abrochándose los vaqueros—. Sería absurdo decir que sí cuando resulta obvio que lo he disfrutado.

—Bastante obvio.

Maggie le lanzó una mirada de acero mientras Rogan se levantaba y le ofrecía una mano para ayudarla.

—Ésa no es la cuestión. ¿Quién te crees que eres, dándome órdenes, diciéndome lo que tengo que hacer, sin un «por favor» o un «querrías»?

Rogan se inclinó y la levantó hasta dejarla de pie.

—Pero estás aquí, ¿no?

—Estoy aquí, imbécil, para decirte que no lo voy a tolerar. Ha pasado casi un mes desde que te fuiste de mi casa silbando y…

—Me has echado de menos.

—Por supuesto que no. Tengo más que suficiente para mantenerme ocupada. Ah, y ajústate esa corbata. Pareces un borracho.

Rogan puso su cara frente a la de ella.

—Me has echado de menos, Margaret Mary, a pesar de que nunca te molestaste en decírmelo cuando logré hablar contigo por teléfono.

—No puedo hablar por teléfono. ¿Cómo puedo decirle algo a alguien a quien no estoy viendo? Y estás evitando el tema.

—¿Cuál es el tema? —preguntó, recostándose cómodamente contra su escritorio.

—No me vas a dar órdenes. No soy uno de tus empleados ni trabajo para ti, así que métetelo en la cabeza. Anótalo en esa elegante libreta de cuero que tienes, si necesitas recordártelo. Pero nunca me vuelvas a decir lo que tengo que hacer. —Suspiró satisfecha—. Ahora que he dejado eso claro, me voy.

—Maggie, si no tenías intención de quedarte, ¿por qué has traído maleta?

Rogan la había pillado. Con paciencia, esperó a que el disgusto, la consternación y la confusión desaparecieran del rostro de Maggie.

—Tal vez tenía intención de quedarme en Dublín uno o dos días. Puedo ir y venir cuando quiera, ¿o no?

—Mmmm… ¿Has traído tu pasaporte?

—¿Y qué si lo he traído? —dijo, mirándolo con recelo.

—Bien. —Rodeó el escritorio y se sentó en la silla—. Nos ahorrará tiempo. Pensaba que podrías haber sido cabezota y habértelo dejado en casa. Habría sido una molestia tener que ir hasta allí para traerlo. —Se inclinó y le sonrió—. ¿Por qué no te sientas? ¿Quieres que le pida a Eileen que te traiga un té?

—No me quiero sentar y no quiero té. —Se cruzó de brazos, le dio la espalda y se quedó mirando el cuadro de Georgia O'Keefe que Rogan tenía colgado en la pared—. ¿Por qué no volviste?

—Por un par de razones. Una, he estado sepultado bajo una avalancha de trabajo. Quería solucionar algunas cosas para poder tener unos días libres. Otra, quería estar lejos de ti un tiempo.

—¿De verdad? —Mantuvo los ojos clavados en los vívidos colores del cuadro—. ¿Y todavía quieres estar lejos de mí?

—Es que no quería admitir cuánto deseaba estar contigo. —Esperó, sacudió la cabeza. Silencio—. Ya veo. ¿Ningún yo-también-quería-estar-contigo-Rogan?

—Sí quería. No es que no tenga vida propia, pero hubo momentos extraños en los cuales me habría gustado tener tu compañía.

Y, al parecer, Rogan tendría que conformarse con eso.

—Estás a punto de obtener lo que querías. ¿Podrías sentarte, Maggie, por favor? Tenemos que discutir algunas cosas.

—Está bien —dijo, y se dio la vuelta y se sentó frente a él.

Rogan estaba perfecto allí, pensó Maggie. Digno, competente, al mando. No parecía en absoluto un hombre que acababa de darse un revolcón en la alfombra de su despacho. La idea la hizo sonreír.

—¿Qué?

—Estaba preguntándome qué estará pensando tu secretaria ahí fuera.

—Estoy seguro de que Eileen debe de suponer que estamos manteniendo una discusión de negocios muy civilizada —contestó levantando una ceja.

—¡Ja! A mí me parece una mujer inteligente, pero allá tú si quieres pensar eso. —Complacida por cómo Rogan miró hacia la puerta, cruzó las piernas poniendo un tobillo sobre la otra rodilla—. Así pues, ¿qué negocios vamos a discutir?

—Ah, tu trabajo de las últimas semanas ha sido excepcional. Como sabes, no vendimos diez piezas de la exposición para llevarlas de gira durante el próximo año. Quiero dejar algunas de las piezas nuevas en Dublín, pero el resto ya va de camino a París junto a las otras diez.

—Eso me dijo tu muy eficiente e inteligente Eileen. —Empezó a tamborilear con los dedos sobre el tobillo—. No me pediste que viniera a Dublín para decírmelo de nuevo, ni tampoco creo que me hayas traído para revolcarte conmigo en la alfombra.

—No, es cierto. Habría preferido discutir contigo los planes por teléfono, pero nunca te tomas la molestia de devolverme las llamadas.

—He estado fuera de casa la mayor parte del tiempo. Puede que tengas derechos exclusivos sobre mi obra, pero no sobre mí, Rogan. Tengo mi propia vida, como ya te he dicho.

—Muchas veces. —Sintió de nuevo la furia correr por sus venas—. No estoy interfiriendo en tu vida. Estoy dirigiendo tu carrera. Y para cumplir tal fin, voy a viajar a París para verificar los detalles de la exposición y de la inauguración.

París. A duras penas había pasado una hora con él y ya estaba hablando de irse. Afligida por su acobardado corazón, la voz le sonó tajante.

—Creo que deberías contratar a gente capaz de encargarse de ese tipo de detalles para que no tengas la necesidad de estar siempre fisgoneando por encima de sus hombros.

—Te garantizo que cuento con empleados muy competentes, pero sucede que tengo intereses creados en tu trabajo, así que prefiero ocuparme de esos detalles yo mismo. Quiero que todo salga perfecto.

—Lo que significa que quieres hacerlo a tu manera.

—Precisamente. Y quiero que tú vengas conmigo.

El comentario sarcástico que iba a brotar de su boca murió en el acto.

—¿A París? ¿Contigo?

—Comprendo que podrías poner objeciones de carácter artístico o incluso moral a promover tu propio trabajo, pero lo hiciste estupendamente en la inauguración, aquí, en Dublín. Sería muy ventajoso tenerte allí, aunque sea brevemente, en tu primera exposición internacional.

—Mi primera exposición internacional… —repitió Maggie perpleja mientras la frase le calaba en el cerebro—. Yo no… No hablo francés.

—No es problema. Sencillamente estarás en la galería de París un rato, desplegarás algo de tu encanto y tendrás mucho tiempo para hacer turismo. —Esperó la respuesta de Maggie, pero no recibió nada más que una mirada vacía—. ¿Y bien?

—¿Cuándo?

—Mañana.

—Mañana… —El primer ataque de pánico hizo que se presionara una mano contra el estómago—. ¿Tú quieres que yo vaya a París contigo mañana?

—A menos que tengas un compromiso previo que no puedas posponer.

—No, no tengo ninguno.

—Entonces está decidido. —El alivio que Rogan sintió fue casi brutal—. Cuando estemos seguros de que la exposición de París ha sido un éxito, quiero que vengas conmigo al sur.

—¿Al sur?

—Tengo una villa en la costa del Mediterráneo. Quiero estar a solas contigo, Maggie. Sin distracciones ni interrupciones. Sólo tú y yo.

Ella lo miró a los ojos.

—¿El tiempo libre para el cual has estado trabajando tanto en estas semanas?

—Sí.

—No te habría gritado si me lo hubieras explicado.

—Tenía que explicármelo a mí mismo primero. ¿Vendrías conmigo?

—Sí, iré contigo —contestó, y le sonrió—. Sólo tenías que pedírmelo.

Una hora más tarde, Maggie entró como un huracán en la galería, pero le tocó esperar echando humo mientras Joseph terminaba con un cliente. Mientras él desplegaba todas sus técnicas de seducción con una señora que por edad podía ser su madre, Maggie dio vueltas por la sala principal y se dio cuenta de que la exposición de arte indígena había sido reemplazada por una de esculturas metálicas. Intrigada por las formas, se olvidó de la urgencia que tenía y se dedicó a admirar las piezas.

—Un artista alemán —dijo Joseph a su espalda—. Este trabajo en particular es, creo yo, tanto visceral como alegre. Una exaltación de las fuerzas elementales.

—Tierra, fuego, agua, la sugerencia del viento en las plumas de cobre. —Maggie habló con propiedad y pedantería, para igualar el tono de Joseph—. Poderoso en posibilidades, sin duda, pero con una malicia subyacente que sugiere sátira.

—Y puede ser tuya por tan sólo doscientas libras.

—Una ganga. Es una pena que no tenga ni un cheque a mi nombre. —Maggie se dio la vuelta riéndose y le dio un beso—. Tienes muy buen aspecto, Joseph. ¿Cuántos corazones has roto desde que me fui?

—Ni uno, puesto que el mío te pertenece a ti.

—¡Ja! Menos mal que ya sé que eres un encantador de serpientes. ¿Tienes un minuto?

—Para ti tengo días. Semanas. —Le besó la mano—. Años.

—Un minuto me bastará. Joseph, ¿qué necesito para ir a París?

—Un suéter negro ajustado, una falda corta y unos tacones muy altos.

—Eso jamás, te lo aseguro, pero tengo que ir y no tengo ni la más mínima idea de lo que voy a necesitar. He tratado de hablar con la señora Sweeney, pero no está en casa.

—Así que soy tu segunda opción. Me destrozas… —comentó, y a continuación le pidió a uno de los empleados que se encargara de la sala—. Lo único que necesitas llevar a París, Maggie, es un corazón romántico.

—¿Dónde puedo comprar uno?

—Tú tienes el tuyo. No puedes esconderlo de mí, pues he visto tu trabajo.

Maggie hizo una mueca y lo agarró del brazo.

—Escúchame. No voy a admitir esto delante de nadie, excepto de ti: nunca he viajado. En Venecia sólo me preocupé por aprender y no usar nada que se pudiera incendiar. Y por pagar el alquiler. Si voy a viajar a París, no quiero hacer el ridículo.

—No harás el ridículo, Maggie. Vas a ir con Rogan, supongo, y él conoce París tan bien como si fuera de allí. Sólo tienes que comportarte con un poco de arrogancia, un poco de aburrimiento, y listo, encajarás a las mil maravillas.

—He venido a ti para pedirte consejos sobre qué ponerme. Ay, es humillante admitirlo, pero no puedo ir vestida así. No es que quiera convertirme en una modelo, pero tampoco quiero parecer la prima campesina de Rogan.

—Hummm... —Joseph se tomó la cuestión en serio y la examinó detenidamente—. Estarás bien así como eres, pero...

—Pero ¿qué?

—Cómprate una blusa de seda, de muy buen corte, pero suave. De un color vivo, cariño, nada de pasteles para ti. Y unos pantalones del mismo tipo. Usa tus ojos para escoger el color. Busca el contraste. Y esa falda corta es obligatoria. ¿Tienes todavía ese vestido negro?

—No lo he traído.

Joseph chasqueó la lengua en señal de reprobación, como una tía solterona.

—Siempre tienes que estar preparada, pero no pasa nada. Esta vez escoge algo brillante. Algo que deslumbre. —Le dio unos golpecitos a la escultura que estaba junto a ellos—. Estos colores metálicos te quedarán bien. No elijas lo clásico, sino lo atrevido. —Complacido con sus consejos, asintió con la cabeza—. ¿Qué tal?

—Confuso. Me da vergüenza admitir que me importa.

—No hay nada de qué avergonzarse. Es sencillamente una cuestión de presentación.

—Puede ser, pero te agradecería que no se lo mencionaras a Rogan.

—Considérame tu confesor —dijo, y entonces miró sobre el hombro de Maggie y ella pudo ver la alegría que le iluminaba los ojos.

Patricia entró y dudó, pero cruzó la sala de suelo reluciente.

—Hola, Maggie. No sabía que ibas a venir a Dublín.

—Tampoco yo.

¿Qué cambio era ése?, se preguntó Maggie. Había desaparecido la sombra de tristeza, la frágil reserva. Sólo necesitó un momento, después de ver cómo los ojos de Patricia se iluminaron al ver a Joseph, para saber la respuesta. «Ajá —pensó—. Así que por ahí es por donde va el agua al río».

—Lamento interrumpiros, pero sólo quería decirle a Joseph que… —Se detuvo—. Es decir… Pasaba por aquí y me he acordado de lo que estuvimos discutiendo. ¿La reunión era a las siete?

—Sí. —Joseph metió las manos en los bolsillos para evitar la tentación de tocarla—. A las siete.

—Pues me temo que tengo que aplazarla a las siete y media. Me ha surgido algo y quería asegurarme de que no hubiera problema.

—No hay problema.

—Bien, muy bien —dijo Patricia, que se quedó allí mirándolo durante un momento, antes de acordarse de

Maggie y de sus buenas maneras—. ¿Vas a estar mucho tiempo por aquí?

—No, me voy mañana. —Por la manera en que se estaba caldeando el ambiente, pensó Maggie, era increíble que las esculturas no se derritieran—. De hecho, me voy ya.

—Oh, no, por favor, no te vayas por mi culpa. Yo ya me marcho. —Patricia le dedicó otra larga mirada a Joseph—. Hay unas personas esperándome. Sólo quería… Bueno, hasta luego.

Maggie esperó un segundo.

—¿Te vas a quedar ahí parado? —preguntó a Joseph mientras Patricia caminaba hacia la puerta.

—Hmmm… ¿Qué? Sí, discúlpame un momento —respondió. Le costó dos segundos alcanzar a Patricia.

Maggie vio a Patricia darse la vuelta, sonrojarse y sonreír. Entonces se abrazaron.

El corazón romántico que Maggie se negaba a creer que tenía se hinchó. Esperó a que Patricia saliera a la calle y Joseph la viera alejarse como un hombre al que le ha caído un rayo. Entonces se acercó a él y le habló.

—Así que tu corazón me pertenece a mí, ¿eh?

La mirada obnubilada de Joseph se fue aclarando.

—Es hermosa, ¿verdad?

—No se puede negar.

—He estado enamorado de ella mucho tiempo, incluso desde antes de que se casara con Robbie. Nunca pensé que… Nunca creí… —Se rio, todavía encandilado por el amor—. Pensé que estaba enamorada de Rogan.

—Yo también. Pero se ve claramente que tú la haces feliz. —Le dio un beso en la mejilla—. Me alegro por vosotros.

—Estamos tratando de mantenerlo en secreto. Por lo menos hasta… Durante un tiempo. Su familia… Te aseguro que a su madre no le voy a gustar.

—Al diablo su madre.

—Patricia dijo casi lo mismo —comentó, y recordarlo le hizo sonreír—. Pero no quiero ser la causa de ningún problema familiar. Así que te agradecería que no dijeras nada.

—¿Tampoco a Rogan?

—Yo trabajo para él. Somos amigos, sí, pero aun así es mi jefe. Y Patricia es la viuda de uno de sus más viejos amigos, es la mujer a la que ha acompañado en muchas ocasiones. Muchas personas piensan que ella se convertiría en su esposa.

—No creo que Rogan estuviera entre ellas.

—Puede que así sea, pero preferiría decírselo yo mismo cuando crea que es el momento apropiado.

—Es decisión tuya, Joseph. Tuya y de Patricia. Así que cambiaremos confesión por confesión.

—Te lo agradezco.

—No tienes que agradecerme nada. Si Rogan es tan tonto como para no estar de acuerdo, entonces se merece que lo engañen.

15

París estaba caluroso, sofocante y lleno de gente. El tráfico era espantoso. Coches, autobuses y motocicletas hacían estruendo, viraban bruscamente y aceleraban. Parecía que los conductores, encorvados sobre el volante, quisieran retarse unos a otros a duelos en la carretera. En las aceras, la gente caminaba deprisa y se pavoneaba como si participara en un desfile colorido. Las mujeres, todas con falda corta, como había anunciado Joseph, parecían esbeltas, aburridas e increíblemente chics. Los hombres, igual de sofisticados, las veían pasar desde las pequeñas mesas de los cafés, en donde bebían vino tinto o café solo bien cargado.

Las flores eran una explosión de color, estaban abiertas por todas partes: rosas, gladiolos, caléndulas, dragones amarillos y begonias, todas brillaban en los puestos de venta de flores, en los parques y en los brazos de jóvenes parisinas cuyas piernas brillaban al sol como cuchillas.

Se veían muchachos patinando con mochilas de las cuales sobresalían largas barras de pan. Y hordas de turistas caminaban de aquí para allá cámara en mano tomando fotos a diestro y siniestro para dejar plasmada su visita a París.

Y también había perros, montones de ellos. Toda la ciudad parecía una jauría de perros. Iban de la correa de sus dueños, merodeaban en los callejones y revoloteaban frente a las tiendas de alimentación. Incluso el perro callejero más ordinario parecía exótico, maravillosamente extranjero y arrogantemente francés.

Maggie vio todo eso desde la ventana de su hotel, que miraba a la plaza de la Concordia. Estaba en París. El aire estaba lleno de aromas, sonidos y luz deslumbrante. Y su amante dormía como un tronco en la cama que había detrás de ella.

O eso pensaba Maggie.

Rogan había estado observándola mientras ella miraba por la ventana. Maggie estaba recostada contra el gran ventanal, sin importarle que el pijama de algodón le dejase al descubierto el hombro izquierdo. Se había mostrado totalmente indiferente a la ciudad cuando llegaron la noche anterior. Abrió los ojos de par en par cuando entraron en el lujoso vestíbulo del Hôtel de Crillon, pero no hizo ningún comentario cuando se registraron. Tampoco dijo mucho cuando entraron en la amplia y majestuosa suite, sólo la recorrió mientras Rogan le daba la propina al botones. Y cuando Rogan le preguntó si le gustaba la habitación, Maggie contestó que estaba bien. La respuesta lo hizo reír y arrastrarla hasta la cama.

Pero en ese momento no actuaba con tanta displicencia, notó Rogan. Podía ver la emoción destellar a su alrededor mientras miraba hacia las calles y absorbía la bulliciosa vida de la ciudad. Nada podía complacerlo más que darle París.

—Si te inclinas mucho más, vas a detener el tráfico.

Maggie se sobresaltó y quitándose el pelo de la cara miró hacia donde él estaba, entre sábanas revueltas y una montaña de almohadas.

—Ni una bomba podría detener ese tráfico. ¿Por qué quieren matarse?

—Es una cuestión de honor. ¿Qué opinas de la ciudad a la luz del día?

—Está llena de gente, peor que Dublín. —Cediendo, le sonrió—. Es preciosa, Rogan. Como una mujer vieja y malhumorada que es el centro de atención. Allí abajo hay un vendedor rodeado por un mar de flores. Y cada vez que alguien se detiene a mirar o comprar, él hace caso omiso de la persona, como si estuviera más allá de su dignidad prestarle atención. Pero recibe el dinero y cuenta cada moneda. —Maggie volvió a la cama y se acostó estirada sobre Rogan—. Entiendo perfectamente cómo se siente el vendedor —murmuró—. Nada te puede poner de peor genio que vender lo que amas.

—Si no vendiera las flores, se morirían —replicó Rogan sujetándole la barbilla—. Si no vendieras lo que amas, parte de ti moriría también.

—La parte que necesita comer se moriría, sin lugar a dudas. ¿Vas a llamar a uno de esos botones tan elegantes para que nos traiga el desayuno?

—¿Qué te apetece?

A Maggie le bailaron los ojos.

—Humm, de todo. Empezando por esto... —dijo, y quitándole las sábanas de encima, comenzó a besarlo.

Un poco más tarde, Maggie salió de la ducha y se envolvió en el elegante albornoz blanco que estaba colgado detrás de la puerta del baño. Al salir, encontró a Rogan sentado a la mesa junto a la ventana de la sala sirviendo el café y leyendo el periódico.

—Ese periódico está en francés —dijo olisqueando una cestita llena de cruasanes—. ¿Lees en francés y en italiano?

—Mmmm. —Rogan tenía los ojos clavados en la sección financiera. Estaba pensando en llamar a su corredor de bolsa.

—¿Qué más?

—¿Qué más qué?

—Qué más lees, hablas. Qué otros idiomas, quiero decir.

—Sé algo de alemán y suficiente español para hacerme entender.

—¿Gaélico?

—No. —Pasó la página, buscando las noticias sobre las subastas de arte—. ¿Y tú?

—Mi abuelo materno hablaba gaélico, él me enseñó. —Le untó mermelada ávidamente a un cruasán caliente—. Ya no sirve de mucho, supongo, salvo para maldecir. No te servirá para conseguir la mejor mesa en un restaurante francés, en cualquier caso.

—Es valioso. Hemos perdido tanto de nuestra herencia... —Eso era algo sobre lo que pensaba con frecuencia—. Es una pena que en Irlanda sólo unos pequeños grupos aislados todavía hablen irlandés. —Y dado que la conversación le recordaba la idea que venía considerando desde hacía tiempo, dobló el periódico y lo puso a un lado—. Di algo en gaélico.

—Estoy comiendo.

—Dime algo, Maggie, en la lengua antigua. —Maggie emitió un sonido de impaciencia, pero pronunció algunas palabras. Aquel idioma sonó musical, exótico y tan ajeno a él como el griego—. ¿Qué has dicho?

—Que es un placer ver tu cara por las mañanas. —Sonrió—. Como verás, es un idioma útil tanto para halagar como para maldecir. Ahora dime tú algo en francés.

Rogan hizo más que hablarle en francés. Se inclinó hacia delante, tocó con sus labios ligeramente los de ella y le dijo en voz baja:

—*Me réveiller à côté de toi, c'est le plus beau de tous les rêves.*

A Maggie el corazón le dio un largo y lento vuelco.

—¿Qué significa?

—Que despertar a tu lado es más hermoso que cualquier sueño.

Maggie bajó la mirada.

—Bueno, parece que el francés es un idioma más dado a los sonidos bonitos que el inglés.

Su reacción inmediata, sin premeditación y muy femenina, excitó y divirtió a Rogan.

—Te he conmovido. Debí hablarte en francés antes.

—No seas tonto —replicó, pero era cierto que la había conmovido, profundamente. Combatió la debilidad dedicándose a su desayuno—. ¿Qué estoy comiendo?

—Huevos Benedictine.

—Están deliciosos —dijo con la boca llena—. Muy buenos. ¿Qué vamos a hacer hoy, Rogan?

—Todavía estás sonrojada, Maggie.

—Claro que no. —Lo miró a los ojos y entornó los suyos, retadores—. Quisiera saber qué planes tienes. Prefiero creer que esta vez los vas a discutir conmigo primero, en lugar de arrastrarme como a un perro idiota.

—Estoy empezando a encariñarme con esa avispa que llamas lengua —dijo amablemente—. Probablemente esté perdiendo la razón, pero antes de que me aguijonees de nuevo, pensaba que primero querrías ver algo de la ciudad. Sin lugar a dudas te encantará el Louvre. Así que he dejado la mañana libre para hacer turismo, ir de compras o hacer cualquier cosa que te apetezca. Después, por la tarde, iremos a la galería.

La idea de caminar por el maravilloso museo le llamó mucho la atención. Llenó la taza de café de Rogan y luego se preparó su propia taza de té.

—Me gustaría caminar por ahí, supongo. En cuanto a ir de compras, quisiera buscar algo bonito para Brianna.

—Deberías comprarte algo tú también.

—Yo no necesito nada. Además, no puedo permitirme el lujo.

—Eso es absurdo. No tienes necesidad de negarte un regalo o dos. Te lo has ganado.

—Ya me he gastado lo que gané. —Lo miró por encima de la taza—. ¿Tienen el valor de llamar a esto té?

—¿Qué quieres decir con que te has gastado lo que ganaste? —preguntó Rogan poniendo el tenedor sobre el plato—. Hace tan sólo un mes te di un cheque de seis cifras. No puede ser que lo hayas malgastado tan pronto.

—¿Malgastarlo? —Señaló peligrosamente con el cuchillo—. ¿Acaso parezco una cabeza loca?

—Dios santo, no.

—¿Y qué se supone que significa eso? ¿Que no tengo el gusto o el criterio necesarios para gastar bien mi dinero?

Rogan levantó una mano en señal de paz.

—Sólo significa no. Pero si has malgastado todo el dinero que te di, quisiera saber cómo.

—No he malgastado nada. Además, no es de tu incumbencia.

—Tú eres de mi incumbencia, Maggie. Y si no eres capaz de manejar tu dinero, yo puedo hacerlo por ti.

—Por supuesto que no. Es mi dinero, tacaño pomposo. Y se ha ido, la mayoría, por lo menos. Así que lo que tienes que hacer es ver cómo consigues vender más piezas y darme más dinero.

—Eso es precisamente lo que voy a hacer. Ahora dime qué hiciste con el que te di —insistió, cruzando los brazos en espera de una respuesta.

—Me lo gasté. —Furiosa, abochornada, se levantó de golpe de la mesa—. Tengo gastos, necesitaba materiales y fui tan tonta que me compré un vestido.

—Has gastado en un mes casi doscientas mil libras en materiales y un vestido.

—Tenía una deuda —dijo con un gruñido—. ¿Y por qué tendría que explicártelo? En tu maldito contrato no dice nada sobre cómo debo gastar mi dinero.

—El contrato no tiene nada que ver con esto —dijo Rogan pacientemente, porque podía ver que no era tanto ira sino humillación lo que la impulsaba—. Sólo te estoy preguntando adónde ha ido el dinero. Pero es cierto que no tienes obligación legal de contestarme.

El tono conciliador de Rogan no hizo sino acrecentar la humillación de Maggie.

—Le compré una casa a mi madre, a pesar de que nunca me lo va a agradecer. Y tuve que amueblársela, por supuesto, porque de lo contrario le hubiera quitado todo a Brianna, hasta el último cojín. —Totalmente frustrada, se llevó las manos al pelo—. Y tuve que contratar a Lottie y comprarles un coche. Y hay que pagarle todas las semanas, así que le di a Brie el dinero de seis meses de salario y el necesario para la manutención de mi madre. Y luego estaba la hipoteca de la casa, aunque Brie se va a poner furiosa cuando sepa que la pagué. Pero tenía que hacerlo, pues mi padre hipotecó la casa para darme el dinero. Así que ya está hecho. Le di mi palabra y la cumplí, y no voy a tolerar que tú vengas a decirme qué debo o no debo hacer con mi dinero.

Mientras hablaba, había ido de un lado a otro de la estancia, pero ahora que había terminado se detuvo junto a la mesa, donde Rogan continuaba sentado en silencio, pacientemente.

—Si me permites resumir —dijo—, le compraste una casa a tu madre, la amueblaste, compraste un coche y contrataste a una asistenta. Pagaste la hipoteca, lo que disgustará a tu hermana, pero sentiste que era tu responsabilidad hacerlo. Le diste a Brianna suficiente dinero para mantener a tu madre seis meses y compraste materiales. Y con lo que te quedó te compraste un vestido.

—Así es. Eso es lo que he dicho. ¿Y qué?

Maggie se quedó de pie junto a la mesa, temblando de la furia, con los ojos brillantes y agudos, ávidos de confrontación. Rogan pensó que podría decirle que la admiraba por su increíble generosidad y su lealtad a su familia. Pero dudó de que ella pudiera apreciar el esfuerzo.

—Eso lo explica todo. —Levantó su taza de café—. Me encargaré de que recibas un anticipo.

Maggie no estaba segura de que pudiera hablar. Pero cuando su voz brotó sonó como un siseo peligroso.

—No quiero tu maldito anticipo. No lo quiero. Sólo quiero el dinero que me haya ganado.

—Te lo estás ganando, y bastante bien. No es caridad, Maggie, ni siquiera un préstamo. Es una simple transacción de negocios.

—Malditos sean tus negocios. —Tenía la cara roja de la vergüenza—. No recibiré ni un penique que no me haya ganado. Acabo de saldar muchas deudas y no me voy a meter en otras.

—Dios, sí que eres obstinada. —Tamborileó con los dedos sobre la mesa tratando de analizar la reacción de Maggie y entender su arranque de pasión. Si era la necesidad de mantener su orgullo intacto, él podía ayudarla a hacerlo—. Está bien. Entonces haremos esto de otra manera. Nos han hecho varias ofertas por tu *Entrega*, ofertas que he rechazado.

—¿Las has rechazado?

—Sí. La última, creo, fue de treinta mil.

—¡Libras! —La palabra salió de ella como lava—. ¿Ofrecieron treinta mil libras por ella y tú dijiste que no? ¿Estás loco? Puede parecer muy poco o nada para ti, Rogan Sweeney, pero yo puedo vivir bien con esa cantidad durante más de un año. Si así es como te ocupas de…

—Cállate. —Y como Rogan habló tan calmadamente, en tono un poco ausente, ella guardó silencio—.

Rechacé la oferta porque quiero comprar la escultura para mí, después de que vuelva de la gira. Aunque ahora te la compraré de una vez, pero seguirá en la gira como parte de mi colección. Te daré treinta y cinco mil libras por ella.

Rogan mencionó la cantidad como si se tratara de unas monedas que se ponen casualmente sobre el escritorio.

—¿Por qué? —preguntó Maggie sintiendo que algo dentro de ella palpitaba como el corazón de un pájaro asustado.

—Por ética no puedo comprar una obra para mí por la misma cantidad que ha ofrecido un cliente.

—No, quiero decir que por qué la quieres.

Rogan dejó de hacer cuentas mentales y la miró fijamente.

—Porque es una pieza bellísima, un trabajo íntimo. Y porque cada vez que la miro recuerdo la primera vez que te hice el amor. Tú no querías venderla. ¿Creíste que no me di cuenta de la expresión de tu rostro el día que me la mostraste? ¿Realmente pensaste que yo no podría entender cuánto te dolía tener que entregarla? —Sin poder hablar, Maggie negó con la cabeza y le dio la espalda—. La escultura era mía, Maggie, aun antes de que la terminaras. Tanto, creo, como es tuya. Y nadie más la tendrá. Nunca he tenido la intención de venderla ni de dejar que nadie más la tenga.

Sin decir palabra, Maggie se fue hacia la ventana.

—No quiero que pagues por ella.

—No seas absurda…

—No quiero tu dinero —lo interrumpió, y habló, aprovechando que podía—. Tienes razón. Esa pieza es muy importante para mí y me encantaría regalártela. —Dejó salir un suspiro largo, mientras seguía con los ojos pegados a la ventana—. Me complacería saber que es tuya.

—Nuestra —contestó Rogan en un tono que hizo que Maggie se volviera a mirarlo—. Como estaba destinada a ser.

—Nuestra, entonces —dijo con un nuevo suspiro—. ¿Cómo puedo seguir estando furiosa contigo? —añadió quedamente—. ¿Cómo puedo rechazar lo que me haces?

—No puedes.

Maggie sintió temor de que él tuviera razón. Pero tenía la esperanza de poder, al menos, hacer su voluntad en una cosa.

—Te agradezco que me hayas ofrecido el anticipo, pero no lo quiero. Para mí es importante recibir sólo lo que me he ganado cuando me lo he ganado. Todavía tengo suficiente dinero para un tiempo. No quiero más por ahora. Lo que quedaba por hacer, ya se hizo, así que el dinero que llegue de aquí en adelante es para mí.

—Sólo es dinero, Maggie.

—Es muy fácil decirlo cuando tienes más de lo que vas a necesitar en toda tu vida. —El reproche que había en su voz, tan parecido al de su madre, la hizo detenerse en seco. Aspiró profundamente y dejó salir lo que tenía guardado en su corazón—. El dinero, su falta, era como una herida abierta en mi casa, igual que la habilidad de mi padre para perderlo y la constante exigencia de mi madre, que quería más y más. No quiero depender del dinero para ser feliz, Rogan. Y me asusta y me avergüenza pensar que podría ser así.

Así que, pensó Rogan examinándola, ésa era la razón por la cual había discutido todo el tiempo.

—¿No me dijiste una vez que no levantabas tu caña todos los días pensando cuánto dinero podrías ganar con ella?

—Sí, pero...

—¿Piensas en ello ahora?

—No, Rogan...

—Estás luchando contra sombras, Maggie. —Se levantó y fue hasta ella—. La mujer que eres ya decidió que el futuro será muy diferente del pasado.

—No puedo volver atrás —murmuró—. Incluso si quisiera, no puedo.

—No, no puedes. Tú eres una persona que siempre irá hacia delante. —Le dio un beso sobre una ceja—. ¿Te vistes, Maggie? Déjame darte París.

Y eso fue lo que hizo Rogan. Durante casi una semana le dio todo lo que la ciudad podía ofrecer, desde la magnificencia de Notre Dame hasta la intimidad de los cafés de luz tenue. Todas las mañanas compró flores en la tienda que había frente al hotel para dárselas a Maggie hasta que la suite olió como un jardín. Caminaron a lo largo del Sena bajo la luz de la luna, Maggie con sus zapatos en la mano y la brisa del río en las mejillas. Bailaron en clubes al ritmo de música norteamericana no muy bien interpretada y cenaron gloriosamente con vino en Maxim's.

Maggie observaba a Rogan cuando iba por las aceras valorando el arte callejero, en busca de otro diamante en bruto. Una vez Rogan frunció el ceño cuando Maggie compró un dibujo muy malo de la Torre Eiffel, pero ella se rio y le contestó que a veces el arte está en el alma, no en la ejecución.

El tiempo que pasaron en la galería de París fue igual de emocionante para ella. Mientras Rogan daba órdenes, dirigía y arreglaba asuntos, Maggie vio relucir su arte bajo el ojo vigilante de él.

Intereses creados, había dicho Rogan. Maggie no podía negar que él atendía bien sus intereses. Fue tan apasionado y atento con su arte durante esas tardes en la galería como lo era con su cuerpo por las noches.

Cuando liquidaron los detalles finales y la última pieza se puso en su lugar, Maggie pensó que la exposición sería tanto resultado de los esfuerzos de Rogan como de los de ella misma. Pero aquella unión no siempre significaba armonía.

—Maldita sea, Maggie, si sigues enredando ahí dentro, vamos a llegar tarde.

Era la tercera vez en varios minutos que Rogan golpeaba la puerta de la habitación, a la que Maggie le había echado el pestillo.

—¡Pues a pesar de tus protestas seguiremos llegando tarde! —gritó—. Vete. Mejor todavía, vete solo a la galería, que yo llegaré cuando esté lista.

—No eres una persona de fiar —murmuró, pero Maggie había aguzado el oído.

—No necesito a un vigilante, Rogan Sweeney. —Estaba sin aliento intentando alcanzar la cremallera del vestido—. Nunca había conocido a un hombre que se guiase tanto por las agujas del reloj.

—Y yo nunca había conocido a una mujer tan despreocupada por el tiempo. ¿Podrías quitarle el pestillo a la puerta? Es exasperante tener que gritar a través de ella.

—Está bien, está bien. —Casi dislocándose el brazo, logró subirse la cremallera. Metió los pies en los zapatos color bronce que había comprado, de tacones ridículamente altos, y se maldijo por haber sido tan tonta de seguir el consejo de Joseph. Entonces abrió la puerta—. No me habría llevado tanto tiempo si hicieran la ropa de mujer con la misma consideración con que hacen la de hombre; vosotros tenéis la cremallera al alcance de la mano. —Se detuvo y se tiró del corto vestido hacia abajo—. ¿Qué tal? ¿Te parece bien?

Rogan no contestó, sólo giró un dedo en señal de que quería que ella se diera la vuelta. Entornando los ojos, Maggie le concedió el capricho y lo hizo.

El vestido no tenía tirantes y apenas espalda, y la parte inferior llegaba, provocadoramente, hasta la mitad del muslo. Brillaba en tonos bronce, cobre, oro, lanzaba chispas de fuego a cada exhalación. El pelo rojizo de Maggie encajaba con el atuendo, haciéndola parecer una vela encendida, estilizada y brillante.

—Maggie, me dejas sin respiración.

—La diseñadora no fue muy generosa con la tela.

—Admiro su mezquindad.

Cuando Rogan siguió admirándola sin decir ni hacer nada, Maggie le espetó:

—Has dicho que teníamos prisa.

—Pues he cambiado de opinión.

Maggie levantó una ceja al verlo acercarse a ella.

—Te lo advierto. Si me sacas de este vestido, será responsabilidad tuya volverme a meter en él.

—Por más atractiva que suene la idea, deberá esperar. Tengo un regalo para ti, y al parecer el destino guio mi mano al escogerlo. Complementa a la perfección tu vestido.

Del bolsillo interior de su esmoquin sacó una caja delgada de terciopelo.

—Ya me compraste un regalo. Ese enorme frasco de perfume.

—Ése era un regalo para mí. —Se inclinó para olerle el hombro desnudo. El olor ahumado del perfume bien podría haber sido creado con ella en mente—. Totalmente para mí. Esto es para ti.

—Bueno, como es demasiado pequeño para ser un contestador, lo acepto —dijo, riéndose, pero cuando abrió la caja, se le desvaneció la risa.

Sobre el fondo de terciopelo negro descansaba una gargantilla de rubíes, tres hileras de llamas cuadradas rodeadas de diamantes resplandecientes unidas entre sí por torzales de oro. No era un adorno delicado, sino un destello audaz, un rayo de color, calor y resplandor.

—Algo para que te acuerdes de París —dijo Rogan mientras sacaba la gargantilla de la caja. Corría como sangre y agua entre sus dedos.

—Son diamantes, Rogan. No puedo llevar diamantes.

—Claro que puedes. —Le puso la gargantilla en el cuello y la miró a los ojos mientras cerraba el broche—. Tal vez no solos; resultarían fríos y no te quedarían bien. Pero con otras gemas… —Dio un paso atrás para apreciar el efecto—. Sí, totalmente apropiada. Pareces una diosa.

Maggie no podía dejar de tocar la gargantilla y acariciar las gemas. Las notaba tibias contra la piel.

—No sé qué decirte.

—Di: «Gracias, Rogan, es preciosa».

—Gracias, Rogan. —Sonrió ampliamente—. Es mucho más que preciosa, es deslumbrante.

—Igual que tú. —Se inclinó para besarla y luego le dio una palmada en el trasero—. Ahora apúrate o llegaremos tarde. ¿Dónde está tu abrigo?

—No tengo.

—Típico —murmuró él, y la sacó deprisa de la habitación.

Maggie pensó que estaba llevando su segunda inauguración con más estilo que la primera. No tenía el estómago tan revuelto ni estaba tan nerviosa. Y aunque consideró una o dos veces salir corriendo, se controló bastante bien.

Y si añoraba algo que no podía tener, se recordó que a veces el éxito tiene que ser suficiente por sí mismo.

—Maggie…

Se volvió dejando con la palabra en la boca a un francés que le hablaba con un acento muy fuerte y que no le había quitado los ojos del escote; vio con estupefacción que era su hermana.

—¿Brianna?

—Sí, soy yo. —Brianna se rio y abrazó a su atónita hermana—. Habría llegado hace una hora, pero ha habido problemas en el aeropuerto.

—Pero ¿cómo? ¿Cómo has llegado aquí?

—Rogan envió su avión a por mí.

—¿Rogan? —Desconcertada, Maggie lo buscó entre la gente hasta que lo encontró. Él sonrió, primero a ella y luego a Brianna, y después devolvió su atención a una enorme mujer vestida de encaje fucsia. Maggie llevó a su hermana a un rincón—. ¿Has venido en el avión de Rogan?

—Pensaba que iba a tener que defraudarte de nuevo, Maggie. —Más que abrumada al ver el trabajo de Maggie expuesto de esa manera en una sala llena de extranjeros exóticos, Brianna cogió a Maggie de la mano—. Así que empecé a organizarlo todo. Mamá está bien con Lottie, por supuesto, y sabía que podía dejar a *Con* con Murphy. Incluso le pedí a la señora McGee que se hiciera cargo del hotel durante uno o dos días. Pero luego estaba el problema de cómo venir.

—Querías venir… —dijo Maggie suavemente—. Querías hacerlo.

—Por supuesto que quería. Sólo quería estar contigo. Pero nunca me imaginé que sería así. —Brie miró al camarero de chaqueta blanca que le ofreció una copa de champán de su bandeja de plata—. Gracias.

—No pensé que te importara —repuso Maggie, que para aclarar la emoción de su voz dio un largo sorbo a su bebida—. Justo ahora estaba pensando que quería que te importara.

—Estoy orgullosa de ti, Maggie, muy orgullosa. Como ya te he dicho muchas veces.

—No te creía, ay, Dios mío. —Sintió que las lágrimas iban a empezar a brotar de sus ojos, pero parpadeó fieramente para alejarlas.

—Debería darte vergüenza menospreciar mis sentimientos de esa manera —espetó Brie.

—Nunca demostraste ningún interés… —contestó.

—Demostré todo el interés que pude. No entiendo lo que haces, pero eso no significa que no me sienta orgullosa de ti. —Con seguridad, Brianna bebió de su copa y miró el contenido—. Oh —murmuró—, qué maravilla. ¿Quién habría pensado que esto pudiera saber así?

En medio de un ataque de risa, Maggie le dio un fuerte beso a su hermana.

—Que Jesús nos ampare, Brie. ¿Qué estamos haciendo aquí? ¿Nosotras dos, bebiendo champán en París?

—Pues lo que es yo, voy a disfrutarlo. Tengo que darle las gracias a Rogan. ¿Crees que podría interrumpirlo un momento?

—Después de que me hayas contado el resto. ¿Cuándo lo llamaste?

—Yo no lo llamé, él me llamó a mí. Hace una semana.

—¿Él te llamó?

—Sí, y antes de que pudiera decirle nada, me dijo lo que debía hacer y cómo debía hacerlo.

—Ése es Rogan.

—Dijo que me iba a mandar el avión y que su chófer me iba a recoger en el aeropuerto de París. Traté de decirle algo, pero me lo impidió. El chófer me llevaría al hotel. ¿Habías visto alguna vez un sitio así, Maggie? Es como un palacio.

—Yo casi me tragué la lengua cuando entré. Pero sigue…

—Después debía arreglarme y el chófer me traería aquí. Lo que de hecho hizo, aunque pensé que nos iba a matar por el camino. Y cuando llegué al hotel, esto estaba en la habitación, con una nota de Rogan que decía que le gustaría que me lo pusiera. —Pasó una mano por el vestido de seda azul brumoso que llevaba puesto—. No lo habría aceptado, pero en la nota me lo pedía de tal manera que hubiera sido descortés no ponérmelo.

—A Rogan se le da muy bien eso. Y estás fantástica con él.

—Me siento fantástica. Confieso que todavía me da vueltas la cabeza de tanto avión, coche y todo eso. Todo esto —dijo mirando alrededor—. Estas personas, Maggie, todas están aquí por ti.

—Me alegra que tú estés aquí. ¿Te presento a la gente para que puedas encandilarla por mí?

—La gente ya está encandilada de veros a las dos. —Rogan se paró junto a ellas y tomó a Brianna de la mano—. Es un placer volver a verte, Brianna.

—Te estoy tan agradecida por invitarme, que no sé por dónde empezar.

—Tu presencia me basta. ¿Puedo presentarte a los invitados? El señor LeClair, allí, ¿lo ves? Ese hombre extravagante que está junto al *Ímpetu* de Maggie me acaba de confesar que se ha enamorado de ti.

—Vaya, se enamora fácilmente, pero me encantaría conocerlo. También me gustaría recorrer la sala. Nunca había visto el trabajo de Maggie expuesto de esta manera.

A Maggie le costó unos minutos llamar a Rogan a un aparte.

—No me digas que tengo que circular por ahí —soltó antes de que él le dijera que tenía que hacer justamente eso—. Tengo algo que decirte.

—Dímelo rápido. No está bien visto que monopolice a la artista.

—No me va a llevar mucho decirte que lo que has hecho es lo más bonito que han hecho por mí. Nunca lo olvidaré.

Rogan hizo caso omiso de la mujer que le habló en francés por encima del hombro y se llevó la mano de Maggie a los labios.

—No quería que estuvieras triste otra vez. Y además traer a Brianna ha sido la cosa más sencilla del mundo de coordinar.

—Puede que haya sido sencillo —replicó Maggie, recordando al artista andrajoso que Rogan había recibido en la galería. Eso también había sido sencillo—, pero no hace que el gesto sea menos bonito. Y para demostrarte lo que significa para mí, no sólo me voy a quedar toda la velada, hasta que se haya ido el último de los invitados, sino que hablaré con todos.

—¿Amablemente?

—Amablemente. No importa cuántas veces escuche la palabra «visceral».

—Ésa es mi chica. —Le dio un beso en la punta de la nariz—. Ahora vuelve a trabajar.

16

Si París la había asombrado, el sur de Francia, con sus extensas playas y montañas cubiertas de nieve, dejó a Maggie pasmada. No había bullicio de tráfico en la villa de Rogan, que miraba hacia las aguas extremadamente azules del Mediterráneo, ni había hordas de gente haciendo ruido y dirigiéndose a las tiendas y los cafés. Las personas que se veían en la playa no eran más que parte del paisaje que acompañaba el agua y la arena, los botes flotando en el agua y el cielo sin fin.

El campo, que se podía ver desde una de las terrazas que embellecían la casa, se extendía en perfectos cuadrados de tierra limitados por cercas de piedra, como las que veía desde su propia casa, en Clare. Pero en Francia la tierra era inclinada e iba desde los huertos de las partes más bajas para subir hacia el verde intenso de los bosques y más allá, donde empezaban las faldas de los magníficos Alpes.

Las tierras de Rogan eran ricas en flores y plantas, olivos, bojes y fuentes chispeantes. La tranquilidad sólo se veía perturbada por los gritos de las gaviotas y el sonido del mar.

Contenta, Maggie se acomodó en una tumbona en una de las terrazas bañadas por los rayos del sol y se dispuso a pintar.

—Pensé que te encontraría aquí. —Rogan salió a la terraza y le dio un beso en la coronilla, un beso espontáneo e íntimo a la vez.

—Es imposible quedarse dentro con un día así. —Lo miró con los ojos entornados por el reflejo del sol; entonces él cogió unas gafas oscuras que ella había dejado sobre la mesa y se las puso a Maggie—. ¿Has terminado de trabajar?

—Por ahora. —Se sentó junto a ella procurando no taparle la vista—. Perdona que haya estado tanto tiempo recluido, pero una llamada me ha llevado a otra y…

—No te preocupes. Me gusta estar a solas.

—Ya lo he notado. —Echó un vistazo al cuaderno de dibujo de Maggie—. ¿Un paisaje marino?

—Esto es irresistible. Así que pensé dibujar algunos de los paisajes para que Brie los vea. Lo pasó muy bien en París.

—Qué pena que sólo pudiera quedarse un día.

—Pero fue un día maravilloso. Es casi increíble que haya podido pasear con mi hermana junto al Sena. Las hermanas Concannon en París. —Todavía se reía al pensar en ello—. Brie no lo va a olvidar jamás, Rogan. —Se metió el lápiz detrás de la oreja y le cogió la mano—. Y yo tampoco.

—Ya me lo habéis agradecido suficiente las dos. Y la verdad es que no hice nada más que un par de llamadas. Hablando de llamadas, una de las que me ha entretenido era de París. —Inclinándose, robó una uva del frutero que estaba sobre la mesa—. Tienes una oferta, Maggie, del conde de Lorraine.

—¿De Lorraine? —Haciendo una mueca con los labios, hurgó en su memoria—. Ah, sí, el hombrecito delgado y viejo que llevaba bastón y hablaba en susurros.

—Exacto. —A Rogan le divirtió escuchar la descripción que hizo Maggie de uno de los hombres más ricos de Francia—. Quiere encargarte el regalo para la boda de su nieta, que es en diciembre.

Ella levantó las cejas instintivamente.

—No hago trabajos por encargo, Rogan. Dejé eso bien claro desde el principio.

—Así fue, es cierto. —Rogan cogió otra uva y se la metió a Maggie en la boca para hacerla guardar silencio—. Pero es mi obligación informarte sobre cualquier encargo o petición. No estoy sugiriendo que aceptes, pero desde luego sería apuntarte un buen tanto, y también para Worldwide. Sólo estoy cumpliendo con mi deber como agente tuyo que soy.

Mirándolo, Maggie se tragó la uva. Notó que el tono de Rogan era tan azucarado como la fruta que se acababa de comer.

—No voy a hacerlo.

—Es decisión tuya, naturalmente —añadió, y luego cambió de tema—. ¿Quieres que pida algo frío de beber? ¿Limonada, té helado?

—No. —Maggie se quitó el lápiz de detrás de la oreja y empezó a tamborilear con él sobre el cuaderno—. No estoy interesada en hacer piezas por encargo.

—¿Y por qué habrías de hacerlo? —dijo muy razonablemente—. La exposición de París ha tenido tanto éxito como la de Dublín. Tengo plena confianza en que esto se repetirá en Roma y en las otras galerías. Vas por buen camino, Margaret Mary —continuó, y se inclinó y la besó—. Aunque hay que considerar que la petición del conde no es una pieza de encargo. Está dispuesto a dejar que tú decidas qué quieres hacer.

Con cautela, Maggie se bajó las gafas hasta la punta de la nariz y examinó a Rogan por encima de ellas.

—Estás tratando de convencerme.

—Para nada. —Pero, por supuesto, así era—. Debo añadir, sin embargo, que el conde, que es un conocedor de arte muy respetado, está dispuesto a pagar bastante bien.

—No estoy interesada. —Se colocó de nuevo las gafas en su sitio y luego maldijo—. ¿Cuánto es bastante bien?

—El equivalente a cincuenta mil libras. Pero ya sé lo inflexible que eres en cuanto al dinero, así que no necesitas pensarlo más. Le dije que era poco probable que tú estuvieras interesada. ¿Quieres bajar a la playa? ¿Paseamos un poco?

Antes de que Rogan pudiera ponerse de pie, Maggie lo agarró del cuello de la camisa con las dos manos.

—Eres sibilino, Sweeney.

—Cuando es necesario.

—¿Puedo hacer lo que quiera? ¿Cualquier cosa que me apetezca?

—Así es —respondió, acariciándole con un dedo el hombro desnudo, que estaba empezando a ponerse del color de un albaricoque al sol—, excepto...

—Ah, ahí vamos...

—Azul —dijo Rogan, y sonrió—. Quiere que sea azul.

—¿Azul? —La risa la empezó a sacudir—. ¿Alguna tonalidad de azul en particular?

—El mismo azul de los ojos de su nieta. El conde dice que son tan azules como un cielo de verano. Al parecer, es su nieta favorita, y después de ver tu trabajo en París, sólo quiere que tenga algo hecho especialmente para ella por tus preciosas manos.

—¿Ésas son palabras de él o tuyas?

—Un poco de ambos —contestó besando una de esas preciosas manos.

—Lo voy a pensar.

—Tenía la esperanza de que lo hicieras. —Sin importarle ya si le tapaba la vista o no, se inclinó sobre ella para mordisquearle los labios—. Pero piénsalo después, ¿vale?

—*Excusez-moi, monsieur* —dijo de repente un empleado de expresión vacía que estaba de pie en el borde de la terraza; los brazos le caían a los lados y miraba discretamente hacia el mar.

—*Oui, Henri?*

—*Vous et mademoiselle, voudriez-vous déjeuner sur la terrasse maintenant?*

—*Non, nous allons déjeuner plus tard.*

—*Très bien, monsieur* —replicó Henri, que se evaporó silenciosamente como una sombra.

—¿Qué ha dicho? —preguntó Maggie.

—Quería saber si queríamos almorzar ya, pero le he dicho que más tarde. —Cuando Rogan empezó a inclinarse de nuevo sobre ella, Maggie lo detuvo poniéndole una mano sobre el pecho—. ¿Algún problema?

—murmuró Rogan—. Puedo llamarlo y decirle que, después de todo, sí queremos almorzar ya.

—No, no quiero que lo llames. —Pensar en Henri o en los otros empleados, fisgoneando en las esquinas, esperando a servir, hizo que se sintiera incómoda y se sentó—. ¿Nunca quieres estar solo?

—Estamos solos. Por eso quería traerte aquí.

—¿Solos? Debes de tener al menos seis personas merodeando por la casa. Jardineros y cocineros, criadas y mayordomos. Si chasqueara los dedos ahora mismo, uno de ellos vendría de inmediato.

—Ése es exactamente el propósito de tener servicio.

—Pues bien, no lo quiero. ¿Sabes que una de las criadas quería lavarme la ropa interior?

—Eso es porque su trabajo consiste en atenderte, no porque quisiera revolver en tus cajones.

—Yo puedo atenderme a mí misma, Rogan. Quiero que los despaches. A todos.

—¿Quieres que despida a los empleados? —preguntó poniéndose de pie, sorprendido.

—No, por supuesto que no. No soy un monstruo que vaya a dejar en la calle a esa gente. Sólo quiero que no estén en la casa. Dales vacaciones o lo que sea.

—Puedo darles un día libre, si quieres.

—No un día. Toda la semana. —Suspiró ante el desconcierto de él—. Sé que no tiene sentido para ti, ¿y por qué habría de ser diferente? Estás tan acostumbrado a tener empleados que no los ves.

—Su nombre es Henri, el cocinero se llama Jacques y la empleada que se ofreció tan irrespetuosamente a lavarte la ropa interior es Marie. —O, tal vez, Monique, pensó.

—No quiero empezar una pelea. —Se acercó a Rogan y tomó sus manos entre las suyas—. No puedo relajarme como tú con todas esas personas merodeando por la casa. Sencillamente no estoy acostumbrada, y no creo que quiera acostumbrarme. Hazlo por mí, Rogan, por favor. Dales unos días libres.

—Espera aquí.

Cuando Rogan salió, Maggie se quedó de pie en la terraza sintiéndose como una idiota. Allí estaba ella, reflexionó, descansando en una villa mediterránea con todo lo que pudiera desear al alcance de la mano y aun así no estaba satisfecha.

Había cambiado, comprendió. En los pocos meses que habían pasado desde que conocía a Rogan había cambiado. No sólo quería más ahora, sino que codiciaba más de lo que no tenía. Quería la comodidad y el placer que puede dar el dinero, y no sólo para su familia, sino para ella también.

Había lucido diamantes y había bailado en París. Y quería hacerlo de nuevo.

Sin embargo, en lo más profundo de su ser, persistía esa pequeña y cálida necesidad de ser sólo ella, de no necesitar nada ni a nadie. Si perdía eso, pensó Maggie con un latigazo de pánico, lo perdería todo.

Agarró su cuaderno de dibujo y pasó las páginas. Pero, durante un momento aterrador, se le puso la mente en blanco, tan en blanco como la página que tenía ante ella. Luego empezó a dibujar frenéticamente, con una violenta intensidad que estalló como un vendaval.

Se dibujó a sí misma. Dos caras entrelazadas pero divididas tratando de unirse nuevamente. Pero ¿cómo podrían hacerlo, cuando eran tan opuestas la una a la otra?

Por un lado, el arte por el arte. La soledad por la cordura. La independencia por el orgullo. Y, por el otro lado, ambición, avidez y necesidades.

Observó el dibujo terminado, sorprendida de que le hubiera salido tan rápidamente. Y ahora sentía una terrible calma. Quizá fueran esas dos fuerzas opuestas las que la hacían ser quien era. Y quizá si alguna vez pudiera estar realmente en paz, sería menos de lo que podía ser.

—Ya se han ido.

Con la mente todavía vagando, le lanzó una mirada vacía a Rogan.

—¿Qué? ¿Quién se ha ido?

Riéndose, Rogan sacudió la cabeza.

—El personal. Eso era lo que querías, ¿no?

—¿El personal? Oh. —Se le aclaró la mente, se sosegó—. ¿Los has despachado? ¿A todos?

—Sí, aunque sólo Dios sabe qué vamos a comer estos días. Pero…

Se interrumpió cuando ella saltó a sus brazos, como si fuera una bala y la hubieran disparado hacia él. Rogan se tambaleó, tratando de mantener el equilibrio de ambos para no caerse contra la puerta de vidrio que estaba detrás de ellos o barandilla abajo.

—Eres un hombre maravilloso, Rogan. Un príncipe.

Rogan se alejó de la barandilla con ella en sus brazos y miró con recelo la caída.

—Por poco soy un hombre muerto.

—¿Estamos solos? ¿Completamente solos?

—Completamente. Y me he ganado la gratitud eterna de todo el personal, desde el mayordomo para abajo. Una de las criadas ha llorado de alegría. —Como él se imaginaba que iba a hacer, debido a las vacaciones extra que les había dado a todos los empleados—. Así que ahora pueden irse a la playa o a donde su corazón los lleve. Y así tenemos toda la casa para nosotros.

Maggie lo besó con fuerza.

—Y estamos a punto de usar cada centímetro de ella. Empezaremos con ese sofá que está en la sala.

—¿De verdad? —Divertido, Rogan no protestó cuando ella empezó a desabotonarle la camisa—. Hoy estás llena de exigencias, Margaret Mary.

—El asunto de los empleados era una petición. Lo del sofá es una orden.

Rogan levantó una ceja.

—La tumbona está más cerca.

—Entonces que así sea —dijo Maggie, y se rio cuando él la empujó hacia la tumbona—. Que así sea.

Durante los días siguientes tomaron el sol en la terraza, caminaron por la playa y se bañaron perezosamente en la piscina en forma de laguna con el murmullo de las fuentes de fondo. Se las apañaron, sin mucho éxito, para preparar algo y comer en la cocina, y por las tardes pasearon por el campo. También hubo, para el gusto de Maggie, demasiado teléfono.

Debían ser unas vacaciones, pero Rogan estuvo siempre a una llamada o un fax de distancia de su trabajo. Algo pasó con la fábrica de Limerick, algo más con una subasta en Nueva York y luego oyó unos susurros ininteligibles sobre un terreno para construir otra sucursal de Worldwide.

Eso habría disgustado a Maggie si no hubiera empezado a entender que para Rogan su trabajo era tan parte de su identidad como su arte lo era para ella. Dejando a un lado las diferencias, Maggie no podía quejarse de que Rogan pasara un par de horas encerrado en su despacho todos los días cuando él aceptaba que el desarrollo de sus dibujos la absorbiera.

Si Maggie hubiera creído que un hombre y una mujer pueden encontrar el tipo de armonía necesaria para pasar toda una vida juntos, habría pensado que la había encontrado con Rogan.

—Déjame ver lo que has hecho.

Con un bostezo de satisfacción, Maggie le pasó el cuaderno de dibujo. El sol se estaba poniendo, el cielo brillaba en mil colores. Entre ellos, la botella de vino que Rogan había escogido de su bodega descansaba en una cubitera de plata. Maggie levantó su copa, bebió y se recostó en la tumbona para disfrutar de su última noche en Francia.

—Vas a estar ocupada cuando llegues a casa —comentó Rogan mirando los dibujos—. ¿Cómo vas a escoger con cuál empezar?

—El dibujo me va a escoger a mí. Y a pesar de todo lo que he disfrutado haciendo el vago, estoy ansiosa por volver a casa y encender el horno.

—Si quieres, puedo hacer que enmarquen los dibujos que hiciste para Brianna. Para ser simples dibujos a lápiz están bastante bien. Me gusta particularmente…

—Se interrumpió cuando pasó la página y se encontró con algo totalmente diferente de un dibujo del mar o un paisaje—. ¿Y qué tenemos aquí?

Demasiado perezosa para moverse, Maggie sólo miró por encima de la botella.

—Ah, sí. Por lo general no hago retratos, pero ése fue irresistible.

Era un dibujo de él, estirado sobre la cama, con el brazo en el aire como si estuviera tratando de alcanzar algo. Tratando de alcanzarla a ella.

El dibujo lo pilló por sorpresa y no lo complació mucho. Entonces frunció el ceño.

—Me dibujaste cuando estaba dormido.

—No quise despertarte y romper el momento. —Se llevó la copa a los labios y sonrió dentro de ella—. Estabas durmiendo tan dulcemente... Tal vez quieras colgar ese dibujo en tu galería de Dublín.

—Estoy sin ropa.

—Es un «desnudo», te recuerdo que ésa es la palabra que se usa para referirse a una obra de arte. Y desnudo resultas muy artístico, Rogan. Lo firmé para que puedas venderlo a buen precio.

—Creo que no lo haré.

Maggie presionó la lengua contra la mejilla, maliciosamente.

—Como mi agente es tu obligación vender mi trabajo. Siempre estás diciendo eso. Y éste, si me permites decirlo, es uno de mis mejores dibujos. Si te fijas en la luz y cómo se refleja sobre los músculos de tu...

—Ya veo —contestó con voz ahogada—. Y así lo verá todo el mundo.

—No tienes que ser modesto. Estás en buena forma, y creo que lo he capturado aún mejor en este otro dibujo.

A Rogan, sencillamente, se le heló la sangre.

—¿Otro?

—Sí, mira... —Se inclinó hacia él para pasar las páginas ella misma—. Aquí está. Incluso muestra un poco más de... contraste cuando estás de pie, creo. Y se trasluce un poco de esa arrogancia también.

Rogan se quedó sin palabras. Lo había dibujado de pie en la terraza, con una mano sobre la barandilla y una copa de brandy en la otra. Y estaba sonriendo, una sonrisa soberbia le remataba la expresión del rostro. Era todo lo que llevaba puesto.

—Nunca he posado así. Y nunca he estado desnudo tomando brandy en la terraza.

—Es una licencia artística —contestó Maggie despreocupadamente y encantada de haberlo desconcertado tanto—. Conozco tan bien tu cuerpo que puedo dibujarlo de memoria. Habría estropeado el tema si me hubiera tomado la molestia de dibujarte con ropa.

—¿El tema? ¿Cuál es el tema?

—Amo de la casa. Creo que ése es el título que le voy a poner. A los dos, de hecho. Debes venderlos como una serie.

—No los voy a vender.

—¿Y por qué no? Quiero saber la razón. Has vendido varios de mis dibujos que no son ni remotamente tan buenos como estos dos. Y no quería que los vendieras, pero como firmé en la línea de puntos, los vendiste. Pero ahora sí quiero que pongas a la venta esta serie.

—Le bailaron los ojos—. De hecho, insisto, como creo que es mi derecho, contractualmente hablando.

—Entonces los compraré yo.

—¿Cuál es tu oferta? Mi corredor me dice que el precio está subiendo.

—Me estás chantajeando, Maggie.

—Sí. —Le dio un golpecito a la copa de Rogan con la suya, brindando, y bebió—. Tendrás que darme lo que te pida.

Rogan le echó un último vistazo al dibujo antes de cerrar decididamente el cuaderno.

—¿Y cuánto quieres?

—Veamos… Creo que si me llevaras arriba y me hicieras el amor hasta que la luna esté en lo alto, podríamos cerrar el negocio.

—Tienes un acertado sentido de los negocios.

—He aprendido de un maestro —replicó, y empezó a levantarse, pero él la agarró del brazo y la atrajo hacia sí.

—No quiero que caigamos en lagunas jurídicas en este negocio. Creo que los términos eran que debía llevarte arriba.

—Tienes razón. Supongo que ése es el motivo por el cual necesito un agente. —Maggie enredó sus dedos en el pelo de Rogan mientras él la conducía en brazos hacia la casa—. Sabes, por supuesto, que si no quedo satisfecha con el resto de los términos, el negocio se cancela.

—Estarás muy satisfecha.

En lo alto de las escaleras, Rogan se detuvo para besarla. La respuesta de Maggie fue, como siempre, inmediata y urgente, y, como siempre, le aceleró el corazón. Rogan entró en la habitación con ella en brazos.

La tenue luz del atardecer se colaba por las ventanas. Pronto el cielo se pondría gris y oscurecería. No pasarían a oscuras su última noche solos.

Pensando en eso, la depositó sobre la cama y cuando ella extendió las manos para atraerlo hacia sí, él se escabulló para ir a encender unas velas. Estaban dispersas por toda la habitación, algunas eran anchas y bajas, mientras que otras eran delgadas y largas, pero todas estaban quemadas hasta diferentes puntos. Maggie se arrodilló en la cama mientras Rogan las encendía e inundaba de luz dorada la habitación.

—Qué romántico… —Maggie sonrió y se sintió extrañamente conmovida—. Parece que un poco de chantaje merece la pena.

Rogan se detuvo, con una cerilla encendida entre los dedos.

—¿He sido poco romántico, Maggie?

—Sólo estaba bromeando —respondió, y se echó para atrás el pelo. La voz de Rogan había sonado demasiado seria—. No necesito romanticismo. La lujuria sincera es bastante para mí.

—¿Es eso lo que tenemos? —Pensativo, encendió otra vela y apagó la cerilla—. Lujuria.

Riéndose, Maggie extendió los brazos hacia él.

—Si dejaras de pasearte por la habitación y vinieras aquí, te mostraría exactamente lo que tenemos.

Maggie estaba deslumbrante a la luz de las velas y con los últimos colores del día colándose por la ventana junto a la cama. Tenía el pelo en llamas, la piel dorada por esos días al sol, y los ojos, alerta y burlones, eran una indudable invitación.

En otros días o noches, probablemente Rogan habría cedido y se habría sumergido en esa invitación, la habría aceptado y se habría deleitado en ella y en la tormenta de fuego que podían generar juntos. Pero le había cambiado el ánimo. Caminó lentamente hacia ella y la tomó de las manos antes de que Maggie pudiera tirar de él ávidamente hacia la cama; se las llevó a los labios y se las besó mientras la miraba fijamente.

—Ése no fue el trato, Margaret Mary. Debía hacerte el amor. Hace ya tiempo que es así. —Mantuvo las manos de Maggie entre las suyas y le puso los brazos a los lados al tiempo que se inclinó hacia ella para besarle los labios—. Ya es hora de que me dejes.

—¿Qué tonterías son ésas? —La voz de Maggie sonó tensa. Rogan empezó a besarla como lo había hecho sólo una vez antes, lenta, suavemente y con la mayor concentración—. He hecho más que dejarte un montón de veces.

—Así, no. —Rogan sintió las manos de ella flexionarse contra las de él y que su cuerpo retrocedía—. ¿Tanto miedo le tienes a la ternura, Maggie?

—Por supuesto que no. —No podía recuperar el aliento, a pesar de que podía escucharlo, sentirlo llegar despacio y pesado a través de sus labios. Todo el cuerpo le hormigueaba, a pesar de que él a duras penas la estaba tocando. Algo se le estaba escapando—. Rogan, no quiero…

—¿No quieres que te seduzca? —preguntó, levantando los labios de los de ella y paseándolos lentamente sobre su cara.

—No, no quiero —respondió, pero echó la cabeza hacia atrás cuando él empezó a acariciarle el cuello con los labios.

—Pues estás a punto de ser seducida.

Rogan le soltó las manos y la atrajo hacia sí. No fue un abrazo febril esta vez, sino una posesión ineludible. Maggie sintió los brazos increíblemente pesados cuando los pasó por detrás del cuello de Rogan. No pudo hacer más que aferrarse a él mientras la acariciaba en la cara y el pelo con la punta de los dedos, caricias que sentía tan ligeras como un susurro al viento.

Volvió a besarla en la boca y fue un beso húmedo, profundo, suntuoso, que duró una eternidad, hasta que Maggie se volvió tan maleable como cera entre sus brazos. Rogan se dio cuenta en ese momento, mientras la acostaba de nuevo sobre la espalda, de que había estado engañándose a él y engañándola a ella. Al dejar que sólo el fuego los rigiera, les había negado la posibilidad a ambos de experimentar los gozos cálidos y disponibles de la ternura.

Esa noche sería diferente. Esa noche la llevaría a través de un laberinto de sueños antes de llegar a las llamas.

El sabor de Rogan se filtró en ella, deslumbrándola y sorprendiéndola con ternura. El ansia que había sido hasta entonces una gran parte de su acto sexual se derritió en una perezosa paciencia que Maggie no pudo resistir ni rechazar. Mucho antes de que Rogan le abriera la blusa y le acariciara la piel con esos dedos suaves e inteligentes, ella ya estaba flotando.

Débilmente, los brazos de Maggie se resbalaron de los hombros de Rogan y cayeron a su costado. Contuvo el aliento y luego exhaló, al tiempo que él la lamía, buscando sabores secretos, regodeándose en ellos, saboreándola. A la deriva, durante ese lento recorrido de sensaciones,

Maggie era consciente de cada punto que Rogan iba despertando y que estaba conectado con la fuerza interna que descansaba en lo más profundo de su ser. Era muy diferente de una explosión. Era mucho más devastador.

Maggie murmuró su nombre cuando Rogan le puso una mano en la nuca y levantó su cuerpo derretido hacia él.

—Eres mía, Maggie. Nadie más te traerá nunca hasta aquí.

Ella debió poner objeciones ante esa nueva exigencia de exclusividad, pero no pudo. La boca de Rogan estaba recorriéndola toda otra vez, como si tuviera años, décadas, para completar su exploración.

La luz de las velas titiló somnolientamente contra los párpados de Maggie. Olía las flores que había recogido esa mañana y que había puesto en el florero azul, junto a la ventana. Escuchó la brisa que anunciaba la noche mediterránea con el perfume de las flores y las estelas en el mar. Bajo los dedos y los labios de Rogan, su piel se suavizó y sus músculos temblaron.

¿Cómo era posible que Rogan no hubiera sabido que la deseaba así? Todos los fuegos amainaron, sólo quedaron brasas ardiendo y humo dispersándose. Maggie se movió bajo sus manos, impotente, incapaz de hacer nada más salvo absorber lo que él le daba, seguir hacia donde él la guiara. A pesar de que la sangre se le agolpaba en la cabeza, en las extremidades, Rogan fue capaz de seguir acariciándola suavemente, incitándola, esperándola, observando cómo se resbalaba de una sensación a otra.

Cuando Maggie tembló, cuando otro gemido se escapó de sus labios, Rogan la tomó de las manos otra vez con una de las suyas, para que con la otra tuviera la libertad de urgirla sobre la primera cima.

Maggie arqueó el cuerpo y pestañeó. Rogan observó mientras ese primer puño de terciopelo le quitó el aliento. Entonces se volvió fluida otra vez, lánguida, y se relajó. El placer de ella brotó dentro de él.

El sol se ocultó. Las velas titilaron. Rogan la guio hacia arriba nuevamente, un pico más alto que la hizo gemir débilmente. El sonido hizo eco en suspiros y murmullos. Cuando el corazón se le colmó tanto que también pareció gemir, Rogan se introdujo dentro de ella y la tomó con ternura, mientras la luna ascendía en el cielo.

Tal vez dormitó. Supo que había soñado. Cuando abrió los ojos de nuevo, la luna estaba en lo alto y la habitación, vacía. Sintiéndose lánguida como una gata, consideró acurrucarse de nuevo, pero incluso al hundir la cabeza en la almohada sabía que no podría dormir sin él.

Se levantó, flotando ligeramente, pues todavía sentía los efectos del vino en la cabeza. Se puso una delicada bata de seda que Rogan había insistido en prestarle, que se acomodó suavemente sobre su piel, y salió a buscarlo.

—Debí suponer que te encontraría aquí. —Rogan estaba en la cocina, de pie y sin camisa ante el horno—. ¿Pensando en tu estómago?

—Y en el tuyo, cariño. —Apagó el fuego bajo la sartén antes de volverse para mirarla—. Huevos.

—¿Qué más? —Ninguno de los dos sabía cocinar—. No me sorprendería que mañana llegáramos a Irlanda cacareando. —Maggie se sentía inesperadamente extraña; entonces se pasó una mano por el pelo, y después otra vez—. Debiste haberme levantado para que preparara algo de comer.

—¿Obligarte a hacer algo? Si lo consiguiera, sería la primera vez —dijo, y alcanzó un par de platos.

—Bueno, simplemente habría preparado algo. No siento que haya cumplido con mi parte antes.

—¿Antes?

—Arriba, en la habitación. No he hecho exactamente mi trabajo.

—Un trato es un trato —replicó Rogan, sirviendo los huevos en ambos platos—. Y desde mi punto de vista, lo has hecho muy, muy bien. Verte disfrutar me produjo un increíble placer. —Uno que pretendía experimentar de nuevo muy pronto—. ¿Por qué no te sientas y comes? La luna se quedará en lo alto un buen rato todavía.

—Ya me imagino. —Sintiéndose más cómoda, se sentó junto a él a la mesa—. Y puede que esto me devuelva la energía. Yo no sabía —dijo con la boca llena— que el sexo pudiera debilitar tanto.

—Eso no ha sido sólo sexo.

Maggie detuvo el tenedor a mitad de camino entre el plato y su boca al escuchar el tono de voz de Rogan. Había dolor debajo del agudo disgusto, y Maggie lamentó haberlo causado. Se sorprendió de que pudiera herirlo.

—No he pretendido decirlo así, Rogan, no de forma tan impersonal. Cuando dos personas se tienen cariño...

—Yo no sólo te tengo cariño, Maggie, es mucho más... Estoy enamorado de ti.

El tenedor se le resbaló entre los dedos y cayó sobre el plato. El pánico se le clavó en la garganta como un par de colmillos hambrientos y afilados.

—No es cierto.

—Sí, sí lo es —repuso Rogan tranquilamente, aunque se maldijo a sí mismo por hacer semejante declaración en una cocina totalmente iluminada y mientras comían unos huevos bastante mal hechos—. Y tú estás enamorada de mí.

—No, no lo estoy. No es así. No puedes decirme cómo estoy o lo que soy.

—Puedo cuando eres demasiado tonta para decirlo tú misma. Lo que hay entre nosotros es mucho más que atracción física. Si no fueras tan cabezota, dejarías de fingir que sólo es eso.

—No soy cabezota.

—Sí que lo eres. Pero he descubierto que ésa es una de las cosas que me gustan de ti. —Estaba pensando fríamente ahora, complacido de haber recuperado el control—. Habríamos podido discutir esto en un ambiente más apropiado, pero conociéndote, la verdad es que no importa. Estoy enamorado de ti y quiero que te cases conmigo.

17

¿Matrimonio? La palabra se le atragantó en la garganta, amenazando con ahogarla. No se atrevió a repetirla.

—Estás completamente loco.

—Créeme, he considerado la posibilidad —dijo Rogan, que cogió el tenedor y comió, con aspecto de estar muy cuerdo. Pero el dolor, inesperado y crudo, lo arañó—. Eres cabezota, descortés con frecuencia, egoísta más que ocasionalmente y no poco temperamental.

Maggie se quedó boquiabierta.

—¿Ah, sí?

—Sí, ya lo creo que eres todo eso. Y un hombre tiene que haber perdido la razón y estar fuera de sí para querer ese tipo de carga el resto de su vida, pero —añadió, y sirvió el agua para el té que había estado hirviendo—, aquí estás. Creo que es costumbre que se use la iglesia de la novia, así que nos casaremos en Clare.

—¿Costumbre? Cuelga tus costumbres, Rogan, y ahórcate tú con ellas. —¿Era pánico lo que sentía bajar por su columna? Seguro que no. Debía de ser ira. No tenía nada que temer—. No me voy a casar contigo ni con nadie. Nunca.

—Eso es absurdo. Por supuesto que te vas a casar conmigo. Estamos increíblemente hechos el uno para el otro, Maggie.

—Hace un momento yo era cabezota, descortés y temperamental.

—Así eres, pero me viene bien que seas así. —La agarró de la mano y, haciendo caso omiso de su resistencia, tiró de ella y se la llevó a los labios—. Me viene muy, pero que muy bien.

—Pues a mí no, en absoluto. Puede que ahora sea más suave ante tu arrogancia, Rogan, pero eso está a punto de cambiar. Y te lo aseguro —continuó, liberando de un tirón su mano de las de él—: No voy a ser la mujer de ningún hombre.

—De ningún hombre, excepto mía.

Maggie maldijo entre dientes. Cuando Rogan sonrió como respuesta, se le incendiaron los ánimos. Una pelea, pensó, sería satisfactoria pero no resolvería nada.

—Me has traído aquí para esto, ¿no?

—En realidad, no. Pensé tomarme más tiempo antes de poner mis sentimientos a tus pies. —Con cuidado y deliberadamente, apartó el plato que tenía frente a él—. Sabía muy bien que me los ibas a devolver de una patada. —Sus ojos se mantuvieron a la misma altura que los de ella, pacientes—. Ya ves, te conozco muy bien, Margaret Mary.

—No, no me conoces. —Los ánimos caldeados y el pánico que no quería admitir empezaron a escapar de ella, dejando espacio para el dolor—. Tengo razones para conservar entero mi corazón y para no considerar la posibilidad de casarme nunca.

Rogan sintió curiosidad y alivio al darse cuenta de que no era la idea de casarse con él lo que Maggie rechazaba, sino la idea del matrimonio en sí misma.

—¿Cuáles son esas razones?

Maggie bajó la mirada hacia su taza. Después de dudarlo un momento, agregó las tres cucharadas de azúcar que solía poner en su té y lo removió.

—Tú perdiste a tus padres —afirmó Maggie.

—Así es. —Rogan levantó una ceja. Ése no era el camino que él esperaba que ella tomara—. Hace casi diez años.

—Es difícil perder a la familia. Te despoja de una capa de seguridad y te expone al simple y frío hecho de la mortalidad. ¿Los querías?

—Mucho. Maggie...

—No. Me apetece escuchar lo que tienes que decir sobre eso. Es importante. ¿Te querían ellos a ti?

—Sí, me querían.

—¿Cómo lo sabes? —Bebió de su taza, sosteniéndola con ambas manos—. ¿Es porque te dieron una buena vida, una casa elegante?

—No tiene nada que ver con la comodidad material. Sabía que me querían porque podía sentirlo, porque me lo demostraban. Y además podía ver que ellos también se querían.

—¿Hubo amor en tu casa? ¿Y risas? ¿Había risas en tu casa, Rogan?

—Muchas. —Todavía podía recordarlo—. Fue devastador para mí cuando murieron. Tan de repente, tan brutalmente inesperado... —Se le quebró la voz, pero hizo un esfuerzo por recuperar la fuerza—. Sin embargo, después, cuando pasó lo peor, me alegré de que se hubieran ido los dos. Ambos habrían estado sólo medio vivos sin el otro.

—No tienes idea de lo afortunado que eres. Qué suerte tienes de haber crecido en un hogar feliz y lleno de amor. Yo no sé lo que es eso. Nunca voy a saberlo. No había amor entre mis padres, sólo rabia, culpa y obligación, pero no amor. ¿Te imaginas lo que es crecer en un hogar donde a las dos personas que te crearon no les importa el otro? Seguían allí sólo porque su matrimonio era una prisión que los mantenía cautivos a causa de la conciencia y la ley de la iglesia…

—No, no puedo imaginármelo —replicó Rogan poniendo una mano sobre una de las de ella—. Y siento mucho que tú sí puedas.

—Me juré, cuando todavía era pequeña, me juré a mí misma que nunca me encerraría en una prisión como ésa.

—El matrimonio no sólo puede ser una prisión, Maggie —dijo suavemente—. El de mis padres fue una alegría.

—Y eso tendrás algún día, pero no conmigo. Yo no voy a poder. Uno hace lo que sabe hacer, Rogan. Y no se puede cambiar el lugar del que se proviene. Mi madre me odia. —Rogan habría protestado, pero Maggie lo dijo tan contundentemente, con tanta sencillez, que no pudo—. Me odió incluso antes de que hubiera nacido. Esa hija que creció dentro de ella le arruinó la vida, y eso es lo que me dice cada vez que puede. En todos estos años no he sabido lo profundo que era su odio hasta que tu abuela me contó que mi madre había tenido una carrera.

—¿Una carrera? —Hizo un esfuerzo por recordar—. ¿El canto? ¿Qué tiene que ver eso contigo?

—Todo. ¿Qué más podía hacer sino abandonar su carrera? No tenía opción. ¿Qué clase de carrera habría tenido siendo madre soltera en un país como el nuestro? Ninguna. —Sintió frío, tembló ligeramente y se le escapó un suspiro. Le dolía decirlo de esa manera, en voz alta—. Ella quería algo para sí misma. Yo puedo entender eso, Rogan. Sé lo que es tener ambiciones. Y puedo imaginarme, demasiado bien, lo que debió de ser verlas frustradas. Nunca se habrían casado si no me hubieran concebido. Un momento de pasión, de necesidad, eso fue todo. Mi padre tenía más de cuarenta y mi madre más de treinta. Ella soñaba, supongo, con el amor y él vio a una mujer hermosa. Ella fue hermosa una vez. Hay fotos. Antes de que la amargura la devorara. Y yo fui la semilla de ese encuentro. El bebé de siete meses que la humilló y arruinó sus sueños. Y los de él también. Sí, los de él también.

—No puedes culparte por haber nacido, Maggie.

—Sí, ya lo sé. ¿No crees que lo sé? Aquí arriba lo sé —dijo, golpeándose la cabeza fieramente—. Pero en mi corazón… ¿es que no lo ves? Sé que mi existencia, cada respiración, ha sido una carga para dos personas más allá de cualquier medida. Provengo sólo de la pasión, y cada vez que mi madre me mira, le recuerdo que pecó.

—Eso no sólo es ridículo, Maggie, sino absurdo.

—Tal vez. Mi padre me dijo un día que sí la había amado, puede que sea cierto. —Se lo imaginó entrando a O'Malley's y viendo a Maeve, escuchándola cantar y dejando que su corazón romántico volara. Pero se había estrellado demasiado pronto. Para ambos—. Tenía doce años cuando mi madre me dijo que yo no había sido concebida dentro del matrimonio. Así es como ella lo dice. Tal vez se dio cuenta de que yo estaba dando el paso entre niña y mujer. Había empezado a mirar a los chicos y había estado coqueteando con Murphy y otros niños del pueblo. Y una tarde nos pilló a Murphy y a mí, en el granero, intentando darnos un beso. Fue sólo un beso, nada más, junto al heno en una cálida tarde de verano, ambos éramos jóvenes y curiosos. Fue mi primer beso, y fue bonito… Suave, tímido e inofensivo. Pero ella nos pilló. —Cuando Maggie cerró los ojos, la escena se repitió vívidamente—. Se puso pálida, del color del hueso, y gritó, me riñó y me arrastró hasta casa. Me dijo que yo era malvada y que era una pecadora, y puesto que mi padre no estaba en casa para detenerla, me pegó.

—¿Te pegó? —preguntó Rogan, a quien la impresión lo hizo levantarse de la silla—. ¿Me estás diciendo que te pegó porque besaste a un chico?

—Me pegó —repitió Maggie lacónicamente—. Y fue mucho más que la palmada con el dorso de la mano a la que yo ya estaba acostumbrada. Sacó un cinturón y me pegó hasta que pensé que iba a matarme. Mientras me golpeaba, gritaba versículos de las Escrituras y bramaba cosas sobre la marca del pecado.

—Tu madre no tenía derecho a tratarte así —dijo Rogan, arrodillándose ante ella y sujetando la cara de Maggie entre sus manos.

—Nadie tiene ese derecho, pero sucede de todas formas. Vi el odio en ella ese día, y también el miedo. El miedo, entendí después, a que terminara igual que ella, con un bebé en la barriga y un vacío en el corazón. Siempre supe que ella no me amaba como se supone que una madre ama a sus hijos. Sabía que era un poco más suave con Brianna, que la trataba mejor, pero hasta ese día no supe por qué.

No pudo seguir sentada. Se levantó y fue hasta la puerta que daba paso a un pequeño empedrado, repleto de macetas de barro llenas de brillantes geranios.

—No necesitas hablar más de esto —dijo Rogan detrás de ella.

—Tengo que terminar. —El cielo estaba cuajado de estrellas y la brisa era un suave susurro entre los árboles—. Me dijo que yo estaba marcada. Y me pegó para que la marca se viera por fuera también, para que yo entendiera la carga que tiene que soportar una mujer, porque es ella la que lleva en su vientre al hijo.

—Eso es una vileza, Maggie. —Incapaz de controlar sus propias emociones, le dio la vuelta y la agarró por los hombros con fuerza; tenía los ojos azul hielo, y furiosos—. Tú eras sólo una niña.

—Si lo era, dejé de serlo ese día. Porque entendí, Rogan, que ella quería decir exactamente lo que dijo.

—Era una mentira, Maggie, una horrible mentira.

—No para ella. Para mi madre era la verdad. Me dijo que yo era su castigo, que Dios la había castigado conmigo por su noche de pecado. Ella lo creía, totalmente, y cada vez que me miraba, se acordaba. Ni siquiera el dolor de darme a luz fue suficiente enmienda. Porque por mí estaba atrapada en un matrimonio que despreciaba, unida a un hombre que no podía amar y, además, era madre de una hija que no quería tener. Y para completar la ecuación, como descubrí hace poco, también fui la causante de la ruina de todo lo que ella realmente quería. Tal vez la ruina de todo lo que ella era.

—Ella es quien debió ser azotada. Nadie tiene derecho a abusar de un niño ni, aún peor, usar una imagen de Dios distorsionada como látigo.

—Qué gracioso. Mi padre dijo prácticamente lo mismo cuando llegó a casa y vio lo que ella había hecho. Pensé que iba a pegar a mi madre. Fue la única vez en mi vida que lo vi tan cerca de la violencia. Tuvieron una pelea horrible. Oírlos insultarse fue casi peor que la paliza. Subí a mi habitación para no escucharlos y Brie vino con una pomada. Me curó como una madre pequeñita y dijo tonterías todo el tiempo para tratar de ocultar los alaridos que venían de abajo. Le temblaban las manos. —No opuso resistencia cuando Rogan la abrazó, pero sus ojos se mantuvieron secos, y su voz, calmada—. Pensé que mi padre se iría. Se dijeron cosas tan horribles… No pensé que dos personas pudieran seguir viviendo juntas después de tratarse así. Pensé que ojalá nos llevara con él; si Brie y yo hubiéramos podido irnos con él, a cualquier parte, todo habría ido bien de nuevo. Después le oí decir que él también estaba pagando. Estaba pagando por haber creído alguna vez que la amaba y la deseaba. Que se iría a la tumba pagando. Por supuesto, no la dejó. —Maggie se separó de Rogan y dio un paso atrás—. Se quedó más de diez años después de eso, y ella no volvió a tocarme de nuevo, de ninguna manera. Pero ninguno de nosotros olvidó ese día, creo que ninguno quería. Mi padre trató de compensarme dándome más, amándome más. Pero no pudo. Si la hubiera dejado y nos hubiera llevado con él, las cosas habrían sido diferentes. Pero no pudo hacerlo, así que tuvimos que vivir en esa casa como pecadores en el infierno. Y yo sabía, sin importar cuánto me quisiera mi padre, que tenía que haber ocasiones en que él pensara que ojalá no hubiera sucedido, que ojalá yo no hubiera nacido, pues entonces él habría sido libre.

—¿De verdad culpas a la niña, Maggie?

—Los pecados de los padres… —dijo, sacudiendo la cabeza—. Ésa es una de las expresiones favoritas de mi madre. No, Rogan, no culpo a la niña, pero eso no cambia el resultado. —Suspiró profundamente. Se sentía mejor al haberle contado su historia—. No voy a arriesgarme a encerrarme en esa prisión.

—Tú eres una mujer demasiado inteligente como para creer que lo que les pasó a tus padres le pasa a todo el mundo.

—No, no a todo el mundo. Un día, ahora que ya no está subyugada por las exigencias de mi madre, Brie se casará. Ella quiere tener una familia.

—Y tú no.

—No, yo no —contestó, pero las palabras sonaron vacías—. Tengo mi trabajo y la necesidad de estar sola.

Rogan la sujetó por la barbilla y la miró.

—Tienes miedo.

—Si es así, tengo derecho a tenerlo —replicó, soltándose de él—. ¿Qué clase de madre o esposa podría ser teniendo en cuenta de dónde provengo?

—Sin embargo, me acabas de decir que tu hermana va a ser tanto madre como esposa.

—La situación afectó a Brie de manera diferente. Ella siente la misma necesidad de tener gente alrededor y un hogar que yo de no tenerlos. Tenías razón al decir que soy cabezota, descortés y egoísta. Soy las tres cosas.

—Tal vez tenías que serlo, pero eso no es todo lo que eres, Maggie. También eres una persona compasiva, leal y cariñosa. No sólo me he enamorado de una parte de ti, sino de ti como un todo. Quiero pasar mi vida contigo.

Algo tembló dentro de Maggie, como si una mano descuidada hubiera golpeado un frágil cristal.

—¿No has escuchado todo lo que acabo de decir?

—He escuchado cada palabra. Ahora sé que no sólo me amas, sino que me necesitas.

Maggie se llevó ambas manos a la cabeza, se agarró unos cuantos mechones y tiró de ellos llena de frustración.

—Yo no necesito a nadie.

—Claro que sí. Tienes miedo de admitirlo, pero es comprensible. —Rogan sintió una enorme pena por la niña que Maggie había sido, pero no podía dejar que ese sentimiento cambiara los planes que tenía para la mujer—. Te has encerrado en una prisión, Maggie. Una vez que admitas esas necesidades, la puerta se abrirá.

—Soy feliz con las cosas como están. ¿Por qué tienes que cambiarlas?

—Porque quiero pasar más que unos pocos días al mes contigo. Quiero pasar toda la vida contigo, quiero tener hijos contigo. —Le acarició el pelo y bajó la mano hasta la nuca—. Porque eres la primera y única mujer a la que he amado. No te voy a perder, Maggie. Y no voy a dejar que tú me pierdas a mí.

—Te he dado todo lo que soy capaz de dar, Rogan. —Su voz sonó temblorosa, pero siguió adelante, firme—.

Es más de lo que le he dado a nadie. Confórmate con lo que puedo dar, porque de lo contrario tendré que ponerle fin a esto.

—¿Puedes?

—Tendré que poder.

Rogan le apretó ligeramente el cuello y luego la soltó.

—Cabezota… —dijo con un rastro de risa para esconder el dolor—. Bueno, pues yo también tendré que poder. Puedo esperar a que vengas a mí. No, no me digas que no vendrás —continuó al tiempo que Maggie abría la boca para protestar—. Sólo te lo estás poniendo más difícil, y será más difícil cuando me busques. Pero está bien, dejaremos las cosas como están, Maggie, salvo por un detalle.

El alivio que entonces sintió Maggie se convirtió en recelo.

—Que es…

—Te amo —dijo, y la abrazó con fuerza y la besó en los labios—. Tendrás que acostumbrarte a escuchar estas palabras.

Maggie se sintió contenta de estar en casa. En su hogar podía saborear la soledad, disfrutar de su propia compañía y de los largos días que se aferraban a la luz hasta las diez. En su casa, Maggie no tenía que pensar en nada más que en su trabajo. Para demostrarlo, permaneció tres días en el taller, tres días sin interrupción.

Estuvo muy productiva y le encantaron los resultados, que se estaban secando en el horno de templado.

Y se sintió, por primera vez que ella pudiera recordar, sola.

Todo estaba en su cabeza, se dijo mientras observaba las primeras estrellas titilar en el firmamento, Rogan le había puesto una trampa al hacerla disfrutar de su compañía, del frenesí de las ciudades y la gente. La había hecho desear demasiado. Deseaba a Rogan demasiado.

Matrimonio… El mero pensamiento la estremeció, mientras cogía de la mesa de la cocina lo que quería. Por lo menos, él nunca podría hacerla desear eso. Estaba segura de que, dándole un poco de tiempo, él podría finalmente ver las cosas desde su punto de vista. Si no…

Salió de la casa, cerró la puerta. Era mejor no pensar en los «si no». Rogan era, por encima de todo, un hombre sensato.

Caminó despacio hacia la casa de Brianna mientras la noche caía a su alrededor. Una ligera neblina se arremolinaba a sus pies y una brisa que anunciaba helada susurraba a través de los árboles.

Como un faro que da la bienvenida, la luz de la cocina de Brianna resplandecía en la noche. Maggie apretó el paso, aferrándose a los dibujos que había hecho enmarcar.

A medida que se acercaba, escuchó un aullido que salía entre las sombras del sicomoro. Maggie llamó quedamente y le respondió un alegre ladrido. *Con* apareció entre la oscuridad y atravesó la neblina corriendo hasta donde estaba Maggie, y le habría saltado encima para demostrarle su amor y devoción si ella no hubiera extendido una mano para detenerlo.

—Preferiría que no me tumbaras, gracias —dijo, y le acarició la cabeza y el cuello mientras él movía la cola frenéticamente rasgando la niebla—. Cuidando a tu princesa esta noche, ¿no? Vamos dentro a buscarla.

Tan pronto como Maggie abrió la puerta de la cocina, *Con* entró en estampida. Se detuvo ante la puerta que daba al corredor, siempre con la cola en movimiento.

—¿Está ahí? —Maggie puso los dibujos sobre la mesa y abrió la puerta. Oyó voces, risas y un acento inglés—. Tiene huéspedes —dijo a *Con*, al que desilusionó cuando volvió a la cocina llevándoselo con ella—. No la interrumpamos, así que quédate aquí en la cocina, conmigo, *Con*. —Para hacer más entretenida la espera, Maggie se dirigió a la despensa donde Brianna guardaba las galletitas del perro—. Bien, ¿qué truco vas a hacer para mí hoy?

Con vio la galletita que Maggie tenía en la mano y se relamió. Con increíble dignidad, se sentó sobre las patas traseras y levantó una de las delanteras, ofreciéndosela a Maggie.

—Muy bien, muchacho.

Una vez que tuvo la galletita entre los dientes, *Con* se dirigió hacia la alfombra que estaba ante la chimenea de la cocina, dio tres vueltas y se echó con un suspiro de placer.

—Yo podría ponerme a hacer algo.

Un rápido escrutinio por la cocina descubrió un tesoro. Un pan de jengibre, cortado hasta la mitad, reposaba bajo un paño protector. Maggie se comió una rebanada mientras la tetera se calentaba y luego se sentó con otra y una taza de té. Cuando Brianna entró en la cocina, Maggie estaba comiéndose las migajas del plato.

—Me preguntaba cuándo vendrías —dijo Brianna agachándose a acariciar a *Con*, que se había levantado para pegarse a las piernas de su ama.

—Habría venido antes si hubiera sabido que esto estaba esperándome. Veo que tienes huéspedes.

—Sí. Una pareja de Londres, un estudiante de Derry y dos encantadoras viejecitas de Edimburgo. ¿Qué tal tus vacaciones?

—Es un lugar precioso, los días han sido cálidos y soleados, y las noches, tibias. Te he dibujado algunos paisajes para que lo veas tú misma —añadió, señalando los dibujos.

Brie fue hasta la mesa. Su cara se iluminó de felicidad.

—Son maravillosos.

—Pensé que te gustarían más que una postal.

—Claro que sí. Muchas gracias, Maggie. Tengo algunos recortes de periódico de tu exposición en París.

Maggie se sorprendió.

—¿Cómo los has conseguido?

—Le pedí a Rogan que me los enviara. ¿Quieres verlos?

—No, ahora no. Me pondrían nerviosa y el trabajo me ha salido bien estos días.

—¿Vas a ir a Roma cuando lleven la exposición allí?

—No sé. No lo he pensado todavía. Todo eso parece tan lejano…

—Como un sueño. —Brianna suspiró y se sentó—. Casi no puedo creer que haya estado en París.

—Ahora podrías viajar más, si quieres.

—Mmmm… —Quizá había lugares que quería conocer, pero su hogar la retenía—. Alice Quinn ha tenido un niño, le han llamado David. Ayer lo bautizaron. Lloró durante toda la ceremonia.

—Y seguro que Alice revoloteó a su alrededor como un pájaro.

—No, sencillamente lo sostuvo y lo tranquilizó. Después salió a darle de mamar. El matrimonio y la maternidad la han cambiado. No parece la misma.

—El matrimonio siempre cambia a la gente.

—Por lo general para mejor —comentó Brianna, que sabía en qué estaba pensando Maggie—. A mamá le está yendo bien.

—No he preguntado por ella.

—No —contestó Brianna sin alterar la voz—, pero te lo estoy contando. Lottie ha logrado convencerla para que se siente en el jardín a tomar el sol todos los días y para que dé pequeños paseos.

—¿Paseos? —A pesar de sí misma, a Maggie se le despertó la curiosidad—. ¿Mamá caminando?

—No sé cómo lo hace Lottie, pero tiene una manera de llevarla increíble. La última vez que las visité, mamá le estaba sosteniendo la lana mientras Lottie la enrollaba. Cuando entré, la tiró a un lado y empezó a gritar que esa mujer la iba a llevar a la tumba. Dijo que había despedido a Lottie dos veces, pero que ella no se quería ir. Mamá se quejó todo el tiempo mientras Lottie le empujaba la mecedora, sonreía y enrollaba la lana.

—Si esa mujer despide a Lottie…

—No, déjame terminar. —Brianna se inclinó hacia delante; tenía los ojos alegres—. Me quedé de pie tratando de disculparme con Lottie, inventando excusas y esperando lo peor. Después de un rato, Lottie dejó de mecerla y le dijo: «Maeve, deja de molestar a la niña. Pareces una urraca», y le pasó de nuevo la lana y me dijo que estaba tratando de enseñar a mamá a tejer.

—Enseñarla a… ¡Eso nunca va a pasar!

—La cuestión es que mamá siguió quejándose disimuladamente y discutiendo con Lottie. Pero al parecer estaba disfrutándolo. Tenías razón en lo importante que era para ella tener su propia casa, Maggie. Puede que no se haya dado cuenta todavía, pero es más feliz allí de lo que ha sido la mayor parte de su vida.

—La cuestión es que salió de aquí —replicó Maggie, quien, intranquila, se levantó y empezó a caminar de un lado para otro—. No quiero que te engañes diciéndote que lo hice movida por la bondad de mi corazón.

—Pero así fue —contestó Brianna quedamente—. Si no quieres que nadie lo sepa salvo yo, es decisión tuya.

—No he venido a hablar de ella, sino a ver cómo te va a ti. ¿Te has mudado a la habitación que está junto a la cocina, la que tenía ella?

—Sí, lo que me da arriba otra habitación más para los huéspedes.

—Te da privacidad.

—Sí, también. Tengo espacio para un escritorio donde puedo trabajar en los libros de cuentas y el papeleo. Y me gusta tener una ventana que da justo sobre el jardín. Murphy me ha dicho que se puede poner una puerta para entrar y salir sin tener que hacerlo atravesando la casa.

—Bien. —Maggie levantó un frasco de grosellas y volvió a ponerlo en su sitio—. ¿Tienes suficiente dinero para la mano de obra?

—Tengo suficiente. Ha sido un buen verano. Maggie, ¿no me vas a decir qué te tiene inquieta?

—Nada —contestó Maggie abruptamente—. Tengo mucho en qué pensar, eso es todo.

—¿Te has peleado con Rogan?

—No —respondió, pensando que no podría llamársele pelea—. ¿Por qué supones que estaba pensando en él?

—Porque os he visto juntos, Maggie, y he notado cuánto afecto os tenéis.

—Eso debería ser suficiente, ¿no? —contestó molesta—. Le tengo afecto y él a mí. El negocio que tenemos juntos está siendo exitoso y parece que así va a seguir. Eso debería ser suficiente.

—No sé cuál es la respuesta a eso. ¿Estás enamorada de él?

—No. —No podía ser—. Él cree que sí, pero no soy responsable de lo que ese hombre piense. No voy a cambiar mi vida por él ni por nadie. Aunque él ya me la ha cambiado. —Se abrazó a sí misma con fuerza, pues de repente había sentido frío—. Y, maldita sea, no puedo volver atrás.

—¿Atrás, adónde?

—A ser lo que era, lo que yo pensaba que era. Me ha hecho querer más. Sé que siempre quise más, pero Rogan me ha hecho admitirlo. No es suficiente con que yo crea en mi trabajo, ahora necesito que él crea también. Él se ha vuelto parte de todo y si fracaso no fracasaré sola. Y cuando tenga éxito, la satisfacción tampoco será sólo mía. Y creo que he hecho concesiones porque le he dado parte de mí, he puesto en sus manos lo mejor de mí.

—Maggie, ¿estás hablando sobre tu arte o sobre tu corazón? —Brianna miró fijamente a su hermana al hacerle la pregunta.

Maggie se sentó de nuevo, derrotada.

—No tengo uno sin el otro. Así que parece que le he dado a Rogan un pedazo de ambos.

Rogan se habría sorprendido al escuchar esa afirmación. Había decidido, después de mucho pensarlo, tratar su relación con Maggie igual que un negocio. Había hecho su oferta y ahora sólo le quedaba apartarse y esperar a que la otra parte considerara lo que le había ofrecido.

No tenía razones profesionales para contactar con ella. La exposición de París estaría abierta durante dos semanas más antes de seguir hacia Roma. Ya se habían escogido las piezas y el trabajo preliminar estaba hecho. En cuanto al futuro cercano, él tenía su trabajo, y ella, el suyo. Cualquier contacto de trabajo se podía hacer por medio de su personal.

En otras palabras, dejaría que Maggie «se cocinara lentamente».

Era importante para su orgullo y sus planes que Maggie no supiera cuánto le había dolido su rechazo. Estando separados podrían evaluar su futuro objetivamente. Si se quedaban juntos, terminarían en la cama. Y eso ya no era suficiente.

Rogan estaba seguro de que lo que se necesitaba era paciencia y mano firme. Y si Maggie seguía siendo reacia después de un tiempo prudencial, él usaría cualquier medio que estuviera a su alcance para convencerla.

Rogan llamó enérgicamente a la puerta de la casa de su abuela. No era usual que fuera a visitarla a esa hora, pero después de llevar en Dublín una semana, necesitaba el consuelo de su familia.

Saludó con la cabeza a la criada que le abrió la puerta.

—¿Está mi abuela en casa?

—Sí, señor Sweeney. Está en la sala principal. Le diré que está usted aquí.

—No es necesario.

Caminó a lo largo del pasillo y entró en la sala a través de las puertas, que estaban abiertas. Christine se levantó y le abrió los brazos.

—¡Rogan! Qué maravillosa sorpresa.

—Han suspendido una reunión, así que se me ha ocurrido venir a verte. —Se separó del abrazo de su abuela y, examinándole la cara, levantó una ceja—. Estás estupendamente bien.

—Me siento estupendamente bien. —Se rio y le indicó que se sentara—. ¿Te pido algo de beber?

—No, no tengo mucho tiempo. Sólo he venido un momento.

—He oído comentarios sobre lo bien que te ha ido en París. —Christine se sentó junto a él y se alisó las arrugas de la falda de lino—. La semana pasada almorcé con Patricia, ella me contó que había tenido un éxito arrollador.

—Así fue. Aunque no entiendo cómo ha podido enterarse Patricia —dijo, y pensó en su amiga con un leve sentimiento de culpa—. ¿Cómo está?

—Muy bien. Floreciendo, podría decirse. Y me parece que me dijo que fue Joseph quien le contó lo de París.

Está trabajando mucho en su guardería y Joseph ha sido de gran ayuda para ella.

—Bien. Me temo que no he tenido mucho tiempo esta semana en la galería. La verdad es que la ampliación de Limerick está exigiendo la mayor parte de mis esfuerzos.

—¿Cómo va?

—Bastante bien. Aunque han surgido algunas complicaciones. Es probable que tenga que viajar para solucionarlas allí mismo.

—Pero si apenas acabas de volver...

—No debería llevarme más de uno o dos días. —Inclinó la cabeza y se fijó en que su abuela estaba inquieta, se tiraba de la blusa, se pasaba la mano por el pelo—. ¿Pasa algo malo?

—No —respondió Christine, que sonrió ampliamente y obligó a sus manos a quedarse quietas—. En absoluto. Sin embargo, hay algo que quiero discutir contigo. Verás... —se interrumpió, pensando que era una miserable cobarde—. ¿Cómo está Maggie? ¿Le gustó París?

—Parece que sí.

—Es una época estupenda para pasar unos días en el sur. ¿Os hizo buen tiempo?

—Sí, muy bueno. ¿Es del tiempo de lo que quieres hablar, abuela?

—No, sólo estaba... ¿Estás seguro de que no quieres tomar nada?

A Rogan se le encendieron todas las alarmas.

—Si sucede algo malo, quiero saberlo ya, abuela.

—No pasa nada, cielo. Nada malo, en cualquier caso.

Para sorpresa de Rogan, su abuela se sonrojó como una colegiala.

—Abuela... —empezó, pero entonces lo interrumpió un estruendo procedente de las escaleras al que siguió un grito.

—¿Chrissy? ¿Dónde te has metido, ratoncito?

Rogan se puso de pie lentamente al tiempo que un hombre aparecía por la puerta. Era fornido, calvo como una bola de billar e iba vestido con un ordinario traje de color caléndula. Tenía la cara redonda y arrugada y brillaba como la luna.

—Aquí estás, querida mía. Pensaba que te había perdido.

—Estaba a punto de llamarte para tomar el té —dijo Christine, cuyo sonrojo se intensificó cuando el hombre caminó hacia ella y le besó ambas manos inquietas.

—Rogan, te presento a Niall Feeney. Niall, éste es mi nieto, Rogan.

—Así que éste es el famoso Rogan en persona. —Rogan sintió que le acaparaba la mano y se la agitaba con entusiasmo—. Es un placer. Es estupendo conocerte finalmente. Chrissy me lo ha contado todo de ti, muchacho. Tú eres la niña de sus ojos.

—Encantado de... conocerlo, señor Feeney.

—No, no. Nada de esas formalidades entre nosotros. No teniendo tantas conexiones familiares como tenemos —añadió, haciéndole un guiño y riéndose hasta que la barriga le tembló.

—¿Conexiones? —preguntó Rogan débilmente.

—Sí. Habiendo crecido no más lejos de Chrissy de lo que puede escupir una rana. Han pasado cincuenta años, por Dios, y ahora el destino ha hecho que tú seas quien se encargue de representar la obra de mi sobrina.

—¿Su sobrina? —La certeza le llegó como un puñetazo—. Usted es el tío de Maggie…

—Sí, así es. —Niall tomó asiento, demostrando que se sentía en casa, con la panza asomándole por encima del cinturón—. Estoy tan orgulloso de la chica como un pavo real, aunque debo decir que no entiendo un pimiento de lo que hace. Debo creer a Chrissy cuando dice que es buena.

—Chrissy… —repitió Rogan entre dientes.

—¿No te parece maravilloso, Rogan? —Una sonrisa nerviosa apareció en el rostro de Christine—. Brianna escribió a Niall a Galway contándole que Maggie y tú estabais trabajando juntos. Por supuesto, le mencionó que tú eres mi nieto, así que Niall me escribió y una cosa llevó a otra y ahora está aquí de visita.

—De visita. En Dublín.

—Sin duda es una ciudad estupenda. —Niall dio una palmada sobre el delicado brazo del sofá—. Habitada por las chicas más bellas de toda Irlanda —añadió, guiñándole un ojo a Christine—. Aunque, la verdad, yo sólo tengo ojos para una.

—Niall, no tienes remedio.

Rogan los miró con atención, mientras ellos se arrullaban y se piropeaban delante de sus narices.

—Abuela, creo que después de todo sí me voy a tomar esa copa. Un whisky, por favor.

18

Un Rogan cabizbajo fue el que salió de la casa de su abuela y se dirigió a la galería justo antes de que cerraran. No quería creer que había visto lo que sabía que había visto. Como Maggie le había dicho una vez, cuando una pareja tenía intimidad, se notaba.

Su abuela, por Dios santo, estaba coqueteando con el tío cara de luna de Maggie que vivía en Galway. No, decidió al entrar en la galería, no soportaba la idea de pensar en ello. Sí, claro, había recibido las señales, pero con seguridad las había malinterpretado. Después de todo, su abuela tenía más de setenta años y era una mujer de gusto exquisito, carácter impecable y gran estilo. Y Niall Feeney era... era sencillamente indescriptible, concluyó Rogan.

Lo que necesitaba, pensó Rogan, era un par de horas de silencio y tranquilidad en su despacho de la galería, que estaba lejos de la gente, los teléfonos y cualquier cosa remotamente personal. Sacudió la cabeza mientras cruzaba la habitación. Empezaba a parecerse a Maggie.

De repente escuchó voces airadas. Una conversación acalorada tenía lugar al otro lado de la puerta. Mientras sus buenas maneras lo habrían hecho retroceder, la curiosidad lo hizo abrir la puerta. Se encontró con Patricia y Joseph discutiendo con vehemencia.

—Te digo que no estás usando la cabeza que Dios te dio —gritó Joseph—. No voy a ser la causa de una pelea entre tú y tu madre.

—Me importa un comino lo que piense mi madre —gritó Patricia, lo que hizo que Rogan abriera la boca de par en par ante la sorpresa—. Esto no tiene nada que ver con ella.

—El hecho de que digas eso demuestra que tengo razón: no estás usando la cabeza. Ella... Rogan... —La cara furiosa de Joseph se transformó en una piedra—. No sabía que estuvieras aquí.

—Eso es obvio —dijo, y miró con cautela a Joseph y luego a Patricia—. Y al parecer os estoy interrumpiendo.

—Tal vez tú puedas desmontar el absurdo orgullo de Joseph —dijo Patricia a Rogan con los ojos echando chispas; se retiró el pelo hacia atrás antes de continuar—. Yo no he podido.

—Esto no tiene nada que ver con Rogan —contestó Joseph con voz tranquila, aunque en el fondo se sentía amenazado.

—Oh, claro, no debemos dejar que nadie sepa nada... —A Patricia le rodó una lágrima por la mejilla, que se secó de inmediato—. Debemos seguir ocultándonos como... como... como adúlteros. Pues bien: no voy a hacerlo más, Joseph. Estoy enamorada de ti y no me importa quién se entere. —Patricia giró hacia Rogan—. ¿Y bien? ¿Qué tienes que decir a esto?

Rogan levantó una mano, como tratando de recuperar el equilibrio.

—Creo que mejor os dejo solos.

—No hay necesidad —replicó Patricia, corriendo a coger su bolso—. Joseph no quiere escucharme y ha sido error mío pensar que iba a hacerlo, que él sería el único que realmente me escucharía.

—Patricia...

—Qué Patricia ni qué Patricia —interrumpió, deteniéndose ante Joseph—. Toda mi vida me han dicho qué debo hacer y cómo debo hacerlo. Lo que es apropiado, lo que es aceptable, y estoy hasta la coronilla. Toleré que me criticaran cuando decidí que quería abrir la guardería y la creencia tácita de mis amigos y mi familia de que voy a fracasar en mi empresa. Pues bien: no voy a fracasar. —Se giró hacia Rogan otra vez, como si él hubiera dicho algo—. ¿Has oído lo que he dicho? No voy a fracasar y voy a hacer exactamente lo que quiero, y lo voy a hacer bien. Pero no voy a tolerar que critiquen mi gusto en cuanto a amantes. No voy a aceptar la crítica ni de ti, ni de mi madre, ni del amante que he escogido. —Con la barbilla levantada, miró a Joseph con ojos llorosos—. Si no me quieres, sé honesto y dímelo. Pero no te atrevas a decirme lo que es mejor para mí.

Joseph dio un paso hacia ella, pero Patricia ya estaba dirigiéndose hacia la puerta.

—¡Patty! ¡Maldita sea! —Mejor dejarla ir, pensó Joseph. Mejor para ella—. Lo siento, Rogan —se disculpó con seriedad—. Habría buscado una manera de evitar esta escena si hubiera sabido que vendrías.

—Puesto que no lo has hecho, tal vez quieras explicarme qué ha pasado. —Igual de tenso que Joseph, Rogan caminó hacia su escritorio y se sentó, asumiendo su posición de autoridad—. De hecho, insisto.

A Joseph no le importó el cambio de papel de Rogan de amigo a jefe.

—Es obvio que he estado saliendo con Patricia.

—Creo que el término que ha usado Patricia ha sido «ocultarse».

Joseph se sonrojó.

—Nosotros… Yo pensé que sería mejor que fuéramos discretos.

—¿En serio? —Los ojos de Rogan lanzaron chispas—. ¿Y tratar a una mujer como Patricia como si fuera una de tus conquistas ocasionales es tu idea de discreción?

—Estaba preparado para tu desaprobación, Rogan. —Debajo de su traje hecho a la medida, los hombros de Joseph estaban rígidos como el acero—. La esperaba.

—Y bien merecida que la tienes —contestó Rogan llanamente.

—Igual que esperaba la reacción de su madre cuando Patricia me llevó a cenar a su casa anoche. —Tenía las manos apretadas—. El encargado de una galería sin una gota de sangre azul. Lo único que le faltó fue decirlo, porque se le veía en los ojos: su hija podría conseguir algo mejor. Y por Dios que es cierto. Pero no voy a tolerar que te quedes tan tranquilo diciendo que esto es una conquista ocasional —añadió con un tono de voz que había ido en aumento a medida que hablaba, hasta que terminó casi gritando.

—¿Entonces qué es?

—Estoy enamorado de ella; lo he estado desde que la vi por primera vez, hace casi diez años. Pero entonces llegó Robert… y después tú.

—Nunca ha habido nada entre Patricia y yo. —Desconcertado, Rogan se restregó la cara con las manos. ¿Se estaba volviendo loco todo el mundo?, se preguntó. Su abuela y el tío de Maggie, él y Maggie y ahora Joseph y Patricia—. ¿Cuándo sucedió esto?

—Una semana antes de que te fueras a París. —Joseph recordó esas horas vertiginosas, esos días y esas noches maravillosas antes de que la realidad irrumpiera en su fantasía—. No lo planeé, pero creo que eso no cambia nada. Comprendo que tal vez quieras hacer algunos cambios ahora que lo sabes.

—¿Qué cambios? —preguntó Rogan dejando caer las manos.

—Para llevar la galería.

Lo que necesitaba, pensó Rogan, era irse a casa y tomarse un par de aspirinas.

—¿Por qué? —inquirió.

—Soy tu empleado.

—Lo eres y espero que sigas siéndolo. Tu vida privada no tiene nada que ver con tu trabajo. Dios santo, ¿acaso parezco algún tipo de monstruo que te despediría sólo por decir que estás enamorado de una amiga mía? —Trató de calmar su dolor de cabeza presionando las palmas de las manos contra sus ojos—. Llego aquí, a mi oficina, te recuerdo, y os encuentro peleándoos como dos perros. Antes de poder respirar, Patricia me riñe por no creer que sea capaz de dirigir su guardería. —Sacudió la cabeza y dejó caer las manos—. Nunca he pensado que no sea capaz de hacer lo que quiera. Patricia es una de las mujeres más inteligentes que conozco.

—Es sólo que has aparecido en el peor momento —contestó Joseph en voz baja, y cedió a la necesidad de fumarse un cigarrillo.

—Así parece. Tienes derecho a decirme que no me incumbe, pero como alguien que te conoce desde hace diez años y que conoce a Patricia desde hace mucho más, pues me interesa. ¿Por qué diablos os estabais peleando?

Joseph exhaló el humo.

—Quiere que nos fuguemos.

—¿Fugaros? —Si Joseph le hubiera dicho que Patricia quería bailar desnuda en la plaza de St. Stephen, no habría estado más sorprendido—. ¿Patricia?

—Se le ha ocurrido la loca idea de que nos vayamos a Escocia. Parece que tuvo una discusión con su madre y ha llegado aquí furiosa y diciendo pestes contra ella.

—No sabía que Patricia se pusiera furiosa. Su madre se opone a la relación, según entiendo por lo que me dices.

—Totalmente —contestó Joseph con una sonrisa débil—. La verdad es que piensa que Patricia debería insistir contigo.

Rogan no se sorprendió ante las noticias.

—Entonces está condenada a la desilusión —dijo—, porque tengo otros planes. Y si os sirve de algo, se lo aclararé completamente.

—No sé si serviría de algo. —Joseph dudó, pero después se sentó, como solía hacer, en la esquina del escritorio de Rogan—. ¿No te importa, entonces? ¿No te molesta?

—¿Por qué habría de molestarme? Y en cuanto a Anne, Dennis se encargará de ella.

—Eso fue lo que dijo Patricia. —Joseph examinó el cigarrillo y le dio vueltas entre los dedos, después sacó su cenicero portátil y lo apagó en él—. Ella piensa que si nos fugamos y nos casamos, pronto su madre aceptará la idea como si hubiera sido de ella todo el tiempo.

—Puedo apostar a que así será. Al principio tampoco quería a Robbie.

—¿En serio? —La expresión del rostro de Joseph era la de un hombre que había empezado a ver la luz.

—No estaba muy segura de que él fuera lo suficientemente bueno para su querida hija. —Especulando, Rogan se meció en la silla—. Pero no le costó mucho empezar a sentir afecto por él. Claro que, por supuesto, Robbie no llevaba ningún pendiente.

La sonrisa de Joseph resplandeció al tiempo que levantó una mano para acariciarse el aro.

—A Patty le gusta.

—Hmmm —fue lo único que a Rogan se le ocurrió decir—. Anne puede ser un poco difícil. —Hizo caso omiso del gruñido descortés de Joseph—. Pero, a fin de cuentas, lo que ella más desea es que su hija sea feliz. Y si tú la haces feliz, Anne terminará aceptándote. ¿Sabes?, aquí nos las podremos arreglar bien si tienes que hacer un viaje repentino a Escocia.

—No podría. No sería justo con ella.

—Es tu problema, claro, pero —añadió Rogan, estirándose en la silla— yo creo que a una mujer le parecería muy romántico cruzar la frontera intempestivamente, casarse en una vieja capilla y pasar la luna de miel en las Highlands.

—No quiero que después Patricia se arrepienta —repuso Joseph, que empezó a parecer menos seguro.

—Yo creo que la mujer que acaba de salir de aquí sabe exactamente lo que quiere.

—Así es, y parece que también sabía lo que yo quería —dijo Joseph levantándose del escritorio—. Mejor me voy a buscarla. —Se detuvo en la puerta y sonrió por encima del hombro—. Rogan, ¿puedo tomarme una semana libre?

—Tómate dos. Y besa a la novia de mi parte.

El telegrama que le llegó a Rogan tres días después, en el que le decían que los Donahoe estaban bien y felices, le demostró que no era un hombre de corazón duro. De hecho, se sintió bien al pensar que él había desempeñado un papel importante en el hecho de apoyar que los amantes siguieran su propio camino.

Pero había otros amantes que él habría querido ver que seguían caminos diferentes. De hecho, todos los días tenía la fantasía de enviar a Niall Feeney de regreso a Galway. Al principio, Rogan trató de hacer caso omiso de la situación. Pero cuando había transcurrido más de una semana y Niall seguía instalado en casa de Christine Sweeney, intentó ser paciente. Después de todo, se dijo, ¿cuánto tiempo aguantaría una mujer con el gusto y la sensibilidad de su abuela a un provinciano ordinario, aburrido y sin encanto?

Después de dos semanas, decidió que había llegado el momento de intentar razonar.

Rogan esperó en la sala, esa sala, se recordó a sí mismo, que reflejaba el estilo y la distinción de una mujer encantadora, sensata y generosa.

—Querido Rogan —cuando Christine entró, su nieto pensó que resultaba demasiado atractiva para una mujer de su edad—, qué sorpresa tan encantadora. Pensé que ibas de camino a Limerick.

—Sí, he pasado un momento a saludarte, pero voy ahora hacia el aeropuerto —aclaró, y le dio un beso y miró por encima de su hombro—. ¿Estás sola?

—Sí. Niall ha salido a hacer algunas compras. ¿Tienes tiempo de comer algo antes de irte? La cocinera ha hecho unas tartas divinas. Niall la tiene encantada, tanto que se dedica a preparar dulces tres veces al día.

—¿Encantada? —Rogan entornó los ojos mientras su abuela se sentaba.

—Sí. Niall aparece en la cocina de tanto en tanto para adularla por su forma de cocinar. Que qué delicia de sopa, o de pato o de tal otro plato. Así que ella no puede dejar de cocinar para él.

—Sin lugar a dudas es un hombre que come bien.

Christine sonrió con indulgencia.

—Sí, a él le encanta comer bien. A Niall.

—Y estoy seguro de que le encanta la comida gratis.

Ante el comentario, Christine levantó una ceja.

—¿Quieres que le cobre a un amigo por la cena, Rogan?

—Por supuesto que no, pero ya lleva un tiempo aquí —dijo Rogan, cambiando de táctica a continuación—, y estoy seguro de que debe de echar de menos su hogar y debe de tener negocios que atender.

—Niall está jubilado, y, como él mismo dice, un hombre no puede trabajar toda su vida.

—Si es que ha trabajado de verdad alguna vez —contestó Rogan entre dientes—. Abuela, estoy seguro de que es bueno para ti que te visite un amigo de la infancia, pero...

—Y lo ha sido, más que bueno, ha sido verdaderamente maravilloso. Me siento joven de nuevo —afirmó entre risas—, como una colegiala. Anoche fuimos a bailar; yo me había olvidado de lo buen bailarín que es Niall. Y cuando nos vayamos a Galway...

—¿«Vayamos»? —Rogan sintió que se puso pálido—. ¿«Cuando nos vayamos a Galway»?

—Sí, estamos planeando irnos en coche al oeste la semana que viene. Será un poco nostálgico para mí. Aunque, por supuesto, tengo curiosidad por ver cómo vive Niall.

—Pero no puedes, es absurdo. Tú no puedes irte alegremente a Galway con ese hombre.

—¿Y por qué no?

—Porque es... Tú eres mi abuela, por todos los santos, y no voy a permitirte...

—¿No vas a permitirme qué? —preguntó Christine con voz queda.

El tono, que reflejaba un tipo de ira que muy rara vez Christine le dirigía a su nieto, hizo que Rogan se controlara.

—Abuela, comprendo que te hayas dejado absorber por ese hombre, por los recuerdos, supongo, y no veo problema en ello. Pero la idea de que te vayas de viaje con un hombre que no has visto en más de cincuenta años es totalmente disparatada.

«Qué joven es —pensó Christine—, y qué preocupantemente apropiado».

—Creo que a mi edad disfrutaría mucho de hacer algo disparatado. Sin embargo, no creo que hacer un viaje a mi ciudad de nacimiento con un hombre al que le tengo mucho afecto y a quien conozco desde mucho antes de que tú nacieras encaje en esa categoría.

—No me estás diciendo, no estás queriendo decir que tú...

—¿Que me he acostado con él? —Christine se recostó en el respaldo del sofá donde estaba sentada y empezó a tamborilear con sus uñas bien arregladas sobre el brazo de éste—. Sin lugar a dudas, eso es sólo de mi incumbencia. Y no necesito tu aprobación.

—Por supuesto que no —replicó, y se escuchó a sí mismo empezar a tartamudear—, sólo estoy preocupado, como es natural.

—Tomo nota de tu preocupación. —Se levantó majestuosamente—. Lamento que te impacte mi comportamiento, pero no hay nada que yo pueda hacer al respecto.

—No estoy impactado... Maldita sea, por supuesto que lo estoy. Es sólo que no puedes... —No podía pronunciar las palabras, le resultaba imposible, y menos en el salón de su abuela—. No sé nada de ese hombre.

—Pero yo sí. Todavía no tengo planes definitivos de cuánto nos quedaremos en Galway, pero iremos a saludar a Maggie y a su familia. ¿Quieres que la salude de tu parte?

—No puede ser que hayas pensado bien esto.

—Me conozco a mí misma bastante bien, Rogan, mente y corazón, y sé lo que quiero. Al parecer tú no crees que sea así. Que tengas buen viaje.

Como se había despedido, Rogan no tenía más opción que darle un beso y marcharse. En cuanto entró en el coche, llamó a su secretaria.

—Eileen, por favor, retrase el viaje a Limerick para mañana... Sí, hay un problema —murmuró—. Tengo que ir a Clare.

Las primeras señales del otoño acariciaron el aire y agitaron los árboles, y parecía un pecado no disfrutarlas. Después de trabajar dos semanas sin descanso, Maggie decidió que se merecía un día libre. Pasó la mañana en el jardín, quitando malas hierbas con tanto entusiasmo que Brianna se habría sentido orgullosa. Y para premiarse, decidió ir en bicicleta hasta el pueblo y cenar en O'Malley's.

El aire era frío y el cielo cubierto de nubes hacia el oeste prometía lluvia antes del anochecer. Se puso el impermeable, hinchó el neumático de la bicicleta, que estaba a punto de desinflarse, y la llevó al otro lado de la casa y hacia el camino.

Empezó a pedalear con suavidad, disfrutando del paseo y fantaseando un poco. Las fucsias todavía estaban en flor a pesar de la amenaza de helada temprana. El paisaje cambiaría totalmente en cuanto llegara el invierno. Las tierras se volverían baldías y el viento amargo asolaría la región. Pero seguiría siendo hermosa. Las noches se harían más largas y la gente buscaría reunirse al calor de la chimenea. Llegarían las lluvias a través del Atlántico guiadas por el viento. Maggie deseaba que sucediera rápido y ya pensaba en el trabajo que haría en los helados meses que estaban por venir.

Se preguntó si sería capaz de convencer a Rogan de que fuera a visitarla durante el invierno. Y si iba, quién sabe si le encontraría encanto al traqueteo de las ventanas y el humo de las chimeneas. Deseó que así fuera. Y después de que dejara de castigarla, Maggie esperaba que las cosas pudieran volver a lo que habían sido antes de esa última noche en Francia.

Rogan entraría en razón, se dijo, y se agachó sobre la bicicleta y pedaleó contra el viento. Ella haría que así fuera. Incluso lo había perdonado por ser prepotente, demasiado seguro de sí mismo y dictatorial. En el momento en que estuvieran juntos de nuevo, ella estaría calmada y tranquila y cuidaría su lengua. Así podrían dejar atrás ese absurdo desacuerdo y…

Maggie apenas tuvo tiempo de gritar y de girar bruscamente hacia los setos cuando un coche apareció en la curva. Chirriaron los frenos, el vehículo se desvió y Maggie cayó, de culo, sobre un espino.

—Por Dios santo, ¿qué clase de imbécil, ciego e ignorante es el que trata de arrollar a gente inocente? —Se echó hacia atrás la capucha del impermeable, que, con la caída, le había cubierto la cara—. Ah, claro, tenías que ser tú.

—¿Estás herida? —Rogan salió del coche y estuvo junto a ella en cuestión de segundos—. No te muevas.

—Por supuesto que me voy a mover, maldita sea —dijo, rechazando las manos de Rogan, que la inspeccionaban para asegurarse de que estaba bien—. ¿En qué estabas pensando al conducir a tanta velocidad? Esto no es un circuito de carreras.

El corazón de Rogan, que se le había subido a la garganta, se liberó a sí mismo.

—No iba conduciendo tan rápido. Tú ibas por mitad del camino con la cabeza en las nubes y sin prestar atención. Si hubiera tomado esa curva un segundo antes, te habría atropellado como a un conejo.

—No estaba con la cabeza en las nubes, sólo iba pensando en mis propios asuntos y no esperaba que un dublinés imbécil viniera por la carretera a toda velocidad en un lujoso coche. —Se sacudió el trasero y pateó la bicicleta—. Mira lo que has hecho. Tengo un pinchazo.

—Tienes suerte de que sea el neumático el que esté pinchado y no tú.

—¿Qué estás haciendo? —preguntó en tono de exigencia.

—Estoy poniendo este amago de vehículo en el coche. —Y una vez lo hubo hecho, se volvió hacia ella—. Ven, te llevo de vuelta a casa.

—No iba a casa. Si tuvieras algún sentido de la orientación, verías que me dirigía al pueblo, donde pensaba cenar.

—Eso tendrá que esperar —dijo, y la cogió por el brazo de esa manera tan impositiva que tenía y que a ella por lo general le parecía divertida, aunque esa vez lo olvidó.

—¿De verdad? Pues bien, tendrás que llevarme al pueblo o a ninguna parte, porque tengo hambre.

—Te llevaré a casa —repitió—. Tengo que discutir algo contigo en privado. Si esta mañana hubieras cogido el teléfono, habría podido avisarte de que venía y así tú no habrías ido por en medio de la carretera en bicicleta.

Y diciendo eso cerró la puerta del coche después de haber ayudado a Maggie a entrar, y lo rodeó para subirse por el otro lado.

—Si me hubieras localizado esta mañana y hubieras estado tan antipático como ahora, te habría dicho que no te molestaras en venir.

—He tenido una mañana difícil, Maggie —dijo, resistiendo el deseo de llevarse las manos a las sienes para frenar el dolor de cabeza—. No me presiones.

Maggie empezó a hacerlo, pero luego se dio cuenta de que Rogan le había dicho la verdad. En sus ojos podía verse la preocupación.

—¿Tienes algún problema en el trabajo?

—No. De hecho, sí tengo algunas complicaciones con la ampliación de Limerick. Voy de camino hacia allá.

—Así que no te vas a quedar…

—No —contestó, mirándola de reojo—, no me voy a quedar. Pero no es de Limerick de lo que quiero hablarte. —Se detuvo frente a la puerta de la casa de Maggie y se bajó del coche—. Si no tienes nada de comer, puedo ir al pueblo y traerte algo.

—No, no es problema. Puedo preparar algo. —Maggie cedió lo suficiente como para cogerlo de la mano—. Me alegra verte, a pesar de que casi me pasas por encima.

—A mí también me alegra verte —dijo Rogan, y se llevó la mano de ella a los labios—, a pesar de que casi te me echas encima. Déjame bajar tu bicicleta.

—Ponla en la entrada —repuso Maggie, que se dirigió hacia la casa, y cuando iba por la mitad del sendero se volvió—. ¿Me vas a saludar apropiadamente, con un buen beso?

Era difícil resistirse a esa sonrisa fugaz y a la manera en que Maggie levantó las manos para entrelazarlas detrás de la cabeza.

—Yo sí tengo un buen beso para ti, apropiado o no.

Para Rogan era fácil dejarse invadir por el calor y dar rienda suelta a la energía. Lo difícil era tomar conciencia de esa necesidad, ese deseo instantáneo de empujarla por la puerta hacia la casa y hacerla suya.

—Tal vez sí estaba en las nubes hace un rato —dijo Maggie apretándose contra los labios de él—. Estaba pensando en ti y me preguntaba cuándo dejarías de castigarme.

—¿Qué quieres decir?

—Estando lejos de mí —respondió Maggie despreocupadamente al tiempo que abría la puerta de la casa.

—No estaba castigándote.

—Entonces sólo estabas lejos.

—Estaba dándote espacio y tiempo para que pensaras.

—Y para que te echara de menos.

—Para que me echaras de menos y cambiaras de opinión.

—Te he echado de menos, pero no he cambiado de opinión. ¿Por qué no te sientas? Tengo que traer carbón para encender el fuego.

—Te amo, Maggie.

Sus palabras la detuvieron y la hicieron cerrar los ojos un momento antes de volverse.

—Lo creo, Rogan, y aunque la idea me suena bonita, no cambia nada —dijo, y en cuanto terminó de hablar salió rápidamente.

No había ido a rogar, se recordó Rogan. Había ido a pedirle que lo ayudara con un problema. Aunque por su reacción, le pareció que las cosas estaban cambiando más de lo que ella estaba dispuesta a admitir. Caminó hasta la ventana, hacia el sofá hundido, y luego regresó al mismo sitio.

—¿Te vas a sentar? —preguntó Maggie cuando entró cargando con los bloques de carbón—. Vas a gastar el suelo. ¿Qué es lo que pasa en Limerick?

—Algunas complicaciones, eso es todo. —La vio arrodillarse ante la chimenea y empezar a prepararlo todo para encenderla. Se le ocurrió que nunca había visto a nadie encender una chimenea con carbón. Una visión tranquilizadora, meditó, que impulsaba a un hombre a buscar ese corazón rojo y tibio—. Estamos ampliando la fábrica.

—Ah. ¿Y qué hacen en esa fábrica?

—Porcelana. En su mayoría, las piezas baratas que se venden como recuerdos.

—¿Recuerdos? —Hizo una pausa en su labor, se inclinó hacia atrás y se sentó sobre las pantorrillas—. Como *souvenirs*, quieres decir. ¿Esas campanitas y tacitas de té que venden en las tiendas para turistas?

—Así es. Son piezas muy bien hechas.

Maggie sacudió la cabeza y se rio.

—Esto es fantástico. Me he dejado contratar por un hombre que fabrica platitos con tréboles pintados encima.

—¿Acaso tienes idea del porcentaje de nuestra economía que depende del turismo y de la venta de esos platitos con tréboles, suéteres tejidos a mano, prendas de lino y de encaje y las malditas postales?

—No —resopló—, pero estoy segura de que me lo puedes decir al centavo. Dime, Rogan, ¿también haces negocio con enanitos de yeso y garrotes de plástico?

—No he venido aquí para justificar mis negocios ante ti ni el hecho de que la ampliación, que nos permitirá producir la porcelana más fina de Irlanda, generará más de cien nuevos puestos de trabajo en una parte del país donde el índice de desempleo es terrible.

Maggie agitó una mano para que parara.

—Lo siento, te he insultado. Estoy segura de que existe una necesidad creciente de ceniceros, tazas y platitos con tréboles. Es sólo que para mí es difícil de entender que un hombre que se viste con esos trajes elegantísimos sea el dueño de una fábrica que hace ese tipo de esperpentos.

—Que sea así permite a Worldwide subvencionar y dar becas a varios artistas cada año. Incluso si son unos esnobs.

Maggie se frotó el dorso de la mano contra la nariz.

—Me está bien empleado. Y como no quiero que desperdiciemos el tiempo que tenemos discutiendo, no se dirá ni una palabra más al respecto. ¿Te vas a sentar o te vas a quedar parado ahí mirándome con el ceño fruncido? Y no es que no estés guapo, incluso con esa mueca en la cara.

Rogan se derritió en un largo suspiro.

—¿El trabajo va bien?

—Muy bien. —Maggie cambió de posición y se sentó en la postura del loto—. Te mostraré las piezas nuevas antes de que te vayas, si tienes tiempo.

—Vamos un poco retrasados en la galería. Supongo que debería decirte que Joseph y Patricia se han fugado.

—Sí, ya lo sé. Me han enviado una postal.

—No pareces nada sorprendida —dijo, inclinando la cabeza.

—No lo estoy. Están locamente enamorados.

—Me parece recordar que me dijiste un día que Patricia estaba locamente enamorada de mí.

—Para nada. Dije que estaba enamorada de ti, y sigo convencida de ello, lo que sucede, me imagino, es que ella quería estar enamorada de ti, habría sido tan conveniente, después de todo... Pero terminó siendo Joseph el elegido. No es eso lo que te molesta, ¿verdad?

—No. Admito que me pilló por sorpresa, pero no me molesta. Me he dado cuenta de que había dado por sentadas las habilidades de Joseph, así que estoy más que agradecido de que vuelva mañana.

—¿Entonces qué te molesta?

—¿Has recibido carta de tu tío Niall?

—Brianna. Ella es quien recibe cartas, porque es quien recuerda contestarlas. El tío Niall le contó que iba a ir a Dublín unos días y que era posible que pasara por aquí en su camino de regreso. ¿Lo has visto?

—¿Verlo? —Con un sonido de disgusto, Rogan se levantó de la silla donde se había sentado—. No puedo acercarme a mi abuela sin tropezarme con él. Se ha instalado en su casa desde hace dos semanas. Debemos decidir qué hacer al respecto.

—¿Por qué deberíamos hacer algo?

—¿No me estás escuchando, Maggie? Han estado viviendo juntos. Mi abuela y tu tío...

—Tío abuelo, de hecho.

—Lo que sea tuyo. ¡Están teniendo un apasionado romance!

—¿En serio? —Maggie explotó en una carcajada de aprobación—. ¡Es maravilloso!

—¿Maravilloso? Es de locos. Mi abuela ha estado actuando como una colegiala inquieta, ha salido a bailar con él y se han quedado en la calle hasta altas horas de la madrugada, y, además, ha estado compartiendo su cama con un hombre cuyos trajes son del color de los huevos fritos.

—¿Así que tienes objeciones con respecto a su gusto en el vestir?

—Tengo objeciones con respecto a todo él. No lo quiero bailando el vals en casa de mi abuela y plantándose en el salón como si fuera el suyo. No sé qué se trae entre manos, pero no permitiré que se aproveche del generoso corazón de mi abuela, de su vulnerabilidad. Si cree que podrá poner sus manos encima del dinero de…

—Espera —dijo Maggie, que se levantó de un salto como una tigresa—. Estás hablando de la sangre de mi sangre, Sweeney…

—Éste no es momento para ponerse hipersensible.

—Hipersensible… —repitió, dándole un golpe en el pecho—. Mira quién habla. Estás celoso porque tu abuela tiene a alguien más aparte de ti en su vida.

—Eso es ridículo.

—Está tan claro como el agua. ¿No crees que un hombre podría interesarse en tu abuela por la persona que es y no sólo por su dinero?

El orgullo de familia hizo que Rogan se pusiera rígido.

—Mi abuela es una mujer hermosa e inteligente.

—Estoy de acuerdo con eso. Y mi tío Niall no es un cazafortunas. Tiene suficiente dinero y vive bien después de haberse retirado de sus negocios. Puede que no tenga una villa en Francia ni que sus trajes estén hechos a medida por los malditos ingleses, pero le va lo suficientemente bien como para dedicarse a vivir la vida. Y no te voy a permitir que hables así de mi familia en mi propia casa.

—No ha sido mi intención ofenderte. He venido a hablar contigo porque, como su familia, depende de nosotros hacer algo al respecto. Y puesto que están planeando un viaje a Galway en los próximos días y van a pasar por aquí, tenía la esperanza de que pudieras hablar con él.

—Por supuesto que voy a hablar con él. Es mi tío, ¿no? No voy a ignorarle. Pero no te voy a ayudar a interferir en su vida. Tú eres el esnob, Rogan, y, además, un mojigato.

—¿Mojigato?

—Te ofende la idea de que tu abuela pueda tener una vida sexual activa y plena.

Rogan se encogió de hombros y siseó entre dientes.

—Por favor, no quiero ni imaginármelo.

—Ni deberías, pues es su vida privada. —Maggie hizo una mueca con la boca—. Sin embargo... es interesante.

—No lo es. —Sintiéndose abatido, Rogan se sentó de nuevo—. Si hay una imagen que no quiero que me dé vueltas en la cabeza es ésa.

—De hecho, yo misma no puedo imaginármela del todo. ¿No sería extraño si se casaran? Terminaríamos siendo primos. —Riéndose, le dio una palmada a Rogan en la espalda cuando él se atragantó—. ¿Quieres tomarte un whisky?

—Sí, Maggie, por favor —contestó Rogan respirando profundamente varias veces—. Maggie —la llamó mientras trasteaba en la cocina—, no quiero que sufra.

—Ya lo sé. —Maggie volvió con dos vasos en las manos—. Eso es lo que ha evitado que te haya roto la nariz cuando has hablado de mi tío Niall de esa manera. Tu abuela es una gran mujer, Rogan, y muy inteligente.

—Ella es... —Finalmente pudo decirlo en voz alta—: Ella es lo único que me queda de mi familia.

La mirada de Maggie se suavizó.

—No vas a perderla.

Rogan suspiró y se quedó mirando su vaso.

—Supongo que debes de pensar que me estoy comportando como un imbécil.

—No... No exactamente. —Maggie sonrió cuando él levantó la mirada hacia ella—. Es de esperar que un hombre actúe un poco tontamente cuando su abuela se echa novio. —Rogan frunció el ceño y Maggie se rio—. ¿Por qué no dejarla ser feliz? Si te quedas más tranquilo, les prestaré atención cuando vengan, a ver qué pinta tienen.

—Eso ya es algo, por lo menos —dijo, y brindó con ella y ambos se bebieron el whisky—. Tengo que irme.

—Pero si has estado muy poco tiempo. Ven al pub conmigo y comamos juntos. O podemos quedarnos aquí —añadió, poniéndole los brazos alrededor del cuello— y hacer que nos dé hambre.

No, pensó Rogan mientras la besaba en la boca, no les daría hambre en mucho tiempo.

—No puedo quedarme. —Dejó a un lado el vaso vacío y la cogió por los hombros—. Si lo hiciera, terminaríamos en la cama, pero eso no resuelve nada.

—No hay nada que resolver. ¿Por qué lo haces todo tan complicado? Estamos bien juntos.

—Así es —replicó Rogan, que puso sus manos alrededor de la cara de Maggie—. Estamos muy bien juntos. Y ésa es una de las razones por las cuales quiero pasar el resto de mi vida contigo. No, no te vayas. Nada de lo que me has dicho cambia lo que podemos tener. Una vez que lo comprendas, vendrás a buscarme. Puedo esperarte.

—¿Sencillamente te irás y te mantendrás alejado otra vez? Entonces, ¿es matrimonio o nada?

—Es matrimonio... —empezó, y la besó de nuevo— y todo. Voy a quedarme en Limerick una semana. En la oficina saben dónde encontrarme.

—No voy a llamar.

Rogan le acarició los labios con un dedo.

—Pero querrás hacerlo. Eso es suficiente por ahora.

19

—Estás siendo muy cabezota, Maggie.

—¿Sabes? Estoy cansada de escuchar esa palabra aplicada a mí.

Con unas gafas para protegerse los ojos, Maggie estaba experimentando con otra técnica. Durante la última semana todo lo que había hecho le había parecido malo. Entonces, para cambiar el ritmo, había encendido seis antorchas y las había clavado, en pares enfrentados, a los lados de un banco, y ahora estaba calentando un tubo de vidrio en el fuego cruzado.

—Pues si se aplica a ti con tanta frecuencia, debe de ser porque es cierto —contestó Brianna—. Es la familia. Puedes reservar una noche para la familia.

—No es cuestión de tiempo. —Era cierto, aunque, por alguna razón, Maggie sentía que el tiempo le echaba la respiración en la nuca como si fuera un perro rabioso—. ¿Por qué habría de someterme a una cena con ella? —Con sumo cuidado y las cejas fruncidas, empezó a tirar y rotar el vidrio que empezaba a fundirse—. Te digo que no me apetece. Y estoy segura de que a ella tampoco.

—No sólo vendrá mamá a cenar. El tío Niall y la señora Sweeney también están invitados, y Lottie, por supuesto. Sería descortés no acudir.

—Ya me han dicho que soy descortés, igual que cabezota.

Como con todo lo que había tocado esos días, el vidrio rehusaba seguir la visión de su cabeza. La visión misma se estaba haciendo borrosa, lo que la enfurecía y la asustaba. Lo que hacía que siguiera trabajando era obstinación pura.

—No has visto al tío Niall desde el entierro de papá. Y viene con la abuela de Rogan, por Dios santo. Me dijiste que ella te caía muy bien.

—Y así es. —Maldita sea, ¿qué le pasaba a sus manos? ¿Qué le pasaba a su corazón? Unió una vara con la otra y las quemó; repitió la operación—. Tal vez una de las razones por la cuales no quiera estar ahí sea para que la señora Sweeney no tenga que presenciar una de nuestras felices cenas familiares.

El sarcasmo quemaba tanto como una de las llamas que Maggie había encendido. Brianna lo afrontó con hielo.

—No te costará mucho apartar tus sentimientos durante una noche. Si el tío Niall y la señora Sweeney se van a tomar la molestia de venir a visitarnos de camino a Galway, les vamos a dar la bienvenida. Todas.

—Deja de regañarme, ¿vale? Me estás dando la lata como si fueras un pato picoteándome. ¿No ves que estoy trabajando?

—Pero si no haces nada más, así que es necesario interrumpirte si quiero hablar contigo. Van a llegar dentro de poco, Maggie, y no voy a inventar excusas para encubrirte. —En un gesto parecido a la postura habitual de su hermana, Brianna cruzó los brazos—. Me voy a quedar aquí picoteándote hasta que hagas lo que se espera de ti.

—Está bien, está bien. ¡Jesús! Iré a la maldita cena.

Brianna sonrió serenamente. No esperaba menos.

—A las siete y media. Voy a servir a los huéspedes más temprano, para que tengamos una cena familiar privada.

—Ay, qué ocasión tan alegre la que nos espera.

—Saldrá bastante bien si prometes controlar esa lengua viperina que tienes. Sólo te pido que hagas un esfuerzo, aunque sea pequeño.

—Sonreiré, seré cortés y no comeré con la mano —replicó Maggie, que con un suspiro amargo se quitó las gafas y sacó de las llamas la figura que había nacido al final del tubo.

—¿Qué has hecho? —preguntó Brianna acercándose con curiosidad.

—Me he vuelto loca.

—Es bonito. ¿Es un unicornio?

—Sí, un unicornio, sólo le hace falta un toque de oro en el cuerno para completarlo. —Se rio y empezó a dar vueltas a la figura en el aire—. Es una broma, Brie, de las pesadas. Una broma que me gasto a mí misma. La próxima vez haré cisnes, estoy segura. O esos perritos con una raya en lugar de cola. —Puso la figura a un lado y apagó enérgicamente las antorchas—. Bueno, eso es todo, supongo. Creo que difícilmente haré hoy algo que valga la pena, así que estaré lista para tu cena esta noche. Que Dios te proteja.

—¿Por qué no descansas un rato, Maggie? Tienes aspecto de estar muy cansada.

—Tal vez lo haga después de empaquetar algunas piezas. —Apartó las gafas y se frotó las manos contra la cara. Estaba cansada, notó. Horriblemente cansada—. No tienes de qué preocuparte, Brie, ni tendrás que mandar a los perros a por mí. Ya te he dicho que ahí estaré.

—Te lo agradezco. —Brianna se inclinó para apretarle una mano a su hermana—. Tengo que irme. Todavía me falta ultimar algunos detalles para que todo esté perfecto. A las siete y media, Maggie.

—Ya lo sé.

Maggie acompañó a su hermana hasta la entrada. Y para mantener la cabeza ocupada en cuestiones prácticas, cogió una de las cajas que había hecho y la llenó de serrín. Después de extender el plástico de burbujas sobre la mesa, se dirigió a los estantes que había en la parte de atrás del taller. Sólo había una pieza allí: la última que había finalizado antes de que Rogan fuera a verla.

Era alta y robusta; el tronco era largo y luego se curvaba, fluyendo hacia abajo en extremidades delgadas y graciosas que casi parecían balancearse. Se sostendría como el sauce que la había inspirado. Se inclinaría y daría frutos al tiempo que se mantendría fiel a sí misma. Era de un azul profundo y puro que fluía hacia arriba desde la base palideciendo suavemente a medida que llegaba a las delicadas puntas.

La envolvió cuidadosamente, sintiendo que era más que una escultura. Era el último trabajo que había podido llevar a buen término desde lo más profundo de su corazón. Nada de lo que había intentado hacer después había tenido éxito. Había trabajado día tras día sólo para tener que volver a fundir el vidrio una y otra vez. Día tras día se acercaba más a dejar salir el pánico que se estaba gestando dentro de ella.

Era culpa de Rogan, se dijo mientras terminaba de cerrar bien la caja. Era culpa suya por tentarla con fama y fortuna, por exponer su vanidad a un éxito tan sorprendente y demasiado rápido. Ahora estaba seca por dentro y bloqueada. Tan vacía como el tubo al que le había dado la forma de un unicornio. Rogan la había hecho desear demasiado. Lo deseaba a él demasiado. Y luego se había ido y la había hecho ver, de una manera brutal, lo que era no tener nada.

Maggie no iba a ceder ni a darse por vencida. Se prometió a sí misma que por lo menos mantendría su orgullo. Mientras su horno rugía burlonamente, se sentó en su silla, sintiendo la familiaridad de su forma.

Lo que pasaba era que había estado trabajando demasiado. Se había estado presionando para hacer un trabajo mejor con cada nueva pieza. La presión de seguir teniendo éxito la había bloqueado, eso era todo. No podía dejar de pensar en que a medida que su exposición siguiera de gira después de París, el público la encontraría deficiente. Y que le parecería que ella era deficiente. Que nunca más podría levantar su caña de nuevo sólo para ella misma, sólo por el placer de hacerlo. Rogan había cambiado eso. Rogan la había cambiado a ella, como ella misma le había dicho que haría.

¿Y cómo era posible, se preguntó cerrando los ojos, cómo podía ocurrir que un hombre la hiciera amarlo al alejarse?

—Lo has hecho muy bien tú solita, ¿no, cariño?
—Niall, embutido en uno de sus trajes de tono chillón,
como una salchicha feliz, sonrió ampliamente a Brianna—. Siempre dije que eras una chica lista. Lo has sacado
de mi querida hermana, ¿verdad?

—Tienes un hogar precioso. —Christine aceptó el
vaso que Brianna le ofreció—. Y tus jardines son sencillamente impresionantes, bellísimos.

—Muchas gracias. Me encanta trabajar en ellos, es
un placer para mí.

—Rogan me contó cuánto disfrutó de su estancia
aquí —continuó Christine con un suspiro, sintiéndose
contenta de estar allí, al calor de la chimenea y bajo una
luz tenue—, y ya veo por qué.

—Ella tiene el toque. —Niall le dio a Brianna un
abrazo quebrantahuesos—. Se lleva en la sangre. Y no se
puede renegar de ella.

—Eso parece. Conocí a tu abuela bastante bien.

—Chrissy estaba por ahí todo el tiempo —dijo Niall
con un guiño—, pero nunca reparé en ella. Tímido que
era yo.

—Tú no has sido tímido ni un segundo de tu vida
—contestó Christine con una carcajada—. Más bien
pensabas que yo era una molestia.

—Si era así, he cambiado de opinión —dijo, y se inclinó y ante los ojos perplejos de Brianna le dio un beso
en la boca a Christine.

—Te ha costado más de cincuenta años.

—Parece que fue ayer.

—Bueno —terció una desconcertada Brianna que se aclaró la garganta—, creo que tengo que... Ésas deben de ser mamá y Lottie —anunció cuando escuchó voces airadas en la entrada.

—Conduces como una ciega —se quejó Maeve—. Prefiero volver andando a Ennis antes que montarme en ese coche contigo otra vez.

—Si te parece que puedes hacerlo mejor, deberías conducir tú. Así sabrías lo que es sentirse independiente. —Evidentemente despreocupada, Lottie entró en la sala quitándose la bufanda del cuello—. Está helando —dijo. Tenía las mejillas rosadas y una gran sonrisa en el rostro.

—Y por haberme sacado de casa con semejante tiempo me tendré que quedar en cama una semana.

—Mamá —dijo Brianna un poco abochornada, ayudando a su madre a quitarse el abrigo—, te presento a la señora Sweeney, señora Sweeney, mi madre, Maeve Concannon, y nuestra amiga Lottie Sullivan.

—Es un placer conocerlas a las dos. —Christine se levantó y estrechó la mano a ambas mujeres—. Fui amiga de su madre, señora Concannon. Crecimos juntas en Galway. Por aquel entonces me apellidaba Rogan.

—Ella hablaba de usted —contestó Maeve—. Encantada de conocerla. —Su mirada pasó de Christine a su tío y entornó los ojos—. ¿Tío Niall? Hace bastante que no nos honrabas con una visita.

—Qué emoción verte, Maeve. —La abrazó poniendo sus enormes manos en la espalda rígida de ella—. Espero que los años se hayan portado bien contigo.

—¿Por qué habría de ser así? —Tan pronto Niall la liberó del abrazo, Maeve se sentó en una silla junto a la chimenea—. El fuego está apagándose, Brianna.

No era así, pero de todas maneras Brianna se acercó a la chimenea para ajustar el tiro.

—Deja de molestar —ordenó Niall con un movimiento de mano casual—. El fuego está bien. Todos sabemos que Maeve vive para quejarse.

—¿Verdad que sí? —Lottie habló con placer mientras sacaba las agujas de tejer de la cesta que llevaba consigo—. Pero yo no le presto atención. Supongo que se debe a que he criado a cuatro hijos.

Sin saber muy bien qué paso era apropiado dar, Christine se concentró en Lottie.

—Qué tejido tan bonito, señora Sullivan.

—Muchas gracias. A mí también me gusta cómo está quedando. ¿Han tenido un buen viaje desde Dublín?

—Sí, absolutamente encantador. Me había olvidado de lo bella que es esta parte del país.

—No hay nada más que campo y vacas —soltó Maeve, disgustada porque la conversación se escapaba a su control—. Es mejor vivir en Dublín y pasear en un agradable día de otoño. Si viene en invierno, esta zona no le parecerá tan encantadora —añadió, y habría continuado con el tema, pero en ese momento llegó Maggie.

—¡Vaya! Si es el tío Niall, tan grande como un oso —dijo riéndose, y se echó a sus brazos.

—La pequeña Maggie Mae, toda una mujer.

—Soy mayor desde hace ya un tiempo. —Dio un paso atrás y se rio de nuevo—. Lo has perdido ya prácticamente todo, ¿eh? —comentó con afecto, frotándole la calva con una mano.

—Es una cabeza tan buena que el Señor no vio la necesidad de cubrirla con pelo. He oído lo bien que te va, cariño. Estoy orgulloso de ti.

—La señora Sweeney te lo ha contado para poder alardear de su nieto. Es un placer volver a verla, señora Sweeney —dijo Maggie a Christine—. Espero que no deje que el tío Niall la agote mientras estén en Galway.

—Creo que puedo seguirle el ritmo. Estaba deseando, si no tienes inconveniente, que me dejaras visitar tu taller mañana, antes de irnos.

—Por supuesto. Me encantaría enseñárselo. Hola, Lottie, ¿estás bien?

—Tan afinada como un violín —contestó mientras sus agujas repicaban alegremente—. Me gustaría que vinieras a casa un día para que nos hablaras de tu viaje a Francia.

Esa sugerencia de Lottie hizo que Maeve resoplara estruendosamente. Maggie se volvió hacia ella y examinó sus rasgos.

—Mamá.

—Margaret Mary, veo que has estado ocupada con tus propias cosas, como de costumbre.

—Sí, así es.

—Brianna encuentra tiempo para venir a verme dos veces a la semana y confirmar que tengo todo lo que necesito.

Maggie asintió con la cabeza.

—Entonces no es necesario que yo haga lo mismo.

—Serviré la cena ya, si todo el mundo está listo —interrumpió Brianna.

—Siempre estoy listo para comer —repuso Niall, que no soltó ni un momento la mano de Christine, y con la otra le dio un apretón en el hombro a Maggie mientras se dirigían hacia el comedor.

El salón estaba precioso. El mantel relucía sobre la mesa y los floreros tenían flores frescas; la luz de las velas titilaba sobre el aparador. La cena fue abundante y exquisita. La velada debía ser placentera, agradable, pero, por supuesto, no fue así.

Maeve fue apartando la comida de su plato y hurgó en ella. Cuanto más distendidos se ponían los ánimos en la mesa, más oscuros se volvían los de ella. Le envidiaba a Christine su vestido fino y de buen corte, el collar de perlas que llevaba alrededor del cuello, el perfume discreto y caro que desprendía su piel y la piel misma, suave y mimada por la abundancia.

La amiga de su madre, pensó Maeve, su compañera de juegos de la infancia, de su misma clase. La vida que Christine Sweeney había llevado debió ser la de ella, pensó. Habría sido la suya, salvo por un error. Salvo por Maggie. Habría podido llorar de rabia por ello, de vergüenza y de impotencia.

A su alrededor, la velada fluía chispeante, como un champán caro; conversación espumosa y ligera sobre flores y viejos tiempos, sobre París y Dublín, sobre los hijos.

—Qué suerte haber tenido una familia grande —estaba diciendo Christine a Lottie—. Siempre lamenté que Michael y yo no hubiéramos podido tener más hijos.

Aunque amamos profundamente a nuestro hijo, y luego a Rogan.

—Un hijo —murmuró Maeve—. Un hijo nunca olvida a su madre.

—Es cierto, es un vínculo muy especial. —Christine sonrió, con la esperanza de suavizar la dureza que se reflejaba alrededor de la boca de Maeve—. Pero confieso que siempre quise tener una hija. Usted recibió la bendición de haber tenido dos, señora Concannon.

—La maldición, más bien.

—Prueba los champiñones, Maeve. —Deliberadamente, Lottie sirvió a Maeve una cucharada más—. Están justo en su punto. Tienes muy buena mano, Brianna.

—Aprendí el truco de mi abuela —contestó Brianna—. Siempre le estaba dando la lata para que me enseñara a cocinar.

—Y siempre me reprochaba que no quisiera amarrarme al horno —intervino Maeve sacudiendo la cabeza—. No me gusta la cocina. Apuesto a que usted no pasa mucho tiempo en la cocina, señora Sweeney.

—No, no mucho, me temo. —Consciente de que se le había helado la voz, Christine hizo un esfuerzo por aligerar el tono de nuevo—. Y debo admitir que ninguno de mis esfuerzos se acerca siquiera a lo que nos has servido hoy, Brianna. Rogan tenía razón al elogiar tus dotes culinarias.

—De eso vive, de cocinar, atender y dar alojamiento a extraños.

—Déjala en paz —dijo Maggie severamente, pero la mirada que le lanzó fue tan cortante como un grito—. Dios sabe que te atendió y te dio de comer a ti también.

—Como era su deber. Nadie en esta mesa negará que es obligación de las hijas atender a su madre. Lo que es más de lo que tú has hecho en tu vida, Margaret Mary.

—O de lo que haré, mamá, así que agradécele a Dios la bendición de que Brianna te tolere.

—No hay ninguna bendición que agradecer, teniendo en cuenta que mis hijas me echaron de mi propia casa y me dejaron sola y enferma.

—Pero si no has estado enferma ni un día, Maeve —dijo Lottie de buena gana—. ¿Y cómo puedes decir que estás sola, si yo estoy contigo todo el día y toda la noche?

—A lo cual te impulsa el sueldo semanal que te pagan por estar allí. Debería ser mi propia sangre la que me atendiera. Pero no, mis hijas me vuelven la espalda y a mi tío, que tiene una buena casa en Galway, no le importa un comino.

—Está visto que no has cambiado nada, Maeve —dijo Niall con lástima—. Ni una pizca. Me disculpo, Chrissy, por el comportamiento de mi sobrina, que deja mucho que desear.

—Creo que podremos tomar el postre en la sala. —Brianna se levantó tranquilamente; estaba pálida—. Por favor, vayan pasando hacia allí, que ahora lo llevo.

—Sí, es mucho más acogedora —estuvo de acuerdo Lottie—. Déjame ayudarte, Brianna.

—Si me disculpan, tío Niall y señora Sweeney, quisiera hablar un momento con mi madre antes de acompañarlos. —Maggie esperó a que salieran todos antes de empezar a hablar—. ¿Por qué tenías que hacerlo? —preguntó a Maeve—. ¿Por qué tenías que estropearle la velada a Brianna? ¿Era tan difícil crear la ilusión, aunque fuera sólo durante una cena, de que somos una familia?

La vergüenza sólo hizo que la lengua de Maeve se afilara.

—Yo no tengo ilusiones y ninguna necesidad de impresionar a la señora Sweeney de Dublín.

—Pues la has impresionado de todas formas, pero negativamente. Y se ha reflejado en todos.

—¿Crees que puedes ser mejor que el resto de nosotros, Margaret Mary? ¿Mejor porque te fuiste de viaje a Venecia y París? —Con los nudillos palideciendo en el borde de la mesa, Maeve se inclinó hacia delante—. ¿Crees que no sé lo que has estado haciendo con el nieto de esa mujer? Prostituyéndote sin tener ni una gota de vergüenza. Ah, él ve que has obtenido el dinero y la gloria que siempre habías querido. Sólo tuviste que vender tu cuerpo y tu alma para obtenerlos.

Maggie apretó las manos por debajo de la mesa para tratar de controlar el temblor que se apoderaba de ellas.

—Mi trabajo es lo que vendo, así que puede que tengas razón en cuanto a mi alma. Pero mi cuerpo es mío, y se lo he dado a Rogan libremente.

Maeve se puso pálida al ver que se confirmaban sus sospechas.

—Y pagarás por ello como he tenido que hacerlo yo. Un hombre de su clase no quiere de las mujeres como tú sino lo que le pueden dar en la oscuridad.

—Tú no sabes nada de cómo son las cosas. Ni lo conoces siquiera.

—Pero te conozco a ti. ¿Qué le pasará a tu elegante carrera cuando descubras que llevas un bebé en el vientre?

—Me encontraría con un hijo al que criar. Y le ruego a Dios que pueda hacerlo mejor que tú. No lo abandonaría todo ni nos envolvería a mí y al niño en una tortura perpetua.

—De eso no sabes nada —dijo Maeve cortante—. Pero sigue por ese camino y lo sabrás. Sabrás lo que es ver detenerse tu vida y que se te rompa el corazón.

—Pero no tuvo por qué ser así. Otros cantantes tienen familia.

—La Providencia me otorgó un don. —Para su propia desgracia, Maeve sintió las lágrimas calientes a punto de brotar—. Y me lo quitó por ser arrogante, igual que lo eres tú. No ha habido música en mí desde el momento en que te concebí.

—Podría haberla habido —susurró Maggie— si lo hubieras querido lo suficiente.

¿Haberlo querido? Incluso ahora, tantos años después, podía sentir la vieja herida hormiguear sobre su corazón.

—¿Qué puede tener de bueno querer algo? —preguntó en tono de exigencia—. Toda la vida lo has deseado y ahora te arriesgas a que te lo quiten por la emoción de tener a un hombre entre las piernas.

—Él me ama —se oyó decir Maggie.

—En la oscuridad es fácil para un hombre hablar de amor. Nunca serás feliz. Naciste en el pecado, vives en el pecado y morirás en el pecado. Y sola, así como yo estoy sola.

—Odiarme ha sido la gran obra de tu vida, y qué buen trabajo has hecho. —Despacio, sintiéndose un poco inestable, Maggie se levantó—. ¿Sabes qué me asusta?

¿Sabes qué me aterra hasta lo más profundo de los huesos? Me odias porque te ves a ti misma cuando me miras. Que Dios me ayude si tienes razón.

Salió de la habitación y corrió hacia la noche.

El trago más difícil de superar fue tener que disculparse, y Maggie lo pospuso dándole vueltas, distrayéndose a sí misma al mostrarles el taller a Christine y a Niall. En la fría luz de la mañana, el malestar de la noche anterior se desvaneció un poco. Pudo tranquilizarse al explicarles para qué servían algunas herramientas y en qué consistían algunas técnicas, e incluso, cuando Niall insistió, al guiar a su tío para que hiciera su primera burbuja de vidrio.

—No es una trompeta. —Maggie tomó la caña mientras Niall empezaba a levantarla hacia lo alto—. Si sigues fanfarroneando así, sólo lograrás salpicarte de vidrio caliente por todo el cuerpo.

—Creo que me quedaré con el golf. —Guiñó un ojo y le ofreció la caña a Maggie—. Un artista en la familia es suficiente.

—Y es verdad que tú haces tu propio vidrio... —comentó Christine mientras caminaba por el taller; llevaba puestos unos pantalones hechos a medida y una blusa de seda—, con arena.

—Y otras cosas. Arena, sosa, cal, feldespato, dolomía, un poco de arsénico.

—Arsénico —dijo Christine abriendo los ojos de par en par.

—Y algunas cosas más —dijo Maggie con una sonrisa—. Guardo mis fórmulas celosamente, como un hechicero sus encantamientos. Dependiendo del color que uno quiera, se añaden otros productos químicos. Diversos colorantes cambian en diferentes bases de vidrio. Cobalto, cobre, manganeso. Y luego están los carbonatos y los óxidos. El arsénico, por ejemplo, es un excelente óxido.

Christine miró dubitativamente los productos químicos que Maggie le estaba mostrando.

—Yo pensaba que sería más sencillo fundir vidrio comercial o usado.

—Pero entonces no sería mi vidrio, ¿no?

—No me había dado cuenta de que uno tiene que ser químico también para ser un artista.

—Nuestra Maggie siempre ha sido muy lista. —Niall le pasó un brazo sobre los hombros—. Sarah siempre me escribía diciendo lo brillante que era Maggie en el colegio y el temperamento tan dulce que tenía Brianna.

—Así era —contestó Maggie con risa—. Yo era brillante, y Brianna, dulce.

—También decía que Brie era brillante —dijo Niall incondicionalmente.

—Pero apuesto a que nunca dijo que yo era dulce. —Maggie se frotó la nariz contra el abrigo de su tío—. Me alegra tanto volver a verte... No sabía que me alegraría tanto.

—Te tengo abandonada desde que Tom murió, Maggie Mae.

—No te preocupes. Todos tenemos una vida propia y tanto Brie como yo entendimos que mamá no te lo ponía fácil para que vinieras a visitarnos. Y, en cuanto a eso... —Dio un paso atrás y respiró profundamente—.

Quiero disculparme por la escena de anoche. No debí provocarla y sobre todo no debí marcharme sin dar las buenas noches.

—No necesitas disculparte por nada, ni tú ni Brianna, como le hemos dicho a ella esta mañana. —Niall le dio a Maggie una palmadita en la mejilla—. Maeve ya venía con el ánimo predispuesto. Tú no provocaste nada. Ni eres culpable de la manera en que ha escogido vivir su vida, Maggie.

—Sea culpable o no, en cualquier caso lamento que pasarais una velada incómoda.

—Yo la llamaría más bien reveladora —dijo Christine con calma.

—Supongo que así fue —asintió Maggie—. Tío Niall, ¿alguna vez la oíste cantar?

—Sí, por supuesto. Era tan encantadora como un ruiseñor. E inquieta. Como uno de esos felinos enormes que uno ve tras las rejas en los zoológicos. Nunca fue una niña fácil, Maggie, estaba feliz sólo cuando la gente se callaba y la escuchaba cantar.

—Entonces llegó mi padre.

—Sí, entonces llegó Tom. Por lo que me contaron en aquel momento, se quedaron ciegos y sordos ante todo el mundo salvo a sí mismos. Pero tal vez entre sí también. —Le pasó una de sus enormes manos por el pelo—. Puede que ninguno de los dos viera lo que había dentro del otro sino cuando ya estaban atados. Y cuando lo vieron, se dieron cuenta de que era diferente de lo que habían esperado. Maeve dejó que eso la amargara.

—¿Crees que si no se hubieran conocido ella habría sido diferente?

Niall sonrió ligeramente y siguió acariciándole el pelo con dulzura.

—Los vientos del destino nos arrastran, Maggie Mae. Pero una vez que llegamos a donde nos han llevado, somos nosotros los que hacemos lo que queremos.

—Siento pena por ella —dijo Maggie suavemente—. Nunca pensé que podría decir esto.

—Y te has portado bien con ella —añadió Niall dándole un beso en la ceja—. Ya es hora de que hagas lo que te apetezca.

—Estoy trabajando en ello —dijo, y sonrió de nuevo—, con mucho ahínco.

Satisfecha al ver que el momento era propicio, Christine terció:

—Niall, ¿serías tan amable de concederme un minuto con Maggie?

—¿Conversación de chicas? —Su cara de luna se iluminó con una sonrisa—. Tomaos vuestro tiempo; iré a dar un paseo.

—Bueno, tengo que hacerte una confesión. —Christine empezó a hablar en cuanto la puerta se cerró detrás de Niall—. Anoche, después de cenar, no me fui directamente a la sala; volví, porque pensaba que tal vez podría calmar un poco los ánimos entre tu madre y tú.

—Ya… —dijo Maggie bajando la mirada.

—Lo que hice, muy groseramente, fue escuchar. Tuve que hacer acopio de todas mis fuerzas y autocontrol para no entrar en el comedor y decirle a tu madre lo que pienso de ella.

—Sólo habría empeorado las cosas.

—Y por esa razón fue por la que no lo hice, a pesar de las ganas y de que habría sido muy justo. —Christine cogió a Maggie por los brazos y la sacudió ligeramente—. Tu madre no tiene ni idea de lo que hay en ti.

—Tal vez lo sabe demasiado bien. Vendí parte de lo que soy porque tengo la necesidad, igual que ella, de poseer más.

—Tú te has ganado tener más.

—Que me lo haya ganado o que me haya tocado como un don no cambia mucho las cosas. Yo quería estar contenta y satisfecha con lo que tenía, señora Sweeney. Lo deseaba, porque de lo contrario era admitir que no había habido suficiente. Que mi padre nos había fallado, y no es así. Antes de que Rogan entrara por esa puerta, me sentía satisfecha, o por lo menos me convencí de que podría estarlo. Pero ahora la puerta está abierta y he probado cómo es. No he podido hacer un trabajo decente en una semana.

—¿Cuál crees que puede ser la razón?

—Rogan me ha empujado a un rincón, ésa es la razón. Ya no puede ser sólo por mí, ya no puedo vivir sólo para mí misma. Él ha cambiado eso, y no sé qué hacer, yo, que siempre sé qué hacer.

—Tu trabajo proviene de tu corazón. Eso es evidente para cualquier persona que haya visto tu obra. Tal vez estás bloqueando tu corazón, Maggie.

—Si lo estoy haciendo, es porque tengo que hacerlo. No voy a hacer lo mismo que ella, ni lo mismo que mi padre. No voy a ser la causante de la pena de otra persona, ni la víctima de ella.

—Yo creo que tú ya eres víctima de esa pena, mi querida Maggie. Al dejarte sentir culpable por tener éxito, y al sentirte más culpable todavía por abrigar la ambición de triunfar. Y creo que te niegas a dejar salir lo que está en tu corazón porque una vez que lo hagas no podrás retroceder, y no te importa que te haga infeliz esa negación. Estás enamorada de Rogan, ¿verdad?

—Si lo estoy, él lo provocó.

—Estoy segura de que Rogan podrá lidiar con eso bastante bien.

Maggie se dio la vuelta y empezó a organizar las herramientas que estaban sobre el banco.

—Rogan no ha conocido a mi madre. Creo que me aseguré de que así fuera para que no viera que soy igual que ella: temperamental y malvada. E insatisfecha.

—Solitaria —dijo Christine suavemente, e hizo que Maggie la mirara directamente a los ojos—. Es una mujer sola, Maggie, pero no es culpa de nadie más que de ella misma. La culpa será tuya si decides quedarte sola también. —Se acercó a ella y tomó las manos de Maggie entre las suyas—. No conocí a tu padre, pero también tiene que haber algo de él en ti.

—Era un soñador. Yo también.

—Y tu abuela, con su mente aguda y su temperamento activo. Ella también está en ti. Y Niall, con sus maravillosas ganas de vivir. Todo eso está en ti también. Ninguna de las partes es el todo. Niall tiene razón en lo que ha dicho hace un rato, Maggie. Mucha razón. Tú harás de ti misma lo que quieras.

—Creía que ya lo había hecho, creía que sabía exactamente quién era yo y qué quería ser. Ahora todo está revuelto en mi cabeza.

—Cuando la cabeza no te da la respuesta, es mejor escuchar a tu corazón.

—No me gusta la respuesta que me está dando.

Christine se rio.

—Entonces, mi querida niña, puedes estar absolutamente segura de que es la respuesta correcta.

20

Hacia media mañana, con la soledad enroscada a su alrededor, Maggie levantó su caña nuevamente. Dos horas más tarde había tirado al horno el vaso que había soplado para volverlo a fundir.

Estudió detenidamente los dibujos, pero los apartó, lo intentó con otros. Después de hacerle una mueca al unicornio, que había puesto sobre una repisa, decidió encender las antorchas y procurar trabajar con ellas. Pero a duras penas había podido levantar la caña cuando ya la visión se había desvanecido. Observó cómo la punta empezaba a fundirse y a gotear. Sin pensar en lo que estaba haciendo, dejó caer gotas de vidrio fundido dentro del balde con agua.

Algunas se rompieron, pero otras sobrevivieron. Cogió una con la punta de los dedos y la examinó. A pesar de haber sido formada por el fuego, ahora estaba fría y tenía forma de lágrima. Una gotita, una chuchería de vidriero, una que un niño podría crear.

Frotando la gota entre los dedos la llevó a su polariscopio. A través de la lente vio cómo las tensiones internas explotaban en un deslumbrante arco iris de colores. Tanto, pensó, dentro de algo tan pequeño.

Se metió la gota en el bolsillo y pescó algunas más en el balde. Moviéndose con suma atención y cuidado, apagó los hornos. Diez minutos después estaba entrando en la cocina de su hermana.

—Brianna, ¿qué ves cuando me miras?

Brianna sopló un mechón de pelo que le había caído sobre los ojos, miró hacia arriba y siguió amasando el pan.

—A mi hermana, por supuesto.

—No, no. Trata de no pensar tan literalmente. ¿Qué es lo que ves en mí?

—A una mujer que siempre parece estar al límite de algo. Que tiene suficiente energía para agotarme. E ira. —Brianna miró hacia abajo, hacia sus manos, de nuevo—. Ira que me pone triste y me hace sentir lástima.

—¿Egoísmo?

Sorprendida, Brianna levantó la mirada otra vez.

—No, egoísmo no. Ése es un defecto que nunca he visto en ti.

—¿Cuáles has visto?

—Tienes bastantes. ¿Por qué? ¿Quieres ser perfecta?

El apático tono de Brianna hizo que Maggie hiciera una mueca de tristeza.

—Todavía estás molesta conmigo por lo de anoche.

—No, no estoy molesta contigo. —Brianna empezó a golpear la masa con renovado vigor—. Conmigo, tal vez, con las circunstancias, con el destino, si quieres. Pero no contigo. No fue culpa tuya y Dios sabe que me advertiste que no saldría bien. Pero quisiera que no siempre tuvieras que saltar a defenderme.

—No puedo evitarlo.

—Ya lo sé. —Brianna suavizó la masa y la puso en un tazón para dejar que subiera por segunda vez—. Mamá se comportó mejor cuando te fuiste. Estaba un poco avergonzada, creo. Antes de irse me dijo que había preparado una buena cena. No comió nada, pero por lo menos lo dijo.

—Hemos tenido peores noches.

—Desde luego. Pero, Maggie, dijo algo más.

—Ella dice montones de cosas. No he venido para que las repasemos.

—Fue sobre los candelabros —continuó Brianna, haciendo que Maggie levantara las cejas.

—¿Qué candelabros?

—Los que tengo junto al aparador, los que me hiciste el año pasado. Dijo que eran bonitos.

Riéndose, Maggie sacudió la cabeza.

—Estarías soñando.

—No, estaba despierta y de pie en mi propio vestíbulo. Me miró y me lo dijo. Y se quedó allí, mirándome, hasta que entendí que ella no podría decírtelo a ti misma, pero quería que lo supieras.

—¿Por qué querría algo así? —contestó Maggie insegura.

—Creo que fue una manera de disculparse por lo que sucedió entre las dos en el comedor. La mejor que encontró. Cuando vio que la había entendido, empezó a darle la lata a Lottie otra vez, así que se fueron igual que llegaron: discutiendo.

—Bueno...

Maggie no sabía cómo reaccionar, cómo sentirse. Inquieta, metió la mano en el bolsillo y jugueteó con las gotas de vidrio.

—Es un paso pequeño, pero un paso al fin y al cabo. —Brianna empezó a enharinarse enérgicamente las manos como preparación para empezar a amasar otra vez—. Es feliz en la casa que le diste, aunque no lo sepa todavía.

—Puede que tengas razón —replicó Maggie, a quien le resultaba difícil respirar—, ojalá que así sea. Pero no planees más cenas familiares en un futuro cercano.

—Claro que no.

—Brianna. —Maggie dudó y terminó mirando con impotencia a su hermana—. Voy a ir a Dublín hoy, en la camioneta.

—Ah, entonces va a ser un día largo. ¿Te necesitan en la galería?

—No. Voy a ver a Rogan. Voy a decirle o que no podemos vernos más o que me voy a casar con él.

—¿Casarte con él? —Brianna hizo la siguiente bola de masa—. ¿Te ha pedido que te cases con él?

—La última noche que estuvimos en Francia. Le dije que no, absolutamente no. Y lo dije en serio, puede que todavía sea en serio. Por eso voy a ir en la camioneta, para darme tiempo para pensármelo bien. Me he dado cuenta de que tiene que ser una opción o la otra. —Tocó las gotas que tenía en el bolsillo—. Así que voy a ir, y quería decírtelo.

—Maggie…

Pero Brianna se quedó con la palabra en la boca, las manos llenas de masa y mirando el vaivén de la puerta.

La peor parte fue no haberlo encontrado en casa y saber que debía haber comprobado que iba a estar antes de conducir hasta Dublín. El mayordomo le había dicho que estaba en la galería, pero cuando llegó, maldiciendo el tráfico de la ciudad, se había ido a su oficina.

De nuevo, no lo alcanzó. Le informaron de que había salido apenas hacía cinco minutos, iba camino del aeropuerto, para tomar un vuelo a Roma. ¿Quería que le llamaran al teléfono del coche?

No, no quería, decidió Maggie, no discutiría por teléfono una de las decisiones más importantes de su vida. Al final volvió a su camioneta y recorrió sola el largo camino de regreso a Clare.

Fue fácil llamarse tonta. Y decirse a sí misma que había sido lo mejor no haberlo encontrado. Exhausta por conducir tantas horas, durmió como un tronco hasta la tarde del día siguiente.

Luego trató de trabajar.

—Quiero el *Buscador* en la entrada y la *Tríada* justo en el centro.

Rogan estaba de pie en la sala de exposiciones bañada de sol de la galería Worldwide de Roma, dándole instrucciones a su personal sobre cómo disponer las piezas de Maggie. Las esculturas se ajustaban bien a la dorada decoración rococó. El grueso terciopelo rojo que Rogan había escogido para cubrir los pedestales y las mesas le daban un toque de realeza. Sabía que Maggie, de haber estado allí, se habría quejado por esa decisión, pero era un detalle que les gustaría a los clientes de esa galería en particular.

Miró el reloj y murmuró algo entre dientes. Tenía una reunión en veinte minutos. No había quien lo ayudara ya, pensó mientras daba otra orden para un ajuste de último minuto. Iba a llegar tarde. La influencia de Maggie, supuso. Había corrompido su sentido del tiempo.

—La galería abre en quince minutos —recordó al personal—. Vendrán algunos periodistas, así que cerciórense de que cada uno reciba un catálogo. —Le echó un último vistazo a la sala, verificando la ubicación de cada una de las piezas, la caída de cada tapete de terciopelo en los pedestales—. Bien hecho.

Salió de la galería al brillante sol italiano, donde lo esperaba el chófer.

—Voy con retraso, Carlo —dijo Rogan subiéndose al coche y abriendo el maletín.

Carlo sonrió, se caló hasta las cejas la gorra del uniforme y flexionó los dedos como un pianista preparándose para dar un concierto.

—Pero no por mucho tiempo, *signore*.

Extrañamente, Rogan apenas levantó una ceja cuando el coche saltó hacia la calle como un tigre, gruñendo y rugiendo a los coches con los que se cruzó. Se aferró al borde de su asiento y concentró su atención en el balance contable de su sucursal romana.

Había sido un año excelente, decidió Rogan. Lejos del *boom* arrollador de mediados de los ochenta, pero suficientemente bueno. Pensó que tal vez era mejor que se hubieran acabado los días en que un cuadro podía llegar a costar cientos de millones de libras en una subasta. El arte a ese precio tan exorbitante por lo general era condenado al encierro en un sótano hasta que perdía el alma, como los lingotes de oro.

Había sido un año lucrativo. Lo suficiente, pensó, como para que pudiera hacer realidad su idea de abrir otra galería Worldwide pequeña que sólo expusiera y vendiera la obra de artistas irlandeses. Durante los últimos años sólo había sido una semilla en su cabeza, pero últimamente, durante los últimos meses, había ido creciendo.

Una galería pequeña, acogedora, que fuera muy asequible, tanto la decoración como el arte mismo. Un lugar que invitara a ser recorrido y que contara con arte de buena calidad pero con precios accesibles a un público más amplio. Sí, pensó, era el momento perfecto. Absolutamente perfecto.

El coche se detuvo, resoplando como un semental. Carlo le abrió la puerta a Rogan rápidamente.

—Llega a tiempo, *signore*.

—Es usted un mago, Carlo.

Rogan estuvo reunido con la directiva de la sucursal romana durante treinta minutos, el doble de eso en un comité con la junta y luego concedió entrevistas para promover la gira de M. M. Concannon. Después dedicó varias horas a estudiar las propuestas de adquisición de la sucursal de Roma y a conocer a varios artistas. Había planeado volar a Venecia esa noche para dejar preparado allí el terreno de la siguiente parada de la gira. Tratando de ganar tiempo, se ausentó disimuladamente unos momentos para hacer unas llamadas a Dublín.

—Joseph, ¿qué tal?

—Rogan, ¿cómo está Roma?

—Soleada. Ya he terminado por aquí. Debo estar en Venecia hacia las siete como muy tarde. Si tengo tiempo, pasaré por la galería esta misma noche. De lo contrario, iré mañana a primera hora.

—Aquí tengo tu agenda. ¿Volverás dentro de una semana?

—Antes, si puedo arreglarlo. ¿Ha ocurrido algo que yo deba saber?

—Vino Aiman. Le compré dos de sus dibujos de calles. Son razonablemente buenos.

—Estupendo. Tengo una idea que, si sale bien, nos permitirá vender más dibujos suyos según vaya avanzando el año que viene.

—¿En serio?

—Es un proyecto que quiero discutir contigo en cuanto regrese. ¿Algo más?

—Vi a tu abuela y a su amigo antes de que salieran para Galway.

Rogan gruñó.

—Supongo que lo llevó a la galería, ¿no?

—Quería ver el trabajo de Maggie en el ambiente adecuado. Es todo un personaje.

—Ciertamente lo es.

—Ah, y hablando de Maggie, estuvo aquí a principios de la semana.

—¿Allí? ¿En Dublín? ¿Para qué?

—No lo dijo. Al parecer estuvo corriendo de un lado para otro. Yo no hablé con ella personalmente. Pero acaba de mandar un paquete con lo que parece ser un mensaje para ti.

—¿Qué mensaje?

—«Es azul.»

Los dedos de Rogan, que habían estado jugueteando, se detuvieron sobre su libreta.

—¿El mensaje es azul?

—No, el mensaje dice: «Es azul». Es una pieza preciosa, delicada, que recuerda a un sauce. Al parecer, ella pensó que sabrías de qué estaba hablando.

—Y así es. —Rogan sonrió para sí mismo y se frotó la nariz—. Es para el conde de Lorraine, de París. Es un regalo de boda para su nieta. Por favor, llámalo para avisarle.

—Por supuesto. Ah, y parece que Maggie estuvo en tu oficina y en tu casa también. Supongo que te estaba buscando por alguna razón.

—Eso parece. —Reflexionó un momento y actuó guiado por su instinto—. Joseph, ¿me harías un favor? Llama a la galería de Venecia y diles que me voy a retrasar unos días.

—No hay problema. ¿Alguna razón en particular?

—Después te cuento. Dale recuerdos a Patricia. Seguiremos en contacto.

Maggie, que estaba en O'Malley's, tamborileó con los dedos sobre la mesa, dio unos golpecitos con el pie y exhaló un largo suspiro.

—Tim, ponme un sándwich que acompañe a esta cerveza. No puedo esperar a Murphy toda la maldita tarde con el estómago vacío.

—Con mucho gusto. ¿Tenéis una cita? —preguntó, y sonrió desde el otro lado de la barra moviendo las cejas.

—¡Ja! El día que yo tenga una cita con Murphy Muldoon será el día en que haya perdido lo que me queda de razón. Me dijo que tenía algo que hacer en el pueblo y me pidió que nos viéramos aquí. —Golpeó con un pie la caja que tenía en el suelo junto a ella—. Le traigo el regalo de cumpleaños de su madre.

—¿Algo que has hecho tú?

—Sí. Y si no ha llegado de aquí a que termine de comerme el sándwich, tendrá que ir a buscarlo él mismo.

—Alice Muldoon —dijo David Ryan, sentándose en la barra al tiempo que apagaba un cigarrillo—. Ahora vive en Killarney, ¿no?

—Así es —confirmó Maggie—. Lleva viviendo allí los últimos diez años o más.

—No creo haberla visto por ahí. Se casó otra vez, ¿no?, después de que Rory Muldoon falleciera.

—Sí. —Tim siguió con la historia mientras servía una Guinness—. Se casó con un médico rico llamado Colin Brennan.

—Pariente de Daniel Brennan. —Otro comensal continuó con el relato mientras disfrutaba de su guiso—. Ya sabéis, el que dirige una tienda de alimentación en Clarecastle.

—No, no. —Tim sacudió la cabeza mientras caminaba hacia la mesa de Maggie con un sándwich en la mano—. No es pariente de Daniel Brennan, sino de Bobby Brennan, de Newmarket, Fergus.

—Creo que estás equivocado —intervino David con la colilla del cigarrillo en la mano.

—Apuesto dos libras a que no.

—Hecho. Le preguntaremos al propio Murphy.

—Si es que llega algún día —murmuró Maggie, y le dio un mordisco al sándwich—. Como si no tuviera nada mejor que hacer que estar aquí perdiendo el tiempo.

—Una vez conocí a un Brennan —dijo un hombre viejo que estaba sentado al final de la barra; luego hizo una pausa y dejó escapar un aro de humo perezoso—. Se llamaba Frankie Brennan y era de Ballybunion, que fue donde viví de niño. Una noche iba caminando hacia su casa desde el pub. Se había tomado varias cervezas, aunque no tenía la cabeza para ello. —Echó otro anillo de humo. Pasaron unos momentos y nadie habló. Una historia se estaba gestando—. Así que iba caminando hacia su casa, tambaleándose un poco, y decidió acortar atravesando el campo. Allí había una colina en la que vivían hadas, y en su estado etílico aquel hombre decidió pasar por encima de ella. Bueno, cualquiera debería haber tenido más cuidado, ebrio o sobrio, pero cuando el Señor repartió la sensatez, Frankie Brennan obtuvo menos que los demás. Entonces, por supuesto, las hadas tuvieron que enseñarle buenas maneras y respeto, de modo que le arrancaron la ropa mientras lo perseguían campo a través. Y llegó a casa medio desnudo salvo por el sombrero y un zapato. —Hizo otra pausa, sonrió—. Nunca se encontró el otro zapato.

Maggie estalló en carcajadas de aprobación y apoyó un pie en la silla vacía que tenía frente a ella. Que se quedasen con Roma, París y todo lo demás, pensó. Ella estaba justo donde quería estar.

Entonces entró Rogan.

Su entrada acaparó miradas y algunos elogios. No era usual que un hombre vestido con un traje tan elegante entrara en O'Malley's en una tarde nublada. Maggie, con el vaso de cerveza en los labios, se quedó paralizada como una roca.

—Buenas tardes, señor. ¿Le sirvo algo? —preguntó Tim.

—Una pinta de Guinness, gracias. —Rogan se recostó contra la barra y sonrió a Maggie mientras Tim le servía la cerveza—. Buenas tardes, Margaret Mary.

—¿Qué estás haciendo aquí?

—Estoy a punto de tomarme una cerveza. —Todavía sonriendo, depositó unas monedas sobre la barra—. Tienes buen aspecto.

—Pensaba que estabas en Roma.

—Estaba. Tu exposición va muy bien.

—¿Entonces usted es Rogan Sweeney? —preguntó Tim pasándole el vaso de cerveza.

—Sí, así es.

—Yo soy O'Malley, Tim O'Malley. —Después de limpiarse la mano sobre el delantal, se la ofreció a Rogan y le dio un buen apretón—. Yo fui un gran amigo del padre de Maggie. Él habría estado muy contento por lo que usted está haciendo por ella. Contento y orgulloso. Mi Deirdre y yo hemos empezado un álbum de recortes.

—Le puedo prometer, señor O'Malley, que van a tener una gran colección de recortes en poco tiempo, y que así seguirá siendo.

—Si has venido a ver si tengo trabajo nuevo que mostrarte —dijo Maggie—, no tengo nada. Y no tendré nada si sigo notando tu aliento en la nuca.

—No he venido a ver tu trabajo. —Con un movimiento de cabeza para darle las gracias a Tim, Rogan se dirigió hacia Maggie. Se sentó junto a ella, la cogió por la barbilla y la besó suave, largamente—. He venido a verte a ti.

Maggie exhaló un profundo suspiro que se había olvidado que estaba reteniendo. Miró a su alrededor con el ceño fruncido, lo que hizo que los comensales concentraran su atención en otra cosa. O por lo menos eso simularon.

—Te ha costado tu tiempo, ¿no?

—El suficiente para que me echaras de menos.

—Casi no he podido trabajar desde que te fuiste. —Porque era difícil de admitir, Maggie mantuvo los ojos clavados en el vaso—. He empezado, luego me he detenido, empezado y detenido y así. Nada me sale como quiero que me salga. No me importa este sentimiento, Rogan. No me importa en absoluto.

—¿Y qué sentimiento es ése?

Le echó una mirada de reojo a Rogan.

—Te he echado de menos. Fui a Dublín a verte.

—Ya lo sé. —Rogan empezó a jugar con las puntas del pelo de Maggie. Se dio cuenta de que le había crecido un poco y se preguntó cuánto tiempo más se lo dejaría crecer antes de cortárselo de un tijeretazo, como le contó que a veces hacía—. ¿Te resultó muy difícil ir a buscarme, Maggie?

—Sí, lo fue. Lo más difícil que he hecho en mi vida. Pero no estabas.

—Estoy aquí ahora.

Así era. Y Maggie no estaba segura de poder hablar a causa de los latidos de su corazón, que le retumbaban por dentro.

—Hay cosas que quiero decirte. Yo no... —Se interrumpió cuando la puerta se abrió y entró Murphy—. No puedo creerlo. Su habilidad para escoger el momento oportuno es perfecta.

Murphy saludó a Tim con la cabeza y se dirigió hacia Maggie.

—Ya has almorzado —dijo, y con un gesto casual, Murphy se sentó a la mesa de Maggie y le cogió una patata frita del plato—. ¿Lo has traído?

—Sí. Y me has tenido esperando aquí la mitad del día.

—Pero si apenas es la una de la tarde. —Mirando a Rogan, Murphy se comió otra de las patatas de Maggie—. Tú debes de ser Sweeney, ¿cierto?

—Sí.

—Te he reconocido por el traje —explicó Murphy—. Maggie me ha contado que te vistes como si todos los días fueran domingo. Yo soy Murphy Muldoon, el vecino de Maggie.

El del primer beso, recordó Rogan, y le dio la mano tan cautelosamente como Murphy se la dio a él.

—Un placer conocerte.

—Lo mismo digo. —Murphy se inclinó hacia atrás y empezó a balancearse en las patas traseras de la silla, examinando a Rogan—. Se podría decir que soy como un hermano para Maggie, puesto que no hay un hombre que la cuide.

—Pero resulta que ella no necesita que ningún hombre la cuide —soltó Maggie, y le dio un puntapié a la silla de Murphy que lo habría tumbado si él no hubiera sido lo suficientemente rápido para ponerla sobre sus cuatro patas otra vez—. Yo misma me puedo cuidar bastante bien, gracias.

—Eso es lo que Maggie me dice con frecuencia —comentó Rogan dirigiéndose a Murphy—. Pero lo necesite o no, Maggie ya tiene un hombre.

El mensaje pasó, de hombre a hombre. Después de considerarlo un momento, Murphy asintió con la cabeza.

—Está bien, entonces. Maggie, ¿lo has traído o no?

—Ya te he dicho que sí. —Con un movimiento impaciente, Maggie se agachó, cogió la caja y la puso sobre la mesa entre ellos—. Si no fuera por el cariño que le tengo a tu madre, te lo rompería en la cabeza.

—Mi madre te agradecerá que te hayas contenido. —Mientras Tim servía otra cerveza, Murphy abrió la caja—. Esto es maravilloso, Maggie. Le encantará.

Rogan pudo imaginárselo. El tazón rosa pálido era tan fluido como el agua, el borde ondulaba hacia arriba para terminar en delicadas crestas. El vidrio era tan delgado, tan frágil, que se podía ver la sombra de las manos de Murphy a través de él.

—Deséale feliz cumpleaños de mi parte.

—Claro que sí. —Murphy pasó un dedo calloso sobre el vidrio antes de devolver la pieza a la caja—. Cincuenta libras, ¿no?

—Así es. —Maggie extendió la mano con la palma hacia arriba—. En efectivo.

Fingiendo reticencia, Murphy se rascó una mejilla.

—Me parece demasiado dinero para un pequeño tazón, Maggie Mae, en el que ni siquiera puedes comer. Pero a mi madre le gustan las cosas tontas e inútiles.

—Sigue hablando, Murphy, y el precio empezará a subir.

—Cincuenta libras. —Sacudiendo la cabeza, Murphy sacó la cartera y contó los billetes sobre la mano extendida de Maggie—. ¿Sabes? Habría podido comprarle toda una vajilla con ese mismo dinero. Y tal vez una buena sartén nueva.

—Y ella te habría dado un golpe en la cabeza con ella. —Satisfecha, Maggie guardó los billetes en el bolsillo—. Ninguna mujer quiere que le regalen una sartén por su cumpleaños. Y cualquier hombre que piense que sí quiere, se merece las consecuencias.

—Murphy —dijo David Ryan volviéndose sobre su taburete—, si has terminado la transacción, queremos hacerte una pregunta.

—Entonces tendré que contestarla. —Cogiendo su cerveza, Murphy se levantó—. Bonito traje, señor Sweeney —añadió, y se dirigió hacia David para esclarecer la duda sobre los Brennan y comprobar quién ganaba la apuesta.

—¿Cincuenta libras? —murmuró Rogan señalando con la cabeza la caja que Murphy había dejado sobre la mesa—. Tú y yo sabemos que podrías haber obtenido más de veinte veces esa cantidad.

—¿Y qué? —Poniéndose a la defensiva de inmediato, dejó el vaso a un lado—. Es mi trabajo y puedo pedir por él lo que me plazca. Tú tienes tu maldita cláusula de exclusividad, Sweeney, así que puedes demandarme por incumplirla si quieres, pero no te daré el tazón.

—No quería...

—Le di mi palabra a Murphy —continuó Maggie— y el trato ya se ha cerrado. Puedes quedarte con la maldita comisión del veinticinco por ciento de las cincuenta libras. Pero si decido hacer algo para un amigo...

—No era una queja. —Rogan cubrió con su mano el puño de ella—. Era un elogio. Tienes un corazón generoso, Maggie.

Con el viento soplando a favor de sus velas, Maggie suspiró.

—Los papeles dicen que no debo hacer nada que no vaya a tus manos.

—Sí, los papeles dicen eso —Rogan estuvo de acuerdo—, pero me imagino que seguirás refunfuñando por ello y continuarás dándoles regalos a tus amigos cuando te venga en gana. —Maggie le lanzó una mirada tan descaradamente culpable que Rogan se rio—. Es cierto que habría podido demandarte una o dos veces en estos últimos meses. Pero podemos hacer lo que se llama un pacto adicional. No cogeré mi porcentaje de tus cincuenta libras y tú le harás algo a mi abuela para Navidad.

Maggie asintió con la cabeza y bajó la mirada otra vez.

—No es sólo cuestión de dinero, ¿no, Rogan? Algunas veces me da miedo que sea así, o que yo haya dejado que sea así. Porque, verás, me gusta el dinero, me gusta mucho. Y todo lo que viene con él.

—No es sólo cuestión de dinero, Maggie. No sólo se trata de inauguraciones con champán, recortes de periódico o fiestas en París. Ésos son sólo accesorios. De lo que realmente se trata es de lo que hay dentro de ti y de todo lo que tú eres, que hace que crees lo bello, lo único y lo asombroso.

—Verás... Es que no puedo volver atrás, a como eran anteriormente las cosas, antes de ti. —Lo miró a la cara, rasgo por rasgo mientras la mano de él seguía tibia sobre la de ella—. ¿Darías un paseo conmigo? Hay algo que quiero enseñarte.

—Fuera tengo el coche. Y ya he metido tu bicicleta en él.

A Maggie no le quedó más remedio que sonreír.

—Tendría que haber supuesto que lo harías.

Con el viento del otoño y las hojas como una pincelada de color, Maggie y Rogan se dirigieron a Loop Head. Lejos de la estrecha carretera y dispersados como por el mismo mar estaban los campos cosechados y el profundo y dulce verde, tan propio de Irlanda. Maggie vio las viejas cabañas de piedra sin techo que estaban igual que cuando había hecho ese mismo viaje cinco años atrás. La tierra estaba allí y la gente se ocupaba de ella, como siempre lo había hecho. Como siempre lo seguiría haciendo.

Cuando Maggie oyó el mar y notó el primer aguijonazo de salitre en el aire, el corazón le dio un vuelco. Apretó los ojos con fuerza y, cuando los abrió de nuevo, pudo leer el letrero: «Último pub hasta Nueva York».

Maggie, ¿qué tal si nos vamos a Nueva York a tomarnos una cerveza?

Cuando el coche se detuvo, Maggie no dijo nada, sólo se bajó y dejó que el viento frío le acariciara la piel. Buscó la mano de Rogan y caminaron agarrados por el sendero que llevaba hacia el mar.

La guerra continua, oleaje contra roca haciendo eco de golpes y siseos, era eterna. La bruma se había levantado y no dejaba ver el límite entre el cielo y el mar, sólo se veía una amplia copa de gris suave.

—No he estado aquí desde hace casi cinco años. No sabía que vendría otra vez y me quedaría así. —Maggie apretó los labios deseando que el puño que le aferraba el corazón se aflojara, aunque fuera sólo un poco—. Mi padre murió aquí. Vinimos juntos, los dos solos. Estábamos en invierno y fue un día amargamente helado, pero a él le encantaba este lugar, más que cualquier otro. Ese día le vendí algunas piezas a un comerciante de Ennis y lo celebramos en O'Malley's.

—¿Estabas sola con él? —El horror de la situación lo apuñaló como un estoque. No podía hacer nada más por ella que atraerla hacía sí y abrazarla—. Lo siento, Maggie. Lo siento tanto...

Maggie acarició su mejilla contra la suave lana del abrigo de Rogan, absorbiendo el olor de su cuerpo. Dejó que se le cerraran los ojos.

—Hablamos sobre mi madre y su matrimonio. Nunca entendí por qué se quedó. Tal vez nunca lo entienda, pero había algo en él que anhelaba y que quería para mí y para Brianna, cualquier cosa que fuera ese anhelo. Creo que también está en mí, pero puede que yo sí tenga la oportunidad de atraparlo y aferrarme a él. —Se separó de Rogan para poder verle la cara mientras le hablaba—. Tengo algo para ti.

Sin quitarle los ojos de encima, sacó del bolsillo una de las gotas de vidrio y la puso sobre su palma extendida.

—Parece una lágrima.

—Sí.

Maggie esperó a que Rogan la sujetara entre sus dedos y la pusiera a la luz para examinarla.

—¿Me estás dando tus lágrimas, Maggie? —preguntó mientras acariciaba el suave vidrio con el pulgar.

—Tal vez —contestó, y sacó otra gota del bolsillo—. Se forman al dejar gotear vidrio caliente en agua. Cuando lo haces, algunas gotas estallan de inmediato, pero otras permanecen y se forman. Son fuertes. —Maggie se acuclilló y escogió una roca; golpeó la gota contra ella mientras Rogan la observaba—. Es tan fuerte que no podrías romperla ni aunque le dieras martillazos. —Se levantó de nuevo con la gota intacta entre los dedos—. Aguanta, se mantiene y no hace más que rebotar y brillar. Pero tiene esta punta delgada aquí, que sólo necesita una torcedura descuidada. —Tomó entre sus dedos la punta delgada y apretó ligeramente. El vidrio se deshizo en polvo inofensivo—. Se ha ido, ¿ves? Como si nunca hubiera existido.

—Las lágrimas vienen del corazón —dijo Rogan—, y ni las lágrimas ni el corazón deben tratarse con descuido. No voy a romperte el corazón, Maggie. Ni tú el mío.

—No. —Maggie suspiró largamente—. Pero nos pelearemos con bastante frecuencia, Rogan. Somos tan diferentes como el agua y el vidrio caliente.

—Y muy capaces de construir algo fuerte entre los dos.

—Creo que podríamos. Pero me pregunto cuánto tiempo aguantarías en una cabaña en Clare o yo en una casa llena de criados en Dublín.

—Podríamos mudarnos a las tierras medias —dijo, y la vio sonreír—. De hecho, he pensado mucho en ese tema en particular. La idea, Maggie, es negociar y ceder para poder llegar a un acuerdo.

—Ah, el hombre de negocios, incluso en un momento como éste.

Rogan hizo caso omiso del sarcasmo.

—Tengo planes de abrir una galería en Clare para exponer la obra de artistas irlandeses.

—¿En Clare? —Retirándose el pelo de la cara que le empujaba el viento, se quedó mirándolo—. ¿Una sucursal de Worldwide aquí, en Clare? ¿Harías eso por mí?

—Lo haría. Pero me temo que tendré que echar a perder lo heroico de la situación al decirte que era una idea que tenía desde mucho antes de conocerte. La concepción no tiene nada que ver contigo, pero la ubicación, sí. O mejor tendría que decir que tiene que ver con nosotros. —El viento empezó a arreciar, y entonces Rogan le cerró la chaqueta y se la abotonó—. Creo que yo podría vivir en un condado del oeste parte del año, y tú podrías vivir con unos cuantos criados en otra parte.

—Has pensado en esto bastante.

—Sí, así es. Ciertos aspectos son, claro está, negociables. —Examinó de nuevo la gota de vidrio antes de metérsela en el bolsillo—. Aunque hay uno en particular que no lo es.

—¿Y cuál sería?

—Exclusividad, otra vez. En la forma de un contrato de matrimonio, Maggie. Que sea vitalicio y sin cláusulas de rescisión.

El puño que atenazaba el corazón de Maggie apretó aún más fuerte.

—Eres un negociante duro, Sweeney.

—Lo soy.

Maggie miró hacia el mar otra vez, el movimiento incesante del agua, la piedra indomable y la magia que lograban entre los dos.

—He sido feliz sola —dijo quedamente—. Y he sido infeliz sin ti. Nunca he querido depender de nadie ni me he permitido involucrarme tanto como para permitir que me hicieran infeliz. Pero dependo de ti, Rogan —añadió, y suavemente levantó una mano y le acarició la mejilla—, y te amo.

La dulzura de aquellas palabras recorrió todo el cuerpo de Rogan. Guio la mano que Maggie tenía sobre la mejilla y se la llevó a los labios.

—Ya lo sé.

Y en ese momento el puño que estaba tan apretado alrededor del corazón de Maggie se aflojó totalmente.

—Ya lo sabes… —Maggie se rio y sacudió la cabeza—. Debe de ser una cosa maravillosa tener siempre la razón.

—Nunca había sido tan maravillosa como ahora —dijo Rogan, que la levantó del suelo, la cargó y dio una vuelta sobre sí mismo hasta que sus labios se encontraron y se fundieron en un largo beso. El viento amainó y se enredó alrededor de ellos con su olor a mar—. Si puedo hacerte infeliz, Maggie, entonces también puedo hacerte feliz.

Maggie apretó con fuerza sus brazos alrededor del cuello de Rogan.

—Si no me haces feliz, haré de tu vida un infierno, te lo juro. Dios, yo nunca había querido ser una esposa.

—Pero serás la mía, y me alegro.

—Seré la tuya —repitió Maggie, levantando la cara al viento—, y me alegro.

El papel utilizado para la impresión de este libro
ha sido fabricado a partir de madera
procedente de bosques y plantaciones
gestionados con los más altos estándares ambientales,
garantizando una explotación de los recursos
sostenible con el medio ambiente
y beneficiosa para las personas.
Por este motivo, Greenpeace acredita que
este libro cumple los requisitos ambientales y sociales
necesarios para ser considerado
un libro «amigo de los bosques».
El proyecto «Libros amigos de los bosques» promueve
la conservación y el uso sostenible de los bosques,
en especial de los Bosques Primarios,
los últimos bosques vírgenes del planeta.

Papel certificado por el Forest Stewardship Council®

MIXTO
Papel procedente de
fuentes responsables
FSC® C117695
FSC
www.fsc.org